MINGUO TONGSU XIAOSHUO
DIANCANG WENKU

民国通俗小说典藏文库·张恨水卷

满江红

张恨水 ◎ 著

中国文史出版社

小说大家张恨水 （代序）

张赣生

民国通俗小说家中最享盛名者就是张恨水。在抗日战争前后的二十多年间，他的名字真是家喻户晓、妇孺皆知，即使不识字、没读过他的作品的人，也大都知道有位张恨水，就像从来不看戏的人也知道有位梅兰芳一样。

张恨水（1895—1967），本名心远，安徽潜山人。他的祖、父两辈均为清代武官。其父光绪年间供职江西，张恨水便是诞生于江西广信。他七岁入塾读书，十一岁时随父由南昌赴新城，在船上发现了一本《残唐演义》，感到很有趣，由此开始读小说，同时又对《千家诗》十分喜爱，读得"莫名其妙的有味"。十三岁时在江西新淦，恰逢塾师赴省城考拔贡，临行给学生们出了十个论文题，张氏后来回忆起这件事时说："我用小铜炉焚好一炉香，就做起斗方小名士来。这个毒是《聊斋》和《红楼梦》给我的。《野叟曝言》也给了我一些影响。那时，我桌上就有一本残本《聊斋》，是套色木版精印的，批注很多。我在这批注上懂了许多典故，又懂了许多形容笔法。例如形容一个很健美的女子，我知道'荷粉露垂，杏花烟润'是绝好的笔法。我那书桌上，除了这部残本《聊斋》外，还有《唐诗别裁》《袁王纲鉴》《东莱博议》。上两部是我自选的，下两部是父亲要我看的。这几部书，看起来很简单，现在我仔细一想，简直就代表了我所取的文学路径。"

宣统年间，张恨水转入学堂，接受新式教育，并从上海出版的报纸上获得了一些新知识，开阔了眼界。随后又转入甲种农业学校，除了学

1

习英文、数、理、化之外，他在假期又读了许多林琴南译的小说，懂得了不少描写手法，特别是西方小说的那种心理描写。民国元年，张氏的父亲患急症去世，家庭经济状况随之陷入困境，转年他在亲友资助下考入陈其美主持的蒙藏垦殖学校，到苏州就读。民国二年，讨袁失败，垦殖学校解散，张恨水又返回原籍。当时一般乡间人功利心重，对这样一个无所成就的青年很看不起，甚至当面嘲讽，这对他的自尊心是很大的刺激。因之，张氏在二十岁时又离家外出投奔亲友，先到南昌，不久又到汉口投奔一位搞文明戏的族兄，并开始为一个本家办的小报义务写些小稿，就在此时他取了"恨水"为笔名。过了几个月，经他的族兄介绍加入文明进化团。初始不会演戏，帮着写写说明书之类，后随剧团到各处巡回演出，日久自通，居然也能演小生，还演过《卖油郎独占花魁》的主角。剧团的工作不足以维持生活，脱离剧团后又经几度坎坷，经朋友介绍去芜湖担任《皖江报》总编辑。那年他二十四岁，正是雄心勃勃的年纪，一面自撰长篇《南国相思谱》在《皖江报》连载，一面又为上海的《民国日报》撰中篇章回小说《小说迷魂游地府记》，后为姚民哀收入《小说之霸王》。

1919 年，五四运动吸引了张恨水。他按捺不住"野马尘埃的心"，终于辞去《皖江报》的职务，变卖了行李，又借了十元钱，动身赴京。初到北京，帮一位驻京记者处理新闻稿，赚些钱维持生活，后又到《益世报》当助理编辑。待到 1923 年，局面渐渐打开，除担任"世界通讯社"总编辑外，还为上海的《申报》和《新闻报》写北京通讯。1924 年，张氏应成舍我之邀加入《世界晚报》，并撰写长篇连载小说《春明外史》。这部小说博得了读者的欢迎，张氏也由此成名。1926 年，张氏又发表了他的另一部更重要的作品《金粉世家》，从而进一步扩大了他的影响。但真正把张氏声望推至高峰的是《啼笑因缘》。1929 年，上海的新闻记者团到北京访问，经钱芥尘介绍，张恨水得与严独鹤相识，严即约张撰写长篇小说。后来张氏回忆这件事的过程时说："友人钱芥尘先生，介绍我认识《新闻报》的严独鹤先生，他并在独鹤先生面前极力推许我的小说。那时，《上海画报》（三日刊）曾转载了我的《天上人间》，独鹤先生若对我有认识，也就是这篇小说而已。他倒是没有什么考虑，就约我写一篇，而且愿意带一部分稿子走。……在那几年间，上海洋场章回小说走着两条路子，一条是肉感的，一条是武侠而神怪的。《啼笑因缘》完全和这两种不同。又除了新文艺外，那些长篇运用的对话并不是纯粹白话。而《啼笑因缘》是以国语姿态出现的，这也不同。在这小说发表起初的几天，有人看了很觉眼生，也有人觉得描写过于琐碎，但并没有人主张不向下看。载过两回之后，所有读《新闻报》的人都感到了兴趣。独鹤先生特意写信告诉我，请我加油。不过报社方面根据一贯的作风，怕我这里面没有豪侠人物，会对读者减少吸引力，再三请我写两位侠客。我对于技击这类事本来也有祖传的家话（我祖父和父亲，都有极高的技击能力），但我自己不懂，而且也觉得是当时的一种滥调，我只是勉强地将关寿峰、关秀姑两人写了一些近乎传说的武侠行动……对于该书的批评，有的认为还是章回旧套，还是加以否定。有的认为章回小说到这里有些变了，还可以注意。大致地说，主张文艺革新的人，对此还认为不值一笑。温和一点的人，对该书只是就文论文，褒贬都有。至于爱好章回小说的人，自是予以同情的多。但不管怎么样，这书惹起了文坛上很大的注意，那却是事实。并有人说，如果《啼笑因缘》可以存在，那是被扬弃了的章回小说又要返魂。我真没有料到这书会引起这样大的反应……不过这些批评无论好坏，全给该书做了义务广告。《啼笑因缘》的销数，直到现在，还超过我其他作品的销数。除了国内、南洋各处私人盗印翻版的不算，我所能估计的，该书前后已超过二十版。第一版是一万部，第二版是一万五千部。以后各版有四五千部的，也有两三千部的。因为书销得这样多，所以人家说起张恨水，就联想到《啼笑因缘》。"

不论张氏本人怎样看，《啼笑因缘》是他最有影响的作品，这一点毫无疑问，可以随便举出几件事来证明。《啼笑因缘》发表后，被上海明星公司拍成六集影片，由当时最著名的电影明星胡蝶主演，同时还被改编为戏剧和曲艺，在各地广泛流传；再有《啼笑因缘》被许多人续写，迫使张氏不得不改变初衷，于1933年又续写了十回，张氏在《我的写作生涯》中说："在我结束该书的时候，主角虽都没有大团圆，也没有完全告诉戏已终场，但在文字上是看得出来的。我写着每个人都让读者有点儿有余不尽之意，这正是一个处理适当的办法，我绝没有续写下去的意思。可是上海方面，出版商人讲生意经，已经有好几种《啼笑因缘》的尾巴出现，尤其是一种《反啼笑因缘》，自始至终，将我那故事整个地翻案。执笔的又全是南方人，根本没过过黄河。写出的北平社会真是也让人又啼又笑。许多朋友看不下去，而原来出版的书社，见大批后半截买卖被别人抢了去，也分外眼红。无论如何，非让我写一篇续集不可。"这种由别人代庖的续作，出书者至少有四种：惜红馆主《续啼笑因缘》、青萍室主《啼笑因缘三集》、康尊容《新啼笑因缘》和徐哲身《反啼笑因缘》。虽然远不如《红楼梦》续作之多，但在民国通俗小说中已经是首屈一指了。张氏在《我的小说过程》一文中还说："我这次南来，上至党国名流，下至风尘少女，一见着面便问《啼笑因缘》。这不能不使我受宠若惊了。"

《啼笑因缘》使张氏名声大振，约他写稿的报刊和出版家蜂拥而至，有的小报甚至谣传张氏在十几分钟内收到几万元稿费，并用这笔钱在北平买下了一所王府，自备一部汽车。这自然不是事实，但张氏当时收到的稿酬也有六七千元，的确不能算少。这样，他就可以去搜集一些古旧木版小说，想要作一部《中国小说史》。就在此时，日寇侵华的"九一八事变"爆发，张氏的希望随之化为泡影。作为一位爱国的作家，在国难当头的状况下自不会沉默，张恨水在1931至1937的几年间，先后写了《热血之花》《弯弓集》《水浒别传》《东北四连长》《啼笑因缘续集》《风之夜》等涉及抗敌御侮内容的作品。

1934年，张恨水到陕西和甘肃走了一遭，此行使他的思想发生了很大的变化。张氏在《我的写作生涯》中说："陕甘人的苦不是华南人所能想象，也不是华北、东北人所能想象。更切实一点地说，我所经过的那条路，可说大部分的同胞还不够人类起码的生活。……人总是有人性的，这一些事实，引着我的思想起了极大的变迁。文字是生活和思想的反映，所以在西北之行以后，我不讳言我的思想完全变了，文字自然也变了。"此后，他写了《燕归来》，以描写西北人民生活的惨状。

抗日战争全面爆发后，张恨水取道汉口，转赴重庆，于1938年初抵达，即应邀在《新民报》任职。抗战八年间，他除去写了一些战争题材的小说外，还有两种较重要的作品，即《八十一梦》和《魍魉世界》（原名《牛马走》），均先于《新民报》连载，后出单行本。抗战胜利，张氏重返北平，担任《新民报》经理，此后几年他写了《五子登科》等十来部小说，但均未产生重大影响。1948年底，张氏辞去《新民报》职务。1949年夏，他患脑溢血，经过几年调治，病情好转，张氏便又到江南和西北去旅行。1959年，张氏病情转重，至1967年初于北京去世，终年七十三岁。

张恨水一生写了九十多部小说，印成单行本的也在五十种左右。说到张氏作品的总特色，一般常感到不易把握，因为他总在不断地变。其实，这"变"就正是张恨水作品最鲜明的总特色。

张恨水是一个不甘心墨守成规的人，他好动不好静，敢于否定自己，这正是作为开创者必须具备的素质。读一读张氏的《我的写作生涯》，就会发现他总是在讲自己的变，那变的频繁、动因的多样，在民国通俗小说作家中实属仅见。……待到《金粉世家》《啼笑因缘》相继问世，张恨水的名声已如日中天，他在思想上的求新仍未稍解，他说："我又不能光写而不加油，因之，登床以后，我又必拥被看一两点钟书。看的书很拉杂，文艺的、哲学的、社会科学的，我都翻翻。还有几本长期订的杂志，也都看看。我所以不被时代抛得太远，就是这点儿加油的工作不错。"

追求入时，可说是张恨水的一贯作风，不仅小说的内容、思想随时而变，在文字风格上也不断应时变化。仅就内容、思想方面的变化而言，在民国通俗小说作家中也很常见，说不上是张氏独具的特色，但在文字风格上也不断变化，就不同于一般了。张氏在《我的写作生涯》中经常提到这方面的事例，譬如他曾提及回目格式的变化，他说："《春明外史》除了材料为人所注意而外，另有一件事为人所喜于讨论的，就是小说回目的构制。因为我自小就是个弄辞章的人，对中国许多

5

旧小说回目的随便安顿向来就不同意。即到了我自己写小说，我一定要把它写得美善工整些。所以每回的回目都很经一番研究。我自己削足适履地定了好几个原则。一、两个回目，要能包括本回小说的最高潮。二、尽量地求其辞藻华丽。三、取的字句和典故一定要是浑成的，如以'夕阳无限好'，对'高处不胜寒'之类。四、每回的回目，字数一样多，求其一律。五、下联必定以平声落韵。这样，每个回目的写出，倒是能博得读者推敲的。可是我自己就太苦了……这完全是'包三寸金莲求好看'的念头，后来很不愿意向下做。不过创格在前，一时又收不回来。……在我放弃回目制以后，很多朋友反对，我解释我吃力不讨好的缘故，朋友也就笑而释之，谓不讨好云者，这种藻丽的回目，成为礼拜六派的口实。其实礼拜六派多是散体文言小说，堆砌的辞藻见于文内而不在回目内。礼拜六派也有作章回小说的，但他们的回目也很随便。"再譬如他在谈及《金粉世家》时说："以我的生活环境不同和我思想的变迁，加上笔路的修检，以后大概不会再写这样一部书。"诸如此类的变化不胜列举。

张氏的多变还体现在题材的多样化。他说："当年我写小说写得高兴的时候，哪一类的题材我都愿意试试。类似伶人反串的行为，我写过几篇侦探小说，在《世界日报》的旬刊上发表，我是一时兴到之作，现在是连题目都忘记了。其次是我写过两篇武侠小说，最先一篇叫《剑胆琴心》，在北平的《新晨报》上发表的，后来《南京晚报》转载，改名《世外群龙传》。最后上海《金刚钻小报》拿去出版，又叫《剑胆琴心》了。"第二篇叫《中原豪侠传》，是张氏自办《南京人报》时所作。此外，张氏还写过仿古的《水浒别传》和《水浒新传》，他说："《水浒别传》这书是我研究《水浒》后一时高兴之作，写的是打渔杀家那段故事。文字也学《水浒》口气。这原是试试的性质，终于这篇《水浒别传》有点儿成就，引着我在抗战期间写了一篇六七十万字的《水浒新传》。""《水浒新传》当时在上海很叫座。……书里写着水浒人物受了招安，跟随张叔夜和金人打仗。汴梁的陷落，他们一百零八人大多数是战死了。尤其是时迁这路小兄弟，我着力地去写。我的意思，是以愧士大夫阶级。汪精卫和日本人对此书都非常地不满，但说的是宋代故事，他们也无可奈何。这书里的官职地名，我都有相当的考据。文字我也极力模仿老《水浒》，以免看过《水浒》的人说是不像。"再有就是张氏还仿照《斩鬼传》写过一篇讽刺小说《新斩鬼传》。张恨水的一生都在不停地尝试，探寻着各色各样的内容及表达方式，他甚至也写过完全以实事为根据、类似报告文学的《虎贲万岁》，也写过全属虚幻的、抽象的或象征性的小说《秘密谷》，他的作风颇有些像那位既不愿重复前人也不愿重复自己的现代大画家毕加索。

张恨水写过一篇《我的小说过程》，的确，我们也只有称他的小说为"过程"才最名副其实。从一般意义上讲，任何人由始至终做的事都是一个过程，但有些始终一个模子印出来的过程是乏味的过程，而张氏的小说过程却是千变万化、丰富多彩的过程。有的评论者说张氏"鄙视自己的创作"，我认为这是误解了张氏的所为。张恨水对这一问题的态度，又和白羽、郑证因等人有所不同。张氏说："一面工作，一面也就是学习。世间什么事都是这样。"他对自己作品的批评，是为了写得越来越完善，而不是为了表示鄙视自己的创作道路。张氏对自己所从事的通俗小说创作是颇引以自豪的，并不认为自己低人一等。他说："众所周知，我一贯主张，写章回小说，向通俗路上走，绝不写人家看不懂的文字。"又说："中国的小说，还很难脱掉消闲的作用。对于此，作小说的人，如能有所领悟，他就利用这个机会，以尽他应尽的天职。"这段话不仅是对通俗小说而言，实际也是对新文艺作家们说的。读者看小说，本来就有一层消遣的意思，用一个更适当的说法，是或者要寻求审美愉悦，看通俗小说和看新文艺小说都一样。张氏的意思不是很明显吗？这便是他的态度！张氏是很清醒、很明智的，他一方面承认自己的作品有消闲作用，并不因此灰心，另一方面又不满足于仅供人消遣，而力求把消遣和更重大的社会使命统一起来，以尽其应尽的天职。他能以面对现实、实事求是的态度对待自己的工作，在局限中努力求施展，在必然中努力争自由，这正是他见识高人一筹之处，也正是最明智的选择。当然，我不是说除张氏之外别人都没有做到这一步，事实上民国最杰出的几位通俗小说名家大都能收到这样的效果，但他们往往不像张氏这样表现出鲜明的理论上的自觉。

张恨水在民国通俗小说史上是一位名副其实的大作家，他不仅留下了许多优秀的作品，他一生的探索也为后人留下了许多可贵的经验。

目　录

自　序

　　《满江红》何为而作也？为艺术家悲愤无所依托而作也。韩愈有言：文以穷而后工，扩而充之，以言于艺术界，又何莫不尔？盖身怀一艺者，衣食以迫之，社会以刺之，血气以激之，日积而月累焉。固不自知其为何而工也。虽然，穷而工，为情理之所许，工而仍穷，则情理之所不通。而衡之事实，以文艺名世，绰然而无物质上之困苦与精神上之烦恼者，又千百而不得一二焉，于是迫之、刺之、激之者，亦弥觉其利锐。物不得其平则鸣，世之艺术家，而贫，而病，而卒至佯狂玩世，为社会疾病而无所树立，岂无故哉？此艺术界之所以多穷人也，亦艺术界之所以多异人也，亦即穷人异人之多奇遇也。

　　夫同手足耳目鼻口焉，同此思想焉，同此衣食读书焉，然而以言习吏治，则荣高官，受重禄，威福如天者有人矣。以言习经济，则拥金山，居大厦，心广体胖者有人矣。而以言习文艺，则终其身能泰然运其耳目口鼻手足与思想者，即为幸运之儿，不亦不平之甚耶？而习文艺者，依然前仆后继以赴之，不少辍焉，是又何哉？意者，殆为求精神安慰之一点而已乎？

　　夫既为精神安慰之一点而已。而此一点，果何所寄托？于是有寄托于山水者，有寄托于花月者，有寄托于诗酒者，有寄托于男女爱情者，其结果所至，若为侠客，若为高僧，若为隐士，若为风流情侣，又各异矣。以言品级，侠士为上，高僧隐士次之，风流情侣，斯下矣。而吾书数艺术家，皆取法乎下者也，不亦悲乎？吾不能使之取法乎上，亦不能禁之取法乎下，则亦书之，述之，与社会中人共掬一把同情之泪而已。

中华民国二十年十一月八日，小住北平西郊温泉，夜幕高张，繁星满天，疏林落叶，瑟瑟有声；闲步池畔，则见妙峰山，星隐沉沉，微露星下，大野如墨，时有犬吠。十年来所未见之乡井夜景，恍然如梦，有不胜感触者。继而念《满江红》一书，于焉将毕，而明星影片公司，今日又适来摄吾另一说部《落霞孤鹜》之一幕，盖是书固以温泉收场也。是亦足纪念之矣。于是亟入户掩扉，疾书于一双白烛之下。

（载于 1932 年 9 月上海世界书局版《满江红》）

第一回

赏月渡长江吟联少女
闻弦过野寺笑接狂生

这是一个四月天气的黄昏，暮色苍茫之中，浦口铁路两旁的电灯，已经明亮起来。在灯光下，照见旅客如潮涌一般，由火车上跳下月台，月台上迎接旅客的人、搬运行李的运夫、检查行李的军警，却又迎面赶了去，于是在人头攒动的空间，发生出一种哗啦哗啦的人语声浪。做旅客的，不必受什么来往人的拥挤，只是这一片喧哗声浪，就可以让他心慌意乱、不知所措。

在这众客如潮的里面，有一位由济南来此的青年旅客，左手提了藤篮，右手提了小提箱，横了身子，只管在人群中挤。右手的箱子，提着上了前，左手的篮子却让后面的人夹住了，拿不出来。极力地向前一扯，又撞到了前面的一个人，只得赔着笑脸，和人道歉，说了一声"劳驾"。这"劳驾"二字，不是南京人口语，也不是南方任何一省的口语，只这两字，可以知道他是北省人，纵然不是北省人，也是在北方多年的人了。

原来他原籍是广东新会，四岁的时候，随着他父亲游宦北方，直隶、山东、河南都走遍了。成人之后，他父母都去世了，他就靠着向来能画几笔画，在济南中学当了两年的图画教员，聊以糊口。为了他身世的不幸和他生性的洒脱，又加之以艺术的陶冶，不知不觉走入浪漫一流。在济南教育界，没有人不知道画疯子于水村的。他在济南过了两年粉笔生活，自己烦腻起来。恰好是学生们闹着校长风潮，他就趁了校中无人管理的机会，也不用和哪个辞职，简单地带了两件行李南下，第一要看看南京的新气象，第二也要西游庐山，东游西湖，添些图画的资

1

料。当他到了浦口，看到火车上下来的人，竟是如此的拥挤，觉得新都的繁盛，确与平常都会不同，这回不会白来，总可以增长许多见识。

他正如此想着，忽然藤篮上噼啪像让人踢了一脚，接着喊道："放下放下！"抬头一看，原来是三四个军警拦住了去路，正在人群中检查行李。水村料是闯不过去，只得一弯腰将东西放下。他刚一弯腰，后面一只大网篮向前一撞，撞得头向前一伸，人几乎要栽了过去，两手赶快向前一撑，就撑在一个人身上，并未倒下去。一看那人，穿了一件米色的夹斗篷，原来是个女子，未免过于猛浪，连忙低了头，蹲着身子，就去开箱子。他面前是一兵一警，兵正在检查一个人的箱子，警士却拦住两个搬行李的不让走。

水村开了箱子，许久也没有人来检查，手上搭的大衣拖在地上，却让过来过去的人踩了许多脚。正待站起，一只大箱子在头上扛了过去，几乎碰了一下。水村道："老总，请你快……"一句话不曾说了，后面人向前一挤，这回挤得真倒了，两手向开了的箱子上一按，箱子一翻，里面的东西全翻了出来，倒在地上。那兵士手一挥道："快走！快走！"给了他两张印着验讫字样的纸片，又用脚踢了一踢箱子，连喊道："走走！"

水村将地上的东西向箱子里一阵乱塞，箱子盖一合，手里提着，还不等他开步，后面的人已经拥着他向前走了。他两手提了箱子，夹在人堆里，向前走了去，好容易走出站台，在疏爽的空气里清凉了一阵，接着又挤上轮渡的趸船。趸船的跳板既窄，而且又是由上向下，行人不能不慢，这后面要上船的，如狂风暴雨一般地挤着向前。水村两只脚已不能听自己的命令，两手拿了行李，又不能左右撑扶，索性听其自然，让人挤去，这倒很方便，一下就挤上了趸船。在趸船上的人挤得透不过气来，闷了许久，这才有渡轮到了。眼看渡轮上的人，从另一方面跳板上登了岸，这趸船上渡轮的栅栏门方始开了。这栅栏门也不过三尺宽，上千旅客要由这里挤上轮渡，这不是潮涌了，乃是榨油。

水村拼命地挤上了轮渡，见旅客舱里人已塞满，这就不打算进舱，在船舷上将箱子提篮放下。靠了舱门板，将西服领子提了一提，一阵凉风吹人怀来，精神为之一爽，于是蹲着将箱子里的东西整理了一番，锁上了暗锁。站起来时，船身有些晃动，原来船已开动了。这时向前一看，一片大江，东西不见边，由天底下来，流到天底下去。东头一轮盆大的月亮拦住了江流，悬在上下一片白的中间。那月亮虽然不动，江中的白浪在月下流动着，现出一道银光，只管一闪一闪，好看极了。向北看看下关，许多灯火，高高低低，分出人家来。在灯火后面，隐约地现出一座青暗暗的狮子山来。

水村看得正出神，忽然身边有个女子声音道："这月亮底下的江景真好。你看那一只船在月亮底下飘荡着，好像一幅画一样，仿佛我就在什么地方看过这一幅画呢。"水村第一个感觉，连忙向舷外看去。果然见一只小船，扯着十成满的布帆，背着月亮而去。第二个感觉，便想到这女子说话很是不俗，是个什么人？回头一看，这女子穿了米色的斗篷，头上簇拥半勾式的烫发，瓜子脸儿，溜圆漆黑的眼珠，敷粉之外，还点有胭脂，很有些丰致。斗篷里面，是一件葡萄点的花旗衫，在衣襟上插了一支自来水笔。看那样子，不像是大家闺秀，也不像是风尘中人物，究竟不知道是干什么的。想起刚才在车站扶了一个女子一把，那女子也穿了米色的斗篷，大概就是她，这可别让人家发觉了，便掉过头去看江景。看到江头月色摇动，随口将成诗吟了一句"月涌大江流"。停了一停，那女子却也吟了一句《千家诗》"月光如水水如天"。

水村不觉心里一跳，她倒有心和我说话？回转头来又一看，只见她右手两个指头夹了一支卷烟，弹了一弹灰，交给身边一个老妇人，撮着嘴唇，吐出一口烟来。水村心想，若是一个女学生，不会在这种地方抽烟的，这不见得是个上等人物了，然而她刚才念了一句《千家诗》，似乎也不是一种普通女子。要说她是旅客，她又没带着行李。那一个靠她站着的老妇人，衣服虽然半新旧，也是一件黑绸长夹衫，绝不是佣仆，但也不像是母亲。不然，哪有女儿这般华丽，母亲那样朴素呢？恰是怪事，她们又都不曾带着行李，也不像出门的样子。心里只管这样想着，眼中可就偷看了人家几次。

忽然人声一阵喧哗，船到了下关了。这时，水村鉴于刚才在浦口那样受挤，不愿跟着人丛走，提了手提箱，三脚两步，就抢上行人的前面，由跳板上跑上了趸船。但是他到趸船上的时候，后面的人也蜂拥而来，又抢着跑上了码头。可是自己一上码头之后，发现把那只提篮丢了。那提篮里面虽没有什么值钱之物，但是零用东西都是不可少的。手边钱并不多，到南京重新来制上一套，事实上是不可能，只有到轮渡上去找去。正待动脚，看看趸船上下来的人，一层压着一层，也万不能挤上去。在这种纷乱情形之下，就是挤到轮渡上去了，未必还能找着那提篮，这也只好罢了。手上提了一只箱子，沿着江边，无精打采地走着。

那江岸马路上的车夫挑夫，四处兜揽旅客生意，见水村走走又看看，似乎是个新来的旅客，两个挑夫，一个人扛着一根扁担，上面拴了一串麻索，将扁担横着一拦，叫道："先生，到哪里？我挑了去。"一个穿黑衣的人，将一顶盆式草帽向后翻着戴了，两手将挑夫两边一分，伸着头，用手指了水村道："先生，进城吗？路还远得很啰，坐我们的汽车去，好不好？"挑夫道："说好了，我们送了去。"汽车夫道："你讲什么鬼话？人家一只提箱，倒要你两个人挑了去？"正纠纷着，又伸过两个头来，叫道："坐黄包车吧。"立刻之间，水村让这一班欢迎的工友包围了。水村道："过去！过去！什么人也不要。你们不要揽生意，我是个穷光蛋。"

忽然后面有人叫道："在这里了，在这里了！"水村回头一看，正是在轮渡上遇到的那个女子。那老妇人紧紧在后面跟随着，提了那个藤篮。水村还不曾说话，那老妇将篮子提到面前，笑道："先生，这是你的篮子吗？"水村道："哎哟！真是多谢得很，我急于要下船，把篮子就丢了，难得老太给我送了来。"那些挑夫车夫听他所说，出门的人会丢了行李，这人对于江湖上的事情，至少有八成外行，便又挤上前，这个喊"我拉去"，那个喊"我送去"。水村笑了起来道："朋友，你们是今天生意不大好吧？怎么只管来包围我？我花不起多少钱的，就是把我这只箱子和篮子全送给你们，你们也不够喝一餐酒。"那些工友们听他如此说，都哈哈笑了。那个女子站在身后，也微微地笑道："这些人实在也淘气。人家不愿要人送，何必去勉强人家？"

水村听了她出来解围，心中倒是一喜，便装出要问不问的样子道："这到清凉山的夕照寺去，不知道有多少路？"那女子已走上前两步了，便望了那老妇人微笑道："那地方多荒凉呀，晚上能去吗？"那老妇人道："就是白天去，那地方也没有人家的。"水村道："我也听说那地方像乡下一样，倒不料是真的。"那女子道："那地方晚上是找不着人家的，不如今夜在下关歇了，明天再进城。"水村点着头道："多谢姑娘指教，我就这样办了。"那女子原是半向着水村说话，半向着老妇人说话，水村和她道谢，她才将脸正式对着水村点头一笑。水村经人家送还了提篮，正想问那老妇人贵姓。那老妇人已是对女子道："前面有辆野鸡车子在等着，我们赶上去吧。"于是这二人匆匆地就走了。

水村所站的地方，正有一家客栈，面江而开，心想晚上去找朋友投宿，本来不便当，加之所要到的地方，又说是很荒凉的，那么，照着那位女士的话，在客栈里先休息一晚，是妥当些，于是提着行李，就在这客栈里投宿。第二天且不带东西，先空了手进城。进城之后，问明了路径，果然离开交通便利的大路，穿过一片野竹林子和些零碎的菜园，就走上一道小山岗子。这山岗子上长着一些乱草，乱草里随着几棵小树。山下却是一片稻田，对面小山岗子下，有几户人家。顺着这边山腰，一道很平坦的人行路蜿蜒深入前面山嘴子里去。山嘴子那边，露出一截青苍的树林，似乎那地方有路可通。靠稻田的一边有一路桑树，顺着风有一阵布谷鸟的声音吹了过来，叫着"割麦栽禾，割麦栽禾"。人走到这里，决计想不到这就是南京，仿佛是到了乡下来了。心里想着梁秋山夫妇，难道就住在这种地方？这里交通很不便的，于他们的生活，不发生阻碍吗？

心里一面犹豫，一面走着，忽然一阵叮叮咚咚的声音，在沉寂的空气中吹过来。听那声音，好像是琵琶响，这种乱草空山，哪里会有这种雅奏？这不由人不惊异起来。站在风头上，侧着身子静静一听，果然是有一人弹琵琶，那声音紧一阵，缓一阵，非常的动人。急的时候，如狂风暴雨，缓的时候，如小石鸣泉，一定是琵琶名手，绝非出之平常街头唱曲人所作。听了这琵琶声，把来做什么的，都一齐忘了，只管顺了声音的出发点，跟了上去。走到近前，已经转过了一座小山嘴子，面前忽然现出一片平地，地上有一片冬青树的林子，造出幽凉的绿荫，映着四周的草地。树林深处，一堵红墙，有门面西而开。穿过树林一看，门上有匾额，正是"夕照寺"三个大字。

怪不得了，这种地方哪有这种声音？原来是梁秋山在这里作乐。我突然冲进庙去和他见面，他可要惊异一下子。于是悄悄地进了庙门，正待向里面走，却有一个人，胁下夹着琵琶，笑嘻嘻地走将出来。那人约莫有三十岁，头上戴一顶呢帽，一直罩到眉毛头上来。身上穿一件蓝布大褂，洗得都有点变白色了。看他帽子下面，露出一截蓬乱的头发，配着他清瘦的面庞，是个清贫而不好修饰的人。自己远看以为是秋山，这才知道错了。

他见一个西服少年匆匆而来，只管打量他，他也有些惊异的样子，便站住脚，望了一望。水村笑道："弹得好琵琶呀，怎么不弹了？"那人笑道："你老哥怎么知道我弹得好琵琶？我是个卖唱的。"水村道："卖唱要什么紧？凭了本事卖钱，一不偷，二不抢，三不诈欺。我也是个卖画的，我就不看小我自己。"那人笑道："你莫不是由济南来的于水村？"水村点头说"是"。他就伸了手出来，和水村握了几握，笑道："我听得秋山说阁下要来，日内准到。我一听你的口音和你的情形，就猜定了你是那位浪漫的大艺术家。你不知道秋山有个音乐大家的朋友吗？那就是我。我叫莫新野，全南京城里人都崇拜我到五体投地。我去拜访阔人，阔人都不敢见我，我这叫布衣可以傲王侯。"说着，牵了一牵自己蓝布大褂的衣襟，接着，哈哈大笑起来。

他正笑着，身后有人道："在新朋友面前狂吹，不知道有老朋友在一边听着吗？"水村向里看时，也是一位西装朋友，手上提了一个照相匣子，从庙里走出来。他倒是个漂亮青年，只是嘴上唇多了一撮小胡子。他的盆式帽子，有点和莫新野不同，却是歪戴在右边的。莫新野就笑道："我来介绍吧，这也是艺术大家、摄影圣手、一天能用五打胶片的李太湖先生。这一位是新到的大画家于水村先生。"

李太湖笑道："对于大画家，你就说是大画家，并不加以形容词。

何以在寡人名字上，你却加上许多形容词，这也有什么理由吗？就是一天用五打胶片，这也是摄影人的常事，还提他一笔做什么？"莫新野道："本来不用得提，但是因为你常有照五打胶片的梦，事实上一天能照五张胶片，你也心满意足了。我给你夸赞两句，你倒不愿意？"李太湖笑道："总有一天，我有惊人的纪录发现出来，发一笔大财，买一打摄影机，大小镜头无所不有……"莫新野道："不要说梦话了，我们应该引于先生去见老梁，让人家老朋友见面。"

于是他二人在前面引路，由庙后瘦竹林子里，钻过一道小石头路，出了林子，豁然开朗，是一片很大的菜园子，直抵西边山脚下。莫新野将胁下的琵琶向空中一举，如摇摇鼓似的，连连摇了几下，叫道："客来了，客来了！主人翁出来欢迎呀！"一棵桑树后面，有个人答道："你们是什么事高兴？又来扰乱人家的文思。人家写着几个少年，正带着那个美人，坐在紫藤花下，向她求婚呢。"

说着话，那人走出来，穿了灰布短旗袍，头上戴了一顶男子平顶草帽，手臂上挽了一大筐子桑叶。那蓬松的乱发，两鬓下垂，配着那清秀的脸儿，现着一层受日光的红晕，一笑，便露出那洁白齐整的牙齿。水村连忙一点头叫道："秋华大嫂，两年不见，还是从前一样呀！"秋华将帽子取下，在脸边遮着日光，笑着哟了一声道："果然贵客到了。"李太湖一举手道："不要动，这个姿势太好，让我照一张。"莫新野道："你有胶片吗？"李太湖一低头，将手摸了一摸照相匣子。秋华和新野都大笑起来，只在这笑声中，这正面半瓦半草的屋主人出来了。

第二回

聚谑求凰各为种玉计
详猜遗帕独作访珠游

　　这屋子的主人翁梁秋山，是个小说家，靠着向上海各杂志各报馆卖稿为活。不过这种收入，却不大靠得住，因之就租得亲戚家山下一片菜园子，种些鲜花菜蔬，让伙计们挑到市上去卖，补助不足。这时他正在屋里撰稿，听到屋外一阵喧哗之声，赶快跑了出来。一见于水村，笑着迎上前，连忙抢着握手道："果然来了，我们又热闹许多了。"于水村见他穿淡蓝的竹布长衫，已经变了白色。头上的黑发蓬得卷成云堆，清秀的脸色，更少光彩了，因笑道："秋山，你的景况不大好吧？我到这里来，恐怕要拖累你。"秋山笑道："穷虽穷，你来了，房子有的住，饭也有的吃。太湖现正参与摄影比赛大会，据我想，头奖一定是他的，他有五千元的奖金，我们可以分些钱做衣服穿。你还怕什么？"太湖笑道："你们总取笑我，有一天我的作品大成功……"新野笑道："怎么样呢？打我们五百手心，警戒警戒。"太湖道："我要把我所得的钱，完全拿出来，吃，喝，玩，大家闹个通量，出我这一口气。"新野笑道："那我要吞一口吐沫了，不知道我胡子白了之后，能不能实现？"秋山道："水村，你有些看不惯吧？我们总是这样开玩笑的。"水村笑道："你不记得我们同学的时候，我也是淘气的一分子吗？"

　　秋山笑着，手搭了他的肩膀，走进屋去。水村一看这屋子，前进是草屋，前门便是一个白木屏门。转过屏门，是个大天井，栽了两丛竹子。对过两间屋子，在窗户横头上，贴了黄色虎皮纸条，一边是"如是我闻"，一边是"空即是色"，这就可以知道是音乐大家、摄影大家所住的屋子了。正中堂屋里，开了两个双窗户，里面陈设着简单的书案书架，似乎是大家工作的地方。再转过一个白木屏门，一字天井后，有三间瓦屋，就是主人的内室了。屋子低得很，东首一架蔷薇，西首几棵芭蕉，都过了屋顶。台阶石头缝里，乱钻着秋海棠和虎耳草的叶子。由蔷薇架转过去，还有几间草房，是工人住室和厨房。水村道："穷人家也布置得有点艺术化，但是都有人住满了，我住在哪里？"秋山道："上面这瓦屋子三间，我夫妻是分住的，你来了，我们可以合并，把西首那屋子让给你住。"新野的琵琶还未曾放下，将五个指头，哗啦一阵拨着，向毕女士秋华耸肩微笑道："嫂子听见没有？"秋华微笑道："听见了又怎么样？"说着，她提了一筐子桑叶，转进旁边草房去了。新野道："于兄，你这次来得好，给了秋山一个莫大的机会。"秋山笑道："你这种人，太岂有此理！当了我夫人的面开玩笑，设若将来你要结了婚，我一定不放过你。说到这件事，我倒要问问水村，别来三年，有了爱人没有？"水村笑道："谁爱我这个穷光蛋？"梁秋山道："你也该努力了，设若你有女朋友的话，可不能再放过。"水村道："以往虽然有几个女朋友，都是事务上得来的，连平常的交际都谈不到，只有这次到南京来，我真得找一个女朋友，设若我有机会接近她，我很愿去努力。"

说着话，秋山已经把他引进屋里。正中是大家的饭堂，秋华的屋子垂下了门帘，这边秋山的屋子，也只设了一榻一桌两椅，壁上挂着他夫人一张大半身像。莫李二人，这时放下随身法宝，也到屋里来坐着。太湖道："于兄，你说话若不是撒谎的话，你的手段太高明了，怎么到南京来，不满二十四小时，就会有了朋友？我在南京七八年了，南京几条大街，我闭了眼能走，又说得一口好南京语，怎么我会没有女朋友呢？我若是有了女朋友，老实不客气，我就把她作为对象。不瞒你说，我今年二十六岁了，也该结婚了不是？"说着，头歪着搭在左肩上，紧紧地皱了皱眉。新野坐在一张摇椅上，身子向后一仰，两只脚直架到桌子上。在耳朵上取下半截烟卷屁股，放到嘴里，摇了一摇头道："人家都说我浪漫成性，那都是误会了。我现在只有一个人，要什么事业，混一天是一天。设若我有个好夫人，产生一个好家庭，我一定好好地干起来。"秋山道："你听听，你这两个怪物，都成了老婆迷了。唯其是你两个人太羡慕结婚了，所以我们夫妇，形式上不能不疏远一点。"水村笑道："那糟了，你现在夫妻合居，倒让我对门住着，我岂不是更为眼馋？"这一说，大家都笑起来。水村指着秋山卧室里道："你既是夫妇对房门而居，也不算远，为什么床头边还挂上一张夫人的半身相片？"秋山掩了半边嘴，对着他的耳朵，低低地道："这个原因，你还不懂吗？这就是拍夫人的马屁呀！"水村听了，也就笑将起来。恰好秋华进来收拾桌子，拿了一把筷子放在桌上，那样子是要开饭了，见大家笑嘻嘻的，便问是什么意思。水村道："刚才秋山说，他床头边挂了嫂子的相片，是要在嫂子面前讨好，乃是一种作用。"秋山笑道："了不得！你一进门就来说我的坏话。"秋华笑道："用不着人家说，我早知道，男子们对女子，是会弄手腕的，哪一件事没有作用，只要光明正大一点，就弄一点手腕，我也不怪他了。"说着，莫新野和李太湖都张着嘴哈哈大笑起来。

秋华收拾着桌子，端上饭菜来。大家同席吃饭。在席上，大家又谈到水村，来南京不多久，何以就会认识一个女朋友？水村笑道："我也不过是一时高兴的话，哪里有这么一回事？你想，坐轮船火车的人，还有碰不着异性人物的吗？"秋华笑道："你不告诉我们也可以，但是将来有找着嫂子帮忙的时候，嫂子就不能答应了。你要考虑考虑，不要得罪我这个有力量的人呀。"水村笑道："实在我是笑话，够不上说朋友哩。若果然是朋友，我也很足以自豪，哪有不愿告诉人的吗？"秋华点点头，抿嘴一笑，她也就不再追问了。

吃过了饭，秋山夫妇连忙去腾屋子。水村复到下关去，把行李搬了来。水村是两件行李，首先要打开检理的，自然是那提篮。当日累了，且自放下。

次日一早起来，水村一样一样地，将零碎用物，向外失检着，检到了篮底，却不免一惊，原来有一条雪青花绸小手绢，落在篮子角上。这种东西，当然是女子的用物，自己向来不曾亲近女子，有之，便是昨天在轮渡上所遇到的那人，难道她和我真有什么意思，留下这条手绢做纪念吗？果然如此，她为什么连姓名住址都不告诉我？而我纵然有意，你不知道我，我不知道你，是如何地接近呢？心里想着，手上拿了这条手绢，就不觉盘弄了许久。

忽然肩膀上被人一拍，笑道："事到如今，你还想赖不成？"原来梁秋山站在身后，偷看多时了。水村笑道："这真是一桩奇闻，我篮子里，忽然会发现这一条手绢，我这不是重大的嫌疑犯吗？"秋山笑道："奇怪得很啦！手绢这东西，会有了变化，能够自来自去。"水村将一只手托了手绢，伸着给他看道："我也是刚刚才发现的，据我想，或者是昨天那个女子，落在我提篮里的了。你会作侦探小说的，就劳动你这位纸上的侦探，给我侦探侦探看。设若你愿意作小说材料的话，题目我也给你预备了，就是《飞来帕》，你看好不好！"

秋山接到手，两手捧着，先在鼻子上闻了一闻。然后将手绢两边，都翻着看了一看。于是斜躺在床上，将两手平扯着手绢，眼睛对了上面望了出神，笑着点点头道："我已经有了些线索，但是必得你把可以嫌疑之点，以及那女子和你接近的经过，详详细细告诉我，然后我互相印证一下，就容易水落石出了。"水村笑道："你这完全把我当三岁小孩子了。我详详细细地告诉了你，你还有什么猜不出来的？这不但要你猜，我也可以猜呀。"秋山于是坐了起来，用两个指头，捏着一个手巾角，高提着与眼睛相平，表示着注意的样子，笑道："让我先把我所猜得的影子告诉你，看看和你碰着的女子对不对？"于是坐在椅子上，将身靠了椅背，将手绢放在膝盖上，两手臂互抱起来。水村笑道："不用做作了，表情够了，这也就只差福尔摩斯用的那个烟斗了。"秋山笑道："让我告诉你，这女子是上海人寄居南京的，装束极时髦，衣服很华丽，大概是个浪漫女子，脸上擦有胭脂，有烟卷瘾。她大概认识几个字，也许还认得几个英文字，但是程度很浅。她是圆式的瓜子脸，眼睛黑白分明，穿平底鞋……"

水村笑道："胡闹！你简直有点瞎蒙。凭这一条手绢，你怎么能够把她的相貌、性情、程度，都猜了出来？最荒谬的，你竟会想到她是穿平底鞋。"秋山将手绢向他怀里一掷，将脚摇曳着道："你凭着良心说，我猜对了多少？无论对不对，我都是由情理上一层一层推出去的，绝不是瞎说。"水村道："你不必管对不对，我要反问你一下，你所猜的理由安在？"秋山笑道："我当然有理由，因为这种雪青色的手绢，上海妇女最近时兴的，南京城里还不多见人用，上海的习俗，当然是上海人先传染。她纵不是上海人，也是个极端模仿上海妇女的。能用这种手绢的人，绝不会穿着古板的旧式衣服，这已是可断言的。其次，这一条手绢，要两块钱。试问有衣服不华丽，用这种昂贵手绢的吗？我说她脸上擦胭脂，是手绢上有了红印。说她抽香烟，是手绢上有烟味。女子如此的奢华，又抽烟卷，当然不是拘谨一流的女子。手绢上的香味，也是一种精贵的香水所留下的，于此也可证明她是会用钱的。至于我说她认得字，那是根据这手绢上有几点蓝墨水点。她或是身上带有自来水笔，或者家里有钢笔。不过她虽用钢笔，然而她并不认识几个英文字，因为这手绢角上，绣了两个英文字母，这自然是名字的缩写。然而你看这个 M 字，是大写的，这个 j，却是小写的，连姓名用大写字母缩写，都不知道，英文程度，岂不是有限？"

水村道："这都罢了，你怎么知道她的脸是瓜子脸，难道这也是由手绢看出来的吗？"秋山道："这却不是，我知道你对于美女，是取瓜子式的，这个女子，你一见倾心，自然亦复如是。至于她穿平底鞋，我就猜着，她不和你提篮子，手绢不会落下。若要提篮子，下关轮渡的拥挤，如何走得了？我的理由，完全说了，对不对？"水村道："这真怪，你知道的，倒会比我多，你认识这个女子吗？若是认识的话，何妨和我们介绍？"

秋山哈哈笑道："这由你嘴里证明出来，你的确一到南京就认识一个女子了。我知道她是谁？还是你给我介绍吧。"水村笑道："你说得这样逼真，也许你真认识，你告诉我这是谁。"秋山一拍手站起来道："这就奇了。你在路上遇到一个女子，无名无姓，我又不曾在一路看到，我能知道是谁呢？"水村望着天想了一会子，忽然笑起来道："若是我把经过告诉你，你能做更进一步的侦察吗？"秋山道："这不能在事先预定，且看你的报告如何。"水村道："其实我也没有什么不可告人的事情，全告诉你也不要紧。"于是将昨日由浦口渡江登轮，以至于在下关歇客栈的事，都说了个详细。因笑道："我全告诉你了，现在你该侦察出一个结果来了。"

秋山笑道："你说的话，不但不能再给我一些线索，反让我以前所猜得的，都有些摇动。不过我有一个法子，可以找着她的。这种女子，南京城里时髦些的娱乐场，一定不会短少她的踪迹。你若是诚心访她，可以多到这些娱乐场去玩玩，尤其是星期日和星期六，她必定得出来的，那个时候，你可以去找她。见着她之后，你不必再客气，老老实实的，就问她的姓名住址。她若是有意于你，一定毫不隐瞒，完全告诉你的。"水村笑道："算了算了，说了半天，你出的不过是这样一个死主意。这种主意我也想得出，用不着你这个纸面上的福尔摩斯来做顾问了。"秋山笑道："今天正是个假期，你今天就去碰碰看。"说着又笑了起来。

水村让他玩笑开够了，就不再说什么。其实他心里，也是如此想着，当昨天晚上她上汽车的时候，仿佛听到她问是到夫子庙的吗？莫非她就住在夫子庙？本想问一问秋山，这夫子庙在什么地方，现在怕为了这个，让人家疑心，只好不问了。秋山说是到娱乐场去找她，这虽是一个靠不住的笨主意，然而除了这个，也想不出什么再好的法子，除非是到夫子庙那地方去撞撞看，也许可以把她撞着。当时把这计划搁在心里，表面上不再提到这件事。

到了次日，只说是出来访朋友，一个人从荒落的菜地里，找上大街来。向街上的警察打听明白了夫子庙，也就毫不考虑，向着目的地而来。心里想着，这个地方，一定是个很整齐的住宅区，外带着一座苍松翠柏、黄瓦红墙的孔庙，附近或者有几个很好的学校。她既是个学生样子的人，住在整齐肃静的夫子庙附近，那是理之当然了。他照着巡警指示的道路，先走了一截平坦大道，然后又经过了几条很热闹的街，并不像是到住宅区的，心里倒有些疑惑。第二次再向警察打听，警察将指挥棍一指，说是一直走去，路不多，就是夫子庙了。于水村又顺着他指着的路走去，心里便有点疑惑，只是推敲着夫子庙的形状。脚下走过了马路，便是一截大鹅卵石砌的大宽巷。这里正是一截挑水夫必经之路，满地让水泼得湿淋淋的，皮鞋踩在上面一走一滑。穿过两条巷，又过一条横街，这条街上，虽不十分热闹，却两面一律新盖的楼面铺房，多是茶馆酒店。一个卖香烟的店里，一座大梯子，直通到楼上，迎梯子头上，悬了一块横匾，大书"金粉阁"三字。是了，听说南京有清唱老戏的茶楼，容纳着一些歌女为号召，大概就是这里。歌女自然有真为卖清唱而来的，但是也有许多为了禁娟，迫不得已改业的。那么，这种地方，不见得有人愿在这里住家，莫不是走错了？再问警察，他说这就是夫子庙了。问庙在哪里，前面那空场就是。

水村越访问越奇怪，索性把这庙访问到，看是怎样一个地方。顺着街向前，又经过了四五处清唱的地方，便走到了空场。这空场上，左一个布棚，右一把大伞，在这伞下，全是些摊子。有卖瓜子花生糖的，许多玻璃格子装了吃的。有补牙带卖药草的，有小藤筐子装了许多牙齿，有大牙，有板牙，有门牙。有卖雨花台小玩石的，用清花缸储满清水，里面浸着。花生糖、板牙、小石头子，一连三个摊子，倒也映带生姿。此外卖蒸糕的，卖化妆品的，卖膏药的，各种不同类的摊子，分着几排，在三座庙门外排着。庙门也找不出什么金碧辉煌的颜色，只是那灰黑的木门框，还存些伟大的遗规。所预想的那些古色古香，完全不见。走进庙去，里面依然是摊子，不过加了些露天玩意儿。自己不由得好笑起来，这个地方，岂是美人所居之处，幸而不曾露一点口风，一人溜了来的，若是让他们知道，更要大开其玩笑了。昨天已是很晚了，不知道那女子坐车到夫子庙做什么，或者是我听错了？

顺步走出了庙，抬头儿见一家茶楼，高耸在对面的右角。心想，自南京北上的人，都卷着舌尖学南京人说话。"吃茶去！"想必这南京人上茶馆，有一种特别的风味，倒不能不一试。眼面前有茶楼，不可放过，且上去看看。于是抬脚走进了茶馆，只见一二十张桌子，横七竖八，全坐满了人，因楼梯在身边，就走上楼去。这楼上也和楼下一样，不但人坐满了，桌子上也是摆满了，除了泡茶的盖碗之外，大的面碗、小的醋酱碟子，还有那占下半个桌面的笼屉，加上包瓜子花生的纸片、火柴、香烟，以至于水烟袋，这桌上哪有一点空隙？这样子望了也不舒服，不信南京人对了这些东西，能每天玩赏几小时？再看楼板上，更不要谈了，让茶水泼湿成一片，瓜子壳、香烟头、鼻涕、黏痰、碎纸，星罗棋布，实在脏得不能下脚。可是自己只管这样看着难过，在茶楼上品茗的人，却一点也不知道，笑的笑，说的说，那声音，真有些像狂风暴雨。水村正自徘徊着，一个堂倌两手捧了两层笼屉，挤着向桌子缝里钻。看见他站在路头上徘徊，以为他是找不出茶座，就用嘴向窗户边一努道："那里不有一张空桌子吗？坐下吧。"水村虽觉得他的话，未免有点命令式，然而坐着喝一碗茶也好，就靠了窗户，在那张桌子边坐下来了。

第三回

一雨作丝牵情天不老
三杯添晚醉萍水无猜

当于水村在这茶座上坐下之后，首先所看到的，便是窗子外一条大阳沟。这阳沟却非平常，有四五丈宽，沟里的水犹如墨子汤一般。沟两岸的人家，都齐着沟起墙，似乎故意让出这条沟来似的。最奇怪的，便是这阳沟里，居然有很精致的画舫，向两边停泊。心想这是一朵鲜花插在牛屎上了。恰好堂倌过来泡茶，因指着大阳沟问道："这是什么地方？"堂倌道："这就是南京最有名的秦淮河。"于水村哦了一声道："这就是秦淮河！"不觉笑了。心想人家说济南的大明湖徒负盛名，究竟还有一池清水；这南京的秦淮河，画舫笙歌，千百年来播之辞章，应该是多么好看的风景，原来却是一条大臭阳沟！天下事，真闻名不如见面。

一人坐着喝茶，尽管出神，忽然有个人到自己桌边，在对面位子上坐下。水村抬头一看，那人先笑起来了。他道："真不料会在南京见着了。"水村仔细看时，记起来了，原来是中学的同学韩求是，他从中学毕业以后，就到德国去学电气工程，很有些科学根底。虽然文学差一点，却是个有实学的人。这时见着，心里很欢喜，马上伸了手和他紧紧地握着，笑道："哎呀，多年不见，你学成归国，还是原来那样子，很好很好！"

于是叫堂倌加泡了一碗茶，二人坐谈起来，少不得先问何以到南京。韩求是道："我在南京有职业了。"水村道："南京正是努力建设的时代，用得着你这个有实学的工程师呀。你在哪个公司里呢？"韩求是微笑摇着头道："我在部里，不在公司里。"水村道："部里也用得着许多技正技士的，为科学而做官，还可以说是不离本行。"韩求是笑道："我这部就与科学没有关系，也没有什么技正技士。"水村道："那么，你做的是什么官？"韩求是笑道："我做的是秘书，你看这不是用违所学吗？但是我钻了许久，并找不着一个要电器工程师的所在。及至肯做官，有了一个西洋留学生的金字招牌，倒是一谋就成功了。"水村笑道："我并没有说你，你为什么自己将自己批评了一顿？"

韩求是道："我对于自己的行为，总觉有些矛盾的，人家就不批评我，我还有什么不明白的？所以我见着朋友，我就自己先说了。我还有一件事，要检举出来，就是我每日都要到夫子庙来两次，一次是上茶楼喝茶，一次是听清唱。"水村道："清唱就是所谓歌女唱的了，这有些意思吗？"韩求是笑道："有意思，无意思，这很难说。大凡做客的人，都是感觉缺乏异性的调剂。在南京这地方，从前是极容易解决性的问题，而今却不容易了，唯一的办法，便是上茶楼听歌女清唱，当她在台上唱戏的时候，用眼睛瞟我一下，我真能感着无限的安慰。你要不要去参观一下？若是要去的话……"水村连忙摇着头道："这种用金钱去买爱情的行为，我向来反对。明明走到这种场合去，我当然是不赞成的了。"求是笑道："你没有去过，所以不知道其中的兴趣，设若你去过一回，你就想去第二回了。今天我们同去，你看好不好？"水村道："我连第一次都不愿去，哪里就谈得到第二次？"求是因他坚决地说不愿去，不能再说，也就算了。又坐谈了一会儿，韩求是会了茶账，告诉了住址，先走了。水村一个人在茶楼上喝着也无味，就出来慢慢走回夕照寺。到了家，秋山问他由哪里来，他随便说是去看两个朋友，别人也就不会去疑心他有什么作用。

到了次日，秋山和水村说，要带他去看看城里城外的名胜，给他引见些作画的材料。原是要上午出门，秋山忽然接着上海催稿子的快信，赶着作了千余字的稿子，把时间又移到了下午。吃过了午饭，他们同居的四友，正待结队出游，一走出大门口，只听到面前的树林子，树叶子沙沙地发出一阵怪响，随着菜圃里的瓜藤桑叶，也呼哩呼哩地响着。所有的植物，一齐歪着向西。原来四周阴云陡合，起了很大的东南风。秋华由屋子里追了出来，叫道："雨都到眉毛头上来了，你们还打算走吗？"秋山抬头向天上看看，那黑色的阴云，真像压在树顶上一般，笑着摇了一摇头道："真走不得了。这里前后几里路，都是荒野的田地，叫不到车子，也找不着避雨的地方，还是改日再去吧。"正说着，霹卜霹卜，便有很大的雨点，打在地下作响。大家一齐向屋子茅檐下退来，站着看雨景。

这时，只见瘦竹林子外的人行路上，有三个人影子，飞驰而来，并且听到有女子的声音道："到庙里去躲躲吧。"又一个人道："那里有人家，我们到那里去躲着，庙里不要去吧。"在那说话的声中，便有两个年少女子、一个老年妇人由竹林子里穿了进来。这里站着看雨景的人，一齐都注意了，草屋子里，有这样的贵客光临。那第一个女子，不过二十岁附近，穿了黑亮绸滚白边的旗衫，头发溜光如漆，一抹向后，是个苹果脸儿。第二个女子，约十七八岁，手臂上搭着一件米色的斗篷，身上穿的是葡萄纹的旗衫，不用说，这正是前天水村在轮渡上遇到的那个女子。最后面那个半老妇人，也就是轮渡上跟随她的了。水村情不自禁地先呀了一声。大家因为他这一声叫得突然，都回转头来望着他，他才觉得有些错误，脸都红了。那三个避雨的妇女一齐跑到屋边时，那个穿葡萄点旗衫的女子，首先站住了，望着水村，先呆了一呆，然后向他点了一点头。水村不知说什么是好，也是点头而已。

只在这时，那大雨哗啦啦一声，拥将下来。秋山等赶忙向屋子里一缩，那三个妇女也就跟着进来了。李太湖连连叫道："嫂子！我们公推你做招待员，请你上前招待这三位女宾。人家同在门口站着呢，新衣裳都溅上雨点了。"秋华果然笑着向前，对那穿葡萄纹旗衫的道："三位由哪里来？遇着雨了。你看这雨势来得正凶，不一定是什么时候能停止呢。请进来喝杯茶吧。"她听说，也不能客气，便道："没有法子，我们顾不得冒昧，只好打扰了。"水村镇静了许久，这时知识回悟转来了，便装出很郑重的样子，笑道："这是我朋友家里，请不必客气。"说着，在屋檐下先引着道，将她们引到上面书房里去。

李太湖在一边看到，心想，算那个带着米色斗篷的女子最美。却不料水村所认得的，正是这个最美的女子。他站在后面，望了望莫新野，眨着眼睛，又努着嘴。新野伸着手，摸了一摸下腮，望了他微笑，现出那无可如何的神情来。他二人看到大家都向正面书房里走，未便寂寞，也就跟了进去。一走进屋子，那穿葡萄衣的女子首先笑着赞美道："在这种地方，有这样干净雅致的书房，真是难得。"秋华道："你多夸奖了，我们这也不过是乡下人家的布置，街上的小姐们，未必看得惯呢。"她听了这话，且不回答，却回转头去，对那穿黑衣的女子笑道："我们是街上的小姐！你听听。"秋华见她的样子很洒脱，也料着是个学生，便问在哪个学校。那女子顿了一顿，似乎在想答案的样子，便道："我叫李梅芬。"指着黑衣女子道："她叫秦桂芳，我们是同学。"说着哈哈地笑了，又望了那老妇道："这是我婶娘。"复转身向水村点点头道："这位先生，我们认识在先，倒没有通过姓名，你也一定以为奇怪的，现在可知道了。倒未请教各位贵姓？"

水村倒不料这位小姐，却有点直言，并不顾忌，怔怔地不知说什么是好。还是秋华从中介绍了一遍，连自己的姓名都说了，因笑道："于先生前天一来，就说新得了一个爽直的女朋友，多谢送还了东西，可惜不知道姓名，谢也没法子谢，凑巧偏是今天又会到了。"梅芬道："这真是猜不到的事。我们今天高兴，要来清凉山玩玩，不料碰到这大的雨。"说着，向窗子外看去，只见那茅檐下滴下来的檐溜牵连不断，密密地列成一排，如垂着一幅大珠帘一般。她回头向桂芳道："糟糕，这地方又找不到车子的，我们怎样能回去？"秋华笑道："不要紧，若是雨不止，就住在舍下，我可腾出一间屋子来。"桂芳皱了眉道："我们倒不是急于要回去，就是怕误了事。"梅芬道："这样子的大雨，也不会有什么事，不必瞎着急。"说着，眼睛向她一溜。秋华道："这话对了。这样大的雨，大街上恐怕要水深三尺，什么也办不动的。请宽坐一会儿，我去先泡一壶茶来。"说着，她先走了。

莫新野和李太湖丢了个眼色，一路走出，到他屋子里来。他笑道："人要走运，大门抵不住。你看，水村一到下关，就会到一个女朋友。会到了女朋友不算，偏是这女朋友又赶上门来和他认识。"太湖笑道：

"这有个名目，叫作天作之合，你看那位李小姐对他笑过好几回，又对他点过好几回头。"新野笑道："那位秦女士对你也很不错呀，我看到她对你笑过好几回呢。"太湖伸手搔了一搔头发，笑道："不能够吧？我自己倒不觉得。我知道李女士是小于的对象，我就只注意秦小姐。若是秦小姐果然注意我，我怎么会不知道？"新野笑道："这就由于神魂颠倒，心不在焉了。"说着，他顺手将壁上挂的琵琶捞在手上，口里念着白道：

天若有情天不老，常将明月照花开。试看造化迎人处，一雨催尘送客来。

说毕，将琵琶抱在怀里，便弹起来，唱道：

我自从见了你，便把相思解，我自从别了你，便把相思害，我不知是何缘由，和你结下了这段姻缘债？

你姓甚名谁？我不曾问你。你名门远近？也不知何在。你是何种人？我一味地胡猜。你美丽的面庞儿，是荷花刚开。你软弱的腰肢，是柳枝儿摇摆。我虽是个画匠，也难画你这般全材。

细条条的眉毛，掩映着一排刘海。深深的睫毛，簇拥在一汪秋水之外。两个小酒窝儿一旋，白牙露着微笑起来。

我当时见了你，我怎的不爱？后来别了你，我多么不快！这三天以来，我真是茶饭不想睡梦难挨。

见你时是一枝玫瑰，真个顺手可采，忽然变了一阵香风，干干净净无挂无碍，茫茫的宇宙之中，知道这美人是谁来？

我访是无处可访，猜也没法再猜，这样的单恋，想死也只是无赖，况你也不能见人就爱，我又何必发呆。

我这里自宽自解，只当是石沉大海，你那里半推半就，有些像云破月来，忽然大雨临头盖……

秋华突然一推门跳了进来，一伸手就把琵琶夺了过去，笑道："你这不是胡闹？怎么会编出这一套鼓儿词来？幸而是雨声大，人家听不见。若是让人家听到了，人家真会说我们轻薄。"新野笑道："我这套曲子叫情天不老，先有了个大意，一见这事，我词如泉涌，非把怀里蕴藏的字用完，大概我也唱不了。可惜你这样一打断，把我一支新编的曲子糟蹋了，以后再要编，歇了一口气，就不能这样好了。"秋华笑道："人家一个生客，你们固然不应该随便开玩笑。就算是她和水村有点意思，你这样把人家临头一个哑谜揭开，也许人家不好意思，今天要疏远些。第一次你就把人家弄疏远了，以后的事，就要受莫大的打击了。"新野笑道："嫂子的心眼真好，这里还有一位害着单相思，你何不也和他撮合撮合。"说着，将嘴对太湖一努。

太湖笑道："你不要瞎说了，我有什么单相思双相思？我这种人，还有什么女子爱我呢？"秋华笑道："那也不见得，那个秦小姐，她就很注意你的。"太湖笑道："嫂子，你怎么也和我开玩笑？"秋华笑道："老实说，人家并不注意你，你倒很注意人家，设若你好好地敷衍我，我或者可以和你造成一些机会。你偏要在我面前假充正经，那是你自杀之道。"太湖皱了眉道："这个字眼太不吉利了。为什么要和我作撮合山，又故意把话来煞风景。"秋华笑道："莫先生，请你在一边做证，是哪个故意呢？我不管你。"说着，她一转身就走了。

新野指着太湖道："你这人有点得罪人不择日子，这样紧要关头，你把个过渡的人得罪了，你怎样渡得过这条爱河？"太湖一抬手，正要向头上伸，新野走上前，一把按住他的手道："这不是搔头发的事，你还是去和梁夫人道歉吧。"太湖偏着头望了新野笑道："刚才你不是说了吗？她也不能见了人就爱。我们见着一个异性，马上就存着非分的思想，那也太难了。何况我是个穷鬼呢。"新野道："哪个叫你马上要起非分的念头哩？你想接近接近人家，第一步自然就做女朋友，但是你没有秋华嫂子介绍，我相信连朋友都交不上哩。"太湖终于是伸起手来，将头搔了一搔，笑道："我是做贼心虚，有些不好意思上那屋子里去，你同着我去吧。"新野道："两个目的物，你和小于，一个人认定了一个，我去有什么意思？"太湖道："咳！你这人究竟是想不开。你想我们要都成了朋友，请她在女朋友里面再介绍一个，那有什么问题，你现在不种因，将来如何有效果？"新野笑道："凭你这句话，倒多少有些理由。那么，我就陪你到书房里去一趟吧。这个年月，交朋友无非是互相利用，我今天让你利用一下子，预备将来，我也有利用你的日子。"说着，笑嘻嘻地就在前面走，反转手来，向太湖招了一招。

二人出了房门，那檐上滴下来的水仍自牵连不断，连阶檐上都没一寸干地。二人侧着身子，挨过了这一截屋檐，已是身上洒了不少雨点。走到正屋子里，已经有点像平常快夜晚的情形了。那两位姑娘，虽是坐在那里，可是都愁锁了双眉，不时地向窗子外面望着雨势。秋华笑道："二位不必着急了，安心在舍下就住一晚吧。这个时候，你就是要走，也没地方可去找车子了。我去预备晚饭，恕不奉陪了。"她说着，站起身来点了一点头，笑道："千万不要客气，这是荒野地方，天黑了也没有一盏路灯，很是不好走的。"对秋山道："你和你的朋友，好好地招待来宾。"说毕，果然笑着治晚餐去了。梅芬问秋山道："刚才弹琵琶的，就是这二位吗？"太湖怕这事有点不好，手伸着向新野一指，见新野望着他，只伸一半手出来，又缩回去了。水村便笑道："这两位先生是乐观派，一天到晚，都是说笑话寻开心。"桂芳问道："弹的是什么调子？我们没有听过呢。"秋山道："二位都很喜欢音乐吗？不知道精于哪一门？"桂芳笑着，有待说的样子，梅芬连忙对她使了一个眼色，她就不再说了。水村看这情形，逆料必知道一样音乐，这又是一个同调，更合意了。

大家闲谈着，雨势已小，秋山家里两个工友，便送来两盏玻璃煤油灯，抬着桌椅，陈设杯筷。梅芬已知秋山是这里的主人了，笑道："看这样子，大概还预备了酒，这就不敢当。"秋华正走出来，笑道："不相干，这是我们自己家里浸的糯米酒，今天我很欢喜，请大家抚我一杯喜酒吧。"说着，眼珠向着水村和太湖一转。梅芬见酒菜已经端上了中间桌子，不免站起来谦逊着，就没有注意到水村是一种什么态度。这时她见桌子上一大盘腊肉和一大盘咸鱼块、一大海碗蒜花煮鸡蛋，另四平碗，乃是豌豆王瓜豆腐芥菜。秋华笑道："南京城里的摩登姑娘，鱼翅海参吃得厌了，也尝尝我们这乡下味儿。"梅芬道："我们萍水相逢，受这样子款待，真不敢当了。"秋华笑道："萍水相逢，李小姐还会捡了一只藤篮，追着送给人家呢。"梅芬抿嘴微笑了一笑，不作声。秋山道："索性不必客气了，大家请坐吧。省得大家虚让，我先坐了首席。"他这样一来，大家不但不谦逊，都笑起来了。

入席之后，秋山执着酒壶，从梅芬面前斟起，斟遍了全席，各是一满杯。梅芬和桂芳都举着杯子，道了一声谢，但是说了一声，依然把杯子放下。秋山道："不喝酒的吗？我们这是自己浸的糯米甜酒，甜水一样。"秋华对他以目示意，微笑道："萍水相逢，一个大姑娘怎好有酒就喝？"她和秋山原是相依而坐的，这声音说得极低。梅芬虽没有听到，但是看那情形，已经明白了，就端起杯子微笑道："既是甜酒，主人这番好意，是不能辜负的，我喝三大杯。"说着，一仰头脖，咕嘟一声，喝下一杯了。喝毕，还向秋山照了一照杯，点点头道："还扰梁先生两杯。"秋山明知她的用意，倒不得不斟上，于是又斟两杯她喝了。她喝完了，才随着大家吃菜。笑着对她婶娘孙氏道："这菜样样好吃，我们回家去，也照这样子做做看。"水村坐在她对面，笑道："其实也不见得就比一切的城市菜好吃，不过李女士吃着换了一个口味，所以觉得好罢了。"莫新野笑道："对了，他是应该知道李女士的。"这样一说，水村自是默然，梅芬就像不知道一般，依然向水村笑道："是这样吗？那么，吃乡下菜的人，忽然上起馆子来，他说馆子里菜好吃，也不见得是真好吃，不过调了一调口味罢了。"大家都觉这话驳得有理，都笑起来。秋山道："这一答一复，都有道理。水村应该喝三大杯，庆贺庆贺。"水村心想，这件事，怎么会用得上庆贺？但是既说出来了喝三大杯，不喝倒是不给面子，伸出杯子，让秋山斟满了，也是一仰脖子一口干，连干了三杯。他左边桌子角正放了一盏灯，照见他脸上通红的了。

第四回

旭日同看相知人欲去
荒斋独守前度客还来

　　梅芬看到于水村这种情形，分明是有个八成醉了，笑着举了一举空杯子道："多谢多谢。"李太湖看看于水村，又看看李梅芬，手扶了酒杯子，微笑着。莫新野笑道："这对碰对喝着，真是痛快，我公推李先生敬这位秦女士三杯。"他二人是并排坐的，他说着话，就用脚碰了一碰太湖的腿。太湖向着桂芳微微一笑，正想说什么，可是正着眼色向人一看，人家脸上一点笑容没有，连忙收了笑脸，低了头扶起筷子，只管去拨弄面前那碗炒黄瓜片。梅芬和桂芳坐在一处的，她就将手胳膊碰了桂芳一下道："你就喝一杯吧，看主人的面子。"桂芳只得端了杯子，向太湖举了一举。太湖难为情，低了头吃黄瓜，却没有理会到。莫新野道："老李，怎么样？人家喝酒了。"太湖一抬头看见，哦了一声，马上举起杯子来。不料手伸得过快，没有拿住，把杯子打翻了。这一下子，他虽没喝酒，脸上立刻也有了醉容。秋华不便让桂芳老举了杯子等着，便举杯向她一笑，喝下一杯了。新野狠狠地瞅了太湖一下，又用大腿，连碰他几下。太湖心中明白，向着他点了一点头。秋华见这几位客人，各各神气不同，这酒不喝也罢，别闹出笑话来了，因之匆匆地搬上饭碗来，无形地把酒停止了。

　　吃过了饭，天色已完全黑了。秋华把这三位女客，一齐引到水村的屋子里去，让水村到莫新野屋子里来搭住。新野见屋子里没有人了，便笑问道："你今天太得意了，问了她住在哪里吗？"水村道："她说她寄居在亲戚家里。"新野道："那么，在哪个学校里，你应该知道了？"水村道："她说她这个学期没有进学校。"新野道："什么，你和她谈了许久的话，一点消息都没有探出来吗？你谈的是些什么？"水村道："都是由她问我，没有让我问她。我看大概她是为了有她婶母在当面，有不便之处吧。"说到这里，却听到门边有一个低微的声音答道："对的，准是这样。"说着，门一推，李太湖先伸进一个头来。新野道："为什么鬼鬼祟祟，有话进来说。"太湖笑着低声道："你们看见了没有？"水村道："看见什么？"太湖道："刚才吃过饭的时候，我倒一杯茶给她，她笑着点点头，接过去了。"新野道："这也很平常的事，算什么？你不信，你走过去和她鞠一个躬，她一定也会和你点一个头的。"太湖见水村怔怔地望着，因笑道："你不用多心，我说的这个她，是姓秦的，不是姓李的，你帮我一点忙，将来也许我可以帮你一点忙呀。"说着，就笑了起来。

这时窗子外的雨还没有全止，那檐溜只管淅沥作响。太湖在屋子里侧着头听了许久，又跑出屋子来，先在屋檐下伸出一只手到天井里去试探试探，见没有雨点落在手上，又复站到天井里抬起头来看看。见天上其黑如墨，一点星光没有，却有一阵阵冰凉的空气扑到脸上，正是在下蒙蒙细雨。水村在屋子里问道："外面还在下吗？"太湖很高兴，跳起来答道："雨还在小下，也许明天……"一句话未了，天井里的青苔石头滑得他啪嚓一声向地下一滚。水村新野听到，同时问怎么了。太湖道："哎哟！这一下子，把我浑身骨头都震麻了。至少我要半个月不能坐板凳。"新野出来看时，他坐在泥地上，还不曾起来呢，笑着弯了腰道："这真是乐极生悲，快些起来吧。你还打算让那位女士来搀你吗？"太湖轻轻叫道："莫作声，莫作声，让人家听到了，什么意思。"说着，两手撑着泥地，爬了起来。走到屋子里看时，衣服的下身完全是泥糊了，自己也笑起来。他回房洗手，换了衣服，又跑了来，指着上面屋子道："他们宾主还在谈话，客人早起不了，一定在这里吃早饭去。"新野道："那么，你可以和她们照两张相。"太湖道："没有胶片了。"新野笑道："所以我早就恭祝你，一天要能照五打胶片才好。我这话能算是说错了吗？"大家又笑起来。三人又说又笑，也不知道什么时候，直到各人的眼睛都昏涩着睁不开来，这才睡了。

次日一醒，水村马上披了衣服，走到天井里去看看天色。昨晚所猜想的，完全不对，原来天色已大晴了。屋外一棵绿树，拂着阳光，想是太阳高升了。掉转身马上向屋子里走。只见李太湖打开窗户，揉着眼睛，向天上望去，一见水村就笑道："糟糕，天晴了，客走了吗？"水村笑着摇头道："我不知道，我不是起来看天色的。怎么着？客人走了吗？"太湖道："我不知道，客都走了吗？"忽然上屋子里有人答道："有劳二位惦记，我们还没有走呢。还好，天色倒放晴了。"说话的人走到天井里来，正是李梅芬，她一只手撑了堂屋门，一只手理了鬓发，也不住地抬着头望天呢。水村和太湖倒都有些难为情，向着她各笑了一笑。她道："你二位早哇！"水村笑道："也不早了。"梅芬道："是不早了，我该把她们叫醒，赶快回家了。"说着已转身而去。

水村和太湖的精神这时都为之一振，赶着整理好了衣服，洗过了脸，同坐在正屋子里看书。一会子工夫，秋山由后进屋子走出来，笑道："你两人真用功。"接着水村的书看时，是一本五年前的中国年鉴。太湖手里却捧的是本日文的政治学。因笑道："太湖，你几时学会了日文？你不是说连字母都不认识吗？"太湖道："我也就该学学日文了。"秋山笑道："你自然也是亡羊补牢，犹未为晚。"太湖还想说什么时，三位女客可都一齐出来了。水村首先站起来让座。

梅芬笑道："我现在知道，于先生在这里也是客，对我们这样特别客气，我们真不敢当了。"水村笑道："虽然大家都是客，但是我们和这里的主人，像自己一家人一样，代主人翁招待招待，那也是应当的。"梅芬笑着向她婶娘道："那么，将来我们谢谢主人，也应当谢谢这几位先生了。"孙氏点头道："那是自然。"梅芬在说这话的时候，已经对大家望了一望，那双深藏在睫毛里一对明珠，很灵活地一转，接着便一伸手握着秋华的手道："昨天真是打搅你不堪，过天我再来道谢。不过我还有一句话没声明……"秋华道："不要紧，不要紧，我们至少都是学界中人，彼此不应该谈那俗套。"梅芬笑道："既是认定我们是学界中人……"桂芳在一旁插嘴道："梅芬走吧，我实在要赶着回去了。"水村对梅芬道："何不再坐一会儿，让我们到大街去找三辆车子来。"桂芳笑道："这到大街多远？等车子来了，又半上午了。你看，太阳多高了。"她说着，手一指疏林树梢上的那一颗红日，眉毛皱了一皱。太湖站在一边，也不知说什么好。两只手下垂，一会儿捏拳头，一会儿伸巴掌，一会儿挪搓着五个指头。然而女客心里都有事，她们又道谢过了，哪肯停留，就都向外走。大家送出大门来，梅芬桂芳又都向大家点了头告辞。

然而不幸的太湖，他恰挤在大家的身后，他点着头送人，人家看不见。他连忙抢上前一步，站到人面前去。偏是秦桂芳比他更快，已转身向前走了。他一疏神，忽然叫了一声秦女士。桂芳回转身来，止住步问道："先生，有什么事吗？"太湖沉吟了一会儿，又望了大家一望，笑着一鞠躬道："没什么事，再见了。"桂芳也只好点点头。秋山夫妇和新野都几乎要笑出来，只好咬牙忍耐着。水村也觉这举动不大妥当，却胡咳嗽了一阵，把这事混过去。

眼望这三位女客都穿过野竹林子去了，大家才回身进屋。新野首先一个，哈哈大笑起来。秋山笑道："现在穿西服夹着照相机的人，大半是时髦人物，很知道怎样敷衍女子。我不料太湖对于女子的手腕，却是如此的糟糕。我想你还得跟着我练习练习，免得闹出笑话来。"秋华道："据你这样说，你倒是个会玩弄女子的。"秋山这才知道自己一句话说错了，便笑道："我这是和人家开玩笑，你倒认真。"秋华道："哼！你这就是玩弄女子的手腕吧？"太湖乱摇着手道："我不跟你学了，我不跟你学了，我看你也是动辄得咎呢。"于是大家一阵哈哈大笑。新野道："水村，你不必得意，我看你对于女子的手腕，也就未见得高明。那位李女士是多么文明的一个人，我看你就没有什么样子表示出来你们有爱情。"水村笑道："你这简直是胡说，我和她认识，也只比你们多会一面，这谈得上爱情吗？"新野道："自然是谈不上爱情，但是在你一方面，大概很想向爱情一条路上走吧？要不然，昨晚到今天，你坐立不安，为的是什么？"水村无话可说了，便向着他一笑，在这一笑之中，大家自然也就知道他的意思所在了。自从这一天之后，大家谈起话来，不是李女士，便是爱情，越谈越有味，越有味也就越迷恋起来。

到了第三天吃午饭的时候，秋山先笑道："这一餐我宣告禁止谈恋爱，我家里已经没有米了。吃过饭，除了水村不算，我们分路出发，去找点钱来维持现状。而且梅雨期快到了，屋子得赶先修饰。上海的稿费，这个月的，我已先透支用了，没有指望。我把那部情海轮回小说，写了一个楔子，打算拿到报馆里去兜兜生意看。但是这也未必就能先借钱。倒是秋华有两张风景绣屏，让她拿去卖卖，设若能卖个一二百块钱，一切问题都解决了。新野编的那三支新曲谱，何不和歌舞团去接洽接洽，只要你能……"

新野摇着头站起来道："不！不！他们穿着漂亮的西装，梳着油光的头发，带着翡翠和钻石的戒指，出来喝咖啡，吃西餐，看电影，都有如花似玉的女团员陪着，那才是音乐家。我这个穿蓝布大褂子的，编得出什么好曲谱，走去是自讨没趣。我只要得着在音乐会表演的一个机会，我就不怕了。那时，我要那些穿漂亮西装的人，看看我这蓝布大褂的琵琶圣手。"他说着话，手上拿了一双筷子高高地举起来指着屋顶。全席的人听了这话，情不自禁地放下碗筷，噼噼啪啪鼓起掌来。李太湖连忙拿了五只茶杯，放在桌上，提着旁边的粗瓷茶壶，斟上五杯凉开水，先举起一杯来道："我们恭祝中国琵琶圣手这一杯……一杯凉开水。"大家高兴，都陪着喝了。彼此照了一照杯，才重新吃饭。

吃完了饭，秋山又想到了没有米了，便催着秋华收拾东西，要一路出门去。太湖道："我虽然不见得有办法，我也出门去找找路子看。我知道你们菜园子里的收获，是不够许多人吃喝的。小说稿费，那只好算意外，凑凑零用钱罢了。这一回来了三个女客，把你们剩下的腊肉腊鱼，都作一餐吃光了，我们也该体谅主人散伙了。"新野便笑着唱起来道："主人内容不足兮，偏偏外表有余。纵彼美之肯再来兮，要招待亦无腊肉腊鱼。"秋山笑道："淘气我要走了。"他匆匆忙忙包了一卷稿子，和他夫人出门而去。太湖道："老莫！当真的，我们应该出去想点法子，老梁在这两个月之中，宣告三次断粮了。"新野道："当然，我们也要去找一找路子。小于，你在家里暂忍耐半天吧。"水村道："跟着你们出去走走，也是好的，为什么把我一个人丢在家里？"新野道：

"我们少不得还要到朋友家里去走走，你有些不便去，还是在家里等消息吧。我们若是弄得了钱，一定买两瓶酒回来大嚼一顿。"说毕，毫不犹豫地走了。

水村自然不能勉强跟着他们走，在家里拿了一本书看看，感不到什么兴趣，一个人又慢慢地踱出了门来，就在菜园子里散步。看看菜园子西边，直抵着清凉山脚，山上几棵萧疏的树木，丛集着一片乱草，看不出是六朝遗迹，倒真有些清凉意味。对面一带野竹林子，隔了林子，可以看出三个人家的屋脊。猛然间那边人家一声鸡叫，仿佛是到了乡下，简直不会疑心是京城了。正自这样赏鉴着，忽然听得有人叫道："不要走错了吧?"又一个人道："不会错，这个庙在这里，还错得了吗? 前两天走的路你就忘了，记性真不好。"听那两人说话，都是女子口音，心里一动，连忙穿出竹林子向前一看，只见两辆人力车停在庙角路上，车外站着两个女子。这女子不是别人，正是梅芬和桂芳。梅芬先笑着叫了一声于先生道："我们又来了。"桂芳也微笑着点了一个头。两个人力车夫，便有一个车夫在车上提下许多东西，看时，有点心包，有茶叶瓶，有酒瓶。梅桂二人穿了竹林子到草屋里来，车夫也将东西送到。于水村将她们引进屋子，笑道："看这样子，竟是特意送礼物来的了。主人们都不在家，我怎能做主收下呢?"梅芬看看屋子里静悄悄的，果然没有人，便道："主人翁不在家也不要紧，于先生不说过你是半个主人吗? 就请半个主人收下吧。好像总经理不在家，由副经理办事一样呢。"大家都笑了。水村摸摸身上，还有几个银角子，就赏给车夫，他谢着走了。

他三人都在正屋子里，二位客共坐了一把靠壁的长围椅，水村远远地坐在一张书桌边的方凳子上，伸了一只手用五个指头轮流乱敲着，皱了眉踌躇着道："连工人都浇菜去了，我又弄不出来茶水……"梅芬笑道："你不必客气，主人不在家，我们就不必多礼了。"水村道："二位到这里来，路也不少吧? 凉茶倒有，就怕不恭敬一点。"梅芬摇着头，又说是不必。水村道："回头我告诉主人翁，恐怕他们还要到府上去面谢的呢。"说了这话，自己醒悟过来了，人家的住址始终还秘密着不肯说出来，又从何而道谢，不免在脸色上又表示着一点踌躇。梅桂二人似乎都知道了，四只眼睛一闪，各微微一笑。水村顾不得是凉茶了，就忙着找茶杯子，找茶壶，斟起茶来。匆忙之间，找了五只茶杯，放在桌上，也就斟上了五杯。及至斟完，将茶送到客人面前以后，才发现了连自己一份，还多两杯，便笑道："放两杯在桌上凉凉吧。"这句话一说完，又想到茶本来是凉的，不觉红了脸。

梅芬斜着眼珠一望，微笑道："不必张罗，请你引我们到菜园子看看吧。"说毕，已是站起身来，桂芳更是觉得坐着无聊，也站起来了。她二人在前走，水村在后相陪，就沿着野竹林子里一条小路上走着。路两边各簇拥着四五寸深的绿草，如在路上镶滚的绿边一般。梅芬走着，却用她那平底的紫呢鞋，拨着草丛道："还是住在这种地方不错，空气好，风景也好，住在街上，连青草都不容易见着。于先生是个画家，当然是赞成这种地方的了。"水村还不曾答言，桂芳鼻子耸了一耸，笑道："好香好香！"说话时，接着一阵木鱼响声，由墙里传了出来。她又笑道："这是和尚在敬香念经哩。文明一些的朋友，不都是要废掉菩萨的吗？于先生这些人，倒住在庙隔壁。"水村笑道："这话有几层说法，把菩萨当为求福求财的神仙，胡乱去磕头礼拜，自然是要废除。若把佛学认为一种哲学，偶像供在面前，却也让人得着一种印象在脑筋里。"桂芳道："哲学是什么东西呢？"她很自然地望了水村，等着回答。水村倒不由心里一阵疑惑，一个女学生会不懂哲学两个字，不能不认为怪事了。

第五回

安步当车香尘留艳迹
逢场作戏灯影罩疑团

　　于水村这样的犹豫，不免对秦桂芳身上看了一看，心想她二人都说是学生，可是这装束就不十分像。尤其是这位秦女士，见人羞羞答答的，态度并不大方，穿了这种黑衣服，是一种下等的时髦装饰，恐怕不是……李梅芬似乎把他的情形看出来了，却笑道："于先生，你不要看密斯秦是很老实的人，她是肚子里用事。在学堂里只说一句话，把大家都骗了。论起功课来，哪一门都比我好。"说着，望了桂芳微笑道："我的话对不对呢？"桂芳微微一笑。李梅芬道："我来问你，我听人说，《红楼梦》上的大观园就是随园，这随园不就在小藏山吗？我来的时候，经过了小藏山，可不知随园在哪里。"

　　水村笑道："李女士，你对于文学上的事真肯用心呀！你这话大概不错的。《红楼梦》上的大观园，就是曹雪芹家里的花园，曹家穷了，花园卖给姓隋的，姓隋的又穷了，卖给袁子才。我当年读袁子才诗话，自夸随园是大观园，我也不信，现在经过许多人考证，大概是真的了。小藏山南边，有一块随园遗址的石碑，我已经找到过了。若是李女士愿意找找现在的大观园，我倒可以奉陪。"她抬手看了看手表，笑道："不行了，我们的工作时间……我们看书，都叫工作。"水村道："李女士时时刻刻都记得念书，未免太用功了。也看看小说吗？"桂芳道："她是最喜欢看小说的。"水村道："自然是最喜欢看言情的了。不知道还爱看别的小说不爱？"梅芬笑起来道："不一定言情的，什么小说我都爱看。"

　　大家如此地谈着话，把这菜园外的小路，走了一个圈圈了。桂芳

31

道："这里梁先生梁太太还没有回来，我们不必等了，托于先生代我们说上一声就是了。"梅芬又看了一看手表，笑道："我们真要走了，再见吧。"说着，照了直径只管向前走。水村道："二位今天来了，我不会招待，实在简慢得很。又蒙你的情，送来这些东西，我……"梅芬笑道："本来这件事，俗不可耐。但是我家婶说，在这里叨扰了人家，就这样置之不理，未免说不过去。所以一定要我把这东西送来。你看，我都不好意思说呢。你们可不要再说什么谢谢的话，说起来了，未免难为情。"她一面说，一面向前走，已是穿过了那野竹林子，走上小路了。

在路上停着的两辆车子，车夫都拉着迎上前来。梅芬摇头道："我们暂时不坐，你拉着在后面跟我们走吧。我们上次来，没有看什么景致。"水村道："既是二位要走，我可以送一程子。"梅芬道："不必吧，于先生有工夫吗?"水村笑道："我们是有闲阶级，无所谓有工夫没工夫。"梅芬道："你贵友都说你是一个大画家，怎么不定出笔单来哩?"水村道："哦! 李女士是个内行。"梅芬道："我并不内行，因为先父也是个画画的，所以我知道笔单两个字。他先是不走红，等到他死了，有人说他的画不错，就卖起钱来了。但是自己家里并没有什么藏画，画都在做古董字画的人手里，先父的画名，尽管一天高似一天，家里一个钱也挣不到，真让人不平。我见着画家，我心里就非常地同情，希望他成名发财。刚才先生说是有闲阶级，这倒是对的。从前我父亲在日，也是闲得了不得。不过这种闲和有钱的人清闲不同，乃是找不到事做，并不是不肯做事。不过艺术家都是有点脾气的，越穷越不肯将就。但是现在的社会，不将就人，艺术好也没有人捧，没有人捧，就出不了名，不出名，自然是穷一辈子了。我有一个朋友，艺术很好，只是有一样短处，就没有人捧，到如今还远不如我们呢!"水村道："你那朋友，也是画画的吗?"桂芳对梅芬一望，梅芬一笑。回头一看，大家已转了一个山弯子，夕照寺隔到山那边去了。她笑道："于先生，你不必送了吧?"水村道："二位要坐车，请便吧。"梅芬道："不，谈得很痛快，路也很平，走也好。"

水村笑道："李女士，你一见我，就知道我是画画的吗?"梅芬笑道："当然！我看见你藤篮里，有画笔，有颜料盒，还有图画纸。平常出门的人，似乎不必带着这些东西。"水村道："提起了藤篮，我记起了一件事，我在篮子里捡到一条……"梅芬道："是一条花绸手绢吗？对了，我就是那天失落的，以为总落在浦口东站上哩。"水村道："我没有敢弄脏，可惜先在家里没有想起，不然，我可以找出来奉还。"梅芬笑道："不必了。我不像别人，自己用的手绢不许落到别人手里去的。身外之物，无非是在各人手里传来传去，存在于先生那里，就在那里吧，何必要退还我。有人说，女子的东西不能落到男人手里去。我不懂这个原因，为什么不能呢？我以为清者自清，浊者自浊，不在乎这上头。譬如说，我那条手绢在于先生那里，于先生又能对我说些什么呢？"桂芳笑着低声道："疯子，你又开了留声机器了。"梅芬笑道："不是我疯，我也不过解说这个不可解的理罢了。于先生，你不必再送了。我有闲再来看你。"水村道："可惜李女士的令亲那里，是不便去的，不然……"梅芬笑道："并不是不便去，不过我不愿意你去，我既不愿意你去，你也不必奇怪以为那是什么地方。交朋友只重精神，不在形式上。好在我有时候也有空，有空我就会来拜访你。"

那两个车夫听到说她们不走了，已经将车子拉上前，停在她二人脚下；她二人顺脚登上车去，各点了一个头，那车子就拉着走了。车子拉到了许多远，她回过头来看，见水村还站在一个高墩上望着，就伸出一只手来，在空中招了两招，看她脸上，还带着一点笑容，大有了解他在这里站着的意味在内。水村更是看得有味，直等两乘车子都看不见了，才顺着原路，一步一步走回来。心想这个女子虽然也不免有点放荡，但是在放荡之中，直觉得爽快，并不觉得她刁滑，这是和一般浪漫女子所不同的。现在女学界里面，有一些把人生看得透彻了的分子，也是涉于浪漫一流，她们的目的便是及时行乐，男子所可取乐的，女子也可以取乐。大概李梅芬也就是这一流人了。

心里想着，不觉走到夕照寺门口。这里已不是小石板铺的路，乃是沙土小径。在这小路上，由里向外，一路踏着那六寸圆幅的脚印，这便是梅芬刚才在沙土上踏着留下来的了。低了头，端详着这脚印，一个一个地看了去，不知不觉之间穿入了竹林。猛然一抬头，却有一堵墙抵住了面前，已是没有路了。自己也好笑起来，我这人有点发呆了，人已去远了，在这里观察人家的足迹做什么？缓步走回屋子，找了一本书看看。无奈上街去的人，一个也不曾回来，独坐在屋子里，未免闷得慌，依然再走出园子来，在竹林子里散步。但一到外面，就看到了梅芬的足印，由这足印，便想到了她的人和她所说的话。心里想着，我曾想到她为什么在轮渡上遇到了我，就那样表示同情呢？原来为的是她父亲也是一个不得意的画家。听她的话，她是极了解艺术家之苦处的。她能了解一般人，自然能了解我。先站在脚印边，低了头看得出神，后来就蹲了下去，用一个指头，在那脚印之外，只管画着圈圈，一个画得不能画了，复又去画第二个。

正在画得得意，忽然有人哈哈大笑一声，抬头一看，却是莫新野、李太湖站在身后，连忙站起来笑道："为什么突然发笑？这一下子让我吃惊不小。"李太湖道："我们看了好久了，你只管对着地下打圈圈，那是什么缘故？"水村笑道："这是我一段秘密，不能告诉你。"新野笑道："这个你不说，我也猜得出。圈圈者，范围也。老画圈圈者，表示重重叠叠，逃不出来也。范围虽多，不过是名利和爱情。名利两个字，在你现在不会有什么感触的，这样的颠之倒之，我想一定是为了爱情。"

水村也不说什么，和他们一同进了屋子。一进门，新野看到堂屋里桌上，放了许多礼物，便问是哪里来的，水村笑着将二位女士来了的话，说了一遍。太湖猛然抬起手来，在头上打了两个暴栗，唉了一声。水村笑道："唉什么，你觉得失了一个机会吗？"太湖道："倒不悔不该出去，悔不该抄小路回来。若是走大路，在路上就碰到了她了。"水村道："碰到了她又怎么样呢？"太湖道："你陪着她们谈了一阵，又怎么样呢？"新野道："你不用争，只可惜你见了女子，就说不出话来了。"水村道："他们夫妻二人还没回来，你们找路子找着没有？"新野两手一扬，肩膀一耸道："我没有办法。太湖找了一个位置，一个大照相馆请他去当摄影师，每月四十块钱。只是有一层，他怕离开了这里，以后就会不到那秦女士了。"水村道："不要紧啦，我可以帮他的忙呀，请我吃一餐吧。"

门外有人答道："请你吃一餐，东西预备好了。"说着话，秋山手上提了一只麻布袋进来，一见有两瓶酒放在桌上，笑道："好极了，我们今天晚上一醉解千愁吧。哪里来的酒？"水村告诉了他，他笑道："这年头，还是萍水相逢的朋友好哇，叨扰她的酒。"他一面说，一面在麻布袋里伸手一掏，掏出一只卤鸭子，高高地举着，卷着舌头学南京话道："好肥的南京鸭子。"放下鸭子，又大大小小的，搬出许多干荷叶包来，笑道："我们的晚餐，是卤鸭子下酒、黄花木耳炒肉丝煮面。"新野道："你这样大干，今天把稿子卖了吗？"秋山笑道："卖稿子吗？再见吧。走了好几家报馆，他们的编辑先生，一看题目，就不中意，说是谈爱情的稿子，收得太多了。跑了半天，买卖不成。路上遇到了我夫人由绣货公司回来，也是让人挑了眼，他们嫌定价太贵，不肯用现钱收下，让我们存在那里卖，卖完了再拿钱。她一生气，决裂了。两张刺绣画在当铺里当了十分之一的价钱，得了六块大洋。我分下来三块，买了这东西来，我们权且大嚼一顿。秋华去买米去了。钱用完了再说，天下不会真饿死多少人。"说着，将酒瓶子塞子拔开一只，嗅了一嗅，大笑起来。他一笑，大家也笑，好像不知道是用当来的钱似的。过了一会儿，秋华果然买了一袋米回来，晚饭有得吃了，大家更是乐得忘其所以。

到了晚餐的时候，送来的两瓶酒都喝光了，大家醉态醺醺的时候，都去睡觉了。水村次日起来时，秋山已经和两个工友，到菜园子里挖菜去了。漱洗过了时，只见秋山糊满了两手的泥，流着一头黄汗进来。水村笑道："昨天晚上那样乐，今天又这样累，我也不过意。我今天也去找找我的朋友，寻一条卖画的路子。"秋山笑道："你一个不见经传的画家，想卖画吗？不要去寻找失望吧。今天的菜，大概又可以卖四五块钱，我们这些人，够吃四五天了。"水村笑道："失望也不要紧，至多是保留着现在穷光蛋的身份，不会再降一级的了。"秋山觉得他的话是对的，也不去拦阻他了。

吃过了午饭，水村便到韩求是的寓所里去找他。今天是个星期六，照例衙门里是提早散值。韩求是在京，是住在一家旅馆里，花了三十元一月的租金，租了一间半中半西的楼房。屋子里连书架、写字桌、箱柜、床帐，都设备完全了，似乎卧室书房客厅，都在这里的了。这时，求是正将自己穿的西服，放在床上，叠得平平的，然后放到箱子里去。床面前楼板上放着两双皮鞋，一盒鞋油，还有一块布条，似乎是预备着擦鞋子了。水村由茶房引进房里来，求是正忙着收拾桌子，因笑道："不恭得很，屋子里糟得太乱了。"忙请他坐下，自己提起桌上的茶壶，倒了一杯茶，放在他面前。水村笑道："一个部里的秘书，起居是这样的简陋吗？"求是道："南京生活程度太高了，不简陋不行。唯其是这样，所以我在家里坐不住，终日在街上鬼混。你来了很好，在这里谈谈，省得我出去。"水村听说他有工夫，甚喜，便把来意慢慢对他说了。求是道："此地的阔人也不少玩字画的，我替你留心吧。"由此，二人便谈到了南京官场的情形，求是自然是知道清楚一点，谈得有趣，水村听了又要听。等到谈完，天色已经黑了，求是便要他同去吃馆子。

这馆子前后，就有好几家清唱的茶馆，二人在馆子里吃饭，一阵阵的锣鼓弦管之声，只管送入耳鼓。水村笑道："这条街很热闹呀。真个是歌舞升平呢。"求是笑道："你想去瞻仰瞻仰吗？你一个艺术家，到处都应该求些印象，这地方似乎不能不去。"水村想着点了点头道："究竟内容是怎么回事，我也不妨去看一下。"吃完了饭，求是会过了账，二人走出馆子来，抬头一看对门的锣鼓响处，上面招牌大书六朝居。求是道："这几家茶社，我家家都熟，你愿意到哪一家呢？"水村道："就是从这一家起吧。我是无目的，哪一家也可以。"求是笑道："希望你今天撞上一个目的物，以后就可为目的而来了。"水村道："目的吗？我敢起誓，这些地方，绝找不出我的目的。"

说着话，二人顺着脚步，一同走上楼。到了楼上一看，正面有一个大小见丈的矮台。台后垂着绣幕，也有上下门，有一个戏台的雏形。台正中放了一张系绣围的小桌子，桌子上，放了两个玻璃罩，罩着两盏电灯，如佛案上的玻璃烛罩一般。桌子里，站着一个剪发时装的女子，板着脸色在那里唱。她身后列着文武场面，也和戏台上一样，在奏着乐器。戏台下，和茶楼上相同，摆着许多方桌方凳的茶座。茶座上有坐着一个人的，有坐着三四个人的，也有坐着六七个人的，座中倒也有一二位女客，乱哄哄的，大家谈着话。有的人向着台上叫好，有的交头接耳，眼望了台上笑眯眯的。二人面前，倒有两张空座位，只是离楼口近，离唱台远一点。求是低声笑道："六朝居，我是无目的的，就在这里坐下吧。"

二人一坐下，堂倌也和茶楼上一样来泡了茶。抬头一看台上，原先唱的那个女子不见，已经换了一个人了。那台柱子上，有一块小黑牌悬着，上写粉字，张秀英《玉堂春》。这个歌女，大概就是张秀英了。她一手拧着胁下掖的长手巾，一手扶着桌子，只管低了头唱。她正唱的是"十六岁开怀王公子"那一句，不待唱完，茶座上轰的一声叫出好来。唱完，她微微一抬头，眼睛在茶座上一转，好哇，又有七八个人叫将出来。于是她掉过身去，背向着台下。场面上那个拉胡琴的黑汉子，临时兼充《玉堂春》里的老生，说着白审问玉堂春。他说完了，那女子再转身向台下，只一转身，一个坐近台口的西装少年，冷不防地拖长了声音道："好……哇。"她一耸肩膀，抿着嘴唇忍住了笑。水村扶着茶壶盖，低头喝茶，却低声道："听戏人捧角的味儿，南北一样呀。"求是不曾答言，堂倌来收钱来了。求是掏出一块钱给他，吩咐不用找了。水村道："两盖碗茶，卖一块钱吗？"求是笑道："八角是茶钱，二角是小账，这是最廉的了。多的时候，一盖碗茶，可以值到二三十块钱。"水村道："那为什么？"求是笑道："这叫作逢场作戏。"

水村正待再问，台上又换了一个女子上场了。心想，一个人所唱，也不过五分钟罢了。听唱的人，能听出什么趣味来。这样想着，就四周看看茶座上的人态度如何。仔细一看，大家都很高兴。慢慢地眼光转到了楼口上，只见一个时装女子，穿着粉红色的旗衫，卷堆着烫发，浓抹着脂粉，衣扣上挂着一个圆茉莉花排子，正一脚走上来。水村先看到她，觉得很艳丽，以为也是一个歌女。她身边正有一盏悬壁的电灯，在灯光下，再仔细一看，却是所最倾倒的李梅芬女士。他呀了一声，便起来，要招呼她。楼口上几个人一挤，她不见了。水村又呀了一声。求是尚未看见李梅芬，便问他什么事失惊。水村道："这里的歌女，有个叫李梅芬的吗？"他说没有。水村道："除非是我眼睛花了。我刚才看到我一个女朋友上楼来，又不见了。"求是道："你的女友当然是崭新的人物了。逢场作戏，这里新式女子来的也很多呀。"水村道："既然是她，为什么上了楼又不见了呢？这大可奇怪了。"心里疑惑着，究竟坐不下去，便道："我要楼下去看看。"说着，便追下楼来。在楼口上望望，却是没有人影。因楼栏上挂有许多歌女的芳名，又从头至尾，一个个看了，不但没有李梅芬，连姓李的歌女也没有。心想，我真想入非非了，怎么会疑心她是一个歌女呢？她虽浪漫，绝不会一人来听清唱，一定是我在灯下看错了。越想越是错误，于是转身再上楼来。

第六回

惊异遇歌场忽明真相
谈笑归客舍莫抑悲怀

当于水村转身上楼的时候，韩求是莫名其妙地也跟着下来了。只见求是向楼下点着头道："你这个时候才来？"水村道："我这人是有点中了情魔了。坐在这里听，会把她看见了。我追下楼来，哪有她的影子？她是一个仙姑，或者我……"水村只管向求是答复，然而看看求是的眼光，并不是向着自己，乃是向着自己身后，回头一看，又呀了一声。这回看清楚了，绝不是仙姑，是真正的李梅芬，还是先前在楼口上穿的那一套衣服。猜她不会到这种地方来的，毕竟是到这种地方来了。望了她，手扶着扶梯柱，两只脚一上一下地踏着两个梯档，也不知是站着好，也不知是迎下楼好。李梅芬也呆了，脸上羞得通红，说不出话来。

韩求是在他说一句"你这个时候才来"的话时，曾见李梅芬突然向后一退，他不知道她为何如此一惊，所以就不敢再说。这时水村和她对面呆立着，求是也就呆立着了。还是李梅芬先开口，向水村叫了一声于先生。水村证明是二十四分不曾有错误的了，便迎上前去道："李女士也喜欢听听老戏吗？"梅芬向着她身后的韩求是，睁了眼望着他，口里答复着水村道："是的，我也喜欢听戏。"

水村一步一步地向下走着，韩求是也一步一步地向下走着，二人站在梅芬面前。她打算要向求是点一点头，又不知道他和水村是什么交情，说过一些什么话，头微微一点，忽然向水村大声笑道："我们不约而同地相会了。我许多朋友，他们不肯来听清唱。我很奇怪，为什么不能来听清唱呢？我以为男子能来的地方，女子也就能来。韩先生，你说对不对？"说着，眼睛只管望了韩求是。他笑道："对了。男子能来的地方，女子也就能来。"水村道："李女士，你是一个人呢，还是等别个？"李梅芬笑道："我还有两个朋友，你二位再到别家参观去吧，韩先生这里是很熟的呀。"说着不住地向韩求是丢眼色。韩求是笑着向她一点头道："是！李女士，我和这位于先生暂告别吧。楼上的《玉堂春》完了，再下去一个戏是《卖马》，再下去一个戏……"水村踌躇一会子道："我们又何必再走一家，就在这一家不好吗？"李梅芬向韩求是望着，脸更红了，一只右手不住地去整理挂在胸面前那一朵茉莉花排。韩求是道："我们茶座，已经撤了。再上楼上，依然要给一份茶钱。与其在一家出两份茶钱，何不再走一家呢？"水村对着梅芬只管呆着，沉吟着道："最好是……"韩求是拉了他一只手，就向楼下走，笑道："李女士，再见了。"一阵风似的，把水村拉上了大街。

水村回头望不见了六朝居，一顿脚道："你这个人怎么回事？不许我和她多谈两句话。"求是笑道："你太忠厚了。现在时髦的女子，谁没有几个情人，而情人和情人，她是不愿意见面的。她正有情人同来听戏，偏是遇着了你，已是不幸，你还要重上楼去一齐坐着，叫她设身处地，岂不是左右做人难？"水村道："你这话对了，我一时没有想到，但是你怎样认识她的？看那样子，她竟和你很熟。"求是笑道："你说为一个女子所颠倒，这女子就是你所颠倒的吗？她太浪漫呀。"水村道："她虽是浪漫，倒有一种豪气。有豪气的人，总不至于怎样堕落。我想她是少一个真懂浪漫主义的人去指导她，假使有的话……"求是笑道："何必假使？你不就是一个可指导她的吗？"水村道："的确的，我喜欢那种毫不虚伪的态度。"求是笑道："你怎样知道她不虚伪？不要把话说得太肯定了吧？"说着，一伸手，在水村肩上连连轻拍两下。水村点点头道："你这话也有一部分的理由，她既是对我不见外，能够浪漫到彻底，就让我上楼，和她的情人见一见面，也不要紧。这样说来，她果然是有些虚伪，我不要再见她了。我是个穷光蛋，自顾不暇，我还谈什么恋爱？你要到别家去，你随便吧，我不去了。"说毕，掉转身躯，就向回家的路上走。求是道："我们听我们的戏，她陪她的爱人，你何必为了她的缘故，连戏也不去听？"水村道："我就是这个情形，你还不知道吗？"他说着话，就越走越远了，在电灯光下，人影隐约中，叫了一声再会。

　　但是他一路想着，总觉这个疑团，还不能一下就打破。心想，我这人也不知道有了一种什么缺点，对于女性，总是不大容易接近的。这个女子，本来是她将就着我，并不是我将就着她。照说，只要我一迎合她，就可以成为很好的朋友了。然而刚是三分希望，这事又变卦了。但是我总要研究一下，能和她谈爱情，同在一处听戏的，又是一种什么人？我非去看看不可！他这样想着，毫不犹豫，就掉转身来，再向六朝居这条路上走。当他走到楼梯下时，正听到楼上弦索声音，凄楚婉转，有个女子在唱孙夫人《祭江》。先在这里所听到的几个歌女所唱，简直都不成腔调，更不要说可听可不听。现在听这个歌女所唱，和真正的伶人一比，并不见得不如，这一个角色是哪里来的？倒要去瞻仰瞻仰。于是更是毫不思索地，一直闯上楼来。一走到楼口，他的一双目光首先就射到唱台上去。一看那唱的女子，穿着粉红色的旗衫，卷堆着烫发，浓抹着脂粉，衣扣上挂着一个圆茉莉花排子。哈！那不是李梅芬是谁？原来她是一个歌女。她之不让我上楼，以及她自己那样躲闪，原来她是瞒着我，不让我知道她的真面目。她为什么不让我知道她是一个歌女呢？这就不可解了。怪不得她是如此的浪漫，原来是个风尘中的人物呀。我一个穷光蛋，哪有和歌女谈爱情的能力？不用说花别的什么钱，就是这四毛钱一碗的茶，我也不能天天来喝。走吧，不要故意识破她的机关了。

　　想到这里，他就转身下楼去了。一下楼梯，顶头又碰到了秦桂芳，她一见之下，也不免怔了一怔。水村笑道："老板，你为什么事先瞒着我，我不够捧场的资格吗？"秦桂芳笑道："这都是桃枝姐的意思，我也不明白。我在后台，早看见你了。"水村道："桃枝是谁？"桂芳说道："桃枝就是李梅芬。梅芬是她以前的名字，唱戏她就改了这个名字，连姓都抹了的。"水村道："原来如此，你的芳名又是什么呢？"桂芳道："我叫秦小香，桂芳也就是我原来的名字。"水村哦了一声道："我都明白了，再见吧！"说毕一直下楼，头也不回。

秦小香怔怔望了一会儿，然后上楼向后台而去。到后台时，只见桃枝背了电灯坐下，伏在桌子上。小香上前，将她推了一推道："你今天睡到两点钟才起来的，你还没有睡够吗？"桃枝将身子扭了一扭道："我不是睡觉。"说时，见她在胁下抽出一条手绢，低了头擦着眼睛。小香道："你这为什么？"桃枝抬起头来，向她丢了一个眼色，便道："我突然头发起晕来，还有一个码子，我要请假了。"小香对了她的耳朵，低着声道："他走了，你唱吧。台下还有几个人，等着要点你的戏呢。"桃枝道："但是我心里慌乱得很，刚才简直在台上站不住。要我再出台，恐怕会忘词的。"小香道："你哪怕少唱两句呢，也应该出台。要不然，老板知道了，又要见怪的。"

桃枝还要说什么时，歌女们已经围上一群人，接着又是小香出台的时候到了，她也就混在人丛里说笑。歌女们少不了各有各的心事，人家一看她那强为欢笑的样子，自也知道是茶客里面有了问题，正不必怎样追问，只微笑望着她。桃枝道："哪位有香烟？送一支给我抽抽。"一个朱玉娥道："你不是说要戒了香烟不再抽吗？"桃枝道："有什么戒头？歌女总是歌女，做成规矩的样子，人家也未必看得起。做了歌女挣几个钱是正经，还讲虚面子做什么？"朱玉娥在身上取出一盒香烟，递了一支给她。她将香烟放在嘴里，正四处找火柴，只见茶座上照应茶座的老刘，正在一边擦火柴，于是抢步上前，一低头，就着他手上的火柴，将烟吸上了。

老刘丢了火柴头，扛着他一双瘦肩膀，用手在那雷公嘴的短胡子桩上，搔了一阵，露着黑牙笑道："李老板，阮先生来了，我说过去，他今天应该点你五个戏。"桃枝抬头一望壁上挂的木板，自己名字下，一行一行的，记了许多中国字的号码，喷出一口烟来笑道："还好，这五天没有脱过。"老刘道："李老板，你真红。这样下去，明年的包银，可以加到一百八，后年二百，再……"桃枝笑道："老是一年加二十吗？"老刘道："那也很不错，十年就要加到四百了。"桃枝冷笑一声道："难怪你在茶座上，也不过当这样一个角色，糊涂虫一个！你想想看，十年之后，我也就快成老太婆了吧？老太婆就唱得再好，茶客哪个要听？走上台去，活让人家打通儿打下来罢了，还打算拿包银呢！你老婆倒也能唱两句老生，叫她来拿这四百包银吧！"她如此一说，老刘不住抓胡桩子，歌女们都笑了。桃枝笑道："十年之前，他老婆不是和我们一样的小姑娘吗？那个时候，若是有歌女……"老刘笑道："李老板，不要拿我开心。"说毕，他走上前台去了。

小香唱完进来了，将桃枝拉到一边，低声问道："你今天发了疯了吗？哭一阵子，又笑了一阵子。"桃枝叹了一口气道："我哭也没有人懂，笑也没有人懂。"小香道："你以为你读了几年书，你就觉得你总比人家高一个码子？"桃枝道："我说你不懂不是！我高些什么？我就自恨我从前为什么读书，若不读书，利害不明，糊里糊涂地过日子，那才是好呢。"

说时，老刘笑嘻嘻地走了进来，低声道："李老板，今天洪主任点了十个戏了，有面子呀。"桃枝道："这家伙没有好心眼，今天不是叫我到他旅馆里去，就是要到我家去打无形的茶围。"小香笑道："你又发疯，乱七八糟胡说。"玉娥也皱眉道："李老板只管说话寻开心，也不管失身份不失身份。"桃枝望着玉娥哈哈一笑道："哟！朱老板，你还打算保留身份啦？我问你，陌生的客人只要花钱点了几个戏，就可以到我们家里去坐，那是什么缘故？"玉娥道："现在文明世界，男女交交朋友，又算什么？"桃枝道："既是交朋友，不点戏的，你欢迎他不欢迎他？点了戏的，你不要他去，行不行？他们给我们钱，我们十八九的大姑娘，就让他跑到屋里来喝茶抽烟，说说笑笑，这和打茶围有什么分别？我们事情也做了，还要这个虚面子做什么？"玉娥一转身道："你今天发了疯，我也不好拿话来骂你，我不和你说了。"说毕，她已走开。桃枝抽着烟，只管嘻嘻哈哈笑着。

小香道："你这一场，不要又唱一小段，应该多唱两句。老洪算很对得住你，你并没有要求他，今天就点你十个戏。这样下去，每次来都是十个了。不过这也要看你对待他的手段如何。"桃枝道："为他点了十个戏，就要多唱几句吗？恐怕唱一夜到大天亮，他也不见得欢喜。人家花钱点戏，不要买你几句唱，一是要买我们的身，二是要买我们的心。"小香瞅了她一眼道："没有看到你这种人，只管把这话放在嘴里说，我也离开你了。"桃枝望了她的后影，笑道："可怜的孩子，让人家当了玩物，自己还不知道呢。"她坐在一边，很沉静地抽完了一支香烟，然后很从容地出台去唱她的戏。她这回唱的是《梅龙镇》，另有一个歌女配老生。自首至尾，仅仅只有几句四平调。也不过五分钟的工夫，她就回后台来。

当她回转后台的时候，接着那个做青鸟使的老刘，又笑嘻嘻地来了。他进来的时候，一直迎向桃枝来。桃枝一手撑了腰，一只脚在地上点了两点，微笑道："是那姓洪的叫你来的吧？刚才在他茶座上，只管怪声叫好，对我乱飞眼色，就没有好心眼。他以为他花了十块钱，总要表示出来，让我感激感激呢。他是叫我到他旅馆去吗？或者是说，过一会子，到我家里来呢？"老刘举起手来，搔了搔头发，笑道："李老板，你何必噼里啪啦对我说上一顿，我也是替人传话，好比一只留声机器。"桃枝笑道："我自然不怪你。不管他要我去见他也好，他要到家里来也好，你就说千万对不住，我今日出台，都是勉强的，身上实在不舒服，回去就要睡觉了。"老刘笑道："那何必呢，你随便敷衍敷衍人家也好。你可以坐了自己的车子来回，到他旅馆里去坐个十来二十分钟，他也不能将你怎样。"桃枝笑道："我倒不怕他将我怎样。无奈我今天十二分不高兴，无论什么事也不愿意。真的，我一回去就要睡觉。"老刘道："你真不去，他又奈你何？不过要他点你的戏，那就不行了。"桃枝道："不行就不行，我也不靠他一个人。"说完了这句话，也不再提，一个人就走出后台，匆匆地回旅馆去了。

桃枝所住的是垂杨旅社，就在六朝居前面，不过是个旧式客栈，把名字改得好听一点罢了。这旅社里，十之七八是长住客人，长住客人里，歌女又要占三分之二，但看歌女的身份高低，看租的屋子的多寡与大小为定。桃枝住了一间大房、一间小房。大房是自己住，带做着客室与书房。小房是她婶娘孙氏住。桃枝走回自己的房间，坐在一张摇椅上，将头枕着椅背，昂头望了电灯，只管出神。孙氏走进来问道："稀饭熬好了，你要吃一碗吗？"桃枝不作声，抬起右脚来，将高底皮鞋脱下，扑通一声，向桌子下一丢。孙氏道："鞋子脱了，你还出门不出门？"桃枝抬起左脚，右手拿了皮鞋，朝着椅子背后反丢了过去。这一下不丢在地板上了，正好丢在洗脸盆里，啪嚓一声，水花四溅，连床帐上都溅着了。孙氏抢着把水淋淋的皮鞋捡起，咳了一声道："这大的人，孩子一样，只管淘气。"桃枝道："我最恨是高底鞋子，但是大家穿，我也不能不穿。"孙氏道："和你打的一盆干净洗脸水，没有洗就脏了。"说着话，她就端了脸盆出去换水去了。

桃枝光着一双赤脚，在地板上走到床边，向床上被上一伏，两手抄住着枕头，竟自睡了。孙氏端了脸盆进来，见她衣裳未换，光了一双赤脚，睡在床上，笑道："咦！她就这个样子睡下去了？"桃枝伏着，可是丝毫不动。孙氏道："我不信，这一会子工夫就睡着了？"桃枝伏在那里，依然是不动。孙氏将她的身子摇了两摇道："你就是要睡，也应当把衣服脱了，好好地睡着，趴在这里这是什么样子？"桃枝还是不作声，依然伏着不动。但是她虽不动，仿佛可听得出来有点哽咽之声。孙氏道："你受了什么人的气，怎么好好地哭起来？"桃枝将身子扭了一扭，将脚拨着孙氏道："你不要管我的事，你走开吧。"她说话，正带着一点子哭音。孙氏道："这真奇怪，回来什么话也不告诉人，就是这样生闷气，到底为了什么事？"桃枝坐起来，抽了手绢，擦着眼泪道："我心里难过，哪个也不曾得罪我，我也没有和哪个生气，你不要问。"说着话，索性牵线似的落下眼泪，只管哭将起来。孙氏站在一边，倒望呆了。这真奇怪，为什么好好的哭将起来呢？问是茶社老板说了什么话吗？答不是。问是茶客叫了倒好吗？也不是。问是和姐妹拌了嘴吗？也不是。孙氏坐在床沿上，皱了眉毛，只管向下盘问，问了十几样，也没有对的。桃枝只管和她说话，没工夫去哭，已揩干眼泪，靠了床柱坐着。孙氏哭丧着脸，叹了一口气道："究竟什么事呢？把我急坏了。"又叹了两口气，将头靠在肩上，一言不发。桃枝见把姊娘逼成这个样子，扑哧一声，笑起来了。

第七回

半夜款香巢突闻快语
清晨过老圃幸遇知音

　　孙氏呆坐在一旁，不知道如何是好。这时看到桃枝又笑起来，不能不引为怪事，因道："你今天又哭又笑，莫不是发了疯？这倒叫我有些不明白。"桃枝笑道："这有什么不明白，笑是为了心里高兴，哭是为了心里不高兴。"孙氏道："我又不是三岁小孩子，这个有什么不明白？但是你这一会子工夫，怎么不高兴一阵，又高兴一阵！你把这原因说给我们听听看。"桃枝道："不要说这些闲话了。好在我不哭了，你就不用费心了。你说稀饭熬好了，你盛一碗稀饭我来吃吧。"

　　孙氏也摸不着她是什么缘由，她现在既是很高兴，不愿人去问她，也就只好不问，将小菜稀饭，一齐搬了来。桃枝这时换了短衣，将刚才挂在胸襟前的茉莉花排取下，用碟子盛了凉水，将这花排子浸上，口里连连说了几声可惜。孙氏一看，是刚才她伏在床上，把花排子压坏了，因道："你这是什么算盘！十几块钱一双的皮鞋，丢到水里去，二三十块钱的衣服，穿了满床打滚，你都不可惜，两角钱的花排子压坏了，你就左一句可惜，右一句可惜？"桃枝道："你哪里知道，衣服鞋子不过是一样用物，坏了拿钱再去买就是了。花是天生的好东西，本就不应该折下来戴，既是折下来了，就不应该糟蹋。"孙氏道："这孩子糊涂死了，花不也可以拿钱买得到的吗？"桃枝站在她面前，微笑道："老太太，你不懂呀。花坏了，虽然还可以拿钱去买，但是已经不是原来的花了。譬如一个美人，有钱的老爷们把她糟蹋个不堪，美人病了死了，他又要拿钱再去买一个。我们要不要替那个死了的美人可惜呢？"

　　孙氏正待说什么，桃枝一跳起来，连忙将房门拴上，然后向床上一跳，横拖了一个床被，就向身上盖着，连连对孙氏招着手。孙氏也不知是什么事，连忙跑了过来。桃枝道："有人来了，有人来了。你就说我生病睡了觉，不能招待，他们若不信，你就让进来也可以。"孙氏要再问时，只听得门外有人问道："李老板在家里吗？"孙氏道："是哪一位？她病了，已经睡觉了。"说着，开了门，探了半截身子向外一看，是三四个穿西装的少年。其中有一个姓洪，是个主任，自己是认得的。洪主任道："刚才在六朝居，她还唱得很好呢，这一会儿工夫，她就病了吗？"孙氏点着头笑道："请进来坐坐吧。"身子略微偏了一偏，这三个西装少年，已是挤将进来。他们一见桌上摆着稀饭，桃枝静悄悄地在床上躺着，这不能不认为人家是真病了。桃枝早就转了身子，脸向着床里。洪主任缓步走到床边，低了头，叫了一声李老板。

桃枝一个翻身，转着向外，就在枕头上，向他点点头道："洪主任，对你不起，今天我是有到你旅馆里去的义务的，但我不料回来就病了，明天能唱不能唱，我都不知道。"洪主任笑道："你何必客气。"桃枝道："我不是客气。这个年月，十块钱说少是少，说多也就很多。有钱的人，不够买一双袜子穿。没有钱的人，十块钱，可以做两个月的伙食呀。你今天点了我十个戏，要你花了十块钱，我虽没有全得，也可以花你五块钱。单看在这五块钱分上，我也应当到你旅馆里去看看你。要不然，花钱的老爷们未免太冤枉了。"

洪主任听了这话，倒不由脸上一红。好在他对于演说这一件事，很有点研究，向后退了一步，笑起来道："李老板，我有什么事得罪了你吗？你为什么把这些话来挖苦我呢？"桃枝微笑道："我这个人太没有良心了，你这样地捧我，我还要挖苦你。歌女们真不是东西，还有人来捧吗？"洪主任再想说什么，孙氏已是在他们三位客面前，递茶递烟，周旋了一阵。他们自然也就把这不相干的辩论丢开，随便地坐下。然后问了桃枝是什么病，那处不舒服，劝她找医生弄点药吃，无甚可说，各自告辞走了。

桃枝在床上听到那皮鞋橐橐之声，由近而远，于是自床上跳了起来，笑道："我真有点神机妙算吧？若不是先躺到床上去，他们来了，至少要瞎混一个钟头。我听到那皮鞋声一直向后面走着来，我猜就是到我们这里来的。"孙氏道："你今天虽然躲过了，明天你再唱，他再点戏，你能够不去吗？"桃枝笑道："现在做事，也无非是过一天算一天，今天把难关混过去了。明天是明天的事，又何必先发愁等着。"孙氏道："我总怕得罪了人家。吃我们这一口饭，就是靠个人缘。"桃枝道："我的事我自有我的打算，你就不必管了。我明天起早，还要到一个地方去，你不要吵，等我先去睡觉吧。"孙氏何曾知道她有什么心事，因道："好几天了，都睡得很晚，今天睡得早一点也好，不要又想着到这里去到那里去了。"桃枝也不去理会她，果然上床去，安安静静地睡了。

　　到了次日早上，窗户上也只刚刚转了一点白色，桃枝就爬起床来。一听房门外，一点声息没有，想必茶房们也都未曾起床。只得重上床去，又勉强着睡了一会儿，听到外面一有声响，马上就起来，只要了一些温水匆匆洗漱着。茶也不曾喝，匆匆地就走出门去。她出得门来，遇到一部人力车，就坐着直向夕照寺梁秋山家来。这个时候，太阳由东边树梢上，照到一片菜地上。两个工人正戴着草帽子，蹲在地上挖菜。梁秋山家的大门还是虚掩着，一群麻雀叽叽喳喳在门外地上找食物。桃枝一想，大概全家人都在睡觉，未免来得太早了。于是轻轻悄悄地，走到门边，用手轻轻一推开，伸着头向里一看，正犹豫着，是进去呢，还是不进去呢？

　　然而就在这时，听到那正屋里面，有一阵嬉笑之声，因扬声问道："梁先生起来了吗？"只她这一句话，所有梁秋山家的主客一齐挤出来了，有两个人手上，还拿着筷子。秋华抢着向前，携了她的手道："在这样早的时候，你怎么会有工夫出来，今天是星期日吗？学校里不上课吗？"桃枝笑道："我有几句话，特意来要说一说。"说时，眼光就向水村瞟了一下。然而他是很镇静，就像不知道昨天晚上那回事一样。秋华道："来来！我们吃稀饭，你也来喝一碗，好吗？"桃枝道："街市上的生活，究竟不如乡下，街市上的人，以为很早，乡下人已经是吃早饭了。"秋华道："虽然如此，但是你们当学生的人，起来的时候，不会比乡下人起来得更晚啦。"桃枝望着她想说一句什么，忽然又忍回去了。

走进屋来，她见桌上摆着稀饭和菜碗，一碗是腌菜，一碗是油炸豆，一碗炒黄瓜，清淡极了。正这样打量时，秋山笑道："我们这菜，实在不便请客，但是李女士也不妨坐下来，谈谈笑笑，取个热闹意思。"秋华赶着盛了一碗粥来，水村跟着取了一双干净筷子，向桃枝手上递。

桃枝自来之后，全副精神都注射在水村身上，正不知水村对她取个什么态度，这时见水村递了一双筷子来，正是表示彼此感情依然存在，并不曾因为识破她的真相而介意，这一下子，心中颇有一种不可言喻的愉快。笑着望了他，将筷子接过来道："于先生，还是这样的客气！"秋华捧了一碗稀饭，伸了出去，没有人接住，既不便叫桃枝来接住，也不便将手缩回来，只得糊里糊涂地，将这碗稀饭放到桃枝面前。等桃枝掉转身坐下，见面前有一碗稀饭，扶着碗，跟随大家就吃，至于是谁盛来的，可就不曾注意到了。在这时候，桃枝的目光只管向她上手这位于先生身边来看。秋华是个女子，对于女子的动作，她总会比别人更加地注意。她见桃枝对水村那一番情形，就知道她对于水村是很有意思的，不过水村的样子倒有点淡然，不是前两次那样热烈地欢迎了。

桃枝是个心里有事的人，自然嘴里也会觉得无味，慢慢地喝着粥，用筷子挑了几粒油炸豆，放到口里，慢慢地咀嚼。秋华笑道："密斯李，我们这样的粗糙东西，你有点吃不惯吧？"桃枝听说，索性将筷子碗向下一放，微微摇了一摇头道："我并不是说不好吃，我有几句话搁在心里没有说出来，什么东西我也吃不下去。刚才梁太太叫我一声密斯李，以为我是个女学生啦。梁太太，你错了，我不是那样高尚的人，我是一个……"水村突然站了起来，望了她，想把这句话拦阻了回去。但是自己要怎样地说出口呢，未免有点困难。只在一犹豫的期间，桃枝已是猜到了他的心事，便笑着向他道："于先生坐下吧，有话坐着说，好不好？"

她说毕这话，又点了一点头，那样子是表示请他坐下。水村听了这话，只得坐下。桃枝笑着向大家道："我有一句话说出来，诸位一定要吃一惊的。诸位若不看到我的真相，绝不知道我是这样一个人。"她如此一说，大家都把眼睛注视着她，不知她是怎样一个人。她高声笑道：

"我是一个在夫子庙卖清唱的歌女。"大家面面相觑，不知如何去答复。她又笑道："我的意思，以为你们这几位都是艺术家，很可以交交朋友，我要是不耐烦应酬的时候，可以和诸位谈谈。所以我不愿意说我是歌女。但是昨天晚上，于先生在茶座上看见我了，我想到瞒了诸位，说了许多假话，心里很是惭愧。所以今天特意跑了来，和诸位说破这件事的真相。现在话说明了，我不好意思和诸位坐在一处。"

说毕，抽开板凳，站起身来就要走。秋华抢着上前，一把就将她的衣袖拉住，笑道："李女士，我还叫你一句李女士，这女士两个字，原是洋称呼，中国人大可不必用，我不过叫着好玩罢了。就算这两个字中国人可以用，也不是女学生包办的。"秋山站起来笑道："你原来的用意，是要留住人家不要走，可是你所说的一套话，完全不对。李女士，你不必客气，只管坐下。歌女的身份，不会低于我们在座的人，我们用手混饭吃，你用嗓子混饭吃，并不为非作歹，有什么高下？"

桃枝被秋华拉住，可就用眼去看水村的态度。秋山笑道："水村，李女士一定要走，你可以出来挽留挽留了。"水村到了这时，自是推诿不得，便也站起来道："李女士，大家挽留你了，你为什么还不坐下？"桃枝见大家如此，方才坐下，笑道："我原想着，诸位绝不是那样势利眼光的人，会在职业上分什么人品高下。不过一个女孩子，靠卖唱来混饭吃，那总是不大高明的，而且做歌女的，原不能说十分干净。"水村听了这话，默然无语，两只手臂弯着伏在桌上，托住了他的下巴颏。桃枝看到，眼睛瞟着他，却又微微地一笑。秋山道："李女士说我们是个艺术家，说明了，李女士也是个艺术家了。我们这艺术家，说起来真有点惭愧，哪个能挣你那些钱？"桃枝将满屋子里人，一个一个看了个周转，然后才摆摆头微笑道："这话不应该那样说。艺术不艺术，不在挣钱不挣钱上面说的。"秋华点点头笑道："这是内行话。大概在场的人，听了这话，心里都愿意，尤其是于先生。"这一说，大家都笑了。

李太湖将莫新野的衣服连扯了几下，将他拉到一边，轻轻地道："费心费心。"说着话，嘴对了新野的耳朵，用手掩了半边嘴，低声道："不知道那个秦女士是不是歌女？我不好意思问她，你替我代问一声，好不好？"他们是在堂屋门外，窗子边说话，莫新野就回转头，向屋子里大声喊道："李女士，我们这位李先生，托我向你打听，那位秦女士也是你的同行吗？"桃枝笑道："我也知道李先生很赞成她的。她也是个歌女，不怎样红，若是李先生天天去捧她，她是很愿意的了。"李太湖瞪了莫新野一眼，表示着十二分不高兴。新野笑道："你不要瞪我，我说的是实话。你想，我就不喊出来，人家不知道我是受你之托吗？交朋友是名正言顺的事，为什么不许公开？"屋子里听着，大家都哈哈大笑起来。桃枝听了这话，虽然也笑着，可是由李太湖的那一味痴情，转想到于水村身上，便觉自己也有点难为情，就起身向大家告辞。

秋华心里想着，你这样老远地跑来，就是为了声明一句是个歌女吗？你就不来声明，有什么关系？这样看来，恐怕还是别有用意。因笑道："这样早，又是这样远，李女士来了，马上就回去，我们似乎应当挽留。"桃枝道："我是个急性子人，有了话，就想说。说完了，我又不愿意敷衍的。"她一面说着，一面就向外走。大家见她一定要走，于是一路在后面跟着送了出来。她走到竹林子里却又回转身来，高高地举了手，向大家招了两招，然后才点头笑着走了。

水村和众人站在一列，并不作声。秋山拉了他一只手道："你知道她今天的来意吗？她就是为了要看看你对她的态度如何呀。在歌女里面，找得这样结交穷朋友的人，绝不是平常之辈呀。你为什么对她这样淡淡的？这样会令她伤心的，她觉得歌女真是让人瞧不起的了。"水村听了这话，便赶忙走到竹林子里去。穿过了竹林，提脚便跑，遥遥望见一辆人力车子，转过山弯，很快追了上去。

车上的桃枝听到身后有脚步响，回转头来，见是水村，就让车子停住等着。水村追到身边，桃枝也就走下车来。水村道："昨天晚上，我突然下楼，并不是我有什么意思。我见你一眼望到了我，有些慌张，我怕你唱出了乱子，所以我躲开你。你很不以我为然吧？"桃枝道："这话从何说起？设若我不以你为然，我今天又何必很远地来和你声明，而且又是很高兴地回家？"水村道："你回家果然是很高兴吗？"桃枝道："我为人向来不说假……虽然说了一回假话，到底是让你识破了。而且

51

对你不是恶意，你或者明白我这点用意。"水村两手插在他的西装裤袋里，用脚拨弄着地上的碎石子，低了头，只管沉吟着。桃枝道："你有什么话说不出来吗？"

水村望了一望车夫，耸肩微笑道："你当然知道我手边的经济是怎样，我怕不能像韩先生一样……"桃枝道："你以为我是要你去捧场吗？你说这句话，依然是不明白我今天来的意思，或者还正猜在反面。唉！我自己多事。"水村道："但是我站在朋友的立场上，也应当自己声明一句，捧场，那不是朋友的事吗？你不要以为这是不体面的事，哪个人成名，是不需要朋友捧的？"桃枝沉吟了一会儿，微笑道："我是不希望你去听我唱，我恐怕你看到那种茶客的样子，会不高兴的。但是你能去听，听了又极是谅解，那就很好了。我要回去了，早上我是溜出来的，我婶娘起来了，若是不见我在家里，她疑心我逃跑的。"说毕，坐上车去，点了点头，笑道："我猜想着，我们是今天晚上六朝居见吧。"水村还要说什么时，车子拉着飞跑，已到很远的地方去了。她在车上，侧转身子，树起雪白的手臂来。手上拿了一条花绸手绢，招了几招，向空中一抛。然后再向水村招招手，指指手绢落下的地方。水村跑向前去，将手绢抢了捡起，也在空中招了几招。桃枝很是满意，笑着点头。老远老远，还见她伸出一只手臂来呢。

第八回

高卧发狂吟心仪坡老
清歌杂微笑座有周郎

于水村手上拿了这条手绢，站在路头上，不觉是呆了。说到桃枝态度，真是爽快，对男子有点爱慕，就表示有点爱慕，并不有怎么虚伪的做作。男子要知道她对于自己的意思如何，并不用去仔细研究，明明白白摆在面前的。这个女子如是一个有较深些的学问，得着社会上的帮助，她绝不难做成功一件大事，做一个英雄。像我这样性情浪漫些的人，又没有一丝一毫的产业，那只有这种人，是最合妻的条件的了。这样想着，手上拿了那手绢，见身旁有块青草地，索性坐了下去，只把那手绢舞弄着。

忽然有人在身后哈哈大笑起来，回头看时，秋山站在一旁，笑得前仰后合，只管拍着手。水村站起身来笑道："这又有什么大不了的事情，让你看见了，要你笑成这个样子？"秋山道："你的灵魂，大概跟着人家的车子，一路到夫子庙去了。自己坐在地上，沾了这一身的黄土，一点都不知道。"水村回转身，看看自己的裤子，可不是沾着一大片黄泥吗？笑道："我只看到草是青的，就坐了下去，倒不料草里头是些化泥。"秋山道："不但草地如此，在社会上做事，也是如此。"水村道："据你这样说，这位歌女，是靠不住的了？"秋山道："你这话太奇怪，我并没有说到这位李老板，你何以拉扯上来？"水村道："凭你这句李老板的话，我就知道你瞧她不起了。为什么当面称李女士，背后称呼李老板呢？"秋山笑道："一个人要捧人，也当捧得有分寸。你想，我们既承认歌女并不下贱，把人家恭敬歌女的称呼来称呼她，这也不算是侮辱，为什么你就觉得不平呢？难道你还是认为歌女和我们不平等吗？"

水村连摇着头道:"胡说胡说!你不懂我的意思,我不和你说了。"他说毕这话,转身就向家中走。秋山拍手一笑道:"你不必慌,我是穷寇莫追的。"

水村回到家去,这些朋友们少不得又是一阵说笑。但是水村经过了今天这一段情形,人家说笑尽管是说笑,他心中迷恋,依然仍是迷恋。心想当她临去的时候,说了一句是今天晚上见,她已经猜透了我今天晚上必去听唱的。照着我自己的意思说,今晚也是非去不可。然而我自济南动身到这里来以后,所剩的几个钱,都花光了。这时要到茶楼上去,不说别的,就是这四毛钱的茶资,多少都有些问题;还要去学那些阔人,一花二三十块,当然是不能够。在这种繁华场中,要去做一个歌女的情人,喝一碗清茶而不能够,这也该自惭形秽。然而果然是不去,却又要让桃枝大大地失望。究竟是去与不去,这真让自己不知道如何是好。想到这里,坐立不住,就到床上去躺下了。

李太湖正想打听打听,外间所传,歌女可以接近,是不是事实?果然可以接近,又是怎样一套手续?见水村纳着闷睡到了屋子里去,不知是什么原因。走到他窗户外,向里面张望了两三次,见他都是侧着身体,在那里睡下,又悄悄地走开。莫新野在他身后盯着,看了个清楚,马上走回屋子去,抱着琵琶弹了一支新编的《因为你》,随着口里也唱起来道:

　　我照着镜子瘦了,我见着茶饭够了,我沉沉地静想着哭了
又笑了。因为你,世界上一切,我都不要了……

太湖跳到他屋子里去,将琵琶一把抢了过来,笑道:"你的曲子,永远是拿朋友开玩笑的吗?"新野笑道:"你以为我这曲子里的主角,就是象征着你吗?你或者还没有那资格,我说的是小于。他怎么样了?"太湖道:"真奇怪!那李女士对他表示着是那样的热烈,他会反为了这个生了闷气。"新野道:"我想着他为了孔方兄生的病。他知道了她是歌女,便想到了认识歌女的要素,怎不着急呢?"正说着,忽听到种菜

的老王叫了进来道："梁先生，电报！"秋山听说有电报，由屋子里抢着出来，接过去一看封套，上面写着：南京中国书店转梁秋山君，济南发。因道："济南我没有朋友，不要是给水村的吧？"连忙找了电报号码，翻译出来，本文是：

　　请告水村，学校即将开课，速返。

校职会

　　因拿了电稿底，送到水村屋子里去。水村躺在床上，听说是济南来的电报，已经明白了十之八九。他并不起床，随手把电报纸接过来，看了一看，笑道："我就知道是催我回去。"说着，随手将稿纸放到旁边方凳子上，飘到地下去了。秋山道："我知道，你是为了川资筹不出来，不要紧，我当些钱给你就是了。这电报搁在书店里有半天了，是老王由街上带回来的，你应该赶快地回一个电。"水村道："我实在也有些烦腻粉笔生涯了，你让我考虑考虑。"他这样说着，也并不坐起来。秋山见他那样不要紧的样子，自己更不会替他去着急，便自走开。到了吃午饭的时候，水村依然不曾出屋子来。秋山静悄悄地走到窗下，在纸窗窟窿里向屋子里一看，只见他依然躺着，左腿架在右腿上，摇曳不定。手里拿了一本线装书看，口里念道："未成大隐聊中隐，可得长闲胜暂闲；我本无家更何往？故乡无此好湖山。"念到最后两句，把声音格外提得高些。秋山笑道："你想在南京做官吗？把苏东坡的诗念得这样有味。"说着，走了进来。水村坐起来笑道："学电气工程的，也在南京做官，我学图画的，为什么不能做官？不过你怎样会知道我的心事？"秋山道："白乐天的诗，大隐在朝，小隐在野，中隐是做小官。你念的这诗，明明白白，说的不能大隐聊中隐，你岂不是要做小官？"水村笑道："我读书不求甚解，上面两句诗，我倒没有去注意，最好是下面两句：'我本无家更何往？故乡无此好湖山。'明明白白地说着了我。"秋山道："这样子，你是绝对不回济南去的了？"水村道："我仔细想想，既到南京来了，就借此摆脱粉笔生涯吧。"秋山道："那么，你留在南京，为

55

什么呢?"水村笑着又吟起诗来了,昂着头一路唱了出去道:"爱住金陵为六朝。"秋山笑着跟了出来吃午饭。在饭桌上又讨论到这个问题,秋山笑道:"大家评评这个理,水村说是爱住金陵为六朝,对吗?"太湖道:"当然啦,他一个画家,对于这种龙盘虎踞的地方,是很用得着的。"新野道:"画家当然爱住南京的,不过为什么,这可是见仁见智,不得一律而论的。我以为是爱住金陵为一桃吧?"于是大家嘻嘻哈哈地又狂笑一阵。

水村由他们去嘲笑,并不理会。自己到屋子里去,给学校写了一封回信,把信带在身上,到街上邮局里去发了。发了信,便去拜访韩求是,恰好他又刚从外面回家。一见面他就笑道:"昨晚之游,乐乎?"水村摇着头道:"不要提起,昨晚听了这一回清唱,你把我引上了苦恼之乡。"求是道:"这是什么话?就算你不快活,也不至于苦恼。要不然,你是为了桃……"求是突然地将话忍住了,借着站起身来抽烟卷的工夫,把这件事混了过去。水村道:"你不必怕说,我全明白了。"因把昨晚和今早关于桃枝的事都说了。因笑道:"为了她,我不回济南了。但是我在南京,却没有职业。你想想看,这岂不是一桩苦恼的事?"求是笑道:"原来如此,你想不想做个小官呢?"水村道:"我不想做官,我打算在南京做一笔卖画的生意,你能不能给我杀开一条血路?"求是笑道:"你打算用革命的手段去卖画吗?这是不可能的事呀。"水村道:"那就做官也好。不过做官我有一个条件,钱不在多少,位置也不管高下,就是一层,要不受气。"求是笑道:"你这话,正是反来说,官场中的事,是钱可以想得到,位置也可以想得到,就是不能不受气。我们做秘书的人,在部里已算是位置不低了,但是见了部长和次长,那就要卑躬屈节一点。说到做官,我看你根本就不行。"水村笑道:"这事暂放下不提吧。我问你,到茶楼去听清唱,除了喝茶之外,还有什么花销吗?你说一碗茶,可以花到二三十元,这钱是怎样花法呢?"求是笑道:"这个你就不必问了,我今天带你去看一回,你就觉得有味。"水村听了他如此说,果然就不再问。

二人待从从容容吃过了晚饭,先到另一家茶楼上去,这里叫作又一村，不是一家茶楼，乃是一所大大的敞厅，摆了许多茶座，正面的戏台，也比六朝居的大些。台上正有两个歌女，站在那里，合唱《武家坡》。茶座上的人，喧嚷着只管叫好。其余的人，也是谈笑风生，和台上的唱声相应和。求是轻轻地叫了两声茶房，没法子让他听见。求是找不着座，只得站在路头上沉吟着。过了一会儿，才有一个提开水壶的人经过，笑着点了一点头道："原来是韩秘书，台口上有个座，人刚走。"说着话，他引了二人上前。只见一张小方桌子，满桌子都是茶碗，而且瓜子花生壳和泼了的茶水，乱堆一处。他倒是爽快，将包着壶柄的抹布取下，由里向外，将脏东西向桌子下一抹。马上拿了茶碗来，泡上两碗茶，就让二人在这里坐下。水村坐到凳子上，两只脚向前一伸，恰好就踏在这一堆花生壳上面。求是却不以为意，向着台上便叫了一声好。原来在忙乱之间，台上已经换了一个歌女。这歌女烫头发，披得长长的，穿了一件大红色短袖的绸长衫，自是一个时髦的人物。只看她两道眉画得细条条儿的，一直伸入两鬓的头发里，虽然也有两分姿色，也可见得她费了不少的人工之美。在求是叫好的时候，她向这里瞟了一眼。水村看这种情形，料定这个歌女，必是求是所认识的无疑了。

求是的眼光这时不向着台上，在满座上看了一看，然后在身上掏出皮夹子来，手放在桌子面下，由皮夹子里抽出一张五元钞票，捏在手心里。这时，有个穿长衣的茶房，好像巡视各茶座的样子，走到这桌子边来。求是对他望了一望，他就站住了。他一只手不知不觉地伸到桌子边。求是将那张钞票由桌子下向他手里一塞。他低一低头，轻声道："菊芳的五个戏码？"求是笑着点点头道："对了。你对她说，今晚也许我去看她。"那茶房垂着手，悄悄地无声而去。水村笑道："这就是点戏的一幕活剧了，为什么这样做贼似的？"求是敲了他一下腿，嘴向旁边一努，低声道："稽查在那里。"水村看时，隔了两张桌面，有几个穿黄呢制服的，也在那里喝茶听戏。水村低声道："既是暗中点戏，她怎么能唱呢？"求是笑道："根本上她就不唱。所谓点戏，是送钱的别名，点一个戏，老板五角，她五角，我这就是纳两块五的汇水，送她二块五。其实我们来听唱，也醉翁之意不在酒，钱花到了，人情有了，也

57

就行了，唱不唱，又何必去计较？"水村这才明白，少不得常常注意到那稽查座上去。不多一会儿那个代营汇款的茶房，也走到那边去。他们隔座有个西装少年，和茶房也握了一握手。那些稽查，有看到的，也就毫不介意。坐了半小时，先前向求是丢眼色那个歌女，又出来唱第二次。等她唱完了，求是起身笑道："走！六朝居去。再不去，桃枝要唱过去了。"

二人走出茶社来，水村道："刚才这一位，就是菊芳吗？"求是笑道："你看如何呢？听完了戏，我们可以到她家里去坐坐，我们只两个人，一溜就进去了。而且这半个月，南京举行好几个大会，一切娱乐地方都解放了。我们只管去，不要紧。"水村道："照这种情形看起来，花了钱的大爷们都得到歌女家去一趟，才算是权利义务平均？"求是笑道："其实到她们家里去，并没有什么意思。不过花了钱的人，若不能到她们家里去一趟，好像也是一种耻辱。不要说了，到了，将来你自然也会知道。"说着话，二人便走上了六朝居茶楼，在正面找了个茶座，茶房就泡了茶来。水村低声道："我们刚才在那边花了一块钱，这又要花一块了？"求是笑道："这算什么，若是我们邀了三朋四友，热闹一晚，常常会花二十块钱的茶，点一百块钱以上的戏呢！"水村耳朵听着他说话，眼睛早就注意到台上去。

台上这时虽有人唱戏，那绣幔后有一个小活眼窗帘，常是有一张又红又白的脸，打那眼里经过。在许多白脸经过的时候，也就看见桃枝笑嘻嘻地将面孔一闪。求是用手碰了他的手臂一下，笑道："啰！打一个照面了。"水村承认不得，也否认不得，只微微一笑而已。只在这时，那台前小柱子上面，已经换了一块牌子，上写着桃枝《玉堂春》。立刻台上的歌女下去，门帘一掀，桃枝从从容容地出来了。她并不像别的歌女将脸朝着里，一手扶着桌子，斜斜地站着，那目光却远远地注视着楼上的一盏电灯，好像台下面坐着许多茶客，都不在她的眼光里一样，脸上却还微微地带着一点笑容。胡琴过门拉过，她唱起戏来，那昂视的目光，才有点平视。长长的睫毛里，眼球一转，由水村的桌子睃了过去。水村对于歌场，还是第二次瞻仰，哪知道怎样应付，人家眼光射过来，他的眼光还不免低了下去。求是却是不然，立刻噼里啪啦向着台上鼓了一阵掌。桃枝对于台下的捧场，自然是司空见惯，求是那样鼓着掌，她却不以为意。她的眼光，却不住地射到水村的身上，看他执着什么态度。她见水村那种不好意思的神情，只管侧坐着，捧了杯子喝茶，不觉微微一笑。

求是早看到她的目光，是完全射在水村身上的，现在忽然会有了一点笑容，这也很可以知道她的意思何在，于是低低地对水村道："人家在唱戏，你显得这样不在乎的样子，那是很瞧不起人家，赶快鼓掌。"水村以为他的话，也许是真的，果然就向着台上，不分好歹，噼啪噼啪鼓了两下掌。桃枝在台上看得很清楚，先是求是一说，再是他一鼓掌，可见他并不知道哪一句唱得好，她不觉微微笑了。她怕这微微地一笑，会引起台下面的误会，于是将桌上放的一杯茶，端起来侧面喝着。然而桃枝在六朝居，是个首屈一指的美艳歌女，她的一举一动，深能引起台下观众的注意。在她这一侧身一饮茶之时，人家已经知道她是要闪开一种微笑，早有几个人敞着嗓子，喊了一声好。这一声好喊着，桃枝更是要笑，掉不转身来，然而匆促之间，一个极短的胡琴过门，已经拉了过去。场面上的人不住地和她以目示意，一面再补上一个过门。桃枝连忙回转身来一唱时，台底下又哄的一声，叫了一阵。桃枝极力地忍住笑，将一段西皮唱了过去。目光也不向台下再看了，立刻走回后台去。

求是笑向水村道："这位李老板色技双绝，就是有点毛病，不大敷衍茶客，所以唱得如此之好，依然不能挂这里的头块牌子，原因就是在此。她对于你这个穷大爷，偏是如此尽心，这不能不算是你的奇遇了。你看，她又在那里张望你了。"水村向台上看时，果然那绣幕的小软窗眼里，桃枝的面孔笑着在那里一闪。求是道："明天你还来吧。我代你点几个戏，人家是如此地殷勤盼望，你仅仅是来喝碗茶，这可有点过意不去。"水村道："我不能捧场，要花朋友的钱，那是什么意思？而且你帮我点戏，也只能偶尔一两回，绝不能常常如此。自己承认是个知音，不过点上一两回戏，那有什么意义？去吧。"说着，他已站将起来。这里的茶钱，求是已经代付了，也就只好跟着他一路下楼。

到了楼下，求是用手向前一指道："那就是她的家里，我们先到菊芳家里去，回头再到她家去，你看好不好？"水村摇着头道："我到茶楼上来，已觉是有点勉强，再要到她家去，我未免太不自量了。"求是道："你不是她的朋友吗？朋友彼此拜访，也无所谓，你又何必矫情过甚。"水村笑道："朋友？朋友有半夜三更去拜访的吗？再见了。"说毕，他立刻离开了求是，就走回清凉山下的夕照寺了。

第九回

窥艳笑远来形诸梦寐
惊心闻乍别访遍舟车

　　由夫子庙到清凉山去，正是自最热闹到最荒凉，而且除了上十里的马路不算，还得走四五里路的荒山小道。过了鼓楼，水村插上了小道，这正是个月亮下弦的时候，虽然到了一点钟，那一钩残月，是刚刚上来。月亮放出那浑黄的颜色，照着那蜿蜒的小山岗子，披着很深的乱草和极低的小树，备觉着凄凉。有时草丛里突然起一个荒冢，冢前的石碑，斜倒着迎人，便有些阴森的意味。加之碑前的长草，风吹了乱动，仿佛有人从里面爬了出来一般，真个是鬼气迎人。山脚下有一个窄陇，陇上就着高低形势，都种着稻田，所幸稻田里的蛙虫，在水中乱叫，稍微减少了夜行的寂寞。

　　水村心里回忆着歌场微笑的一幕，觉得桃枝果然是对于自己有情，并不是虚伪的，只可惜自己没有钱，不能涉足歌场，总算是要辜负人家这一番盛意的了。心里想着，脚下便是不辨高低，只管朝前走，偶然一抬头，只见一个黑影子，在路的前方一闪。自己心想，绝没有什么鬼物，只是自己的眼花了，把一个什么树影子看活了。虽然心里恐慌了一阵，立刻壮了自己的胆子，再向前走。当他这样走的时候，面前那个影子，也闪了两闪，似乎那也是个活动的东西，专门引了人走的。水村心想，这绝不是自己眼花了，等到走了一条直线大道的时候，静着心凝着神，仔仔细细一看，仿佛像一个人，不过在人头上多了一个翅膀，在空中飘荡。这一下认定之后，不由得毛骨悚然，天下绝没有人头上长翅膀，一定是鬼了。因之故意放重脚步，咳嗽了两声。但是那个鬼物并不在意，依然慢慢地一步一步向前走，对于后面有人一层并不理会。水村

61

一横心，不怕他了。将脚一顿，就开步追了上去。不料他怕那黑影子，黑影子也怕他，听到后面脚步跑着过来，他也就拔了步子跑。

水村追了一阵，并没有追上，因喝了一声道："前面的东西，究竟是人是鬼？再不停脚，我就开枪了。"前面那怪物不跑了，一停脚哈哈大笑道："你不要吹牛，你哪里来的枪？"他这一说话，水村听出来了，原来是李太湖。一面走，一面笑骂道："你这家伙玩笑开得太厉害了！幸而我胆子不小，要不然，这一下，岂不让你吓掉了魂？"走上前看时，原来他带了一根手杖，将自己的长衣用手杖由袖笼子里穿着，挑在肩头上。李太湖笑道："我试试你的胆量如何，并不是非吓倒你不可。若是你真怕起来，我自然也会声张的了。"水村道："这样夜深，你一个人从哪里来？"太湖道："你不用问我，我要先问你，你从哪里来？"水村笑道："这话我明白了，大概我们是同道。但是我怎样没有看见你？"太湖笑道："我一个铜板没有，还敢在茶楼上大模大样坐着吗？我只是在六朝居门口徘徊，等到秦老板出台唱的时候，我假装了找人，在楼口上站了一站，我只要看到她在台上唱了一段，我也就心满意足了。"水村道："你在街上，又怎样知道她出台唱呢？"太湖笑道："我在那预告戏码牌子上，见她名字下，列着是《珠帘寨》《骂曹》两出戏。因此我听有人唱这戏，料着是她上台，马上就跑到楼口，远远地站个两三分钟。我的意思也只要我看着她，她不看着我，所以倒不以没有上茶座为耻。我听完了她的戏，站到楼下来，就看见你和一个朋友上楼。我本来可以早回家的，我一想，她若是唱完了戏就回家的话，我还可以再看看她，然而她始终没有出来。后来看到你下了楼，我就在别一条小巷里抄在了你的前面，你一路走来，我都知道，你可是始终没有知道我。"说毕，拍了水村的肩膀，哈哈一笑。

水村道："若是像你这样的去看爱人一下，未免太苦了。"太湖道："提到这个，我正有一件事要请教你。不是有个照相馆，要聘请我去当摄影师吗？我原答应就职的。但是我今天去一看，我有点不愿干了，原来那照相馆也在夫子庙，而且有许多歌女的相片陈列在那里。大概歌女是专门光顾那里的了。我若是去当摄影师，少不得会碰到她的，她知道我不过是个照相的，恐怕瞧不起我的。"水村笑道："瞧得起怎么样？瞧不起又怎么样？我们这种人还想讨歌女做老婆不成？"太湖笑道："老实不客气一句话，我是有这层意思。至于想到想不到，那是第二个问题，只好留着再说了。难道你这样的上劲，只要和她交个朋友，就满足你的希望吗？"水村叹了一口气道："我这话说出来你未必肯信，我到了两个茶社里，把我想吃天鹅肉的勇气完全打退了。你要去当摄影师还是去干吧！一来秋山这两天经济越恐慌起来，我们不便拖累他，应当大家找出路。二来你在那里照相，见面的机会更多。她要嫌你是穷人，你不照相，未必便看得起你。她若是不嫌你穷，你有了职业，她是更赞成的了。"太湖笑道："我看她眼里和心里，根本就不曾有我这样一个人，谈不上人家嫌不嫌。"水村道："你不过片面的思恋，更犯不上顾忌了。"太湖道："只是我固定地成了个照相师，就怕以后进行不容易。"水村哈哈笑道："你这个傻子，一点根据都没有的事，自己倒研究得那样津津有味，你简直是自己骗自己，你不去当照相师，进行就容易了吗？"二人一面辩论着，一面走路。太湖沉默了许久，忽然一顿脚道："好！我还是上夫子庙照相去。至少我可以多偷着看她几回，不比由清凉山跑到六朝居好得多吗？横竖我也不必谈什么希望不希望的了。干吧，干吧。"

正说着话，黑暗中放出一道亮光来，有人在光处喊道："这样夜深，过门不入，还打算干到哪里去？"二人回头看时，只管说话，不觉已走过夕照寺。秋山开了门，亮着煤油灯迎了出来。二人进了屋中，都向秋山道歉，说是连累他候门。秋山笑道："我也是愿天下有情人都成眷属的，设若二位的事有点头绪，我守一两次门，这也不算什么。"水村听了这话，倒也罢了，太湖对这事，却有点冤枉，夜深了，不愿和人家辩论，自回房去睡觉。水村到自己屋子里去以后，想到自己和桃枝总还是彼此有点爱情。李太湖和秦小香，还不十分相熟，哪里谈得上爱情？然而他却真是迷恋着，女子吸引人的魔力，真是不可理解。慢慢思量着，慢慢地上了床躺下，想想自己的事，又想想太湖的事，哪里睡得着？这时夜色更深沉了，只有满田野的虫声，一阵阵在远处闹着，屋子里哪有一点声息。正自凝了神听着，只听到李太湖在前面说起话来道："不用找座，我来寻个朋友……我站一会子，大概他也就来了。"水村听到不由得扑哧一声，笑了起来。心想这位先生真是可怜，骗了人家一出戏听了，晚上睡着了还是不安。我明天一定和求是去借两块钱，单独地陪他去喝茶听戏，看他回来又怎样？然而我们这也只能说他可怜而已。这样想时，李太湖又说起话来了，他道："我真是个呆子，来去跑了三十里了。"水村听到这两句话，又不像是梦呓，便喊道："太湖，你还没有睡着吗？"这样喊着，他可没有回答，屋子里依然是静悄悄的。水村替他叹了一口气，翻着身安心去睡了。

到了次日，水村一起床，秋山夫妇就在屋子外催着问昨天听戏的情况。水村笑道："逼口供也不要逼得这样厉害，好在这茶社上是公开的地方，诸位要不放心，跟着我去听上一回，那就什么都明白了。"秋山笑道："我们发了什么疯，来回二十多里，不过是听两句清唱。"水村道："如此说，我是发了什么疯的了。"秋山夫妇一笑而罢。到了这种情形之下，水村知道自己的一段爱史，是没有法子可以瞒人的，索性也就公开地讨论，但是讨论的结果，没有钱，一切都不好进行。譬如说，增进友谊，第一便要常见面。但是她日夜两次清唱，绝不能常向清凉山跑，也不好意思让她来。若是自己去见她，没有到茶楼上喝茶点戏，跑到她住的旅馆里去，在社会上的一般人看来，那简直是戏弄歌女的流氓，如何能去。他如此一想，觉得再向前钻进，无非是苦恼，还是丢开她的好。于是执着李太湖的手道："老兄台，你不要胡思乱想了。你的爱人就是照相匣子，你把爱情全移到照相上去，比得着女人还要快活。人家请你去当摄影师，你就去当摄影师呀，假如你由这上面发了财，你就可得到你所喜欢的女人。我和李老板的友谊，比你和秦老板的友谊高出四五倍，我都不进行了，你还闹什么？"李太湖一股求恋的勇气本来是跟着于水村来的，水村都不干了，自己也就可以不做这个梦。

吃过了午饭，收拾了简单的行李，就到妙化照相馆来就职。这妙化照相馆的主人张伯远，是太湖的老朋友，待他却也很好，他除了在家或出门指导照相而外，并没有别的事，职务就也不十分劳碌。这个妙化照相馆斜对过三五家铺面便是六朝居歌社，这边楼上坐着，听那边楼上唱戏，清清楚楚，如在当场一般。他就职的第二天，两点钟打过以后，他就在楼上，搬了一张凳子，靠楼面的栏杆边坐着，望着上茶楼去卖唱的歌女，只是出神。但是楼前经过的歌女虽然不少，却始终不见那位秦小香老板。到了三点钟的时候，倒看见水村一个人，在六朝居楼下徘徊着。他在那楼下的马路上，来回走了四五趟，把两只手插在西装裤子袋里，一步一颠，走得很从容的样子，让人看到，他似乎是在家门附近散步，并不是路过此地的。然而他在路上几番来回之后，也有些不耐了，却向妙化照相馆来。太湖一见，迎着他下楼，因笑问道："你不是说过不再到这条街上来了吗？"水村道："因为你在这里，我要看看你。"太湖笑道："你撒谎，我在楼上早就看见你了。"水村见柜房里还有两位店伙，就和他丢了一个眼色道："我原来是决定了不出门的，昨天忍耐了一天，今天无论如何忍耐不住了。这或者也是野性难驯吧？"太湖望着他微笑道："你那朋友，你看见了没有？"水村笑道："没有看见，我也不去拜访她了。你呢？"太湖只是笑。水村道："你能否陪我散散步？"太湖道："我恐怕有生意来，只在这铺面走走倒可以的。"水村笑着点了点头，于是二人就在马路边站着。水村笑道："我本来是不打算来的，但是我觉得没有和她说明，怕她要发生误会，所以我想找着我那个姓韩的朋友，今天到她家里去，和她解释一下。那秦老板，你也没有看见吗？"太湖道："怪得很，我……"

我字以下的话还没有说出来，只见两部油漆光亮的汽车，风驰电掣地开到六朝居的门口停住。因为汽车开得过快，二人都注意起来。向前面注意看时，第一辆汽车门开了，下来一个穿西装的人，将秦小香搀下车来，太湖看呆了，作声不得。水村笑说："你现在该明白，你是痴想吧？"说完了这句话，第二辆汽车的门开了，首先下来的是桃枝，她手里拿了一支烟卷，口里喷出烟来，接着下来一个有胡子的人，穿了长袍马褂，跟在她身后。她顺手把烟卷一递，递到那个人手上，微微一笑，一同上楼去了。太湖微笑道："你现在该明白，你是痴想吧？"水村许久不作声，然后微笑道："那是应当的。你想，她和我们有什么特别要好的感情，只和我们交朋友不和别人交朋友呢？其实这种事，不必亲眼看到，在我们理想中，也就早已有了。不过我们到了看到以后，才觉得更显然罢了。她究竟是不错的，虽然有了坐汽车的朋友，依然和我们走路的朋友来往，在歌女里面，可也是铁中铮铮了。现在我决定回济南教书去了。清凉山到这里来路不少，我就不来辞行，明天下午三点钟，我就到下关去。你有事，也不必去送我，我们后会有期。"说着，和太湖握了一握手。太湖忽听到他说要走，未免心中黯然，点着头道："你走也好，我也得着一个教训，以后我们通信吧。"水村到了这时，也不多说话，掉转头就走开了。只在这一刹那，太湖的思想也就完全变更，回转照相馆，就不再在楼栏杆边去眺望了。

到了次日两点钟的时候，在楼上玻璃屋子里，刚刚和人照完了两张相，待要休息，店伙却引着一位女主顾走了进来。太湖倒吓了一跳，这不是别人，正是桃枝李老板。她先笑道："我在门口过，看见你在这里，特意来照相的。"太湖笑道："既是李老板特意来的，我亲自和你照一张吧。"于是将桃枝请到一边坐下，自己便来移动配光的布屏和布幔子。桃枝道："李先生来了几天了？"答道："三天了。"问："这几天没见着于先生吗？"答："昨天他来的。"桃枝道："哦！昨天他来的，今天他还来吗？"太湖道："他今天要回济南去了。"桃枝道："什么？他要回济南去？"说了这话，突然站将起来，一直走到太湖身边来问。太湖道："可不是，也许这时已经到下关了。"桃枝道："他为什么要走呢？"太湖已经把光线支配好了，问道："李老板，你要照四寸的呢？六寸的呢？半身的呢？全身的呢？"桃枝道："他为什么要去？你说！"太湖道："我已预备好了，你要照……"桃枝扯着他的衣服，皱了眉道："我不照了，我问你，他为什么要走？"太湖怕让店伙看到不便，退了一步，微笑道："他或者是有点感触吧？"桃枝转着眼珠，凝神想了一想，问道："昨天他什么时候来的？看见我吗？"太湖道："不但他看见，我也看见，我看见你坐了汽车来，在六朝居下车。"桃枝点点头道："是了，他可以误会的。浦口的火车，不是四点钟开吗？"太湖道："他说了，他三点钟就到下关。"

66

桃枝便不说话，连忙下得楼来，在身上掏出一张钞票，交在柜房上，对店伙道："你先收下钱，我现在没有工夫……"说着，已走出了门。路边正停有一辆野鸡汽车，开着车门，自向车子里一钻，坐下来拍着玻璃板道："下关过江火车站。"说着话，一面看手表，已是两点半了。汽车夫坐在前排，回转头来道："若是不搭别人，要两块钱。"桃枝在手提包里拿出两块现洋，由玻璃格缝里伸到那面去，丢在汽车夫怀里，问道："可以开了吧？快一点。"汽车夫得了钱，便向下关开来。她一路上看着表，老是不能出城，好容易望到大江，已是三点钟了。

汽车开到了江口车站，只一停，桃枝就跳了下来。但是她四处一望，并没看到水村，将卖票的地方都看了一个周，依然是没有。再一看表，已是三点钟过去了。心想，他说是三点钟到下关，也许到了下关就渡江了。他或者是事先买了票，更不用得到火车站上来。为着靠得住一点，还是到浦口车站上去等他吧！除非他不走，他若是要走，总要到浦口上车的。如此想着，马上奔上轮渡来。她自初坐上汽车后，只管心绪不宁，这时上了渡船，预备过江，倒反而缓过一口气。由轮船上渡到了浦口，她一面随着众人挤上码头，一面看手表，已经是三点四十分了。这离开船的时间，已经只有二十分钟，若不赶快去找，就来不及了。她也不管人如何地挤，手拉着前面的人，只管向前钻。好容易到了码头上，带跑带走进了车站。她心里想着，水村一定是坐三等车的，先上三等车，前后一找，三等车上不见。也许他坐二等车，又挤上二等车来。这二等车，已是一间一间的车房，有的房门开着，有的房门闭着，可不便推开，只好把房门口的记名单子，看上一看。两节二等车都看过了，哪里有于水村？心想像他这种景况，似乎不至于坐头等车，大概在三等车上没有见着他的。于是走下月台，要重新去上三等车，只走了几步，却见秋山、秋华和莫新野一同来了。

秋山首先招呼道："李女士，你看见水村了吗？"桃枝摇着头道："车上找遍了，没有看见，他买的是几等票？"秋华笑着握了她的手道："难得你来送他。他自然是三等票，何以不见他呢？"桃枝道："你们不是一路来的吗？"秋华道："他比我们先一小时出城，因为有朋友在下关等他呢。车子上的人实在是挤，也许你没有看出来，也许你找他，他还没有上车，再找找吧。"秋山道："我上去吧。"他正要动脚，火车上送客的人纷纷地向下走，要开车了。月台上的人和火车上的人，互相脱着帽，摇着手。呜的一声汽笛响，车轮子便展动起来。桃枝和秋山一班人，呆站在月台上，望了火车越去越远，眼睁睁水村坐着这火车走了，桃枝满打算和他解释一番，让他不走，不料一面缘悭，就此分别了。眼见送客的人纷纷出站，也只好无精打采地回转江边来。

第十回

杯酒两忘嫌各倾肺腑
百金一点曲共骇听闻

桃枝这一趟过江，本来抱着十二分的热忱，希望三言两语解释误会，水村不要走。同时她也要表白表白，她是有骨气的女子，不是拜金主义的女子。现在水村已走，她含冤莫白，心中实在不痛快。因此来的时候，走得十分匆忙，现在走去，却是无精打采。就是秋山一行，自也不免和她叹惜。

大家都走到江边时，人丛中有人大叫着秋山，大家回头一看，只见水村提了两件行李，站在人行路外。桃枝先哎呀了一声，迎了上去，笑道："这就好了，你没有走吗？"秋山三人也围上来。水村道："真是倒霉，那个朋友多让我喝了两杯酒，赶到下关买火车票，已经不卖了。追到这边来，刚一上岸，火车就开走了。"桃枝对秋华道："这可是好极了。"秋华笑道："你说好极了，我们不见得是好极了。"桃枝笑道："你不要误会了我的意思，我是说，虽然没有赶上火车，但是也没有买火车票，总算没有什么损失。"水村道："李女士怎么知道我今天要走？"桃枝道："我听到照相馆的李先生说的。但是我到浦口来，不是和于先生送行，我有几句话要说一说。"水村道："你有话要对我说吗？"问这句话时，向着桃枝的脸端详了一下。桃枝道："话是有，但不知于先生肯听不肯听？"新野笑道："有什么话呢？说出来大家听听吧。"桃枝笑道："大家听也可以的，我们一齐到夫子庙去，让我来做个小东，大家谈上一谈。"新野笑道："我们不能那样不识相，还是你和水村一路去，水村的行李我们带回去。"水村道："行李就放在下关吧。省得明天要走，又由城里带出来。"桃枝望了他微笑道："你就那

69

样决定了要走吗?"大家看她那一种神气,都笑起来了。

说着话,走上了轮渡,到了下关,依着桃枝要请大家到夫子庙去吃晚饭,秋华坚决地不肯。水村本也不愿去,见大家坚辞,便笑道:"李女士,你这个东,可以省了吧。我不去了。"秋华道:"于先生,这就是你的不对。人家好意相请,我们一个也不到,好像真有什么意见一样了。你无论怎么样子忙,也要代表我们去一趟。"水村道:"那么,大家都去。"秋华笑道:"你这人也太老实了。朋友虽然相交不错,也不必要人家花了许多钱,心里才痛快吧?"这样一说,水村不好再说什么了。莫新野提过了他两件行李,和秋山秋华丢了一个眼色,三人竟自先走了。

桃枝向水村笑道:"我为你耽误了今天的一场戏了,也不知道老板和我挂了请假牌子没有?"水村道:"你有什么事要找我吗?"桃枝向他瞟了一眼道:"你心里应该明白,何必问?"二人在路上走,桃枝看见有进城的公共汽车停在路边,向水村招了一招手,她先上去,水村自然跟着。到了夫子庙,水村赶紧走下车来,摇了两摇头。桃枝下车来问道:"为什么?你觉得车上有气味吗?"水村道:"你一个爱漂亮的人,怎么会坐这种男女混杂的车子?"桃枝微笑道:"想起昨天的事,我知道你非常地恨私人的汽车的。公共汽车很平民化,大概你不恨了。"

水村也不说什么,跟了她走,她走进一家酒馆,由电话机边过,先打了一个电话,通知她婶娘,说是和一个由河南来的巫师长在一处吃饭,一会儿就回来的,不必挂念。说毕,和水村走进楼上一个房间。她先笑道:"你听了我打的电话,一定又是不高兴的。但是我告诉你,一个歌女,若不多认识几个阔人,那会饿死的。捧的人多,茶馆老板的包银也多。反过来,靠你引不了茶客,茶卖不了,点戏的外快,也分不着。他花一二百块钱一个月的包银,由哪里出?你唱得再好,也只有请你滚蛋了。所以我认识人,敷衍人,都是为了职业的关系,换一句话说,也就是为了饭碗的关系。你不相信我这话吗?"水村笑道:"你这话真是奇怪,难道我还能干涉你不交朋友吗?"桃枝道:"我也并不是说你干涉我,谁又能干涉我呢?不过我和你解释罢了。"水村道:"你又何必要和我解释呢?"

　　说到这里,茶房已经送上茶壶茶杯来。桃枝站着斟了一杯茶,送到水村面前,望着他微笑道:"朋友不许说假话,你难道不希望我和你解释吗?不必生气了,请你喝这杯茶。"桃枝说着,在他对面坐下。水村道:"你和我这样客气,我过意不去,为什么缘由你要这样呢?"桃枝喝着茶,先微笑了一阵,然后道:"我说不上,但不知道你为什么老远地跑到夫子庙来找我,又不知道为什么生我的气,马上就能让你南京也不愿住?你先把缘由解释给我听了,我自然也能把缘由告诉给你听。"水村道:"你问我吗?只怪你在轮渡上捡到一只网篮,不该送还我。"说着,站了过来,握着桃枝一只手,笑道:"我对于女子,向来是不接近的,一接近之后,就让我……"

　　桃枝偏头斜望着他,微笑道:"让你怎样?为什么不说?"水村松了她的手,走回原处坐下,摇了一摇头道:"我说不出来,只觉得心里不安,怪不得人家说某男子让女子颠倒了。我没有接近你以前,对这颠倒两个字,只当是一句极平常的成语,现在我才知道这几句话极有道理。我为你颠倒了。"桃枝笑道:"这是你对一个歌女所说的话,不要紧,设若你对别种女子说这几句话,人家不会依你的。"水村道:"不依我?我对你说了,你怎么样?"桃枝道:"我啊!"说着,端起茶杯来,微微呷了一口茶,笑道:"我很满意。但是你因为以前没有接近过女子,所以对我很颠倒吗?一个活泼又爱美术的少年,怎样会没有女子做朋友呢?"水村道:"因为我穷,我觉得女子们都是爱钱的,爱虚荣的,要面子说假话,故意假装正经样子的,所以我也不怎样去追求女子。但是我遇到你之后,觉得我的揣想,有些不尽然。我从前不急于找个女子,实在是我对于女子的经验太少了。你为什么对我很不错?"桃枝笑道:"我对你很不错吗?茶房,来!"

　　茶房答应一声进来了。桃枝便要了纸笔,开着菜单子,最后要一瓶葡萄酒,手一挥道:"去!叫你才来。"回转头对水村道:"既是知道我待你不错,为什么你生气要走?"水村道:"我也是为饭碗。但是你不愿我走的话,我可以不走。我还要问你那一句话,为什么待我不错?"

71

桃枝道："这就和你所说的话，正在一个对面，因为我对于男子的经验太多了。我觉得男子们，除了爱钱，爱虚荣，和女人一样而外，单指他们对女子说，是爱撒谎的，爱欺侮人的，爱装假面子的，爱献小殷勤骗人的，总而言之，把女子当无知的玩意，拿着开开心，并不是当一个人待。我第一就喜欢你穷就穷，不要假面子。第二喜欢你，表示出来是真态度，不在女人面前献小殷勤。我差不多每个礼拜，有朋友来往，起初他们都正正经经地献着小殷勤，慢慢地就表示亲热，你若觉得这个很好，你就摆着身体让他取乐吧。"水村笑道："你把男子骂苦了。"桃枝道："但是男子把女人也欺骗够了。"水村道："你受过人的欺骗吗？"说着这话，两手按了桌面，微微地身子向上一升，脸色有点不自然了。桃枝微笑点着头道："是的。差不多天天有人欺骗我。你不见那茶座上叫好的茶客，总是对着我叫好吗？其实我唱得怎么样坏，我自己知道。"水村听说，不由得笑了，摇着头道："你太聪明了，可怕呀！你对男子，看得这样的透彻。"

桃枝还要答话，茶房已送上酒菜来，茶房摆上两个小高脚玻璃杯子，开了瓶子，斟上两杯葡萄酒。桃枝将一杯亲自送到水村面前，然后回座来，向他一举杯子，望了酒道："说话说得痛快，我们可以多喝一点酒。这酒甜蜜蜜的，喝了甜甜你的心。"说毕，先喝了半杯。水村听了她的话，已觉是心里非常舒适，也就陪着她先喝了半杯。桃枝喝了酒下去，两腮泛出两朵浅浅的红晕，这时电灯已亮了，映着她的颜色，如出水荷花一般，格外显得妖媚。水村笑道："人逢喜事精神爽，这句话真是不错。你今天的颜色太好看了。"桃枝道："颜色好看吗？今天上台，多让人家叫两声好就是了。"水村道："你不愿人家叫好吗？"桃枝道："来听我唱的，我愿意人家听了我唱得好叫好，我不愿人家看了我脸子叫好。"水村道："设若我去听你唱，是应该叫好呢，还是……"桃枝笑道："你不是今天没有赶上火车，明天还要再走吗？"水村道："现在我不走了。"桃枝笑道："是为了我不走吗？但是你昨天所看到的那一件事，我还没有解释给你听。"水村道："用不着解释了。他无非是你的朋友，有地位，有钱，昨天他请你吃饭，或者是游览，你陪着他完了，他送你回来。对不对？我想歌女和男朋友的来往，无非就是这一套。"桃枝笑道："算你明白了，我们言归于好了？"水村道："根本也无所谓不好，我是一时想不开。"桃枝笑道："男子汉没有想不开的。"于是二人都笑了。

吃完了饭，桃枝拿出钱来会了账。水村笑道："我很惭愧，应该我请你。"桃枝道："这话不通，彼此是朋友，就不能说哪个应当请哪个。但是花钱的老爷们和我在一处，我就不客气说他一声应当，因为他们不是把我当朋友，是把我当玩物。他以为能拿钱买到我，不花钱不痛快。那么，我就让他花钱去吧！"水村笑道："你今天的话很多，我只一句话，可就引出你一大篇妙论。你还要唱戏，我不愿再招惹你了。趁着天气还不十分晚，我要赶回夕照寺去了。"桃枝道："你要经过那一带荒野的地方，你走吧，我不挽留你了。"水村点头微笑走出房间，走到楼口，又转身回来。桃枝道："什么事，丢了东西吗？"水村道："不是，你请了我，我应该和你道谢才对，谢谢你了。我们明天见好吗？"桃枝微笑着，和他只管点头。水村于是满意去了。

水村去后，桃枝拿出身上的粉镜，一人擦抹了一些粉，正待走回家去。忽然板壁上咚咚响了几下，有人笑着道："李老板，你的相好走了吗？请过来坐坐好不好？"桃枝道："是哪一位？"隔壁人笑道："我们原是以朋友相待李老板的，但是现在要说一句是以玩物相待，请你不要怕我们花钱，过来就吃。"桃枝料着自己的话都让人家听去了，若要不去，反会让他们说短论长，便笑着走到隔壁屋子里去。这里一张桌位，共坐了三个人，一个是那洪主任省民，此外两个人，都穿了极阔绰的衣服，自己并不认识。洪省民首先站起来给她介绍着，一个留有一点小短桩胡子的，那是上海天宝银行的经理万有光先生。再一位年纪轻的瘦子，脸上还带了三分烟黝的，那是西北禁烟委员会会长柏正修先生。桃枝笑着点点头道："这都是办社会事业的要人，今天幸会了。"

洪省民亲自放下了一把椅子，让她坐下，笑问道："你自己请客，饭当然是吃饱了。我们要敬你一点什么呢？"桃枝道："什么也不用敬，我知道洪先生要我来，是要审问审问我，刚才隔壁那个人是谁。"洪省民笑道："言重言重！因为万先生听你所说的话，很是有理，要看看是怎么一个女子，所以把你请来谈谈。"桃枝也不理会他的解释，微笑道："我虽是一个歌女，不过和男子们认得多，未免有点滥交，若说爱情这两个字，我和别的女子一样，也是有的。有了爱情，自然会有爱人，这很不稀奇。至于这个爱人是谁，他是个前途有希望的青年，我不愿意宣布。详细的情形，我认识他不久，我也说不出来。"她不待人开口，放连珠炮似的，说了这一大篇。三人原想把桃枝叫了来，和她说两句笑话的，现在她自己都说了，还有什么可问呢？因之大家勉强笑了一笑。万有光一伸大拇指道："这位李老板，真是女中丈夫。"桃枝笑道："万先生这句话，好像是夸奖我。其实这句话，也不过说我像男子一样，刚刚和男子平等。"洪省民道："丈夫是有能干的男子，并不是说普通的男子都够得上叫丈夫呀。"桃枝道："三位还有什么话问我没有？若没什么话审问我，我要回去走一趟，怕我婶娘惦记着我哩。"洪省民对她这旁若无人的样子，多少有点不满意。她既说走，不愿挽留，就答道："你请便，回头我们去捧场。"桃枝给三人各打了一个招呼，笑着去了。

柏正修道："这个女孩子长得真不错，可惜太狂一点。"万有光道："那是缺少受教育的缘故，倘若她念过几年书，就好了。"洪省民道："没读过书吗？她是个中学堂学生出身呢。就是她认得几个字，夜郎自大，自负了不得。其实她也是个拜金主义的女子，不过钱少了，买不动她罢了。"万有光笑道："你捧过她吗？"洪省民道："捧过的，因为我不过把一个普通歌女待她，所以她不大理我的账。"万有光道："今天我们一路去捧捧她看。"洪省民道："你是个银行家，当然她可以另眼相看。不过她是不好对付的。"万有光用一个食指，擦摸着他的短胡子道："上海多少调皮的女人，我都对付过去了，我不信到了南京来，会办不了这样一个歌女。这种歌女在上海几家游戏场里鬼混，我们正眼也不看她一看的，到了南京，就会这样有身价，那真是迁地为良了。"洪省民道："你不信，你就试试看。好在这附近全是歌场，吃完了饭，我们可以去试验试验。"柏正修微笑道："客中我也无聊得很，我也找个人捧捧。不过我不愿花钱找气受，要一个容易上手的。像这位李老板，

74

我自忖我这个大烟鬼怕对付不了。"洪省民连说"有，有"。

三个人吃完了饭，赶紧就下楼，径直就向六朝居来。三个人找好了茶座，洪省民首先就注意戏牌子，一看到桃枝是《彩楼配》，因笑道："这又是一大段唱功的戏，不知道她高兴不高兴？若是她高兴，今天倒有个听头。"他们彼此倒着茶，低声说笑，把那个在旁边传书带信的老刘早看着了，悄悄走到洪省民身边，低声笑道："洪主任，今晚点戏吗？"洪省民将嘴向万有光一努道："这位万经理点桃枝的戏，点二十个，好吗？"说着，向万有光一望，他笑道："点就点一个痛快，我点一百个。"说着，在身上拿出一沓十元一张的钞票，向老刘手上用力一塞。老刘接着钞票，心中一跳，吓得人也一抖。看看万有光却丝毫不以为意，已很随便的样子喝着茶听戏去了。

老刘溜溜地走到后台，一转过木壁门，将手上那一卷钞票，高举过头，乱摇着道："金老板、李老板，一百个戏，一百个戏，好阔！好阔！"这后台经理金老板，正坐在一张小方桌边喝着茶，和桃枝办交涉，他道："若是各位老板，今天爱唱就来，不爱唱就不来，大家都随便起来，人家来听戏的，知道谁有谁没有，就不能按日来。我们这办后台的，怎样对得住前台？"桃枝斜靠了桌子抽烟卷，将脚点着地板咚咚作响，正在想主意，如何答复这个问题。忽然听到老刘喊叫，都望了他。老刘手抖颤着，将钞票放到金老板面前桌子上，用手指着前台道："洪主任今天同一个姓万的朋友来了，那人出手就点李老板一百个戏，真阔！我在六朝居两年了，从来没有见过呀。"那些在后台的歌女们早让老刘的呼声惊动了，大家都围了上前来看。金老板听了老刘的话，还有些不相信，拿着钞票，仔细在手上看了一看，实在是真的，突然站起来道："呀！这是个什么阔佬？李老板，你认识他吗？"桃枝依然是斜站在那里抽烟，喷出一口烟来，微笑道："他是个银行的经理，老早我就认识他了。"金老板走到板壁缝向外张望，手伸到后面乱招道："老刘老刘！你来，看是哪一个？"老刘也走到壁缝里来告诉他。其余的歌女听说有花一百块钱点戏的茶客，都奇怪得了不得，有的在壁缝里望，有的在绣幕软窗子里望，有的掀了一点帘子望，都瞄准起来。

金老板张望了一会儿，却回转身来对桃枝拱了一拱手道："李老板，我不知道你今天是和这位万先生一路出去玩去了，晚上喝了两杯酒，说话未免多一点，你不要见怪。"桃枝将手上的香烟一抛，用脚当毽子踢，踢得老远，笑道："我哪有那些闲工夫来怪你。这的确是个花钱的阔佬，你们好好地去拍一拍马屁吧。"金老板笑道："李老板总是这样喜欢说笑话。"说着，想起揣在身上的钞票，还不曾点得清楚，于是又伸着右手到袋里去掏去。这一掏，却吓了一身大汗，原来衣袋里却空无所有。哎呀了一声，连忙将桌子上东西挪开，先看一看，票子没有。砰的一声，打碎了一把茶壶。他也来不及管了，拖开凳子，在桌下乱张望一阵。桌下没有，又在板壁下、绣幕下，四处乱找。然而哪有一点影子呢？急得他在后台，如丧家之犬一般，东奔西突，乱撞起来。

第十一回

俗客易招驰驱凭片纸
骄花难犯褒贬托微波

　　后台这一阵忙乱，自发出一片响声，连前台都让这种声音震动了。桃枝走上前，用手向金老板面前一挥，笑道："金老板，你也是见过大钱的人，为什么就疯了？啰！你那卷钞票，不是捏在你手上吗？"金老板一看，哦！可不是，原来和桃枝拱手的时候，连着手绢一齐捏着，拱起手来。手绢包了钞票在里面，自己却忘记了。于是抽出手绢揩了揩额头上的汗，笑道："其实我是有点欢喜过了分，并不是没有见过钱，这种事总算难得的呀。"桃枝微笑道："你把那钞票数目点一点吧，这一阵忙，不是把一百块钱的里头，丢了十块，那真是乐极生悲了。"金老板笑道："你也笑得我可以了，我就把钱看得那样重吗？"说着话，掉过脸去，可就数着钞票走了。

　　在这个时候，已经轮到桃枝出台，唱她的《彩楼配》了。桃枝掏出粉镜来，当着电灯亮处扑了一扑粉，在袋里取出花绸手绢，在大衣襟的纽扣上，拴了一个大蝴蝶花，然后笑着问大家道："漂亮吗？"有两个人笑着答应漂亮。桃枝笑道："值一百块钱吗？"这句话说着，大家就不敢答应了，桃枝笑着轻轻一跳，掀开上场门的门帘子，就走出台来了。她这一出台，果然和别人不同，台底下的茶座上，早是轰轰一声，许多人叫起好来。桃枝用眼睛在茶场四周一射，早看到洪省民和万有光相视而笑的，向台上叫了一声好。这个时候，胡琴鼓板，正奏着慢二黄的那段长过门，她静静地站在那里等着，听了台下叫好，她眼望着洪省民桌上，抿了嘴微笑。洪省民在台下看到，也向了万有光微笑。这一个微笑比先那一个微笑更有意思，好像是说这一百块洋钱，算是已经花到家了。

桃枝对于他们的态度并不怎样注重，过板一拉完，自自在在地唱起来。那个万有光拼命地叫好，她犹如不曾听到一般，一点也不动声色，从从容容地把一大段《彩楼配》唱完，自回后台去了。她一见那个传书的老刘站在上场门，笑着向他招了一招手。老刘走过来笑道："李老板今天很高兴的样子，有什么事差遣我吗？"桃枝笑道："差遣两字我可不敢当。那个花钱的万先生，少不得叫你进来传话，要我到他旅馆去玩的。你就说这几天我身体不大好，实在不能出门，若是万先生到我家里去，我是很欢迎的。"老刘笑道："李老板倒比人家性子还急，人家还没有提到，你倒先要去招引他呢。"桃枝笑道："我看你这人有点老实过分了。人家花这些个钱，他不是为了要我陪他玩玩图着什么呢？钱越花得多，越见得他是进行很急。老实点，我就先通知他，何必一定要他先开口呢？"老刘虽觉这种行动不高明，然而她所说的话，是很对的，却也不便去反驳她，笑道："那么，让我到前面去站站看，他若是关照我的话，我就这样去对他说。"桃枝将手一扬道："你去吧。人家听完了我的戏，就要走的，正等着你到前面去，好叫你给我通信吧。"

老刘被她催着出来，只在茶座边，慢慢靠了墙走，眼睛可是由近而远，每张桌子上都瞟了一眼，那意思就是说，诸位有什么口信要我带的没有？果然，当他的眼光射到洪省民桌上的时候，这洪省民就向着他连连点了几点头。老刘走了过去，他先是一笑，接着低声问道："桃枝今天晚上没有害病吧？回头请到我们旅馆里去玩玩，可以吗？"老刘皱了一皱眉，低声道："可不是病了，她说了，请万先生到她那儿去坐坐，出门怕是不行。"洪省民用手胳膊碰了万有光一下，眼瞟着他一望。老刘问道："万先生去吗？"万有光脸上，很有点不以为然的样子，左手架在桌上，向老刘摆了一摆，让他走开，表示不接受他这个请求，说着便站起身来。柏正修道："走吗？"万有光道："不走，还等什么？人家不大理会我们，我们还要极力去敷衍她不成？"他说这话时，瞪了老刘一眼，就先走了。洪省民和柏正修自然也在后面跟着。

老刘眼睁睁地望着桃枝跑了个大财东，真是可惜。不过自己是事外之人，这话也不大好出面子和她转圜，就呆站在那茶座边。直有五分钟工夫之久，他才醒悟过来，慢慢走回后台，和桃枝微笑着两手一扬道："不行了，人家不高兴。"桃枝笑道："我都不着急，要你着什么急呢？不高兴就不高兴，大概他是不来找我了。不过这一百块钱里的五十元，我是稳稳当当挣到了腰，他肯就这样地算了吗？哼！我李老板先说一句话在这里等着，我若不去理他，他会找个事情和我来为难的。你不信，望我看吧。"

老刘一句话还没有说出来，桃枝的婶娘孙氏却匆匆忙忙跑来了。桃枝笑道："婶娘跑来做什么？听说有个人拿一百块钱点戏，要来开开眼吗？"孙氏顿了一顿，笑道："你劈头就用话来骂我，我就不能来吗？"桃枝笑道："婶娘，你说句良心话，是不是来看看这花钱的阔佬呢？要不然，你就是怕我脾气不好，不会敷衍人，所以自己来关照关照。"孙氏笑道："我不说了，就算是的吧，这样的茶客，才算够交情的，你要敷衍敷衍人家才好。"桃枝鼓了一下掌，笑道："我说怎么样？猜得不是很对的吗？这样的茶客，我也知道不容易遇到的，你放心，我一定会好好敷衍他。只要我略微用点手段，他要是不上钩，我就不信了。"孙氏见她当着许多人的面，说出这种话来，心里很不高兴，便道："你这孩子和喝醉了酒的人一样，越扶越醉。"她只说了这一句话，掉转身躯走开了。桃枝望着她婶娘的后影，发着呆望了一阵，于是笑着摇了一摇头，也跟着回家了。

到了家里，孙氏也不理会她，先叹了一口气。桃枝笑道："婶娘，你不必叹气，你心里的话，我全知道了。你的意思，不是说我跑掉了这样一个茶客，很是可惜吗？你放心吧。我把男子的心肠看透了，他绝不会把我抛开的，他一大斧头没有砍着，有些丢面子，无论如何，总要把这个面子扳了回去。你不信，只要我小小一张名片，一定就可以叫了来。"说着，就拿了自己一张名片，用铅笔在上面写了两行字："请洪主任转商万先生、柏先生到敝寓一谈。妹已煮茗恭候。"写毕站在房门口，叫着茶房来，拿二角钱和名片一齐交给他道："你到高升饭店，把这名片送给洪主任，在那里等回信。"茶房料着不会白等，接着名片，很高兴地去了。

这高升饭店的客人，一大半是到南京来谋高升的，这万有光和柏正修都是富贵场中人物，自然也应该住在高升饭店，和洪主任一处住着。所以桃枝这张名片送到高升饭店，三人都可以看到。这个时候，万柏两位正在洪省民屋子里谈天，桌上堆满着水果、饼干盒子、糖果袋子、茶壶茶杯以及香烟筒子，真也不能再陈设什么东西了。万有光躺在沙发上，口里衔了雪茄，左腿架在右腿上，只管颠动着，眼望了天花板想心事。洪省民坐在桌子边，用小刀子转着削梨，将梨皮削得牵连成一条辫，很长很长，全副精神都在梨上。柏正修将桌上买的一套小报，随意翻展着，把未看的重新补看，他坐在一张软椅上，报举起来，正挡着面孔。屋子里静寂极了，谁也不看谁。

房门剥喀了两下响，茶房推着门，探进头来，笑道："洪主任，有一张名片送了来。"洪省民把梨削完，向他点了点头。茶房就把名片递了进来，放在他面前桌上。其余二人抽烟的抽烟，看报的看报，也并不注意到洪省民收到了什么。茶房站在一边道："洪主任，送名片的人，还在外面等着回信哩。你有什么回信，让他带回去吗？"洪省民这才放下削的梨，将眼睛望着那名片，一看那上边，是桃枝两个字，不觉呀了一声。在他这呀的一声之后，立刻引起了万柏二人的注意，都望着他。他拿了名片一看，跳起来道："老万，成了，你赢了！她来请我们了。哈哈！无论她们怎么地去高抬身份，怎样地瞧不起男人，只要我们有钱，那就一切的困难都可以打破了。"说着，他左手拿了名片，右手向名片一弹，笑道："老万，你看，这绝不是含糊的一件事。哈哈！赢了赢了。"

万有光见他这样大喜欲狂的样子，连忙伸手抢过名片来一看，笑道："走哇！老洪，还是我万有光有本事，一下就把她打倒，那不是吹牛。"说着，左手捏着拳头一翻，伸出大拇指来。柏正修道："她怎么样呢？也给我看一看呀。"万有光将名片交到他手上，笑道："你原来太悲观了，你看，现在她不是投降了吗？"柏正修将名片看了一看，微笑道："这还不能算投降吧，她要投降的话，应该到我们这里来，现在可是请我们到她那里去，还有点下御旨的神气，投个什么降呢？她越是这样骄傲，我越是不去，看她怎样？她若是舍不得丢了我们这一个大财主，自然是要到我们旅馆里来的。"万有光沉吟着道："那不好吧？显然是不给人家一点面子了。而且这名片上写得明白，煮茗恭候。人家在家里，什么都预备好了，我们不去，这太说不过去。一个歌女能知道用煮茗恭候这四个字，倒是不俗。"柏正修笑道："哟！你和她还没有发生一点什么关系，就这样地捧，将来发生关系之后，那要捧到什么程度呢？"

茶房见他三人大开辩论，站在一边望着，不知如何说是好，便偏过头去咳嗽了两声。洪省民道："不要闹了，人家还站在这里，等着我们的回信啦。究竟应该怎么样去回复人家的信呢？"万有光笑着一拍手道："当然是去。老柏不去，就是我们两个人去得了，我们能够要人家老是等着吗？哈哈！"洪省民听说，马上取出了一张名片，用自来水笔，在上面写了一行字道："李老板请你预备一点吃的吧，我们就来。"写毕，拿了两角钱，让茶房一路拿着去了。

万有光将两手搓两搓，笑道："去吧，一定去。我要到屋子里去一会儿，请你二位等一等。"洪省民道："你还要回房去做什么？帽子、马褂，都在这里。"万有光道："我有一点事情，总要回房去一下子。"洪省民笑道："你去吧，我想起来了。大概是你身上的钱用完了，你要回房去充足资本了。"万有光对这句话也不怎样去反驳，笑嘻嘻地走了。约莫有五分钟之久，他还不见来。洪省民等得有点急了，跳着脚道："这是怎样回事呢？夜深了，还要这样满不在乎地慢慢出去，那要到什么时候，才能回家呢？老柏，你去催他一催吧。"柏正修只一拉房门，却见万有光站在门外笑着，只看他脸上焕然一新，原来将胡子刮了个精光，头发也梳着油滑向后一把光，一根不乱。洪省民笑着点了点头道："还有什么事吗？现在我们似乎该去了。要不然，回来未免嫌晚。"万有光道："正修去不去呢？你是不大赞成她的呀。"柏正修道："你们都去快活，把我一个人丢在旅馆里受寂寞，也有些不合天理人情吧？"说着话，大家一阵笑，夹上衣帽就出旅馆来。他们三人除了洪省民有因公而坐的汽车外，万有光也包有汽车的，不过这样夜深，将汽车放在歌女寄寓的旅馆门口，却是容易引人注目的。所以三个人走出旅馆之后，都不坐汽车，只各雇了一辆人力车，直向桃枝住的垂杨旅社来。

到了旅社门口，也不要车夫说价，马上掏出了几个角子胡乱塞在车夫手里，大家抽身就向里走。车夫喊道："先生，不行不行，这银角子有假的。"洪省民因车夫大叫，只得走了回来，轻轻喝道："你胡说！分明是你把好的掉下去了，要拿假的来换好的。"车夫道："不能够，我们不会做那亏心事。两角钱，在你先生不算什么，我们拉车的，吃不起这大的亏。"万有光柏正修都走回来了，忙问是什么事。洪省民道："三部车子，我给了六角钱，也不少了。这个混账东西，等我们掉过身去了，他就叫了起来说是假的，分明是他把好的拿下去了，又要把假的来换。实在可恶，实在可恶！"万有光道："唉！就换一只角子给他算了。"柏正修道："我也上过好几回当，他们这种做法，实在可恶。"万有光一回头，见旅馆里有人走出来，便在身上掏钱。那车夫看见便叫道："先生，出来玩，哪里不花钱，茶楼上多点一个戏，我们要不了哇。"旁边那两个车夫听到，有一个道："啊！好面孔，你也想先生点你的戏？"两个人都笑起来。万有光实在也怕他们的声音惊动了大家，只得赶快拿了两角钱，塞到车夫手里，将洪柏二人一手拉一个，就向里走。

走进了一重门，他才道："省民，你上前吧，这里我是不熟的。"洪省民依着话上前两步，走到桃枝屋子外面，房门未关，光亮之处，现出个布门帘子来。洪省民不敢冒昧地掀开门帘子，先向着屋子里轻轻地叫了一声李老板，连忙进前一步，侧着脸靠门帘一听。正在他这一侧脸之时，桃枝正一掀门帘迎了出来，这门帘一拂，打在洪省民眼睛上，哎呀了一声。桃枝笑道："啊哟！是洪主任，碰到了没有？"他揉着眼睛，一见桃枝笑吟吟地站在这里，便道："没事没事，我们接到了你的御旨，片刻不敢停留，马上就来了。"万有光和柏正修就齐齐地向她鞠了一个躬。桃枝将门帘子向旁边一撑，笑着一弯腰道："万先生，柏先生，请进来吧。"万有光早将帽子取在手里，和她点一点头，然后退后一步，让柏正修和洪省民上前，自己才跟了进来。

桃枝这屋子，也不分客室与卧室，客一进来，随便在茶几边、梳头桌边、软椅上，分别地坐下了。桃枝先进着洪省民和柏正修的茶，然后才倒一杯茶到万有光面前去。洪省民道："李老板，你这茶，进得有点分别吗？怎么把万先生的放在最后呢？照说，我们是熟朋友，还是对生朋友客气一点的为是啊。"桃枝坐在她自己床上，向大家点点头，明亮的眼睛一转，微笑道："这是有点分别的。其实也并不是我心里有分别，我也是从眼里分出来的。因为万先生走进来的时候，退了一步让洪先生、柏先生向前走，好像他是熟人一样，所以我就顺着他的心事，用熟人相待了。"她说着话，孙氏已是忙个不迭，只管向桌子上陈设干果碟子，和分头向各人进香烟。洪省民看了这情形，端着茶杯，喝了一小口茶，将嘴唇搭着响了两下，笑道："这的确是新泡的茶，李老板说是煮茗恭候，不是假话！"桃枝笑道："假话是人人免不了说的，不过煮茗恭候，并不是什么难做的事。既是可以办到，我也就犯不上说什么假话了。"洪省民笑道："虽然如此说，李老板为人，我是知道一点的，这要算是二十四分给面子了。"说着，就向万有光丢了一个眼色。万有光看到，不必人家再说什么，只看桃枝那微波一转，已觉是愉快万分。于是由洪省民脸上看起，其次看柏正修，最后就看到了桃枝的脸上来，他的眼睛，也是看一个人，笑得更小了一部分，等了看到桃枝脸上，那眼睛对着光，已经是合成一条缝了。桃枝笑着点了头道："洪主任这话，我也不否认，我为人就是如此。人家待我一尺，我也回敬人家一尺，因为万先生对我，也是二十四分地给面子，所以我不能含糊。"说着，两手按了床上的藤绷子，一闪一闪地颤动，人也就颠了几下，头可不动，只眼珠两边转着望人，很自在地笑了一笑。

洪省民笑道："万先生他是银行的行长，对于物质方面帮点忙，是不在乎的。他在酒馆子里，一听到你的说话，就觉得你在歌女中，是个铁中铮铮的分子，所以要出格地捧一捧。据我说，以李老板今天这样给面子而论，在万行长的力量上说，今天点一百个戏，不算多呢！"万有光笑道："依你怎样说呢？"洪省民道："依我说，你得买一点礼物送一送李老板，你送多少，她就可以收着多少，比点戏她只有一半受着你的惠，那又好得多了。"万有光道："我知道李老板需要什么呢？我送来了，她不大合适，也是枉然啦。"洪省民道："这很容易解决，明天你坐了自己的车子来接李老板，我们先在一个地方吃饭，然后你和李老板上街，一路去买东西，李老板爱什么……"桃枝笑着，两手同摇着，摆摆头道："那不敢当！无论做什么事，都有个层次，交朋友也是一样，要到什么地步说什么话，我和万先生总算是初交，明天就要万先生大大地破费，恐怕有些躐等吧？"说时，扬着脸，眼珠儿转着向上看天花板。那一种态度，骄是骄极了，媚也就媚极了。

第十二回

婉转陈词通函劝撒手
佯狂发笑记事话伤心

大家看她到这种情形，知道是不容易受运动的，洪省民固然是碰了一个钉子，就是万有光觉得送礼无人受，也是怪难为情的，因之他也不好说什么，只是默然了。桃枝看到大家不作声，便笑起来道："并不是我不受抬举，今天已经花了你的钱不少，明天又要你花钱，我这人有些贪得无厌了。俗言说得好，人无千日好，花无百日红，万先生有这番好意，不要三天两天就用完了，我们慢慢留着细水长流吧。"柏正修笑道："李老板，这几句话，很有道理。既是细水长流，我们就应该多多来捧场，以后我们每天到六朝居去点几个戏吧。"桃枝笑道："这个要求，我也不敢说，只有请各位以后有工夫就来。也不要为了捧一个歌女，耽误了各位升官发财的大事。"洪省民笑道："李老板的话，说得很是漂亮，只是用的字眼不大好。升官发财这四个字，在这个时代说出来，有点落伍了。"桃枝笑道："那应当怎样说？我是不大明白，请你指教指教！"洪省民道："指教两个字，就不敢当。其实我们做官，和做工的人也差不多，是一种工作。至于发财呢？在廉洁政府之下，只好拿几个本分钱罢了，老实说，连衣食都维持不过来。现在我所花的钱，全靠着我在上海经营的商业上，多挣几个钱帮贴。"桃枝道："哦！这样说，现在做官的人，都带着做买卖的。本来我就奇怪得很，做官的人，最多也不过拿一两千块钱一月的薪水，但是花起钱来，却是十万进，八万出，不知道由哪里来的，原来是贴本的。这样说，做官这件事，不是生意经啦？"她如此一说，大家都笑起来了。

桃枝斜靠了床栏杆，低了头，手拨弄着那枕头上的荷花边，默然不语。万有光看到她有点懒于应酬的样子，久在这里依恋不舍，不得人家的欢喜，便向着洪省民道："我们走吧？时候不早了。"他说着这话，一面就看看桃枝的颜色如何，桃枝是很不在乎的样子，首先站了起来道："今天真是简慢得很，对不住！"大家见主人都站起来了，也不能再坐着，各各站起，拿了帽子在手。孙氏由隔壁屋子走过来笑道："诸位何必多忙呢？"桃枝摇着手笑道："这假话不必说了，人家不会比你傻，等人家戴了帽子，你再留人家坐，那岂不是笑话吗？诸位，哪一天有空，早一点光降吧。"她口里如此说着，已是开了房门，闪在一边让人家走。

这里一班人丝毫也不能留恋，悄悄走出房门去，点着头，笑着走了。桃枝将门关上，向孙氏笑道："我刚才说的两句话，有些对你老人家不住。但是我不这样说，他们不会马上就走的，这样一说之后，他不好意思说拿了帽子在手上是假的，只得死心塌地滚蛋了。"孙氏道："你要人家走，把我来开胃，这倒不错！况且这三个人，总也是上等人，你把这些话去说人家，弄得人家不好意思，自己又有什么面子呢？"桃枝笑道："上等人？这上等人下等人，你是怎样分法呢？坐汽车，住洋房，这就是上等人，住草房子，用两脚走路，这就是下等人吗？"孙氏道："我睡觉去了，不和你说了。"说着，便走回自己屋子去。桃枝看到，却只管是笑。然而这时有两点钟了，事实上也该睡觉，倒上床去，便坦然地入梦了。

次日一觉醒来，已是上午十一点钟，伸了一个懒腰，一转身，却看到枕头旁边放了一封信，下款署了于缄两个字，这分明是水村来的信。男子们就是这样，对那女子要好起来，恨不得永久搂在怀里，对那女子翻脸起来，就一脚踢出八百里。你看他昨天我挽留他一番，他又对着我猛攻了。这一封信里面，也不知道他又说了多多少少甜蜜的情话要让人麻醉的。看起来，他也是个淘气的少年。她心里如此想着，一面就去拆信，拆着信一看，上面写的是：

桃枝：

　　说句迷信的话，我们真是有缘吧？我自己不知道是什么缘故，只在见你一面之后，我就被你所迷恋了。在我这一方面，或者可以说，男子都是这样追逐异性的，不足为奇。但是在你一方面，对于我，却也是一样，这不很奇怪吗？我原来以为我是个穷措大，你纵然和我交朋友，也不过是一时高兴。直到昨日你追我追过了大江，我就完全信任你了，而且恨我的眼睛不识人。

　　但是我仔细一想，我们错了。因为你若不是为了经济压迫，何至于来当歌女？既然当歌女，就不能丢了金钱说别的什么。设若你抛开了金钱来说爱情，那是会让你一家人都大失所望。同时，我一个穷少年，勾引着你抛去职业来谈爱情，使许多要捧你的人以及望你赚钱的人，都会怨我恨我。我是何苦来呢？我实在爱你，可是我也很自爱，设若我不度德，不量力，以不自爱的身份去爱你，未免为你这鸡群鹤立的人减色。到了那个时候，固然我已是不自爱，我也没法爱你了。事实是很明了地摆在这里的，我们这样子向前干，结果必然是一幕大悲剧。人生几十年光阴，一切一切，大可听之自然，何必勉强地去说爱情，落一个不好的收场呢？

　　昨晚我回来想了一夜，越想越对，因之我起了个绝早，写好这封信，亲自送到你旅社里来。

　　桃枝，你能原谅我吗？从今以后，我愿做你一个精神上的好友，却不必一定要见面。我对你呢？我不愿以花鸟天神女仙来做无聊的恭维话，我只当是幻想中一个情人罢了。人生迟早是散场的，丢开手吧！桃枝！祝你健康！

　　　　　　　　　　　　　　　　　　　　　于水村上

桃枝将这信先看一遍，简直不明白什么用意，只觉信上措辞，既空洞，又有些藏头露尾。昨天在酒馆里分手，彼此还是欢天喜地的，何以回家之后，一夜之间，把思想全变了？于是将这封信颠来倒去看了好几遍，想着，这里有些原因可寻了。他信上所说，会让我一家人大失所望，又说都会怨恨他。这种地方，他必然有些根据，绝不是信笔写下来的。这是谁给他一种刺激？或者是谁对他把话说明了呢？若说我的茶客，他不认识，若说他的朋友，也只有从中撮合，绝不会破坏的。那么，他是何缘由会生出这大的气来呢？手上拿了这封信，躺在床上，只管颠来倒去地前后念着，许久许久，不曾放下。

孙氏正到屋子里来收拾东西，见她手上拿了信不住地看，便道："这就是早上送来的那封信吗？也没有贴邮票，茶房说，是个穿西装的人送来的。我想就是那位于先生亲自送来的吧？"桃枝道："你怎样知道是于先生送来的信？"孙氏道："他昨天问过我，说是写信写到这里来，写李梅芬女士，也可以收到吗？我说不行，还是写李老板好。他既问了这话，我就猜是他写的，平常哪有多少人写信给你呢？"桃枝听了这话，连忙坐了起来，望着孙氏，道："这样说起来，分明是你在昨天看见他了。你和他说了些什么？"孙氏见桃枝板了脸，瞪着眼睛，很生气的样子，便道："我并没有和他说什么呀。"桃枝穿了鞋，站在床面前，脚一顿地板道："不行，你一定说了什么，若不是你说了什么……"

孙氏道："怎么样？他还在信上发脾气吗？那可是笑话了。我告诉你吧，昨天我见你忙一天没有回来，很是放心不下。后来你打电话回来，说是和巫师长在一处吃饭，我知道这巫师长脾气不大好，恐怕你会惹出什么祸来，因此就连忙跑到馆子里去打听。我还没有进门，恰好于先生由楼上走下来，我一见，心里就十分明白，知道是他和你在　处吃饭。他倒先说出来了，多谢李老板。我问他，在哪里会到你？他顿了一顿，说不出来。我想，你们一定是在一个地方玩糊涂了。我和他一路走上街，才告诉他说，你把戏误了，自然我脸上是有点怪他。你也想想，和这种人无昼无夜地去玩，是不大好的。"

桃枝冷笑道："我猜就是你老人家把人家得罪了。我老实告诉你，他昨天已经到了浦口，要坐火车回山东了，是我把他拦了回来，不让他走，并不是到哪里去玩了。当歌女的，唱戏挣钱就是了，难道还不许我

88

交朋友吗？我告诉你，他不但是我的朋友，而且是我的情人，请你以后少管我们的事。"

孙氏被她这一阵批评，把脸都涨紫了。于是一言不发向一边呆坐着，一只手撑了椅靠，托着头，不住向桃枝望着。桃枝道："你不要疑心人家在信上说了些什么，他也是和你们的心思一样，怕误了我的正当事业，说了以后不要再和我见面了。你不信？我把这信从头至尾念给你听一遍。"于是拿着信在手上，当面就念起来。孙氏还是托了头坐在那里，一点没有表示。

桃枝将信折叠着收起来，自去漱洗换衣服。接着在衣橱子里拿了钱袋出来，孙氏看到，连忙将两手一横，拦住了房门，望着她问道："你向哪里去？"桃枝道："我到夕照寺去。你得罪了人家，我去向人家赔礼。"孙氏道："我并没有得罪他，要你赔什么礼？就算我得罪了他，也用不着你去赔他的礼。"桃枝道："不管你得罪他没有，但是他既写了信来要和我绝交，我总得去解释一下子。"孙氏道："你这样巴结他，就不替你自己顾全一点身份吗？"

桃枝听了这话，不和她婶娘辩论了，哈哈大笑起来，笑得弯着腰又昂着头，向后一退，背靠了梳头桌，才忍住了笑。孙氏看她这样子，两手垂下，当门站住，倒呆了。桃枝提起一只脚来，敲着地板一阵响，又笑道："哈哈，婶娘，你这样子说话，做官一定做得很好，这和洪主任说的话一样，他是一个干净人，但是每月他花的钱，比薪水要多过十倍。我们当歌女的说身份，和洪主任满口廉洁，有什么分别？所以我说你能做官。"说毕，又笑起来了。

孙氏道："你不要跟我闹，跟我闹，我也是不能让你出去的。今天若再误了戏……"桃枝道："你不是怕我误戏吗？好！我不出去了。我今天喝三斤酒，醉得像疯子一样上台去唱。到那时候，你看看就是金老板要留我，人家也不听我唱了。"说着，将手里的钱袋，向桌上一抛，走到床边，背对着床，向下一倒，横躺在床上。两只脚垂在床沿下，如打秋千一般，一来一去，口里便把时髦的小调，哼着唱起来道："小青青，不要你的金。小青青，不要你的银。奴家只要你的心。哎呀哟，你的心。"孙氏看了这样子，也不知如何是好，只得坐在一边，抽着香烟喝着茶。

桃枝躺在床上，不见不闻，南腔北调，口里依然在那里唱着。只听门外一声桃枝姐，有人走进来。孙氏看到来了一个解围的，心中一喜，便道："秦老板，你来得正好。"说着，望了秦小香向床上努嘴。小香明白，走了过来，握着桃枝的手道："好大架子。来了客，理也不理，睡你的，唱你的。"桃枝笑道："这是我们自己的身份，算什么架子？"孙氏听了这话，就走开了。小香道："好！在我们姐妹面前摆身份吗？"桃枝坐了起来，笑道："我不是和你端身份，我在生气呢。"因之把今昨两天的事，对小香说了。因道："你看，当歌女的，要出去看一个朋友，都不能够自由，有什么意思？"小香笑道："这样说，你是真爱上那位于先生了？"桃枝道："你说这话，就该打。爱就爱，不爱就不爱，有什么真爱假爱？于先生除非是少了两个钱，哪一样不好？哪一样不令人可爱？"小香笑道："你这是情人眼里出西施了。"桃枝笑着坐了起来道："不会说话，就少说话。西施和我们一样，也是女人。无论我怎样子不会看人，也不能把一个男子看成西施吧？"小香道："你不知道我肚子里没有什么墨水吗？我懂得什么西施东施？"桃枝道："你不要说我是情人眼里出西施，他们一处的那个李先生，可真是情人眼里出西施哩。你猜这个西施是谁呢？"小香鼓了嘴道："你可不要胡说，我不谈这一套的。"桃枝叹了一口气道："这也难怪你，现在女子们的眼光都是这样，无论对什么人下批评，先看他是不是有钱有势的。"

小香笑着举了拳头一扬道："你说这话，我非捶你两下不可。"桃枝道："你不要以为我是骂你，我说的女子，连我也是包括在内的。你想，一个人有不喜欢钱和势力的吗？但是那些有钱有势的人，把我们又当作什么，不过是拿我们女子去开开心罢了。我们能在有钱有势的里面，去找终身可倚靠的人吗？找着了，也不知是第几房姨太太，或者是姨太太也够不上的姘头，那有什么意思呢？还能算是一个人吗？管他！只要能享点福，当姨太太也好，做人家的玩物也好，但是人家也不过就靠了一时喜欢，花几个钱买了你的身体，等到他不喜欢你的时候，他依然把你抛开，你又要找第二个人了。"

小香道："你这话我倒是承认的，但是，我们干了这个事情，想和人做个一夫一妻，那有点不容易吧？譬如做小生意买卖的，老实说，不但养活不起，恐怕他们的知识还不如我们，至于知识好一点，有碗饭吃的人，他不信歌女会好好地过日子，也觉得歌女不是好东西。所以……唉！"桃枝笑道："所以什么呢？所以不得不给人家当玩物吗？"小香道："哪个是愿意走上这条路的？"桃枝道："你这话不对，我就是自己愿意走上这条道的。我的事，你还不大清楚呢！我告诉你吧。我并不是上海人，我是湖南人，我父亲去世了，我和我母亲，靠着叔叔过日子，就一路到上海来。我叔叔原是到上海来找他一个旧上司的。他那个旧上司，虽然有两个钱，不过是在上海闲着，又能替他找什么生活，不过让他跟着白相白相罢了。久而久之，我叔叔把社会的情形，混得很熟，成了个白相人，手边活动些，就做些公债生意。挣了钱，无所不为地乱用，亏了本，和几个有钱的人又去借。家里除了我母女，还有他上海娶的我这个婶娘，简直糊不过口来。因为弄堂里，有一班唱文明戏的女戏子，见我长得漂亮，又能说几句北京话，就劝我加入。我在学堂里就演过戏的，我就偷着在他们家里排演了一回。她们的大老板，说好极了，一开口，就出我五十块钱一个月的包银。回来和家里人商量，只有母亲不大愿意，但是靠了叔叔吃饭，究不是事，也只好答应。

"我唱了大半年戏，母亲就去世了。文明戏也不大行时，班子里的人，有的去拍电影，有的去当舞女，就散了。我因为在文明戏班子里，很学了几出老戏，叔叔就让我改唱老戏，请了一个师傅在家里教。只教了两个月，叔叔又等不及我搭班子，就让我到游戏场里去清唱，又是靠了这面孔的好处，这里的老板，到上海去邀角色，把我就邀来了。叔叔离不开上海，所以婶娘跟了我来。由唱文明戏，到现在为止，也不知道有多少男人转我的念头。转我念头的时候，没有一个人，不说得甜甜蜜蜜的，总把我心里正想的东西送了来。你想，一个青年的女子，哪里知道人家是手段呢？而且住在上海那种地方，看到别个女人阔，哪里肯不学？看到别个女人胡调，把胡调也不算回事。但是，你猜我母亲为什么死的？她就为了我胡调气死的。因为我的父亲是个画家，画虽不卖钱，但等他死了以后，名誉忽然大传扬起来，无人不谈画家李某人的。我们家里一张留下的画也没有，只好看着做字画生意的人发财，我们也不怎样注意这件事。偏是又有许多人传说，画家的女儿，现在怎样怎样下流，慢慢传着登到报上去，我母亲又羞又急，觉得把我流落到那种样子，很对不起我父亲，就急死了。你想，我不是很惭愧吗?"说着，向床上偏着倒下去，伏在枕上，竟流下两行泪来了。

第十三回

隔户听歌声回车有意
登场卖爱物注目堪怜

秦小香听了桃枝这一番话，才知道她是翻过筋斗的人，便笑道："怪不得你这样地相信于先生，因为你父亲也是一个画家。起来坐着谈谈吧。说得好好的，为什么哭起来？"桃枝道："你想想，我该哭不该哭？我是个什么人，为什么要落到这一步田地，不全是我自己不好吗？"小香道："那也不能全怪你自己。你父亲不在了，你不靠叔叔靠哪个？到了上海来，女人要上人家的当，那是很容易的。"桃枝道："这就是我不好了，我母女在湖南，本也不至于穷得没饭吃，就是靠叔叔帮助，也不必跟着叔叔跑。就因为我听说上海繁华，要到上海来看看，结果是把我一个老娘送了。"

说到这里，桃枝走下床来，到洗面架边，用冷手巾擦了一把脸。向外面望望，见婶娘不在这里，便低声对小香道："她明是叔叔叫来照应我的，其实是监督我的，我稍微动一点子，她就要干涉我的。他们倒不怕我胡调。一天换一个男人在一处混，也不要紧。所怕的，就是我找到了相当的人会嫁出去。我一嫁，他们一个月就要少二三百块钱的进款了。你不要看我婶娘对我不打不骂，只看他们这一点心事，要牺牲我一生的幸福，永远和他们挣钱。照这情形看起来，你想他们把我当作什么了呢？"小香低声笑道："你不要发牢骚了。你不是要到夕照寺去一趟吗？我可以和你婶娘说，把你拉到我家里去坐坐。等你到了我家，我那里有脚踏车，你坐着一跑，一个半钟头，准可以来回。神不知，鬼不觉的，你就可以去看一回情人，又何必生气呢？"桃枝道："我灰心得很，我不去了。"小香道："你这又胡说了。你正为了不能去看于先生才生

93

起气来的。现在真有了机会了，你倒不去，这又是什么缘故呢？"桃枝道："缘由是没有，不过我倒很信于先生的话，这样下去，将来无好结果。"

小香伸着手，拍了她的肩膀笑道："不要胡说了，你和于先生将来是白头到老的。"说着，拖了桃枝到梳妆桌子边，打开粉缸，拿起粉扑，就向桃枝脸上扑了过去。桃枝一偏脸笑道："不许胡闹。"小香粉扑子已经伸过来，哪里缩得回去，只这一抢一躲之间，粉扑子在桃枝脖子上打了两个粉印。桃枝回过头来向镜子里看到，也就笑起来了。小香趁着她这一笑，和孙氏说要拉桃枝到家里去谈谈。孙氏也因为和桃枝说僵了，怕她真个出台闹祸，那倒是不好收拾。现在有小香出来转圜，将她拉开去，这也是件好事，就不必拦阻了，只得点了点头。小香见孙氏已同意，拉着桃枝到她家里去。

小香也是一个母亲同住，不大干涉她的事。桃枝到了她家，不多耽搁，一撩长衣，骑上脚踏车，便驱向夕照寺来。这个时候，已到了十二点钟了，她到了夕照寺的时候，抬头一看太阳，正在天顶，照着树影圆圆的在地上。由菜园小路上，走到梁秋山家去，并不看到人出来，声音静悄悄的。桃枝来过两回，知道他们在家里，是不大喧哗的。就下了车，推开半掩的门，轻轻将车子靠在壁上，然后走进屋去。前进屋子里，果然没有人，而且莫新野的房门也倒关上了。只后边屋子里有说话声传了出来，其中有个人的声音是韩求是，又有个人是于水村，只听到长长地叹了一口气道："这个世界，是黄金世界，无论做什么事，非钱不行。我的第一步，还是挣几个钱要紧。我昨晚在你那里住，决定了回来埋头画画的，现在不能够了。秋山得了这样的病，我哪里有心画东西？我一面要和他筹医药费，一面我还要维持他这个家。"求是道："据你说，你的朋友是患了脑充血的毛病，他并不是个大胖子，何以会得这种毛病？"

水村道："这完全为他用脑过度了。文人用脑筋做点文章，原不算什么，只是他的环境太恶劣，他一面想着做文章，一面还要想怎样维持生活。而且他做出来的东西，实在不算坏，偏偏不能卖钱，因之他越穷越做，越做越气。我今天早上跑回来，他晕了过去不多久，桌上还有他没写完的一篇稿子呢。我们同住的朋友莫新野送他上医院的。据医生说，性命可以无危险，但是这种病全在调养，至少要三个月后，才能复原。你借给我做川资的钱，让他夫人带上医院去了，还差得多。莫新野左思右想，也想不出来一个法子。因为人已进了医院，这款项无论如何，在下午六点钟以前，要补足送到医院里去。你想，我们这样无路可通的人，哪里筹措几十块钱？他想了一想，说是今天莺花歌舞团新演一出《满江红》的歌剧，一定很上座。他带了自己的琵琶去，和他们经理要求临时加入，配着弹一套《满江红》的琵琶独奏。若是有人说好，他就和莺花社合作起来，先借几十块钱用，以后便在他们团里当个小乐师。不过这要看他的运气，若是没有人叫好，莺花团也许不用他，这钱就借不妥了。好在这个经理，曾聘请过他的，而且他配得一套琵琶，又和《满江红》的舞剧同名，让他临时加入，不见有好处，至少也不会有坏处，我想登台总是可以的。不过登台以后成绩怎样，就不知道了。我本想和你借几个钱，但是转念一想，我已经连累你不少了。我也是为朋友，怎好和你要钱来做人情？你不必帮我别的什么忙，你若打听得有琵琶独奏的节目，就带三四个朋友鼓掌捧场，这就行了。"

又听到韩求是大声答道："这个不成问题，我决计可以帮忙。现在已经是一点钟了，他们是三点钟开演，我这就该回去预备了。咳！你们总算是实心实意研究艺术的人，到了要贡献到社会的时候，还得托人出来捧场，这可见凭真本事找出路，绝对不容易。我虽不是艺术家，对于艺术，是很表同情的，你放心，我决计捧场就是了。"

桃枝在外面从头至尾一听，韩求是快要走了，若愿和他相见，自不必躲避。但是心中灵机一转，不肯和他见面了，立刻抽身走了出来，扶着脚踏车出门，一脚跨上车子，登着轮子，向大路上便跑。一口气将车子骑到小香家里，小香由屋子里迎了出来，笑道："你居然在一个半钟头以内跑回来了，总算很好。怎么样？话都说明白了吧？"桃枝笑了一笑道："现在没有工夫谈这个，我今天下午有要紧的事，又要请半天假。"小香道："怎么样？你还要和你婶娘闹脾气吗？"桃枝笑道："哪个有那种工夫和她生气！我要去看歌舞。"小香道："是莺花歌舞团吗？送我票也不去看。他们那里的歌女，看不起我们，常说我们下流。但是，我们上台，总穿了衣服，她们上台，褂子也脱了，裤子也脱了，这算是上流吗？"桃枝笑道："你错了，她说上流下流，是说她们的玩意儿是文明艺术，而且是学生出身，所以是上流。我们这里头，什么出身的人也有，虽然一样卖嗓子，一样卖脸子，究竟不文明，自然是下流了。"小香不服她的话，还待驳复她两句，她两手一摇，笑道："再见了，没工夫讲理。"

　　她说着话，一直到六朝居来，到了后台，恰巧金老板在这里算账，他一见桃枝，早站起来打招呼，笑道："李老板今天来得早，大概昨天那位万先生，又要来。"桃枝笑道："我知道金老板这一生一世，都不会忘记姓万的了。"金老板笑着连连拱了两下手道："李老板又拿我开心。"桃枝道："金老板，你是知道的，除非我不卖力，我若卖力，一定上座上得很好。不过你要我卖力，也要让我欢喜才对。"金老板笑道："我明白了，李老板今天特意来找我，一定有什么事要吩咐出来的。请说吧，只要是我能够帮忙的，我一定帮忙。"桃枝笑道："并没有什么了不得的事，我到现在还没有吃饭，金老板去叫一碟包子、一碗面来我吃，可以吗？"金老板连忙笑着答道："可以可以，小事一件，这还用得着要求吗？"

　　桃枝笑道："不过我的话还没有说完，我今天下午，要去看一个朋友，大概到五六点钟才能回来。今天的日戏，恐怕赶不上，我又要请半天的假了。不知你能准不能准？"金老板听了这话，未免有点犹豫，沉吟着，话不能说出来。桃枝道："金老板，你要想想，我偶然请半天假，只当是我病了，对你的营业是没有什么关系的。你若是不答应，我一生气不干了，那每次点戏一百个的阔人恐怕也不来。你说，究竟是哪个有利呢？"金老板想了一想，笑道："这实在不算什么，哪个人没有一点私事呢？李老板有事就请便。若是日场赶不上就不必赶了。我给你叫点心去。那点戏的钱，请你先拿去用。"于是拿了五十元钞票交给桃枝收了。又吩咐老刘，在对门饭馆子里，和她叫了两样点心来。

桃枝将点心吃完了，然后走回家去。孙氏因为上午的事情，不敢和她说什么，避到外边屋子去了。桃枝烫的头发，用水一洗，加上香油，抹得溜光，然后换了一件朴素些的旗衫，再戴上一副蓝色眼镜，向镜子里一照，也觉得自己另变成一个模样了。趁着孙氏还没来，然后从从容容地走出旅社来。孙氏以为她总是到茶楼上去，也不曾理会。桃枝上了大街，雇了人力车，一直就向东南大戏院来，这里正是莺花歌舞团出演的地点。一到门口，便见一块很大的黑幕，上面写了粉字，乃是"本团特请音乐大家莫新野今日登场，另行加演琵琶独奏《满江红》曲。"桃枝一看，心中大喜，莫先生果然得登台，此行总算不虚。于是很高兴地买了票，走进院子里去。今天的生意果然是好，前后各排，都已坐满了人。桃枝虽买的是前厅的票，然已经挤到上十排的座位上了。拿了一张石印节目单一看，前面有许多旧歌曲，最后才是新歌剧《满江红》、新歌剧《天上人间》。在《满江红》《天上人间》之中，用墨笔添了"莫新野君琵琶独奏《满江红》"一行字，心里很替莫新野庆幸。他的码子，居然移在这最后面了。

　　坐定不多久，已开幕了，一幕一幕的歌舞剧过去。果然在台上表演的那些歌女们，都是像小香所说的，脱了褂子和裤子，仅仅乳房以下腿沟以上有些掩蔽物罢了。而且这些掩蔽物，又是鲜艳夺目，富于挑拨性的。心想，这就是歌舞团的歌女，高于卖清唱的歌女之一点了。若说这是艺术，倒可以列个公式，便是赤身露体加红绿掩蔽物，加柔软体操，加淫荡的音乐，等于艺术。正这样想着，满戏院一阵震动屋瓦的鼓掌声，打断了思想。抬头看时，原来是台边的节目牌上，已经揭着《满江红》三个字了。

　　一会儿幕开，台上布着一个桃花源的景致，两岸千万株桃花，中间夹着一片水景。桃花林上，正映着一片斜阳，把水也映成红色。这种远景，大概是画的，用了电光的配合，很是逼真。近处两株桃花一片青草，两块钓鱼石，一个美貌的小女提了一篮衣服，口里唱着歌走出来。唱完了，她就到石头下面去洗衣服。接着便来了一个少年，唉声叹气的，说是这个世界，无可留恋，与其落在他们手上，不如自杀。但是看到这满天满地的美景，有些徘徊了。他回顾无人，走上钓鱼石，看看花又看看水，做了好几个势子，终于是不曾向水里跳下去。那石头底下忽然发出妙曼的歌声，少年一听，便呆住了。慢慢地那女郎走出来，向着少年微笑，于是二人说着话，同坐在石头上谈心起来。正有点意思，远远的有人声来了。少年哀求女郎救命，说是追的人来了。女郎笑着，引着他藏在左边钓鱼石下，自己也藏在右边钓鱼石下，她把自己的干衣服，脱给少年换了，自己却穿上刚洗的湿衣服。少年由石下出来，成了一个美女，他原来的衣服包着石头，掷下水去了。朦胧的暮色里，一群警察，走上来了，便问两位姑娘，看到少年没有，她说没有。警察找了一会儿，便走了。于是女郎对少年说，你原来寻死，何以反要我救命？少年笑说，为了这满江的红色。女郎说为什么不说是为一个姑娘呢？少年笑着说，你既然明白了，那么，你就要永久救我的命呀。二人笑着，幕落下了。桃枝觉得情节虽然简单，意思很深长，也随着大众鼓掌声中鼓了一阵掌。

这幕完了，便是莫新野的琵琶独奏。他不是先前那种样子了，也穿了一套西服，打着黑领结子，打扮出来，和这莺花歌舞团里的男团员并没有分别了。台正中摆了一把椅子，当他抱了琵琶坐到椅上时，人群中果然有几个人鼓掌，这大概是韩求是的力量了。莫新野对于今天这段表演，认为是有目的物的，所以也就贯注精神去弹。弹得悠扬婉转，十分悦耳。大家看了这《满江红》的歌剧，本来有一种很深的新印象，现在听了很婉转的《满江红》，一致鼓掌。

莫新野又弹了一段。他弹完了，忽然走到台口，向大家一鞠躬道："诸位，兄弟不是莺花歌舞团的人，今天是临时加入客串的。兄弟为什么临时加入呢？只因我一个艺术界的好友，忽然得了急病，没法筹医费，要替他想法。"说到这里，隐着梁秋山姓名，把他的境况说了一说，又道："兄弟想借着这个机会，和爱好艺术的诸位见一见面，把这把琵琶当场拍卖。"说着，将琵琶一举，又道："这琵琶虽也是平常的乐器，但是祖传三代之物，各位先生看在艺术分上，请把这琵琶买了吧。价目多少，完全照拍卖的办法，请诸位给价。"说毕，又向大家一鞠躬。

在场的人，为他这几句话所鼓动，果有人站起来给价，由十元慢慢地向上加，加到二十元，却没有人再加了。莫新野站着道："我那位朋友，原差三四十元的医药费，诸位有再出价的没有？"韩求是在人丛中站起，出二十二元，他坐下去，又寂然了。桃枝看不过意，一摸身上，金老板给的那五十元钱还在身上，心想，留十元去敷衍婶娘，其余的就买下这把琵琶吧，因站起来道："我出四十元。"这价目突然向上一涨，而且发言的是个女子声音，大家都惊异起来。回头一看，见是个戴眼镜的青年女子，真是出乎意料以外。她这样一出大价目，把个老洋人激动了，他站起来出四十二元。桃枝站着，还不曾坐下去，便伸着手，一下出到五十元。她出到了这个价钱，就没人再添了。莫新野点点头道："多谢这位小姐，我的朋友有救了。这把琵琶算是小姐的了。"说着，两手举起琵琶来，做个遥遥将送之势，意思是要桃枝过去接。

桃枝却不过去，在袋里摸出那五十元的钞票，交给身旁一个茶房，叫他把钱送到台上去，茶房将钱送到台口，交给莫新野，把琵琶接了过来。莫新野站在台上，两目注视茶房手上的琵琶，竟发了呆，一步动不得。茶房走了几步，莫新野又招招手，把他叫回去，因对他道："难得这位小姐热心，不知道高姓大名，你说请她告诉我。我告诉我害病的朋友，让他永久纪念着。"茶房将琵琶交到桃枝手上，把莫新野的话转说了一遍。桃枝将琵琶拿在手上，看了一看，又拨了一拨弦子，微笑道："我是路过南京的人，留什么名姓。你看，这位弹琵琶的莫先生，站在台上，眼睁睁地望着我把他的心爱之物拿去，多么可怜！你把这琵琶还拿回去，请莫先生跟我存下，等我第二次到南京的时候，我再来和他要。"茶房道："你第二次回到南京，是什么时候呢？这位莫先生，他不是莺花歌舞团的人。"桃枝将琵琶递回给他，笑道："你呆什么！我相信得他过，你还相信他不过吗？拿去吧。"茶房也看不出这位小姐是个什么用意，便只好将琵琶拿回去。

桃枝偷眼看着台上，见莫新野站在那里，依然还是不曾动，像是蜡人一般。那一双眼睛又像是吸铁石吸着铁块，只管跟了那琵琶走。桃枝情不自禁地叹了一口气，于是就坐下去了。茶房将琵琶送到台口，交给莫新野时，他也莫名其妙。及至茶房说了出来，莫新野恍然大悟，大声说道："那如何使得，如何使得？"因对台下说道："诸位！这位买琵琶的女士，听说我是三代老物，付了钱，却不曾要东西，说是存在我这里，下次过南京再来拿。既不问我住在哪里，也不肯说自己的姓名，分明是捐助我的了。我不能白拿她的钱，决尽义务再表演一回，请这位小姐指明表演的地点。"在座的人，听了这话，排山倒海似的鼓起掌来。但是大家这样热闹，那位女士，却一点表示没有。大家向那位女士坐的地方看去，已经有了一个空位子。据她邻座的人说，在茶房将琵琶交到莫新野手上去的时候，她已经悄悄地走了。

第十四回

归去囊空问款疑寒士
邀来夜永拈阄夺美人

原来桃枝看到全场的人，都不免对她注意，她觉得在这里坐着，很感到无聊，因之轻轻地离开座位，很快地走出戏院大门，就回家去了。坐在车子上，回想到戏院子里的一幕，心想，那些听歌的人，也猜不到这是怎么一回事，让他们当一件有趣的新闻去谈，也许会猜到是神仙下界，变化着去搭救人的呢。我这五十块钱，也是非这样地花不可，若是好好地交到莫新野手上，他必定想着，他是一个艺术家，如何能用一个歌女的钱呢？哎呀！慢来！钱我是已经花了，设若婶娘知道了这件事，她岂肯和我干休？今天晚上，我要早些到茶楼上去，叮嘱金老板两句，叫他不要告诉我婶娘，好在也不过是五十块钱的事，总不至于丝毫想不到法子。在她这样想着，心里比较舒服一点，然而人力车子已经停在垂杨旅社的门首了。

桃枝无精打采地付了车钱，进里面去，茶房首先迎着她笑道："李老板，你才回来，把你婶娘急坏了。她已经到外面去找了你三四回，现在还没有回来呢。"桃枝一想，准是金老板把我请假的话，又告诉了她。不然，何以她会这样的着急找我呢？一看手表，已是五点多钟，料着她不久也就快回来的，且在屋子里等着。

过了一会儿，听到前面电话机边，有茶房说话，他道："李老板早回来了，不必找了。"这好像是婶娘打回电话来问这件事了，她的注意，也可想而知了。少不得这五十块钱的事，她也联想到的，以为我是拿着这五十块钱做川资要逃跑了。于是找了一本小说书，闲躺在床上，一点事没有似的，安然地看小说。直到六点多钟，孙氏急急忙忙走到房里来了。一见桃枝躺在床上，叹了一口气道："唉！你倒自在，把我的魂都吓掉了。你到哪里去了这半天？"桃枝只当没有听到，依然看她的小说。孙氏道："姑娘，你还生我的气吗？我说错了，赔你一个礼，也就行了吧？"桃枝道："我生什么气，我休息休息，跑累了。"孙氏道："我真跑累了呢，下关的火车站、浦口的火车站，我都到了。你平常出去，我是不疑心的，小香的母亲到这里来，说你早回来了，追到六朝居，又说你拿了五十块钱走，你想我多害怕。你要是真生气走了，你叔叔问我要人，我怎么对答他哩？非寻短见不可了。"桃枝笑着坐起来道："跑了一个人不要紧，跑了一堆钱，就太可怕了。婶娘，你放心吧，我做事光明磊落，不会偷了跑的。就是要走，我也要想法子和你们大大弄上一笔钱，把我的身子赎了出来。"

孙氏见桃枝还有生气的样子，就不敢多说话，默然地坐在一边。直到一块儿吃饭的时候，孙氏才开口道："据金老板说你拿了五十块钱……"桃枝不等她问完，便答道："不错，我拿了五十块钱，我已经用掉了。你问这钱怎么样？还要我拿出来吗？这并不是包银，是人家点戏的钱，我要用，我就用，不能受什么人的干涉。"孙氏道："点戏的钱，就应该归你的吗？这是哪个定的规矩呢？"桃枝道："点戏的钱我不能用，又是哪个定的规矩呢？"孙氏见桃枝板着脸瞪着眼，那样愤愤不平的样子，这话不能向下说了，只得默然不作声。

把饭吃完了，旅馆的账房，走进来了，笑着点一点头道："李老板，借几个钱给我们用用吧。这个月的钱，已经逾期好些天了。"桃枝微笑道："你早也不和我要钱，迟也不和我要钱，知道我拿了五十块在身上，就向我开口。但是你的消息，还不大灵通，我这五十块钱，右手拿进来，左手拿出去，已经花光了。"账房笑道："李老板，不要和我们为难了，你借个二三十块钱我们用用吧。"桃枝正色道："住旅馆自然该给钱的，我和你为难做什么？不过我今天真把钱用完了，迟两天来拿，也不要紧，好在我是跑不了的。"账房迟疑了一会子，也不便深说，只得走了。

孙氏道："当真你就一个钱也不拿出来吗？我自然管不了你，我会

102

写信到上海去，告诉你的叔叔，以后你就莫想在金老板手上拿钱用了。"桃枝冷笑道："告诉叔叔也不要紧，大概只要得了我的钱，要不了我的命。"孙氏道："我也知道，你这五十块钱是怎样地花了，大概送给了那个姓于的吧？"桃枝道："你不要瞎说，人家虽穷，是有人格的人，你把人家当拆白党看待，那是你自己戴上有色的眼镜了。"孙氏道："哼！你不要和他装面子了。你五十块钱，若不是送给了他，你为什么不说出来是怎样花掉的？而且我也没有看到你带一个铜板的东西回来，不见得是一餐吃掉了吧？"桃枝道："不过是五十块钱的事，你就那样看不起人。老实说，这五十块钱，我收在身上，并没动用一文，但是你越逼得凶，我越不拿出来。"说着拍了一拍衣上口袋边。孙氏听她如此说，也相信钱还在身上，就不敢多说了。

谈谈话，又到了上场的时候，桃枝默然地到六朝居来。心里想着，这五十块钱若不拿出来，婶娘也没奈我何。不过她一口咬定是我送给于水村用了，我又举不出什么反证，这不是很讨厌的事吗？我若照实说了，那还是为水村的朋友花了，当然她还疑心到水村身上。无论如何，我应当把这钱筹出来，交给婶娘为是。心里如此想着，就一点精神没有，到了后台，也只是枯坐着，不像往日那样笑嘻嘻的了。老刘忽然在前面走来了，到了她面前，低声笑道："那个万先生来了，就只他一个人。他说他在朋友家里打牌，临时请了假，由人代替他，他溜了来，听你唱几句。他问问你能不能去替他打几牌呢？"桃枝道："你这话还没有说完，我来接着说。我若答应去，可以点我几个戏。我若不去，他就不花这冤钱了。"老刘笑道："人家可没有说这话。"桃枝道："他嘴里没有说出来，心里一定是这样说的。"老刘笑道："我哪里有这样聪明，连人家的心事，都看得出来呢？"桃枝道："你想我说的话对不对？"老刘笑道："大概是这样。"桃枝笑道："这不完了，人同此心，心同此理，你又何尝不明白呢？你可以去对他说，我可以去的，不过我不能太夜深了回来。"老刘答应着去了，过了一会儿，又笑着走进来。手上已是拿了一卷钞票。

金老板在一边看到，已迎上前去说话了。金老板回转头来对桃枝道："今天点了二十个戏，这也就算不少了。"桃枝笑道："自然不少。人家是送礼，两个戏，也未必就算少呀。"小香笑道："桃枝姐先来的时候，是愁眉不展，现在也笑容满面了。"

桃枝道："还有的话，我替你说了吧。先前情人没来，心里很难过，现在情人到了，就开了笑容了。"这一下子，说得在后台的人都笑起来。到了上场去唱戏的时候，她还回转头来，对大家点点头说："我要去会情人了。"大家看了她那神气都笑着只摇头。桃枝走到台上，果然见万有光一个人坐在一张茶桌上。见了桃枝，他先嘻嘻地笑着，鼓了两下掌。桃枝一唱完，他连忙就向老刘丢个眼色。老刘走过去，他拿了一块现洋，塞在老刘手心里，低声道："这个给你了。你去对桃枝说，我的车子在楼下，我坐在车子里等她。"老刘笑道："行长，谢谢你，她一定来的。"万有光下了楼，一开车子门，只见桃枝靠了车座靠背，很自然地坐在那里，转着眼珠，发出微笑。万有光坐在车子上，笑道："你倒先来了，我料不到。"桃枝道："我这人就是这样爽快，答应了来就来，不能来就不来，一个卖唱的姑娘罢了，摆个什么架子?"万有光点点头道："你这话很实在，我们也很愿交这种朋友。"桃枝道："那是什么缘故呢?"万有光笑道："有了这种朋友，我们虽不免多碰几个钉子，但是遇到有什么约会的话，行就行，不行就不行，不至于白用什么心思的。"桃枝笑道："据你这样说，男子和女子交朋友，就是要转她的念头，换一句话说，就是为了转女人的念头，就和女人交朋友，这话对不对?"万有光笑道："对是对，但是也不可一概而论，我就不是这种人。"桃枝道："好极了。我也看出了你不是这种人，才和你交朋友的，不过多少还有点疑心，现在你一说明，我更是放心了。"万有光什么话也不能说了，只是向着她微笑。

不知不觉之间，汽车已经开到了一家很大门楼的门口，只看那八字门楼的横梁上悬着斗大的白瓷电灯泡，只凭这一点，就不是个平常的住宅，这里面自然又是很热闹的盛会了。下了车，万有光在前引路，到了里面，乃是一所半中半西的屋子，转了两个弯，走到一个大客厅里，便已听到人语喧哗之声。由客厅东侧，开一个门，垂下一幅白布帘子，一股子浓浊的热空气，由门帘子缝子里，向人直扑了来。

万有光在客厅里先叫起来道："我赢了，我赢了，我把贵客请来了。你们认东道不认东道呢？"他如此一叫，屋子里人哄的一声，都拥了出来。桃枝一看，除了柏正修、洪省民而外，还有两个人不认得。万有光便介绍着，指着一个穿西装的说："是这里主人翁邵革新先生。"一个穿学生装的，"是熊新民先生。"年纪都不过三十上下，自然都表现着有作为的样子。桃枝一一地和他们点了头。邵革新笑道："万先生的眼力不错，真好！"洪省民笑道："这不能说是他的眼力不错，要说是他的手段不错。我物色李老板，远在他没到南京来之先。只是李老板对于我始终是爱理不理。一到万行长来结交李老板，那就不然了，只一认识，马上就用名片来请。"熊新民笑道："我真不料歌女里面，有这样杰出的人才。若是早就知道，我就不颠倒我们衙门里的花瓶了。"

大家说笑着，把桃枝让到那里面屋子去。只见电灯下面摆了一桌麻雀，桌子四角附带着四个茶几，上面摆了茶杯香烟筒干湿果碟，有一张茶几上，还搁着两个啤酒瓶子，这可知他们的赌钱，乃是极舒服的了。洪省民扯着万有光的衣袖道："我替你打了六圈，总算好，并没有输，你自己上阵吧。"万有光道："不行！我巴巴地把客接了来，让人家呆坐在一边不成？"熊新民笑道："你就让省民代你招待招待李老板，也不要紧，他还有那种魄力，在你当面，把你的爱物夺了去吗？"桃枝笑道："我虽是初次来的客，我实在忍不住要说两句了。像熊先生这样崭新的人物，怎也是把女人当玩物呢？一个人交朋友，虽然有厚薄，张三也可以亲近，李四也可以亲近，怎么说是当面夺了去？把我当个什么呢？"熊新民笑道："差点让李老板挑了眼去了。这个物字，并不要紧呀，李老板不也是说了我一句崭新的人物吗？"桃枝笑道："难怪人说，新人才别什么不打紧，这演说一项本事，是旧来的人，千万赶不上的，果然果然。"

万有光见她词锋犀利，怕她得罪了人，拉着她在牌桌边的一个空位子坐下，笑道："你替我打吧。"桃枝笑道："这算解决了，大家都等着异性来调剂了。"说着这话时，那一双星眸在三位同桌的脸上，射着一转，熊新民首先哎哟了一声。洪省民道："你这是为什么？哪个打了你吗？"熊新民笑道："她的眼珠向我身上一转，我简直去了半条命。她若是老坐在桌上，我们都会让电触死，还不哎哟吗？"邵革新道："人总是要死一次的，若是能这样触电触死，我是很愿意的。"说毕，大家哈哈大笑起来。桃枝道："万行长，你是要我来打牌的，你还是要我和大家开心的呢？"万有光笑道："打牌，打牌，大家不要闹了。"

桃枝一看面前摆着许多筹码，便拿了一根最大的举着问道："这是多少钱？"万有光笑道："我们打小牌，消磨时间，这根筹码算五十块。一人只有一根。"桃枝道："你面前有两根了，那么，赢了五十元了。"万有光笑道："可不是！你替我好好地打，不要输了。"桃枝眼珠一转，笑道："你放心，我不会输的。我若是打的时候，我就放出电光去，让他三个人都触上电，那么，自然是我一个人赢了。"邵革新道："李老板，这可是你自己说的话，我们不负责任了吧？"桃枝笑道："不负责任的，你只管开玩笑吧。"于是四个人说笑着，打起牌来，万有光、洪省民只在各人身后转着看牌。

他们所剩下的只有两圈牌了。桃枝说笑着将牌打完，虽没有输，却也没有赢，因伸了一个懒腰，笑道："没有意思，替人家赢了也好，替人家输了也好，这样平平而过，没有意思。无论什么事，我都喜欢个痛快，这太平庸了。"邵革新道："李老板要玩一个痛快也可以，请你今天不要回去，我们今天来推一夜牌九。"桃枝道："玩一夜？但是我没有钱。"万有光听了这话，简直从心里要笑出来，因道："你要多少钱输，全包在我身上。"说着，伸手一拍胸脯。桃枝道："我有个要求，就是胜也好，败也好，我先要提一笔钱，揣在身上。回去的时候，我婶娘若是要问我的时候，我就好请钱大哥替我说话。"万有光道："这是自然，不成问题，不成问题。你不信，我这里先付。"着说，在身上掏出一沓钞票，也来不及数多少，就向桃枝手上一塞。

她一看是十元票子一小沓，大概不会少于五十元，便笑向万有光道："我要打一个电话回去报告一声。"万有光笑道："李老板，你当面骗人啦。你打电话回去，不是报告一声，乃是和你婶娘报个信。我猜，过一会儿，你婶娘就该来了。"这里的自动电话机，就放在旁边桌子上。桃枝一个指头，正塞到拨号码的机纽眼里去，听到这话，手指头一缩，笑道："我就不打电话，我要回去就回去，难道还能绑我的票吗？"万有光道："当然不能够，李老板说的话，绝不失信，也用不着绑票。"桃枝拿了一支香烟，向嘴里抿着，擦了火柴点着。人向沙发椅上，很高地落了下去坐着，那弹簧弹着她颤了两颤。手指夹了香烟，喷出一口烟来，斜视着万有光微笑道："你这话上当了。你说了只要我赌钱的，那么，我今天不走，也只能在这里赌钱，若要我履行别的条件，你对我就算失信了。"万有光听她这话，倒默然了。柏正修道："不行，我明天还有事，要我赌到天亮不能够。"熊新民道："我和老邵也是有事的。"

桃枝道："不必说了，我全明白。你们要我赌钱是假的，要我赌到深夜，陪万行长到旅馆里去是真的。对不对？"说着斜视着洪省民只管抽烟。洪省民一伸大拇指道："李老板痛快，那我们就不必多说了。"桃枝道："既然如此，也好，我把这身子和万行长赌一赌。"万有光坐在一边只是笑。洪省民道："怎么个赌法呢？"桃枝道："我们要陪个万里江山一点墨，好歹只凭一下，两下都不算。请哪位用纸块写两个阄，一张纸上写我赢了，一张纸上写我输了。我抓着赢的，再拿五十块钱，要万行长的汽车送我回家。我抓着输的，我就陪万行长回旅馆。后事如何，你各位就不必过问。不过在我们这问题未解决之先，大家做一个公证人。"洪省民道："这话太痛快了，太公道了，就是这样办。"于是掉转身，向万有光丢了一个眼色，因道："这个阄，就让我来写吧，但是一层，我要避开写。"桃枝道："那当然。邵先生，我请你做代表，你去监督洪先生写，不让他在阄上做什么记号。"

邵革新笑着答应了一声，于是和洪省民一路到外面书房里去，预备纸阄。邵革新低声笑道："你怎样的写法，是老老实实写上一输一赢吗？"洪省民笑道："依着你怎么办？"邵革新道："我们应当帮老万一个忙，你只管写两个输字，随便她拿哪一张，她也是输。"洪省民笑着将纸阄写好了，搓成一小团，然后一路到小客室里，将纸阄放在桌子中心，笑道："阄来了，哪个先拿？"桃枝道："自然是我先拿。你们都是一起的，万行长先拿，他会知道那张是赢的。"洪省民道："好！你先拿。"桃枝道："且慢，我是赌博品之一，已经摆在这里了。万行长的钱呢？"洪省民一掏身上，掏出一沓钞票，一五一十，数了五十元放在桌上，将手按了一按，笑道："当然，要赌你一个心服口服。"说着，向后一退。

桃枝一伸手，按住了一个纸团，笑道："老天爷，保佑我赢了吧。"万有光看到，也一伸手，要去拿那个剩下的纸阄。桃枝将他的手一拨道："且慢！只有两个阄，这个胜了，那个就败了。这个败了，那个就胜了，用不着看了。这样办，你同意不同意？"万有光随口答道："这可以同意。"桃枝道："同意就好，阄是我先抓了，我问大家一声，打开一看，算事不算事？"大家笑着，都连说算事。桃枝道："若是不算事呢？"万有光道："你也太仔细了，不算事，我们都不是人类。"桃枝笑道："好！一言为定。我手上的阄还没有抓起来，这个我不要，算是万行长的。那个剩下的，算是我的了。"说着，把阄拿起，送到万有光手上，笑道："打开来看吧，我祝你胜利。桌上那个，你同意不看的，就不必看了。"说着，捡起来向嘴里一抛。

万有光望了一望洪省民，心想，也许有望，打开来看时，却是"我输了"三个大字。桃枝一伸手，将那五十元钞票，抢到手里，向袋里一插，将口里的纸阄，向痰盂子里一吐，向沙发上一倒，昂着头枕了椅靠，哈哈大笑起来。一屋子人面面相觑，作声不得了。

第十五回

无日不来轻车驰小径
有闻必录快镜窃芳颜

这些人之中，只有邵革新、洪省民两个人心里最是明白，原来是打算玩弄桃枝的，不料，这位姑娘乃是聪明人里头挑出来的，倒让她将计就计，占了一个大便宜。万有光本猜着洪省民会玩一点手段的，所以桃枝把阄分了来，他有点不大接受。现在看到桃枝那样大喜若狂的样子，算是这一屋子人，都在她手心里翻了筋斗，未免有点不好意思，也只傻笑着盖了脸。

桃枝前仰后合地笑了一阵，然后止住了笑，用手理着向前披乱的头发，对万有光点头道："这事怪不得我，我好意和你们拼一拼，你们倒不老实，要在这里头玩手段。既然谈到玩手段，这就不能客气，大家都可以试一试，玩得赢就占上风。"洪省民笑道："李老板，你可不要诬赖好人，这阄是我写的，我不承认玩了什么手段。而且你还请了一个代表，一路监督我，你不信任我罢了，难道还不信任你自己请的监督人吗？"桃枝道："我怎不信任？我十二分地信任！只要是大家都不玩手段，这个阄就拈得有价值。既是干干净净地赌博，这就很好，我们议好了的条件，应该履行，万行长应该用汽车送我回家了。"万有光默然了一会子，突然站起来，笑道："好！我送你回家。李老板，我十分佩服你。就在这一点聪明上，也值得我们五体投地，送你回去，这是应该的。"桃枝笑道："我没有什么聪明，不过是运气好。那么，夜深了，我们就走吧。"万有光道："忙什么呢？这样夜深，你一个人回去，我也不放心，人情做到底，我送到你旅馆门口吧。稀饭好了，你吃一碗再走，行不行？"桃枝道："行！这一点面子，总是要给万行长的。"

于是大家说笑着拥到客厅里来。由听差将桌子收拾好了，大家落了座。桃枝也不客气，一同和他们坐下。他们也不想再近香泽，让她一人坐了上座。听差挨着人面前送上稀饭，桃枝先不动箸，只是望着。万有光笑道："李老板，你又在想什么心事吧？在座这些人的稀饭都不曾吃，你爱和哪个调换，就和哪个调换。"桃枝道："万行长为什么说出这种话来？"万有光笑道："李老板觉得我们这些人，不够朋友，处处弄手段，也许我们在这稀饭里，放下了什么东西哩。"桃枝笑道："调一下，我又何必客气呢？就调一下吧。"说着，眼光如闪电一般，在桌上各人脸上，以至于各人碗里，都看了一看。结果，是把自己这碗调给了万有光。又把万有光面前的一碗，调给对面的洪省民，然后把洪省民面前那一碗稀饭拿了回来吃。洪省民摇了一摇头道："像李老板这样防备，我们都成了开黑店的了！"桃枝笑道："怎么不是？不过，目的物不同罢了。"

她说着话时，稀里呼噜，吃完了一大碗。将空碗翻过来，对听差照了一照，听差自然接过碗去，给她又盛上了一碗。万有光笑道："李老板，这碗稀饭并没有检验过，你能放心吃下去吗？"桃枝把筷将稀饭一阵乱搅，笑道："你们这稀饭，熬得米糊一样，又有这些个好菜。"说着，将筷子头敲了一敲碟子，便道："只是这碟肉松，和这碟火腿，我也就该多吃两碗了。就是你们在稀饭里放了迷药，也让我先吃了个痛快。"说毕，很快地把一碗稀饭吃完了，于是站起身来笑道："钱也赢够了，饭也吃饱了，现时我该回去了。万行长，怎么样呢？"万有光道："我是决不食言的。天大的事，也失败了，何况用汽车送你一趟。"桃枝道："万行长不愧是个漂亮人。"万有光对听差道："叫我的车夫开车，送李老板回家。"

桃枝于是伸着手和在座的人一个一个地握着笑道："今天很对不住诸位，过两天我闲一点，要请一请大家。"一面点着头一面向后退，走出客厅去了。万有光到了这时，看看桃枝，一挺胸脯子，送着她出来，一句话也不说了。坐上了汽车，大家默然了一会儿，桃枝先笑道："万行长，今天我玩了一些手段，对你不住。但是我为了一笔钱要花，不得不这样，百十块钱在你这样的大银行家，花了总不算什么，而况你又是最喜欢我的呢!"说着，向车子外看到了什么地方，将手掏了万有光一把脸，又给他一个微笑。他坐在车里，心里正叫不出来的连珠苦，板着脸，始终也不说什么，被桃枝这样掏了一把，不觉扑哧一声笑了，于是一伸手握着桃枝的一只手道:"你虽然淘气，实在也可爱……"这句话刚说完，汽车停住了。汽车夫由前座反过手来，已替他们开了汽车门。桃枝将万有光的手握了一握，笑道:"我到家了，再会吧。"起身便走下车，头也不回，就去敲旅馆的门了。

到了里面，屋子里还亮着灯，孙氏并不曾睡，坐在旁边打盹儿。桃枝一阵脚步响，把她惊醒过来，笑道:"我听说那个姓万的，把汽车接你去了，我没有和你熬稀饭了。"桃枝道:"这就不怕我逃走了，料定人家就不拐带了?"孙氏笑道:"我说错了几句话，你就总记得。你天天把话来顶我，我就不敢说了。"桃枝也不再说什么，在衣袋取出那五十元的一沓钞票，向桌上一抛，冷笑道:"拿去吧，大概不用得去找叔叔来了。"孙氏看到钞票，先笑了。在电灯下面，翻来覆去点了两遍，整是五十元，一文不短少，将钞票举了一举道:"旅馆账房来了，我会和他算账的，你不爱理他，就不必理他了。"桃枝再也不说什么，在床边先扭灭了电灯，房里一阵漆黑，然后和衣躺着。孙氏笑道:"姑娘还没有消气哩，我让你吧。"说着，她回她的小屋子里去了。

桃枝等她去了，重新亮了灯，数了一数身上的钞票，还有六十多元，一齐塞在床褥子下面，这才安然地睡了。到了次日早上，八点多钟就起床，匆匆地漱洗完毕，就带了钱出门来。离这垂杨旅馆不多远，有家自行车行，桃枝将五十块钱，买了一辆脚踏车，立刻两脚登轮，就开向清凉山夕照寺来。这条路已是很熟了的，放开了胆子，踏着车子飞跑。这荒山小道上，不用闪避马车，将车子一溜烟地开了去，非常地痛快。低头一看，只见脚底下小路上两面茸茸细草，向后倒了去一般。心想，自会骑脚踏车以来，没有走到如此之快的，这也总算是快事之一了。车子到了梁秋山家，在门外一按车铃响，水村却迎将出来，笑道:"原来是你! 我以为是医院里送信的来了。"桃枝道:"梁先生的病，怎么样了?"水村道:"你怎么知道他病了?"桃枝一想,果然自己这话有些语病,便笑道:"我知道就是了,你不必问。"水村听了她这闪烁不明的话,倒有些疑惑。只是人家不肯说出来,自然也就不能苦苦追问,因道:"我猜你昨天就会来的了,不料还是挨到了今天。"桃枝道:"你怎么知道我要来呢?"水村道:"我那封信去了,我想你不能不答复,我这里又很荒僻,由邮局回信,你又投不到,你只有当面来问我了。"桃枝笑道:"如此说,你倒是写一封信,勾引我来见你的了?"水村道:"不!我写信给你的时候,我是一时为情感所冲动,急于要和你说说。事后我才想到,你或者会来,然已经是不能挽回的了。"桃枝笑道:"不要紧,只要你肯想法子勾引我来,我就很满意了。"说着话,水村代扶了车子,推进屋子里。

秋山夫妇不在家,莫新野由屋里笑了出来道:"小于,你气死我了。你的艳福真好,常有这样好的朋友前来看你。"水村笑道:"我不能比你呀!你有不知名的女子,在大庭广众之中,花大把的洋钱相送,我哪有那样大的风头呀。桃枝,你不知道,莫先生也得了一个知己了。"于是把昨天拍卖琵琶的事说了一遍,因问道:"这个女子不愿说是捐款,有碍老莫的名誉,又不愿把老莫的琵琶拿去,免得分了人家心爱之物,她设想是如何周到呀!只可惜她不露姓名,而且又戴一副蓝色眼镜,故意遮盖了她的脸子,这一下子,把莫先生佩服得五体投地,又想得心痒难抓。"桃枝笑道:"这话有点不对,那个女子对于莫先生的事帮了一点忙,总是莫先生的一个好朋友。既是很佩服人家,就不该再有那不好的思想。若是都像于先生刚才所说的话,女子还敢帮人的忙吗?"水村道:"这并不是我当面造谣。莫先生说了,他不找爱人则已,若是找,非要这种女子不可!"桃枝笑道:"莫先生这话是真吗?你未免太对不住朋友了。"新野笑道:"你不要信他的话。不过这位女士,我倒实在想和她见一面呢。你们不必拿我做题目了,有话只管去谈,我要出去一趟呢。"说毕,他就走了。

桃枝笑着不作声,抬起手来,看了一看手表,失惊道:"怎么就十点多钟了,我要回去了。"水村道:"这样远的路,你来一次不容易,

112

怎么来了就要走？"桃枝道："我原有许多话要和你说，但是不谈三四个钟头，也谈不完的。好在我已经有了脚踏车，今天说不了，明天再来说吧。你不是说不便去看我吗？以后我来看你就是了。总而言之，你那封信上所说的理由，是不能成立的，这一点障碍，我们都没有法子去抵抗，在社会上还做些什么事呢？我是瞒着我婶娘来的，快点回去吧，不要让她知道了。"说毕，将车子扶出大门，两脚跨上去登轮就走，回转头来道："明天早上等着我，我们明天见了。"道毕，车子很快地走回家了。

　　到了家里，她骗婶娘只说是人家送的一辆车子。孙氏以为是人家送进来的东西，并不是送出去的东西，并不怎样追究。到了次日，桃枝以练习骑车为名，又骑了脚踏车到夕照寺来。还没有到夕照寺，在小苍山的路径上，老远看见一个人迎将上来，不是别人，正是水村。他高抬着两手，直举到半空里去，不住地摇摆。桃枝跳下车来，手扶着车子，向前一跑，因笑道："好歹我总要到家里去的，你何必还要接出来？"水村道："我也不懂什么缘故，仿佛坐在家里等你是很闷的，一定要接出来才痛快。我昨天想了一晚，觉得是你的话对了，我们都自命不凡的，要想做一番事业，岂能因为一点小障碍，自己就灰心不上前，我从今天起，决计奋斗了。不管行不行，我每天要画几张画。好在秋山在南京城里，还有两家熟书铺子，我画几张，放到他书铺子去卖，来维持生活。然后我赶起一二百张画，在南京开一个大展览会，若是遇到了识货的，提倡起来，以后我就不发愁了。只是有一层，纸张颜料却不大够，这一笔开办费，我也就有些为难。"桃枝道："你若是为这个，那很容易办，我有一家熟纸店，只要你开一张单子来，我照单子和你赊上一份。就是颜料，我也可托他代办，不过事后多给他几个钱就是了。"水村道："不能有这样凑巧的事情吧？"桃枝道："自然是有，你做正事，我岂能骗你玩？而况我也很希望你成功呢。"水村听了这话，自是欢喜，当时引桃枝到家，快谈了一阵，开了一张赊画具的单子给她。

　　她得了单子，骑车就走，把身上所剩余的钱，照单子把东西都买齐了，齐寄放在小香家里。又一个次日早上，把东西送给水村去，水村也就埋头作起画来。约有一个星期，桃枝无日不来，水村画的也就不少。

这天，秋华因为秋山的病已是大大地有了转机，放下心了回家来，料理料理琐事，一早地就到了家。她正在园子里看看种的菜蔬，一抬头，只见一个女郎，骑了脚踏车飞驰而来，有些奇怪，及至门口下车，原来是桃枝。便笑着迎上前道："我不料是李老板，你的车子骑得太好，简直和生在自己脚上一样。这一早就光临，于先生要喜欢得跳起来了。"桃枝笑道："对不住，我没有看梁先生的病。并不是我懒，因为怕碰到了人。至于你府上，这一个礼拜，我是天天来的了。梁先生的病怎么样了呢？"秋华道："病是不要紧了，不过以后不能再多用脑筋，吃笔墨饭的人让他生这样一种病，真是虐政了。"

桃枝放了车，牵了秋华的手走进来，一直到了水村屋子里。只见满壁上，铜钉子钉着新的图画，桌上也铺了一张画而未成的稿子。桃枝向着壁上道："好了，昨天一天又赶起了三张。"秋华笑道："我说呢，于先生何以如此地用功？原来是有人监督着。"桃枝道："那就不敢，不过我就喜欢画的，所以天天来看新作品。"秋华道："天下事就是如此，各有各的缘分，你们二人，一说就合。那个李先生对于秦老板也是很爱慕的，但是秦老板对他一点好颜色也没有，他就不敢希望天鹅肉了。"水村笑道："我正有事去找他，你这一句话提醒了我，我不去了，就托李女士给我带一个信给他，叫他得闲下午来一趟。那么，他若是还想吃天鹅肉，一定会向李女士有什么表示的。"桃枝道："你的意思是要我做个红娘。"水村道："这也不对，爱情若用得上红娘，也不是真爱情了。不过我们也只能存一种希望而已。"桃枝听他虽如此说，但是他的意思如何，自然是明白，当时也未加申辩。和秋华谈了一会儿，就骑车走了。

她因有了水村那句话，并不回家，先到妙化照相馆来，找李太湖。他在这里，算是特别受优待，给了他一间小屋子住。这个时候，他正在屋子里收拾东西，听到学徒说，有女客来找，连忙迎了出来。一见是桃枝，便笑着点头道："欢迎极了，上次你要照的相，钱放下了，相还没照呢。"桃枝笑道："我不是为这个来的，我和于先生带来一个口信，要你有闲到夕照寺去一趟。"太湖道:"这样早,你就在夕照寺来吗?"桃枝道:"你不见我有这个?"说着,将嘴向靠住柜台的脚踏车一努。太湖道:"我这几天早上,总看见你骑车飞跑,莫非都是去夕照寺?"桃枝笑着点点头,太湖却长叹了一口气。桃枝本想问一句,为什么叹气?然而店里还有许多人,也只好不问了。太湖笑道:"李老板既是为了带信来的,我得招待招待,请到我小屋子里去坐一坐,好吗?"桃枝笑道:"可以的,我应当参观一下。"于是跟了太湖走了进去,觉得里面虽多一张床,倒也很有些书房的意味。

太湖让她在书桌边一张转椅上坐了,忙着盛了一碟瓜子,又倒了一杯茶送到桌上。桃枝笑道:"李先生现在是有钱买胶片的了,何以没有看到你的新作品呢?"太湖道:"天天和人照相,那不是我的新作品吗?"桃枝向屋子四周观看,果然不见他有什么新相片陈设出来。偶然一低头,却看见桌子上有一沓相片,不曾糊托纸的,反过背来堆着。桃枝顺手取了过来,翻过来一看,却是秦小香的一个全身相,背景是马路。太湖坐在对面椅子上,原想拦阻的,已是来不及了,便笑道:"我这事原也不秘密,李老板要看就看吧。"桃枝听他这话,倒疑这相片真有什么秘密,不敢公然地一张一张揭开来看,只拿起半沓,侧着露出一条缝来,一看时,也是秦小香的一张相,却是站在一家香烟店的门口。又抽出最下面一张,放到上面,更是小香一个大半身相,后面还有几个人影子,都是女子,却不大十分清楚。心想,这奇了,怎么找出三张,三张都是小香的相呢?于是索性从头至尾将这一沓片子清理下去。她不清理也罢了,一清理着,更透着奇怪,原来无一张不是小香的相片,而且也没有一张是相同的。桃枝呀了一声道:"李先生,你在哪里和小香照下这些个相呢?"

太湖笑了一笑道:"李老板,我告诉你吧,我现在已经担任汉口报馆的摄影记者,新闻记者不是有一句话,有闻必录吗?"桃枝道:"有闻必录,这和小香的相,有什么关系呢?她也不是一段新闻啦。"太湖笑道:"虽然没有关系,到了我手上,就有关系了。这报馆里送了我一架照相机,能照极快的动作,本来是预备找新闻材料的。有了这个照相

115

机子，我就得其所哉了。每天当你们快要上茶楼的时候，我就预先拿了照相机，或在门口，或在街上，或在楼上散步，看着了秦老板，我就偷着照起来。机会好，就自然多照几张，机会不好，我至少也照上一张。"说着，向桃枝拱了一拱手，笑道："我说是说了，请你千万不要告诉秦老板。"桃枝笑道："你真是爱她，但是你照上许多相，是什么用意呢？真个是有闻必录，拿到报上做材料吗？"太湖笑道："我自然有我的理由，虽然也送了几张去登报，那是副作用，不算的。"因之到底将他照相的用意详细一说，桃枝也就忍不住笑起来了。

第十六回

衣饰岂无惭婉商求友
丝萝非有托快拒藏娇

这一场游戏实在太玄妙了，李太湖为何偷着照了小香的相片呢？据太湖对桃枝说，这完全是他一点痴心。在他眼睛里，对于小香是越看越爱，觉得哪一个动作都很不错。自然，对于这样可爱的人，能够多看一秒钟，就多得一秒钟的安慰。但是自己估量自己的能耐，不但不配和秦老板谈爱情，就是学普通的一个茶客，上楼去喝壶茶，点几个戏，都有些不能够。因为自己每月挣三四十块钱的薪水，还要帮助莫新野、于水村一点，汉口报馆那个兼职，虽然有点薪水，托一个亲戚代领了，每月寄回家去母亲用。这样的穷法，怎样能够和秦老板接近呢？所以他就偷着多照她一些相片，放在身边，随时拿出来看，随时有不同的样子，这就好比他和她常见面了。

桃枝知道了这个理由，笑道："原来你是这样一个主意，你真有点痴了。不是我背后说她的闲话，小香这个人，和我完全不同，她不大爱说话，但是在肚子里用事。她因为唱戏没有唱红，手边是很紧，哪个人要接近她，要先得她母亲同意，她母亲是非钱不可的。小香恐怕也是受了一点经济压迫的缘故，她也很愿认识阔人，穷人找她，她怕有碍她的生意经，反会讨厌的。李先生，你这样实心待人，不愁找不着一个老婆，何必到我们歌女里头来寻呢？"

太湖听了她这一番话，坐到椅子上，向后靠着，说不出什么来。半晌，叹了一口气道："那么，我猜得一点不错。"桃枝道："你可不要嫌我多事，我是劝你不要枉费那无益的功夫。你希望太深了，你会失望更大的。"太湖道："我多谢你，你的好意我完全明白。但是我也不过照几张相罢了，没有什么大不了的损失。"桃枝道："不要说没有多大的损失，这样想下去，你会想成单思病的。"说毕，哈哈笑了。太湖道："李老板，不要谈这件事了，你的相还没有照，我和你把相照起来吧。"桃枝回头一想，这话说得有些过火了，只好借着照相为由，跟了太湖到照相的屋子里去，把这事丢开。

照完了相，桃枝笑嘻嘻地回家去了。当她到家的时候，恰好是秦小香由里面走了出来，桃枝一把握了她的手，问道："你怎么来得这样的早？"小香笑道："快十二点了，还早吗？你大概是和爱人谈得糊涂了。"桃枝笑道："我是谈得糊涂了，但是到了爱情上面，无论什么人，也难免糊涂的，比我糊涂的人还多着呢。你到里面去坐，我有话告诉你。"于是携了小香的手，和她一同进来。

孙氏这两天是非常地依从桃枝，桃枝同了朋友进来，她就避开出去了。桃枝随将房门一掩，笑道："你来找我，一定有什么事吧？要不然，你明知道我这时候不在家，不会来碰碰看的。"小香红着脸先微笑了一笑道："你猜呢？"桃枝道："哼！我猜吗……"说着，也微微一笑。小香道："你这样子，已经猜着了。"桃枝道："我还没有猜到你的心事，你怎么会先知道我就猜中了？"小香道："我看你那副神气，好像是看透了我的心事一样呢。"

桃枝笑道："我们真可以说是知己知彼了。据我想，你看到我认识了一个银行家有点眼热，想叫我托他们给你介绍一个人，对是不对？"小香红了脸道："你这人说话，怎么说得这样子粗！"桃枝笑道："好歹就是这件事，粗细是没有什么关系的。你说我这话究竟猜得对不对？"小香笑道："对是对了的。你想哇，我的衣服现在早不够了。而且就是有了两件，现在样子也老了，花样也不新鲜了。到了什么地方去，换来换去，就是这两件衣服，见了人怪难为情的。我想着，哪里有这一笔钱呢？你们戴的戒指，翡翠的也有，宝石的也有，我只有一个洋金的，小得可怜。就说是皮鞋吧，我早就想买一双高跟的，偏是我娘说，还有一双旧的，擦擦油也就行了。你看，你有两三双了，倒放在床底下搁着。这不都是为了我没有钱吗？这还是上半年，一天比一天暖和，衣服还不打紧，到了下半年，衬绒的、驼绒的、皮的，还有大衣，我都要添置了，哪里有这些钱呢？我真急死了。"

桃枝笑道："你这是爱着急，一个人为了挨饿受冻着急，还有可说，若是为了金珠宝石去着急，那就什么人也没有一个快活的日子。天下哪有让人心满意足的事，做了皇帝的人，还想长生不老呢。"小香道："你这也说得有理，但是我也不想格外的阔，只是你们大家有的东西，我总要也有两样，面子上过得去。不说别人，就是我娘也常说，说是我无用，人家唱红的唱红了，不唱红的多少也挣了几个钱回去，就是我一年到头做陪考的。"桃枝点点头道："你这话，我明白了。只要找到个有钱的人，和你帮一点忙，你就无论人家什么条件，你都能答应，对吗？"小香道："我也是没有法子啊！"说了这话，望着人，眉毛皱起来多深。

桃枝道："好吧，我先给你介绍一个穷的，再给你介绍一个有钱的。"小香笑道："你是和银行里朋友来往的人，哪里还有什么穷的？"桃枝道："说得你不肯信，实在是个穷的，就是那个照相的李先生。"小香道："我要认识他做什么？"桃枝道："你哪里知道？我们找男子，应该找那个真能爱我的，别的都不在乎。那个李先生真是爱你，爱你而且不愿要你知道呢。"于是将太湖偷着照她相的事，从头至尾说了个详细。小香将嘴一撇道："下流坏！以后我走他们照相馆门口过，我把脸偏到一边去，看他还照个什么？这是流氓做的事，你以为他还是好人吗？"桃枝脸一沉道："做歌女的，根本就是人家的玩物，哪个报上、哪个照相馆，不拿歌女的照相片陈列出来给人家看，当作玩意？据你这样说，我的朋友是流氓，我也是个流氓了？"小香笑道："你这叫多余生气，我正来托你，哪有骂你之理？只要你肯和我帮一点忙，我也可以和姓李的交朋友的。其实不是我嫌他穷，你想，我已经没有人捧了，我要和他交朋友，我娘一定会说我不上进，弄得大家不好。"桃枝道："不必提了，我明白就是了。这也不能怪你，当歌女的，有几人不是这样，若不是为了钱，还不出来当歌女呢。"

小香道："你这话明白极了。我们总和别的姐妹交情不同，你看到

119

我这样困难，照理也可以帮我一点。"桃枝道："说到你困难，在这一点上，我是该帮你一点忙的。不过你要知道那句俗话，乃是得人钱财，与人消灾，你若是得了人家的钱，你打算怎样谢谢人家呢？"小香一红脸道："我不知道要怎样谢人家呢，你说应该怎样？"桃枝扬眉一笑道："你这个肚里用事的人，什么不知道，还来问我？不过我可以告诉你一个字的诀窍，就是拖，因为你拿了人家的钱，不和人家客气，人家一定要和你为难的。一个当歌女的人，有多大的力量可以去和人家抵抗？你要是和人家客气呢？那就等着上当。所以这只有慢慢地敷衍他。你若是愿意人家摆布，那不用说了。你若是不愿意，尽管今天说有病，明天说有事，把日子约得长长的。面子上，约你吃饭，你就吃他的，要你去玩，你就乐得用他的钱来玩。他无论用什么手段，总是抱定了主意，晚上一点钟以前要回家。男子们都是喜新厌旧的，日子久了，他花了钱，费了心机，还想你不到手，他自然会和你疏远起来。你是钱到手了，又可以用这个法子去对付第二个人。"小香笑说："法子是好法子，未免心狠一点。"桃枝道："什么心狠，你想那花钱的大爷，对你又有什么好意吗？你把我这话记在心里，我可以和你帮个忙。"说着，握住了小香一只手，在她手背上连连拍了两下。

小香笑道："师傅！什么时候给我介绍呢？"桃枝道："这要看机会，很难说定，碰不上，两三个礼拜也不能定，碰得上，今天晚上有人请我吃饭，我就可以进行了。"小香道："若是我手头宽裕些，像你一样，我也可以交几个真朋友的，我一定去找那位李先生。"桃枝道："你这话又错了，难道我还是和你提什么交换条件不成？你要知道李先生是求真爱情，不是像别人，找个女孩子玩玩。"小香笑道："你这人就是这样，相信那人，就相信得要死。不相信那人，死里说出活来，你也是不肯信。"桃枝道："只要眼光看得准，我觉得我这个办法是对的。"小香看那样子，也不好再说什么，只得微笑着，道了谢，告辞回去。

桃枝一人坐在屋子里，想了一想李太湖，又想了一想秦小香，觉得向来说女子是对的，男子是不对的，自己也有些错误。小香是比较好一

120

点的姐妹，都只注意在钱上，别人也就难说了。她如此和小香想着，恰好有个机会，在晚半天七点钟的时候，雨花春菜馆送来了一个请客条，上面写着万约，这分明是万有光了。因告诉孙氏去给小香一个信，若是有姓万的请吃饭，务必到，于是自己先向雨花春来。

一到房间里，却只看到万有光一个人，连柏正修、洪省民都没有来。桃枝微笑道："你要开秘密会议吗？怎么一个客没有？"万有光自斟了一杯茶，送到桃枝面前，笑道："我有几句话和你说一说，所以没有请客。"桃枝道："两个人吃饭，太冷淡了。有什么话，你就先说吧，说完了，你再打电话请客来。你看好不好？"万有光想了一想，笑道："那也好，不过我想和你从从容容，商量一下了。"桃枝一低头，见面前放了一杯茶，笑道："还要你倒茶，谢谢了。"说着，她也斟了一杯茶，送到万有光面前，他起身相逊道："这真不敢当，何必如此客气？"桃枝笑道："男女平等，你可以敬我的茶，我就可以敬你的茶，无所谓客气不客气。闲话少说，言归正传，请你把那要和我商量的事说了出来。"万有光笑了一笑道："你问得这样的紧张，我倒一口气说不出来。"桃枝道："你只管说吧，不必有什么顾忌，无论说出什么来，我都不怪你的。你要不痛痛快快地说，我倒嫌你做事不大方了。"万有光道："其实我的话说出来，也不要什么紧。"说毕，又笑了一笑。桃枝道："既是不要紧，你便可以大胆地说，请说请说，我等着要听了。"说毕，两手膀向桌上一伏，望了万有光，尽等回话。

万有光对此，转觉有些难为情，喝了一口茶，又微微咳嗽了两声，才笑道："你为人爽快，别人有些怕你，我倒是很喜欢。但不知道你对于将来怎么样办，是不是打算做大姑娘到老呢？"桃枝笑道："你这话我明白了，问我是不是嫁人？当然要嫁人，做一生的大老板，有什么意思？"万有光道："你要嫁怎样一种人呢？"桃枝道："这有什么不明白，他爱我，我也爱他，我就可以嫁他了。"万有光道："这个我明白。要怎样一个人，才配爱你，才能得到你的爱呢？"桃枝道："什么资格都不论，只要引起了我爱他，那就行。"万有光默然了一会儿，又喝了一口茶，笑道："设若像我这种人……嘿嘿！"他不敢怎样高声，勉强地笑了一笑。桃枝道："你不用三弯九转地说了，你想讨我，对不对？但是……"万有光笑道："我是有这一点意思。但是我虽有一房家眷，那不要紧的，我在上海有许多房子，可以随便拣一所住下，而且姨太太这个姨字都可以不叫出来的。"桃枝摇了一摇头道："不对，我的那句没有说完，不是说你家里有一个太太我就不嫁。我只要爱那人，做姨太太做丫头，都可以的，不在乎。反过来说，我若不爱那人，他就是讨我去做一品太夫人，我也是不睬他一眼。"万有光哦了一声，半晌没有作声。

桃枝笑道："万行长，你不要以为是碰了我的钉子，我这是实话。你能不像别人怕我，独要娶我，这可算得你是知道我的。不过嫁娶两字，不是胡乱可以谈得来的，总要慢慢商量，到了有了感情的时候，自然一拍就上。以现在而论，你总算是我一个好朋友。你努力吧，将来也许我可以嫁你。"万有光听见了她这话，愁又不是，喜又不是，只管喝着茶，向她微笑。

桃枝道："你对我这话，自然是不满意，但是你要知道，我这样对人表示好感，已经是十分难得的事了。我们的话，就说到于此为止，快些打电话请朋友来吃饭吧。"万有光道："我一时到哪里去找朋友？"桃枝道："别人找不着，难道你那两个好友洪柏二君也找不着吗？你今天这个主意，恐怕都是洪先生和你出的。他一定说，桃枝那个东西，说行就行，说不行就不行，你倒不必多用什么手段，老老实实就说要讨她，她若不肯，也不过碰一个钉子。只有你和她在一处，碰了钉子，也没有什么要紧。我这话猜得对不对呢？你说！"

万有光倒没有答应，隔壁屋了，早有人哈哈大笑，应声起来。接着，有人掀帘子跑进来，正是洪柏二位。洪省民笑道："李老板说话，也不管什么墙有风，壁有耳，要说就说。幸而是我们藏在隔壁屋子里，若是别人听去了……"桃枝道："有钱的人要讨一个歌女做小老婆，这也不是什么犯法的事情，怕人听什么？"柏正修听着，只是笑了摇头。万有光道："不必议论了，吃要紧，不要耽误李老板唱戏。"桃枝笑道："请歌女吃饭，就是变相叫局，叫一个局也太不像样了，我介绍一下，把秦小香叫来吧。"于是拿过笔墨，写了一张客票，下面注一个万字，拿着向万有光一照，笑道："行吗？"万有光当然说行，于是将客票交给茶房，拿起走了。

柏正修道："李老板爽直的好处，就是自己有短处，也肯说出来，老万仰慕她是有道理的。只是有一点，我不大明白，李老板约了到我们旅馆去，这话有一个礼拜了，何以推诿一天又一天，这一点有些不大爽直。"桃枝笑道："这不能怪我，这只能怪你们用手段。你想，我去了，你们不把我当一只画眉鸟，关进笼子去的吗？第二回再要用那个拈阄的妙法，就有点不灵了。"说着向洪省民眨了一眨眼睛。大家都笑起来。

洪省民笑道："李老板，果然的，人生不过几十年光阴，趁着这青春还在，何不早点打算呢？像我们万行长，多大家产不说，五十万总有吧？这些个钱，难道还不够养两三房家眷？你若是跟了我们这位万大哥去，我敢断言，一定比唱戏好。你不是喜欢幽雅地方吗？万行长除了上海法租界有一所好房子不算，西湖还有所别墅，都可以拨给你。"桃枝摇着头道："这很不算什么呀，古人还有金屋藏娇的呢。但是我和万行长还只谈到做朋友的那一步，嫁娶问题，现在谈不到，我对他当面，都是这样说，对别人也是这样说。难道洪先生的面子，还大似万行长吗？"洪省民用手擦着额角笑道："好大一个钉子！"柏正修道："总不算是钉子，李老板已经答应了做朋友呢。若是别人，连做朋友这一点，恐怕都不肯答应。而况李老板还说了，老万要努力呢，这是给他一个很好的机会呀。"说着，向万有光一笑。这个时候，已端上菜来了，他就提起壶来斟酒，把这种令他难堪的话牵扯过去。

桃枝也很是得意，觉得今天笑谈麈敌，又是得意之作，不亚于那天拈阄一幕趣剧了。但是实际上却不是那样，在秦小香身上，却发生问题了。

第十七回

贫境不堪嗫声别酒肆
迷途未远破晓过农家

当秦小香在家中接着客票，由家里到酒馆子来的时候，恰好是李太湖由夕照寺回夫子庙，于水村因为太湖逼着要他来，也就跟着来了。不迟不早，在马路上看见小香坐了一辆人力车，很快地过去。回头看时，见她的车子，停在一家酒馆门口，然后进门去了。水村笑道："你的爱人过去了，不知道是她没有看见，也不知道她是故意不理会？"太湖笑道："当然是没有看见，不见得她看见我们，头也不肯点。就是故意不理会，那也不要紧，本来我们这穷措大，也不敢望她理会呢。"水村道："你这样看得破却是难得。既然如此，你可有那种海量，我们也上那酒馆子去吃饭，只要找着她吃饭的左右隔壁一间屋，就可以知道她对于有钱的人是怎样奉承，可以比出对于没有钱的人，又是怎样藐视了。"太湖笑道："这分明是要敲我一个小竹杠，让我去请你一下。照情理说，也是应该的。不过我的腰包不太充足，要大请客，是有些不可能，最好是限个两块钱的数目。"水村笑道："尽吃你的也不好，这样吧，我再添上一块，共凑三块钱。多出钱的做代表会账。"说着，在身上掏了一块钱塞到太湖手里。太湖接着钱，长叹了一口气道："惭愧呀！我们两个人自负有一身的本领，到了吃小馆子起来，还要两个人凑着钱去拼了会东。"水村笑道："你不要惭愧，将来有一天，我们阔起来，总会餐餐上馆子，当是吃便饭哩。"二人说笑着，便不走向照相馆，也到雨花春来。

在他们经过各号房间的时候，听到一间屋子里有男女说笑的声音，这女子的声音中，有个正是桃枝。水村扯着太湖的衣襟，向后退了一步，低声笑道："我们走吧，李老板也在这里。"太湖也听见桃枝的声音了，笑问道："那为什么？秦老板的秘密，可以侦探的。李老板的秘密，就不能侦探的？"水村想了一想，笑道："原因不是这样简单。"但是当他这样踌躇的时候，茶房以为他是找不到座位，早掀起一条门帘子，让他们进房间去。这不好意思再缩转去，只得进了房，这里正和万有光吃饭的地方隔壁。二人要菜要酒，都不敢高声说话，只是相视微笑坐着。

至于那边屋子里，恰在情形相反之下，大家谈笑风生。只听见桃枝道："柏先生，以后你就多帮上秦老板一点忙吧。她为人很老实的，不像我这样，你不敢领教。"接着，便有一个人笑道："我怎么不敢领教？要领教，也不行了，你已经对万行长说了，叫他打算讨你，就要努力。你明明当面告诉我们了，我难道还那样不知趣，去和万行长做情敌。而且我也没有一样事情敢和万行长比赛呀。我看你和万行长这一段好事，总会成就的。你想，你已经叫他努力，明明给了他的机会了，他还有个不努力的吗？"水村听了这话，手上端了一只酒杯子，简直举不到口里去，只是呆听着。桃枝道："你不要管我的事，究竟我托你帮秦老板忙的话，怎么样呢？"那人道："当然尽力，漫说还有李老板介绍，就是我听了秦老板几回戏，很觉得不错，也打算点她几个戏了。"又有人道："几个戏不行，非多多的不可，而且还要常来。我当面要求一下，回头请李老板陪着你到我们旅馆里去坐坐，行不行？"只听到桃枝抢着答道："行，有什么不行？我陪着你去，我陪着你回来。小香，你看怎么样？"小香道："有你陪着，我还有什么不能去？"

水村听这话，好像用了很大的力，将杯子向上一举，咕嘟一声，把一口酒喝了下去，然后向太湖摆一摆手道："不要听了，我们吃我们的吧。"说毕，他果然不听，低了头喝酒吃菜。太湖究竟不能一句不听，时常发出一种冷笑。他们的酒菜，吃喝到一半的时候，隔壁屋子一阵笑语喧哗，接着一阵鞋子踏着楼板，其声囊囊，大家都走了。在门帘子缝里正好看见两个艳装的女子，夹在几个男子中间走过去。太湖笑道："这是我们第二次受刺激了，你对于歌女的观念，现在怎样呢？"水村道："总可以原谅的，你想，人家不敷衍这些阔佬，有哪个送那种冤枉钱去点戏？"太湖道："这上馆子吃饭一件事，我们当然原谅的。不过

125

她们唱完了戏，还要到人家旅馆里去，这可有点不对。"水村道："你没有听见她说，陪着秦小香去，陪着秦小香回来吗？"太湖道："自然是陪着回来，今天半夜也是回来，明天天亮也是回来，究竟知道她是什么时候回来呢？"水村道："就是明天回来，在旅馆里过一夜，那也不见得有什么坏处，从前她们两人，不是在我们那里住过一夜吗？我们又能说人家有什么不好的行动呢？"太湖道："你这话，表面是很对的，不过骨子里，恐怕不能像我们所猜的那样干净吧？"水村道："不干净又怎样？我们也无法干涉人家。蛤蜊到口心无碍，我们不要谈吧。"说毕，又一口喝了一大杯酒。太湖见水村脸上红红的，酒喝得似乎有些过量了，便笑道："你酒喝得不少，今天睡在照相馆里，不要回夕照寺去吧。"水村摇摇头道："不要紧，你以为我把酒喝醉了吗？酒醉心里明，喝醉了，我也可以走回家去。"

太湖道："还有一层，我们两个人，合起来只有三块钱，酒喝多了，也许会超过三块钱，会起账来，还是叫馆子里派人跟我们去拿呢，还是把人在这里做押账呢？"水村笑道："这话倒是很有道理，不能喝了。"将手按住了杯子，向桌子中间一推，马上就叫茶房拿饭来。吃完了饭，人站了起来，未免晃动了两下，手按着桌子。只见太湖拿了一张小账单子，十分现出踌躇的样子，坐在那里看，因随便地问道："多少钱？"太湖笑道："不算贵，四元二角，这回你不要客气，由我会东了。"因问茶房道："你应该认得我，我就是这里妙化照相馆，你派人和我一路到店里去拿钱。"茶房听说他身上掏不出钱来，很是不高兴，不过这妙化照相馆，就在斜对门，跟着去拿钱，倒也无所谓，就答应好吧两个字。于是太湖和水村很难为情地走出了酒馆，身后跟着小徒弟，伸手暗中牵住了太湖的一角衣襟，一路到照相馆来。

真是事不凑巧，账房先生出门去，已经锁上了钱柜子，除了身上所有，还差一块二角钱的酒账而外，另外还差三四角钱小费。太湖因对徒弟道："我是照相馆的先生，你总可以相信了，账房不在家，钱拿不出来，你先拿三块钱回去，其余的，明天上午，我连小费一块送过去。"小徒弟道："不行，这位同你去吃饭的先生，他出一块多钱也不要紧，也不一定要你会东呀。"水村听他这话，一摸自己衣袋里，只有十几个小铜板，被小徒弟一问，下面这一句话简直说不出来。只望着那小孩子，微微一笑，太湖跟到屋里去，把他那装照相机的皮盒子拿了出来，交到小徒弟手上道："这个盒子完全是真皮的，不管值多少钱，押两块钱总不止。你先拿回去交柜做押账，我明天拿钱来取，你总可以放心了吧？"那学徒已经得了三块钱，又知道太湖是这里的人，也就将皮匣子接受，鼓着嘴道："我拿回去交柜，柜上不要，我是要拿回来的。"说毕，挺着胸走了。水村对太湖道："这真是对不住，我喝酒喝过量了，闹出这样一个大笑话。"太湖道："不要急，我们就是没有饭馆子里人找上门来要钱，也知道我们是个穷光蛋呀，有了这笑话，也不过表现我们蛋光穷罢了。"店里徒弟店伙都笑了。

水村本不愿在照相馆住，因对太湖道："你是来邀我听戏的，现在有听戏的豪兴，也没有听戏的闲钱，我可以回去了。"说毕，抽身就向外走。太湖在后面追上来道："小于，这个你可不能胡来，路这样子多，你又有了七八分醉意……"但是他对于太湖的话，只当没有听到，这里话不曾说完，他已走得很远的了。太湖想着，他别处还有朋友，照相馆里有了这个笑话，他或者不好意思住下，那也只好让他去了。他在路上走着，酒果然有点向上涌。忽然一阵叫好鼓掌之声，随着丝竹歌唱之音，向耳边送来，抬头一看，正是六朝居。心想，我何妨上楼去看看，今天在雨花春请桃枝吃饭的，究竟来没有来？心里想着，那两只脚，就不期然而然地踏上了楼梯。当他一走上楼来的时候，正好碰到那个四处招待来宾的堂倌，一见水村，就笑嘻嘻地迎上前道："就是一位吗？台口上有好地方。"水村一抬头，桃枝恰好是出台，那台口上一张长桌，围了五六个人，齐齐地喝了一声彩。桃枝那双灵活而又明亮的眼睛，正向那长桌子面前一转，并没有注意到楼口上有了一个新茶客上来。水村向后退了一步，向堂倌点点头道："我是找人的，人并不在这里，我不坐了。"说毕他转身就下楼去，到了马路上，回转头来，向着楼上长长地叹了一口气。因之顺着大路，一步一步地向北城走。

当他走上中西大道的时候，一轮明月，正在当头照着，糊里糊涂地一混，不知混到了夜间多早晚了。不过这大路越往北走，越是清幽，两边的野竹林子和长着草的坦地，让月亮一照，自有一种清净可爱之处。趁着酒兴，也忘了疲倦，眼里看到清净的月亮，脚下走着平坦的大道，心里想着曲折的事情，这三件事，让他忘了一切，只管一步一步地向前走了去。也不知走了多少远，偶然向前一看，只觉一片白光，在面前晃动起来。定睛一看，哎呀！原来走到下关扬子江边，这一片白色，乃是月亮照着江里的水色，化成一片。由夫子庙坐汽车到这里，也要二三十分钟，不明白自己一人走着路，何以会走到这地方来。身上并没有带钱，自然不能到旅馆去。就算带了钱，这样夜深，一个不带行李的孤人，旅馆里他也未必收容。如此看来，还只有掉转身去，更向清凉山走，拼了一晚不睡觉，也总可以走到家。

这样想着，倒也坦然，索性站在江边上，对那一片浩浩荡荡的月色，赏鉴了一会儿。这时身边一点什么声音没有，那江里小浪头，打到了岸上嘛啪作响，更觉是耳根寂静。隔着大江，遥望浦口，有两三星灯火，后面月色朦胧之中，现出一带隐隐的高山。抬头一看月亮，已经有点西斜了。景致虽好，已经不能留恋，就照着原来的路，一步一步地走了回去。到了鼓楼边，自己紧紧地记着，不要顺大路走，向西转走上了小路。然而自己的精神有些恍惚，加之来去几十里路，走得也十分疲倦。当他折上小路之后，不到半里路，就遇着了一个三岔路口。心里想着，可不要走错了，此地到处是小山岗子，容易迷路的。因之四周看着，定了一定方向，觉得夕照寺所在，就是这比较大些一条路的前端，顺着大路走去，当然没有错误。

他如此一想，就决定了顺着大些的路走。心下很不怀疑地走了一里路，由山麓慢慢走到一所小山冲里，都是稻田。这很奇怪了，从来没有走过这样一条路的，到底是走错了。于是掉转身来，仍向山岗上走。但是在自己四周一打量方向之后，把这方向迷了，糊里糊涂走上一个小山岗子。一条深草小径，在岗子上直通到看不见的地方。望了望，没走下来，见稻田边，有一条人行路，很是平坦，且走上这条路来。只走到这里，遥遥地听到一声鸡叫。心下大喜，有鸡叫的地方，自然是有人家，

128

记得这山前山后，只有夕照寺有几户人家，这一定是夕照寺的鸡叫。

于是顺着那声音走去，及至走到鸡声附近，仔细一看，靠下手山口，有一丛野竹，几棵树，拥着一户人家，并不是夕照寺。不过遇到了人家，心神就定了一点，且站定了脚，估量估量方向。当他正这样估量时，那野竹林子里，突然汪汪几声，早有两条大狗，隔了稻田，站在一个高坡上，只管乱吠。水村待要走去，又怕狗追来，不走去，又惊动了人。正如此踌躇着，呀的一声，开了门响，有人喝道："什么人？"接着一道灯光，射了出来。水村答道："大哥，对不住，惊动你了。我家住在夕照寺，我在街上喝醉了酒，走回家，迷了路了。"那人道："到夕照寺，咳！你走远了两三里路了。夕照寺向西走，你走上北来了。"

水村和他说着话，迎上前去，就是一个草瓦间杂的屋子。那人站在篱笆边，就门里射出的灯光一看，是个五十上下的老头子，身上的短衣还敞着大襟，手上拿了一条木棍子。他也看见水村了，见是个西装少年，便道："哎呀，原来是位先生，怎么深夜到这种地方来？"水村又把喝醉酒的话，重述一遍。那人道："你一个先生，这荒山小路，半夜里走不得了。就在我这宽坐一会儿，好在不久就天亮，天亮了，我送你回夕照寺。"水村道："那就好极了，只是这样夜深，怎好惊动？"那人道："不要紧！庄稼忙的时候，我们也常是起五更的。"说着话，自己跑进去，捧了一盏煤油灯，将水村引了进去。中间是个小堂屋，墙上挖了神龛子供着几尊神像，角落里，点了一盏清油佛灯，除了凳桌之外，乱摆些木桶竹筐，盛着菜豆。他将灯放下，用稻草卷擦桌凳，请水村坐下。

水村请教他，他说叫丁有才，是怀宁人，在这里做佃农，老妻之外，还有一儿一女，都帮着种田。这前后许多佃农，大半是同乡，倒都有个照应。水村见他倒很是老实，也就把自己寄居在秋山那里的话说了。丁有才道："哦！你是梁先生的朋友，那我们是自己人。我们早就认识，去年这前后有三十多个男女学生，我们还打算请他办一个学堂呢。你走了大半夜，大概也口渴了，我叫他们起来烧水。"水村说是半夜惊吵不敢当，丁有才哪里肯听，就进内室去，一阵把家里人叫醒。

不多大一会儿，一个半老妇人和一个年轻姑娘，一路出来，走了过去。水村连声道歉，只觉不安。丁有才却在屋子里，提出碗口大小的一架闹钟来，指着让水村看，道："你看，这已是三点多钟了。现在日长夜短，不久就要天亮了。她们就是不起来，也不能久睡的了。"说着话，他跑进跑出，端了一盆水，让水村洗脸，然后又泡上一壶茶来。抬头看看天井外的天，已经变了鱼肚色，只有一两点亮星，在半天里闪烁着。是个天要亮的光景了。就在这时，那个老妇人拿着灯，那个年轻姑娘端了两只碗放在桌上，乃是两碗挂面下鸡蛋。放好了碗，将手捏了筷子，先放了一双在水村面前，微笑道："先生，请用一点，要胡椒吗？"水村看她五官却也端正，皮肤虽然稍黑一点，却是周身肌肉长得丰满。看去年纪不过十七八岁，倒是梳着一条长辫。水村欠身道："太客气了，我过意不去。"丁有才先拿了筷子，将面条挑动，笑道："我们虽然住在城里，可是乡下人的脾气改不掉，粗东西随便用一点。"水村也觉有一点饿，就也端起碗来吃了。

那老妇人和那姑娘，倒不避生人，就开大门，扫前后天井，开鸡鸭笼，向外面井里打水，原来天色已经大亮了。同时，屋子里走出来一个短衣小伙子，和水村拱手叫先生，"这昨晚撤来的菜，我一个人送上早市去怕挑不动，你分着和我挑个三四十斤吧。"丁有才道："这位于先生住在夕照寺后身梁先生家里，我要送他回去。"水村道："不用了，不用了，青天白日，还不会找回家去吗？"丁有才想了一想道："山路不大好走，容易走错的，让二香带你去吧。二香呢？"说着，那个姑娘走进来了。丁有才道："我和你哥哥要送菜担子上市去，你送这位先生到夕照寺去一趟吧。"二香对水村看了一看，点着头道："先生，你不认识吗？很容易走的，顺着山岗下去，向左上一道山坡，再往右一转，走过一片桑地，那就是了。"丁有才笑道："左转右转，你自己就没有说清，你还说是很容易呢。"她掀起胸前系的围襟，擦了一擦手，然后卸除了。又将手理了一理鬓发，笑道："你就走吗？"水村点头说走，和丁有才道谢，又道："你家姑娘有事，就不必送了，我慢慢可找回家去的。"二香道："送一送也不要紧，我走起来很快，马上就可以回家的。"她说着，已开步先走。水村也就只好让她相送一程。她这一送不打紧，又生出许多波折来了。

130

第十八回

未免有情携琴弹树下
可以无憾沽酒醉灯前

于水村因着情不可却，只得让二香送出丁家来。这时，东方的太阳，如鸡子黄一般，升上山岗子，一片金黄色的阳光，照在树上和草上。那新鲜的空气，自带着一种清芬之气，送进人的鼻端。路边的草头上，还沾着许多露水珠子，脚踏在草上，把鞋子都沾湿了。

那丁姑娘二香却是走得很快，走一程子，便回转头来等着。水村点着头道："真对不住，一清早就连累你出来跑路。"二香笑道："这不算什么，哪天我不跑几趟路呢？"说着话，她已在前走，水村在后跟着，也距离不到三尺路。便问道："二姑娘，你帮着你令尊做庄稼，不累吗？"她一弯腰，在野草上摘了一朵小黄花在手上，用两个指头抢着，笑道："无论什么事，做惯了也就不累了。我家没有请长工，帮着做做也是好的。这就是那句话，添个棒槌轻四两了。"水村道："二姑娘，你念过书吗？"她拿着那花，在鼻子尖上嗅了一嗅，回转头来，一笑道："你是怎样知道我念过书？"水村道："令尊说，这地方办过学堂，我想你一定念过书的了。"二香道："念过两年，后来我大了，我爹不让我念了。"

二人已是踱上了一道山坡，走到一条很平坦的小山路上，慢慢走着，更好说话。水村道："念了一些什么书呢？"二姑娘道："国文、算术，还有什么公民常识，都不记得了，只有《四言杂志》《女儿经》我还背得过来。"水村笑道："学校里怎么会有这种书？"二姑娘道："这是我爹教给我的。我喜欢学校里唱歌，《秋之夜》《苏武牧羊》，现在我还记得。"水村道："令尊为人很古道啊，难得他……"二香道："可不

131

是老古套！古董极了，平常总不让我到大街上去玩玩，他说那些地方都是会引坏人的，一个姑娘上了几回街，以后就不能好好地做姑娘了。"水村笑道："你误会了我的意思了，我说令尊古道热肠，不是说令尊古板。而且他说的话，也很有道理，大街上果然是不去的为妙。"二香笑道："那为什么？现在南京城里，比早几年热闹多了，大洋楼的旅馆、大戏园子、影戏馆，啊呀！还有汽车，真多呀。从前没有中山大道那样好的马路。"水村道："这是你觉得现在比从前好的，还有别的什么没有？"二香笑道："我说不上，但是做官的人，也比从前多几倍，不是这地方好，人家怎样都会来？"水村见她一面走着一面用脚去拨那路边的长草，大有小孩子意味，因问道："你令兄多大年岁了？"二香道："庄稼人出老，他只有二十四岁。"水村道："二姑娘呢？"她听说，站住了脚，笑着同水村一点头道："你猜呢？"水村道："我猜吗？也不过十六七岁。"二香笑着望了他道："你真看不出来吗？我十九岁了。而且是二月里生的，翻过年来，就是二十岁了。只管说话，已经走到了，差点没有转弯。"她说着话，已经钻进了竹林子。

水村走到门口，正要向二香道谢，请到屋子里来坐一会儿。莫新野由屋子迎将出来，问道："你是怎么了？昨晚又住在太湖那里吗？大概是听戏去了。"水村摇了一摇头道："昨晚在荒山上走了一夜，不是遇到这位姑娘的令尊出来叫醒我，我要迷路到天亮为止，还不知道是走到哪里去。"新野对二香看了一看，笑道："这位姑娘，我在哪里会过。"二香笑道："是，会过的，你有一回也是走错了路，走到我家去了，也是我送你走上大路的。"莫新野点头道："对了，你记性好，几个月的事了。"二香道："因为你那天抱了一把琵琶，很特别，所以容易记。有好几回我在夕照寺门外过，听到里面有人弹琵琶，弹得真好听，可就是你弹的？"水村笑道："是他弹的，他常到庙里弹的，不信，你让他弹一段给你听。"二香笑道："一早就弹琵琶，吵了别人。"水村笑道："我们这里，没有什么人，吵不了哪一个。"说着，他跑进屋子去，把新野的琵琶，抢着拿了出来，交到他的手上，笑道："你就坐在这棵大柳树兜上弹一段，这位姑娘难得来了。"

新野接着琵琶，一看二香并没有推辞的样子，真个拒绝不弹，倒有些不好意思，便笑道："这样一早，叫我弹个什么呢？"水村道："早上景致也不坏呀，你不会弹个《百鸟朝阳》吗？"二香看到阶沿上有一块干净的石头，低下头向石头上吹了一吹灰，然后坐了下去，两手抱着膝盖，对新野望着，像是个等候的样子。新野到了这时，若是不弹一段，简直抹了人家的面子，因此笑道："早上就弹琵琶，我今年是第一次了。"水村笑道："好在不是生平第一次，对新朋友尽这一点力，似乎也不算什么。"新野笑了，于是抱了琵琶，坐到大柳树兜上弹将起来。二香偏了头，带些微笑听着，因道："这的确是好听，真像许多鸟在树梢叫着一样。"莫新野手一划弦子，哗啷一声，站起来道："这真奇了，我不料初听音乐的人能赏识到这一点。要论起通俗起来，这种调子是万万不如那些扬州调苏州调好听的。"水村笑道："这所谓高山流水，得遇知音了。"二香虽不能完全了解他们的话，但是他们这是好意的表示，总可以听得出来，因笑道："我也不止听一回了。摘桑叶的时候，我们有时候到夕照寺前来，常常听到的。"水村笑向新野道："你看如何？凭这位姑娘早就赏识了你，你也不应该随便弹一个就了事。"二香笑道："弹一个，我已经觉得费心了，哪里能够再要求，过天见了。"说着，站起身来，拍拍身上的灰，便已走去。

　　水村望着她走远，然后对新野道："这的确是天真烂漫的姑娘，可是很奇怪，她怎么会爱好音乐？"新野道："音乐这种嗜好，本来有一大半是天生的，倒不问是哪种人。"水村道："你对这姑娘很赞成吗？"新野笑道："一个村姑罢了，有什么赞成和反对？"水村道："这就不然，在我们眼里，难道还在出身上去论人吗？"新野对于他这话，并不怎样辩白，抱着琵琶，自向屋子里去了。水村因为昨晚跑了一夜，实在疲倦万分，也回房睡了。

　　直待醒过来时，已是半下午，静悄悄的家里一个人没有。水村一想，桃枝今天来的时候，一定是自己睡得很熟，所以也没有把自己叫醒，问问梁家两个种菜园的工人，他们说是不知道。倒是梁师娘由医院里回来吃午饭的，吩咐不要惊醒于先生。水村一想，往日桃枝来了，有

133

时也和秋华谈得很好，今天来了，我不曾醒，一定会和她谈论我昨晚一夕未归的事，这样一来，桃枝或者有点惭愧吧？他心里如此想着，并拟定了明天桃枝来时，看她如何。自己在厨房里找了些开水泡饭，就着咸菜，吃了两碗。秋华每日是回来看一次的，上午回来了，下午就不再来。新野倒关着房门，也不知道哪里去了。一人坐在家里，实在闷得很，本要画一张画，又觉精神不大好。于是也走出屋来，在野地里散步。心想，昨晚迷路，如何就走到丁家去了，今天却要研究研究，这路是如何走错。于是沿了山边一条小路，信脚走了去。过了一个小凹，却听到莫新野的琵琶声，由对面小山岗子上弹了出来。一想，怪呀！没有听到他说过，在这里弹琵琶，他今天怎么新鲜起来？一人跑上这小山岗子。且不要惊动他，看他一人有些什么动作。于是不走山路，故意在乱草里，俯着身子走上山去。到了山岗上，将身子闪在一丛小树下，向前看去，新野正好背对了这边，在一棵小松树下，坐在乱草上，抱着琵琶弹。水村两手抱着树枝伸头看时，对面山麓下，正是丁家，二香母女两个在菜地撷菜呢。自己溜下山来，仍照原来的草地上下来了。走了好远，顺风吹了过来，依然还听到一阵琵琶声。

水村心想，我还是回去画我的画吧。卖画卖发了财，什么都好办。他如此想着，果然回去埋头作画。快到太阳落山的时候，才听到新野有咳嗽声，便喊道："新野哪里去了？找你半天不看见。"新野道："我并没有走远呀，到清凉山扫叶楼上去坐了一会儿，跟和尚下了一盘棋。"水村笑道："这样说，你倒是雅人深致。"新野道："这又不是什么升官发财的事，我何必撒什么谎？"水村笑着，也就不说什么了。

他们到了黄昏的时候，因为屋子里漆黑，又不能这早便点上灯，照例是到菜园子外面散散步。这时二人在屋子里坐不住，又到外面来闲逛。刚刚走出大门外，只见早上来的那位丁家姑娘，远远地来了，手上似乎拿了个什么东西，还是一路摇晃着。新野看到，忽然如有所悟，正待迎了上去。水村笑道："你做什么？不让人家来吗？"新野无可说了，只得站着。她走了过来，手上却拿了一顶草帽子，笑着向空中一举道："这不是这位先生丢在山上的吗？我拾了给你送来。"说着，便将草帽子交到新野手上。新野口里不知说了什么，糊里糊涂答应着，说了一声谢谢。二香笑道："刚才你弹的那几段琵琶都好听，连我妈都说不错呢。这种东西，我们也能学学吗？"新野道："可以学的，学会了解解闷，那是很有趣的。"二香一抬头，只见天上红云，慢慢变成黑色，便道："要回家了，改天见。"说毕，很快地走出竹林子去。但当她到了竹林子边下时，却又回转身来，笑向水村道："于先生，这位弹琵琶的先生贵姓？"水村道："他姓莫号新野，今年二十五岁，安徽贵池人。他除了弹琵琶而外，别的乐器还有许多拿手的，他自己能编曲子，而且编得极好，人家都叫他音乐大家。他家里并没有什么人，只有哥嫂二位，都在四川，久已不通音问。所以照实说起来，他实实在在就是一个人。"二香随便一句话，先还等着水村答复。后来他说了那样一大遍，连新野的哥嫂都说出来，倒有点不好意思，一掉头道："哪个要问许多呢？"说着，便走开了。

　　新野笑道："你这算碰了一个钉子吧？"水村笑道："你这人真是岂有此理，我和你介绍出去，是让你进行某问题的第一步，你怎么倒反而幸灾乐祸起来？照这样说，好人还有人做吗？"新野笑道："就算你是好心，对于女性，也未免唐突一点。"水村道："我就算唐突吗？你拿了一把琵琶坐到山顶上去乱弹一阵，那又是什么玩意，这不算是唐突女性吗？"新野笑道："你瞎造谣言，哪有这么一回事？"水村道："不能算是我瞎造谣言，恐怕我是活见鬼吧？我怎么在山头上会看见你的呢？"新野笑道："你真看见了我吗？但是我怎样没有看见你呢？"水村笑道："你不是在扫叶楼去了吗？怎么会在山上看见我？"他笑了，没说什么。水村道："我总算是仁厚存心，亲眼看到你的行动，我还装模糊不说，不料你倒再三再四地瞒我。那都罢了，我为你碰了人家的钉子，你不和我道歉，倒反要笑我。你看，这不要让做月老的人灰心短气吗？"新野实在无甚可说了，只站着笑。水村笑道："事久见人心，你将来更会知道我是好人了。"新野道："你现在正钻在爱情网里，不料倒有这种闲情逸致，还可以帮别人的忙。"水村道："爱情网里吗？恐怕还不能够把我缚住。"新野道："你昨天怎么会夜深回来，以至于走错了路？你和那位李老板在什么地方谈心？"水村道："我和她昨天没有见面。"新野道："你和她没有见面吗？她今天早上也没有来，不是因为昨天谈到夜深，今天起不来了吗？"水村这才知道桃枝今天是没来。想起昨天晚上在雨花春听到的话，心想，今天早上，未必她又回了自己的家，那么，就不必详细去追问了。当天也不再谈，吃过晚饭，早早地睡觉。

次日上午，在家里画了几张画，一直到吃午饭，也不见桃枝来，这就更可疑惑。吃过午饭，想起自己的作品，送到三家书店去寄卖，已经有好多天了，也不知道卖出了几张没有，因之，就带着散步，顺便到三家书店去看看。到了第一家书店，那店伙笑着说，那画品遇到了一个识者，所存的五张画有人一次收买去了。水村道："我仅仅定价两块钱一张，实在不能再便宜了，自然有人要。"店伙约他有了画再可以送来，扣下回佣，将款子付与他了。再到第二家书店，存的五张画，到昨天也卖完了，他说，都是女学生买去的，而且说，下回再来。到了第三家，店伙先摇着头说，放了几天，虽然有人看看，逢不到买主。今天早上来了一个人，将画全买去了，还问有没有，看那样子，似乎若有的话，还要来买。水村大喜，心想，料不到南京城里有许多艺术信徒，虽然卖得便宜一点，然而我不过是初次出手，若是这样下去，一个月真可以卖个百十块钱的画。钱卖够了，我预备下材料，开一个人展览会，我自然可以得到许多报酬。有了钱，我第一件事便要挥霍几天，和穷措大吐一吐气。如此计划，很是得意，就在街上买了许多纸张颜料以及酒菜，临时买了一个大藤篮，一齐装着，极高兴地一路笑着回去。

正好秋华回来，便把事情告诉了她，在身上掏出十块钱来，交给她道："请嫂子带到医院里去随时用吧。"秋华笑道："这可好了，不说秋山能用你的钱，听到这个消息，他也要欢喜一阵，病就会好多了。照这样子，于先生的画卖出去不少，这篮子里东西，不都是画换来的吗？"水村把放在地下的篮子，高高一举，举得放在桌上，向着篮子将头摆了几摆，笑道："这是我昨晚上都不曾梦到的事，嫂子，我的画全卖出去了。若是我肯努力画，大可以卖出去，我看开展览会的资本，是不成问题的了。现在既然有人买，将来开起展览会来，当然也很有些人光顾，我想我的机会来了，总不至于没有办法的。"秋华笑道："好！我替你恭喜，也替李老板恭喜，你经济上不成问题，你的事就好办了。"水村本想说两句别的话，一笑之下，又把话忍将回去了。秋华道："今天晚了，我要到医院去，让你二位今晚喝个酩酊大醉吧。可是一层，不要放火烧了我的房子。"水村道："我还报告嫂子一个消息，就是新野也找着爱人了，就是对过山岗子下的丁家姑娘。"莫新野由屋子里跑出来笑道："小于，我看你有点快活过分了，你拿我老大哥说笑话不要紧，丁家人待你不错，你何以侮辱人家的姑娘？"水村道："这是侮辱吗？那个姑娘，也希望得个如意郎君呀！"于是就把昨天的事，略微说了一说。秋华笑道："这的确是可喜的一件事。于先生，来！把酒开一瓶，我先扰你一杯。"水村连忙找了一只茶杯，拔开瓶塞子，斟上大半杯酒，递到秋华手上。秋华举起杯子来，一抬头，把这大半杯酒，一口气喝下去了，哎了一声，将酒杯一放，在桌上一按，笑道："我赶紧到医院去，好让口里酒味，不要散去。秋山闻到酒味，问起来，我就说是喝了二位的喜酒了。"说毕，高高兴兴地出门而去。

新野道："这位嫂子是不大浪漫的，自从她丈夫病了，更是少见笑容，今天这样快活，她太替你高兴了。"水村叹了一口气道："可怜！我们挣二三十块钱，就高兴到这样程度，这也不过阔人太太的一双丝袜子钱罢了。"新野道："我们又怎么和阔人打比，要是那样想，最好躲到不见世界的荒山上去，南京是不能住的呀。"水村也笑了，将篮子里的纸笔先送进去，然后将买的荤菜，和新野同到厨房里去自做起来。安排好了，一齐端到桌上，乃是一大碗红烧猪肉，一大尾煮青鱼，一大盘子青椒炒牛肉丝，十几个卤蛋，两大瓶酒。把屋中间横梁上那盏悬的煤油灯点着，把种园子的两个工人，也请了来吃。两个工人先不肯，说是怎好叨扰二位先生的。水村道："你看我和你们东家，分过什么彼此？坐下来，也吃喝个痛快。"两个工人，见肉碗上热气腾腾地冒着香味，望着道："我们的量大。"水村笑道："正为要请你们，我所以预备下这些吃的，不必客气了。"两个工人彼此望着，笑了一阵，同在一方挤着坐下。水村道："我们四人四方吧。"说着，先给他们斟上两杯酒，搁在两方，这才同坐着开怀吃喝。两个工人，多少有点拘束，只喝了一杯酒，就搬饭吃，水村和新野却慢慢地喝着。两个工人先道谢走了。新野笑道："这两位大哥，倒也有些天真未凿，很是有趣。"水村道："若是这一餐饭，有丁家姑娘在座，你作什么感想呢？"新野道："这可以不必问我，设若李老板在座，她那样豪爽的人，酒一盖脸，唱上两句，那就大有趣味了。"水村喝着酒，不作声。新野道："你怎么不作声，倒好像有些不以为然的样子呀？"水村道："理想与事实，是不一致的。喝酒吧。"说着，端起杯子，咕嘟一声，把酒干了，还向新野照了一照杯。在他这照杯之间，也就很现着有难言之隐了。

第十九回

努力见交情暗中买画
建功借艺术高格酬金

  莫新野看到于水村那种样子，料着他是受了什么刺激，便笑道："你在这两天，似乎有点哭不得笑不得的样子，那是为了什么？莫非是李老板有事得罪了你吗？"水村道："她有什么事得罪我，就是得罪了我，她干她的，我干我的，也无所谓。"新野笑道："凭你这句话，就知道是有所谓了。我也看出一点破绽来了，这两天李老板突然中止不来，这里头多少有点关系吧？"水村斟了一杯酒，又端起来喝了一口，微笑了一笑。新野道："若是没有多大的冲突，仅仅是一方面的冷淡，这没有什么困难，我可以和你加油，振作起来。"水村才笑道："喝酒吧，加酒比加油好得多，这是实惠呀。"

  他说着话，拿起酒瓶子，又要向酒杯子里倒酒，然而瓶口朝着杯子里滴了许久，却是一点酒也不朝下滴了出来。将酒瓶子向下重重地一放，叹了一口气道："酒也没有了！"新野笑道："我可以和你接上一句，朋友也不来往了。"水村哈哈大笑起来，盛着饭，将菜碗里的菜连渣带汁向饭碗子一倒，稀里呼噜，一阵乱啖，将饭吃完。然后放着碗站起身来，一拍肚子道："今天不辜负你了。"他这样说着话，身子已有些不能挺立，左右晃了几晃。新野笑道："你有点醉意了，要不要我扶你进房去睡？"水村笑道："笑话！我何至于醉到那种样子。"说话时，因为一张木椅子挡了去路，于是手提着椅子向旁边一移，不料这椅子像会拉人一般，顺势将他一带，带得向前一栽，把他栽倒在地。新野连忙跑了过来，将他扶起。他笑道："你不要以为我是醉了，我是不留心地栽了一个跟头。"新野笑道："你说你没有醉，我也没有说你醉呀。"于是扶了他进房，躺到床上。他连鞋子也不曾脱下，两脚一缩便侧着身子睡了。新野见他两只沾满了黑泥的皮鞋放在白被单上，有点看不过去，就替他把鞋子脱了。他闭了眼睛，口里叽咕着道："随它去吧，不要紧的。我要痛痛快快地睡一场。"新野笑着摇了一摇头，自走开了。

水村这一场好睡，直睡到第二日清早方醒，自己也知道是昨晚喝醉了。于是自舀了一盆凉水漱洗一阵，觉得神志一新。心想我是有点糊涂，凭着我向来为人，何至于为了这事，喝一个大醉哩？回头一看，桌上堆了一堆画稿，记起昨天的吃喝，都是这画的好处。今天还应当送稿去卖，只要将卖了画的钱，拿回来，闹个醉饱，也就是人生一大乐事，何必为了一个不相干的女子，闹得自己神魂颠倒。自己一振作，将画稿理了一理，就包成一包，再分送到三家书店里去。据书店里人说，买画的已经打听过好几回，约了明天早上来买，你有作品，只管送来吧。水村听到，甚是欢喜，将画分存三家，高兴而回。次日，带着画再到书店里去，果然是昨日送来的又卖完了。这样下去，有一个星期，约莫卖了七八十元的画。在这一星期之内，桃枝不曾来，自己安心作画，也不曾到夫子庙去。其间李太湖曾来过一次，他报告的消息，是看到桃枝、小香和两个男子同坐一乘汽车，笑洋洋地过市。水村道："不要提了，我们迷途未远，还不能走回来吗？"太湖根本上就觉得迷恋小香为过分，自然也就不再谈了。

这一天，太湖在照相馆闲着，拿了一本小说看，桃枝为着取相片，就到屋子里来看他。太湖和以前一样，很客气地招待。桃枝笑道："这两天照了秦老板的相没有？"太湖摇头笑道："那是一时高兴，偶然照几张玩玩，哪里能够常照呢。"桃枝道："于先生好久不见了，这里不常来吗？"太湖道："他的生意太好了，一天到晚在家里画画，没有工夫出门了。"桃枝微笑道："我很替他欢喜，他没有说买他画的是些什么人吗？"太湖道："他是存在书店里卖的，又不是他自己经手，他怎么会知道？南京是首善之区，赏鉴艺术的人，当然不少，我想倒不限定是哪一种人。"桃枝点着头，又微笑。太湖道："我也只去看过他一回，怕耽误他的工作呢。"桃枝道："我也是穷忙一点，没有去看他。不过一两天内，我要去看看他的。"太湖道："你若是忙，不去看他也罢，路太远了。"

桃枝听说，心里很奇怪，他怎么倒赞成我不去，莫非水村因为我几天没去，他有些疑心吗？这本来是我疏忽一点了。心里如此想着，对于太湖的话，只唯唯答应。当天回得家去便有些不乐，躺在睡椅上，手里夹着一根点着了的香烟，只管拿着燃烧，却不曾吸一口。孙氏看见，便问道："你又是什么事发愁呢？这几天，我看你有点玩出了奇，怎么会买了许多张画回来？你还是收起来做古董呢，还是要开裱画铺？"桃枝这才吸了一口烟，笑道："我父亲是个画师，我买几张画，有什么奇怪？而且这些画，也就不大花钱，是人家半卖半送的。"孙氏道："半卖半送，多少钱一张呢？"桃枝道："两三角钱一张罢了。"孙氏道："你买了好几十张了，就是两角钱一张，这也值好几块钱呢。"桃枝将烟头向痰盂子里一抛，跳了起来道："我就花几块钱玩玩，也不算多吧？"孙氏吓得向后退了两步，笑道："你就是这个脾气，说话就说话，还要带个架子干什么？"桃枝笑道："你们对自己打算盘是迷迷糊糊的，对我打算盘，就丁是丁卯是卯。你说我应不应该生气？"孙氏笑道："并不是我对你打算盘，因为我看到你买了许多张画，不知道是做什么用的，所以闲问一声。"桃枝笑道："我本打算不买了，现在我倒还要买几十张，好在我这个钱不是包银，也不是婶娘拿给我的，我再花多些，也不会碍婶娘的事。这一个礼拜，我差不多交了二百块钱到婶娘手上了，还嫌不够吗？"孙氏笑道："就算我说错了，我也不过说错一句话罢了，大老板就谈论上这样多了，我让你吧。"她说毕，就躲开了。

桃枝一想，引起孙氏如此注意，画大概也是买得不少，于是将她自己的衣橱打开，取出一个布包袱来。打开这包袱，里面全是一卷一卷的画稿，点了一点数目，共是五十六张，若是裱褙起来挂在屋子里，的确成了一家画店，也怪不得婶娘注意了。她心里想着，手上便打开一卷画来，慢慢地看。忽然有人笑道："李老板风雅得很。"桃枝回头一看，却是万有光，他笑嘻嘻地在房门口站着。桃枝道："请进来坐呀！为什么在那里站着？"

万有光笑道："我没有得李老板的许可，怎好进来呢？不是自找钉子碰吗？"一面说，一面将桃枝手上的画拿了过去，看了看，点点头道："这是一幅《平沙落雁》，虽然不过一丛芦草和一个雁字，这水景和远山的影子，真是淡而有神，不坏。我看这图章，哦！江湖荡子，这是个流落的青年呀！李老板，这是什么人画的？"桃枝道："这画上不是有题款吗？"万有光道："他落款是白门一客，无姓无名，只一个外号罢了。"桃枝笑道："这样说，你倒是个内行了。我这里有一大捆画，你若是喜欢这个，可以慢慢地看。请坐！"说着，用两个指头夹了他的衣袖，让他在一张沙发上坐下。自己倒站着，将画一张一张递给万有光看。他见桃枝站着，自己不好意思大模大样地坐下，捧着画要站起来。桃枝将手一按他的肩膀，笑道："你坐着吧，坐着看，才能慢慢看出画里的好处。"

万有光虽然和桃枝认识了十天以外，然而很知道她的性情刚烈，是不敢轻易触着她的肌肤的。现在桃枝一再地动手来牵扯，真觉有些受宠若惊，她既然说出来要坐着，就坐下了。接着看了几张画，也有花卉，也有翎毛，也有山水，便道："这是一位国画大家呀，无论哪一样，他都画得来呢。"桃枝道："不但国画拿手，西洋画也拿手，只是卖不动，这个人就没有画。"万有光道："在中国卖画，只有两条大路，一条是上海，一条是北京。这两处除了一班人专干这种买卖而外，就是别地方有人要收买字画，也会到这两处去搜罗。南京这地方，有点不是生意经了。"

桃枝道："我猜不出，你对这种文艺界的事，倒是很有些内行。"万有光笑道："李老板，你真看不起商界人啦。我们在上海的同业，玩古董字画的多得很啦。而且艺术家非和讨厌的资本家来往不可。请问，他们若没有资本，八百一千的价钱，是哪个能出？没有人出大价钱，艺术家的身份，未必抬得起来吧？"桃枝笑道："这样说，你自负是个资本家，你何妨抬举抬举这位艺术家？"万有光笑道："资本家三字，我虽然当不起，但是叫我买两张画是买得起的，李老板要我抬举这位艺术家，但不知李老板何以认得他？"

桃枝想了一想，笑道："我告诉你吧，他是我父亲的徒弟，由南京到四川去，没有川资。就把这卷画放在我这里，托我转卖，价钱不拘，只是要卖给识货的。你能不能买两张呢？"万有光道："他姓什么？"桃枝现出很不高兴的样子，将散开了的画很快地卷将起来，并拢在一处，就要用包袱包起。万有光笑道："李老板又生气，我爱他的画，问一问他的姓名，也不要紧呀。"桃枝道："他在倒霉的时候，名姓是不肯告诉人的，他说宁可不卖画，不愿他的姓名说出来不能惊人。你就只当他是个江南一客就是了。你究竟要不要他的画呢？"

　　万有光见桃枝刚刚有点高兴，一句话又把她惹着生气，很不合算，便笑道："我就买他两张吧，但不知要多少钱呢？"桃枝道："我不能定价格，你且说出来，我听听你是不是说的良心话？"万有光笑道："这些画里头，固然好的多，但是也有几张不十分高明的，须要让我挑挑，看画论价。"桃枝点点头笑道："就让你看画论价。"于是重新把纸卷打开，一张一张展着让他看画，一直把五十多张画看完了，点着头笑道："东西大致不错，若是我要把愿意的买下来，价钱未免太多，我就出一百元，把那张《平沙落雁》和《临水桃花》买去吧。李老板，你看我的话公道不公道？"

　　桃枝听着，心里倒是一跳，两块钱一张，收了这些个，也不过一百块钱，这位自己出价的资本家，开口就是一百块钱两张，艺术这样东西，真是没有定价呀！万有光笑道："李老板不满意我这话吗？怎么不给我一个回答？"桃枝笑道："也满意，也不满意。为什么满意呢？因为你挑的那两张画，也是我最喜欢的。"万有光斜着眼睛一笑，眼角簇成了几条鱼尾纹，伸了一个大拇指道："英雄所见，大略相同，何以又不满意呢？"桃枝道："你既然看出这两张画很好，何以只出五十块钱一张呢？"万有光笑道："我觉得也不少，但是你还要我加几多呢？"桃枝眼珠一转，想了一想，笑道："这两张画，就是这样便宜卖给你吧。这里还有五十多张，请你找找主顾。你可以一共带了去，再找找知音。我朋友的事，请你努努力吧。"

　　万有光听到努力两个字，忽然灵机一动，记得她那天对于婚姻要求的答复，也是叫我努力，莫非她以画为题吗？便站起来一拍手道："我决计努力，五十多张画，有一张退回来了，算我对不住你。今天这两张画价，我先付出来。"说着，在身上拿出了一百元钞票，交给桃枝。就把这一包袱画稿捆束一番，笑道："我今天晚上，有个约会，风雅的朋友不少，也许我就可以和你找上两笔生意。"桃枝道："我并不给你什么限期，只要你真心，不是敷衍我的就好。"万有光很高兴，将捆束了的包袱一提，举了起来，笑道："这一点事，我都做不到，我简直不成朋友。我马上就去和你寻销路，请你过三天，再看我的成绩吧！"他说着，高高兴兴提了一包袱画稿走了。

桃枝手上拿了这一百元钞票，心想，这一笔钱是水村的画稿换来的，我在书店里收他的画，我是怕他卖不了，他会懊丧了不画，而且送钱给他，他决计是不肯要的。背地里买他的画，他就可痛痛快快地用了。不过我的思想如此，是一番好意，现在我用两块钱买来，五十元一张卖出去，倒好像是要从中挣人家一笔心血钱，良心上未免说不过去。好在他的画，现在有识货的，可以值钱了，一方面叫他少画，不要去苦费力，一方面让他大大地欢喜一下，我应当把钱送给他，把话对他实说了。他决计不能说正正当当用画卖来的钱，他不受吧？如此想着，就瞒着孙氏，将钞票藏在身上。

到了次日早起，骑了脚踏车，就直上夕照寺梁家来。当她到庙门口的时候，只见一个姑娘，穿进了竹林子，直向梁家大门而去。心想，这有一点奇怪，这样早的时候，哪里有一位姑娘到他们这儿来？上次到这里来，遇见了几次秋华，她都是半上午回家，这位姑娘若是来找她的，未免太早一点了。我且不惊动她，看她是谁，到里面来做什么。于是跳下车来，手扶了车子，慢慢推到门边放着。正待举脚进去，只听到水村在屋子里笑起来道："今天我该请你一请，还还礼了。那天晚上在府上多多打搅，到于今我心里还过不去呀。"一个女子笑道："不要再提那晚上的事了，我天天到你这里来，不也是打搅吗？我这几天，都是瞒着家里人来的，你若是遇到我爹，倒不要和他说才好。"水村有笑的声音答着道："我一定把你这件事办成功。"那女子道："不要说笑话了。"

水村道："你为人很大方的，这用不着害臊呀。你到我屋子里去吧，你的新衣服，给你做好了，我可以给你穿上了。"那女子带着笑声道："真的吗？我要去看看，若是好，我真要谢你呀！"于是说话声越走越远，听不到了。

桃枝在屋外听到这话，几乎晕了过去。试想，一个女子用不着害羞，到一个男子屋里去，让男子给她穿上衣服，这是何等样事？原来想着于水村是个有热烈爱情的纯洁青年，现在看起来，简直是个最下流的男子。青天白日，带了一位姑娘到屋子里去换衣服，这还同他说什么人格？幸而自己不曾跟踪追了进去，若是追进去的话，多难为情！梁氏夫妇都不在家，那位莫先生，大概也是出去了，两个种园工人，自是天亮就出门做工。这一所静悄悄的屋子里，一男一女，不必说了。我以为他是一个有希望的青年艺术家，所以情愿牺牲一切，要和他做个百年良伴，不料他和那些醉心肉感的艺术家是一样的人物，自己真是太冤枉了。我为什么还送钱给他？让他拿着钱，又去蹂躏别一个女子吗？她手扶着脚踏车，思潮起落，乱想了一阵，心里一种如烈火一般的怨气，鼓动起来，把两腮都烧得如火炽一般。抬着头四处望了一望，只见一团红日，正升在树头上，乃是个很好的天气。那红日照着世上一切，多么光明，那屋子里的人背了太阳，所做何事呢？一个叫人瞒着父亲，一个又是瞒着自己的朋友。想到这里，一顿脚骑上脚踏车，风驰电掣一般，就回家去了。

第二十回

路上一相逢突成大错
筵前同笑谑渐见深情

这一幕趣剧，又是一个绝大的误会，完全不是桃枝所想象的那种情形。这个女子是谁呢？便是丁二香。在莫新野坐在山岗上弹琵琶以后，二香似乎受了一种感应，每日都昂起头来盼望着山岗上有个弹琵琶的人发现。恰是在她这样盼望的时候，新野也就应声而至。经过了三天，二香的父亲，二香的母亲和哥哥，都认识了新野了。他是一个先生，能去折节下交，和农人做朋友，农人之家，岂有不欢迎之理？他们知道新野是寄居在梁家里的，所以其间也有几次让二香来拜访秋华。大家彼此更熟识得多了。

有一天薄暮，水村和新野在山岗上散步，二香在山上寻着了她家的黄牛，两手背在身后，牵了牛绳子，两脚踢了草里的小蚱蜢小虫儿，四处乱飞，低了头走路，看着这些虫儿，只管是嘻嘻地笑。偶然向前一看，见着于莫二人，便侧着身子向后一退，靠住了牛背站定了，向新野点了点头。新野笑道："放牛是野孩子的事情，为什么二姑娘自己来？"二香笑道："因为我家里就没有野孩子。"说着随手把牛绳拿了过来，在口里咬着，身子摆了两摆。水村笑道："二姑娘这样姿势太好了，设若我照着这个样子画一张像，一定不错。"二香笑道："于先生，我看到你屋子里的画不少，果然会画像吗？"水村道："会画，设若你能够天天到我们那里去一趟，我就能照你的样子画一个像。不过要画得好，一天两天画不完的，你要有常性，天天到我家去，我就能够画好。"二香用手轻轻拍着脸，想了一想道："天天去，怕不行，中间隔开一两天，行不行？"水村道："那也可以，不过你不去，我就不能画，那是很耽

146

误时候的了。"二香笑道："画得像，我看过的，比照相还有趣，我一定画，明天早上我就来。"水村道："你能来，我一定画。"

当时约好了。水村回来，赶紧就预备画像的材料，因笑对新野道："我有了这个法子，吸引她来，你可以多些接近她的机会了，这是可以谢我的呀！"新野虽谈不出什么来，心中自是十分高兴。画了两天，头部已经画了起来，到了第三日早上，二香又为自己来做模特儿，新野特别加敬，预先到厨房去要下一碗挂面给她吃。水村在外面屋子里接着她，说是一定要把像画成功，而且今天给像画衣服。只因他的话说得不甚明了，那在外面站定的桃枝，几乎是句句听成了错误，因之一怒而走。这在屋子里的水村，何尝梦到呢？

当水村邀着二香进屋，让她远远站定，自己摆好了画具，对着二香一笔一笔画起来。画了二十分钟，二香连连摇着手笑："今天不行，我要回去了。我瞒着家里走来的，心里只管跳，怕让爹知道了。你要是照我的这个样子画，一定画成一个害怕的样子。"水村见她不愿画，自然也不能勉强，便笑："你又何必害怕呢？画像并不是什么坏事，就是令尊知道，也不要紧，我看倒不如索性告诉他，倒可以痛痛快快两三回就画完了。"二香笑道："那也好，但是今天是来不及了。"说话时，自己向外走，顶头就碰到了新野，他笑着一点头道："我猜你今天没有吃东西，就跑了来的。我亲自下厨房做了一碗挂面，请你吃。你吃了再走，行不行？"二香笑道："怎么要你亲手做给我吃呢？多难为情！"新野笑道："这有什么难为情？客来了，主人总要请一请的。譬如于先生在你家也吃过东西，也是你亲手做的，他怎么不难为情呢？"二香想了一想，笑道："因为你是请我一个人吃。"新野道："我们自陪着你吃。水村，来，我们前面屋子吃面去。"

水村笑着出来了，二香倒不能不跟着他一块儿去。到了前面屋子里，只见桌子上，三面放了三碗挂面，唯有正中的一碗面，浮面摆着三个荷包蛋。二香不肯坐上，在左方坐了。新野道："你是客，你应当上座。"二香摇了一摇头道："不行！上面这一碗面，多了三个鸡蛋。"水村笑道："这也就因为你是一个客。你若不坐上，我们不让你走。"二香向上一移座位，笑道："我就坐了。"说时，将筷子夹了鸡蛋，连汤带面，水淋淋的，每人碗里放下一个，还将筷子按了一按道："设若你们不吃，我也就不吃。"大家一笑，只好陪着她吃。她只吃了半碗面，站起来就向外走。新野追了出来，笑问道："为什么不吃完就走呢？"二香道："我今天早上，是瞒着家里出来的，出去久了，我爹追问起来，我不好答应。"新野道："我们是朋友，来往一两回，也不要紧。"二香摇摇头道："男女怎能交朋友？只我爹和你们是朋友罢了。"她说着，很快地就向回家的路上走。莫新野来不及送，也只好算了。

二香走回家，只见屋门外柳树下，放了一辆自行车，一个时髦姑娘在路口上和父亲说话，似乎是迷失路途，在那里问路。心想，父亲或者没留神自己到哪里去了，便慢慢地走向前。不料到了门口，父亲立刻将脸色一变，问道："一大早上，就不看见你的人影，你哪里去了？"二香红了脸道："我并没有到什么地方去呀！不过在菜园里浇水。"她父亲丁有才且不驳她这话，只向她的浑身上下看去。只见她衣襟上挂了许多条挂面，而且斑斑点点，还有许多汤汁，因用手指着道："菜园里钻出挂面来吗？我看见你在山头那边翻过来的，一定是到梁家去了。他家梁先生夫妻都不在家，你一天跑去几趟做什么？"二香被父亲指出证据出来，已无可狡赖了，便低了头道："你请人家也吃过，人家昨天就说了请我，我怎能不去吃呢？我就为的怕你骂，只吃了半碗面就跑回来了。你不信你去问问他，看看我说得对不对？"丁有才笑道："只要真是人家请你，那倒也罢了。下午我再去谢谢他。以后人家要给了什么到你，你要回来告诉我，我才好领人家这一份人情呀。"二香笑道："那先生还叫我天天到他那里去呢。"丁有才道："那为什么？"二香笑道："有一件好事，你听了也一定喜欢的。回头到了家里，我说出来大家听。"丁有才道："有一件好事？哪个办的这事呢？"二香道："自然是那个有本领的于先生了。这位小姐，在这里做什么的？"说着，望了那个和父亲说话的时髦姑娘。

原来她不是别人，正是自夕照寺回避回来的李桃枝。她在屋子外面听到水村挽留二香的话，人是气极了，骑上车子就走。在她心里忧愤交加的时候，眼睛里所看到的，不管是不是回去的路，顺着车子前面的一条路线，就开了上前去。她如此地由山前绕到山后，绕了大半个圈，并没有找到来时的路径。心里就加上一层慌乱，所幸这前后有不少的菜地，太阳光底下，常看到有些人在菜地里工作。因之跳下了车，扶着车子走，望着有人家的地方走去。她这样消磨着时间，在路上已是徘徊不少的时候了。及至到了丁有才门口问路，正碰到了二香回来，她一听二香说的话，只气得身上抖颤。心想，一个庄稼人生下了这样的女儿，还不应该打她两个耳刮子吗？他为何说出这种话来，还要去谢谢人家？这时二香问她是不是迷路的，她便笑着点了一点头道："是问路的，请你放心，不会碍你们什么事的。"二香倒莫名其妙，这个过路的人，怎么会说出这样不相干的话来，什么叫我放心？你走错你的路，与我何关？心里如此想着，便下死命盯了桃枝两眼。桃枝本就不高兴，见她下死命地盯着，更是生气。当时坐了车子，头也不回，就骑着回家来。

到了家里，进了房，孙氏赶着就问道："今天你出去得那样早，又回来得这样晚，你又到什么地方去了？"桃枝笑道："吃挂面去了。"孙氏道："大清早哪里有挂面吃？"桃枝道："自然有吃的地方，而且吃得很有趣。"说毕，哈哈大笑一阵，向床上一倒，两脚抬起来乱蹬了一阵。孙氏笑道："你又是什么事，大大的高兴，发了狂一样？"桃枝跳了起来问道："婶娘，你比我年岁大得多，知道的事情，一定也比我多。据你说，男子有爱一个女子到头，总不找第二个人的吗？"孙氏道："那如何能够呢？只要有了新的也不忘了旧的，那就算是天字第一号的好人了。你何以突然问起这句话？若说到万行长，我想这个人不坏，虽然喜欢在外头玩笑，我看他为人很慷慨，是靠得住的。跟了这种人，让他拿出一两万来，也不算什么。一个人手上有了一两万块钱，无论做什么事，也有个退步。就是要变心，就让他变去，好在我手上有了钱，也就不怕什么了。"桃枝笑道："我不是问他！你说得牛头不对马嘴。"孙氏道："这个人就很不错了。不问他，还问哪一个？"桃枝听她婶娘的话，越说越不对，便笑道："不要提了，跑了一早上，肚子也饿了，快点拿饭来吃吧。"孙氏道："你早上已经吃了面，还忙什么？而且我猜，万

149

行长今天一定会请你吃饭的，你何不等上一等？你听外面电话铃响，一定是他打了电话来了。"桃枝道："你不相信哪一个人的时候，谈到了就生气。你要相信哪个人的时候，死里会说出活的来，又太相信了。"孙氏道："不是我特别相信万行长，不过他对我们说的话，除非不办，若是要办的话，没有失过一次信。我怎能够不记住他呢？"

只说到这句，茶房来说，有个姓万的打了电话来，请李老板不要吃饭，他马上动身到雨华春吃饭，请李老板过半点钟就去，不必再打电话了。孙氏道："好！你回电话，说我们知道了。"因笑着向桃枝道："我说的话怎么样？不是灵验了吗？"桃枝不像以往，听说万有光请她，就烦腻了。这时却笑道："既是请我到馆子里去吃，那很好，家里这餐，我就不吃了。"孙氏道："我打盆水来你洗把脸吧？"桃枝道："那何必，为吃人家一餐饭，还要卖面孔吗？"孙氏道："不是那样说，既是要去，总得也要干干净净地见人，不要让人家说我们龌龊。"桃枝道："表面上不干净要什么紧？只要骨子里干净就行了。关起门来说话，哪个身上是干净的？"孙氏笑道："你这个孩子说话，总是言中带刺，我不和你说了。"

这时，门外有人搭腔道："你们娘儿两个在一处，怎么总是办交涉？"说着话，秦小香进来了。桃枝道："你来得很好，万有光请我吃饭，你可以同我一路去，扰他一顿。"小香道："我早知道了，昨天晚上，柏正修就和我说了，约了今天在一处吃午饭。"桃枝道："我明白了，因为他昨天点了你十个戏，你就到旅馆里去谢他去了。"小香道："我谢他做什么呢？你再三再四的……"桃枝摇手道："你去是人情，不去是本分，我何必来管你。你大概是来邀我的，坐下喝杯茶，我们一路去吧。"小香对于她的话，真个驳也不是，不驳也不是，只得笑道："李老板一张嘴，真是可以让人家佩服。"桃枝笑道："我自负能看相，一猜就可以猜到人家心坎里头去。不过到了现在，我看相也慢慢地不灵起来，有几回很是猜错了，猜得大错而特错。"小香笑道："要你认错，也不容易的呀，什么事呢？"桃枝笑道："现在我还要守秘密，将来你总有明白的一天。"小香知道她的脾气，这个样子，也就用不着再问了。

二人坐了一会儿，一直便向雨华春来，果然万有光、柏正修、洪省民三人已在单间屋子里恭候了。桃枝见着他们，先笑道："你们三人总是一条腿，到什么地方，也短不了一个。"洪省民道："这不是一样吗？到什么地方，我看见你二位总也不大分离呀。"桃枝笑道："你们三个，我们两个，有点不敷分配，要不要给你再找一个人？"洪省民将柏正修一边的椅子移了一移，让小香坐下，然后又要搬万有光身边的椅子时，桃枝笑道："五个人应当坐四方，绝不应当坐三方，要亲热也不在这吃饭的工夫上，你不用张罗。"她说时，在空的一方坐下。洪省民笑道："痛快！你问到我要不要找个对手？不用了。老实说，以前我很赞成你的，不料我的本领不行，简直没有法子亲近你。我既失恋了，我也就再不想求恋了。老万，我们是三角恋爱呀。"

　　万有光还不曾答话，桃枝笑道："你说这话，根本就不懂恋爱是什么。认识歌女，非捧不可，捧歌女，非钱不可，既要金钱，算得什么恋爱？"小香抓着她面前瓜子碟里的瓜子，一粒一粒地，向桃枝的脸子上抛了去，微笑着低声道："你又发什么狂？"柏正修摆了两摆头，笑道："李老板，伤心人也！"说着，将茶房泡的盖碗茶，两手捧了一碗，送到桃枝面前去。桃枝点头向他相谢。他再要向小香送茶时，小香笑道："不必客气。"她自己便将面前一碗茶，移了一移。柏正修笑道："这是我喝残了的，换一换吧。"小香道："不要什么紧，人口相同。"她说着，索性把桌子正中新泡的一碗茶，送到柏正修面前来。桃枝微笑道："你们很好，相敬如宾。"小香不懂这句话，没说什么。柏正修笑道："本来是宾，怎么说是如宾呢？"说着，在桌子下面就用脚轻轻敲了小香一下腿。小香料着这句话是辨明的，他这一个暗示，一定是表示得意。因之也就斜个眼珠，瞟了他一下，糊里糊涂地一笑。万有光向桃枝道："你看他们两人的情形，感情在我们之上。"桃枝笑道："那是当然的。"小香道："这当然两个字，怎么样解呢？"桃枝道："菜来了，吃得饱饱的，我慢慢地讲给你听。你要是想得转，吃过了饭之后，不必我说，我想你一定也就想明白了。"小香望了她一望，没说什么。

　　在大家这样嬉笑之间，桌上的碗筷，都已安排妥当，大家依然是在原来的地方坐下。桃枝笑道："今天这餐饭，是哪个的东？"柏正修笑道："算我请李老板吧。"桃枝笑道："我绝对不知道什么叫作客气的。既然如此，请秦老板斟酒。"说着，就把酒壶送到小香面前去，笑着点点头道："烦你帮帮柏先生的忙。"小香红了脸，不好说什么。桃枝笑道："这也犯不上红脸呀！我知道你的意思，代柏先生斟酒吧，好像关系太密切了，不代柏先生斟吧，好像不给大家的面子。其实不要紧，密切不密切，在座的几个人，大概都知道，那又何必相瞒呢？"她这样一说，小香更是不好意思。柏正修拿过壶去，笑道："秦老板也是客，怎好让她斟酒呢！"于是满座斟酒，最后斟到小香面前，桃枝道："我有一个问题，提出来，请教大家。敬茶敬烟敬酒，是先从疏远的敬起呢，还是先从亲密的敬起呢？"大家都没有注意到，这是文章里有文章的，都答道："自然是先疏后亲。"桃枝向小香笑道："你听见了没有？柏先生可是最后敬你的酒呀！"小香道："大姐，我什么事得罪了你，你怎么专门拿我开心呢？"桃枝笑道："寻开心，要大家开心，不要私下里一个人两个人开心，我就是这个意思。"

小香正放下一只手去，牵扯自己的衣襟，柏正修趁势也放下一只手来，将她的手，是在桌子下面紧紧地握了一握。小香忍不住一笑。但是在这一握之下，觉得有一样东西，很坚硬。等柏正修拿起手来时，偷着一看，原来是他新戴了一只钻石戒指。那钻石亮晶晶的，大得差不多有他无名指的背方那样宽，估量之下，就值在一二千元。在她这样注意的时候，大家都高兴地吃喝，没有理会到。小香虽然想问一问价钱多少，但是当时没有了这个机会，又不便在事后再追着问他。这也就只好眼里看着，心里念着而已。

柏正修似乎觉得她坐在并肩，曾屡次用目看过来，不过自己未曾十分留意，她这样地看着，含有什么意思，却是不得而知。因见她是默然地坐着，不曾说话，便笑道："秦老板，你后来还没有要菜，你不点一个菜吃吗？"小香道："你们已都要好了，我还点什么呢？"柏正修道："先要的，是预备三个人的，现在有五个人，当然要添两个菜。"小香笑道："你替我代表就是了，我欢喜吃什么，你总会知道。"桃枝用筷子头点着她道："这一句话，你可说得漏了底了，你爱吃什么菜，柏先生都会知道，可见你们交情不浅呀！"小香道："你不要胡说了，我们和柏先生在一处吃饭，也不止一两次，爱吃什么菜，他见得多了，自然知道。我的意思如此，难道这种话说不过去吗？"桃枝道："自然是说得过去，不过你猛然说出那一句话来，恐怕不会先想得这样子周到呢。"小香笑道："好在你今天和我寻开心，也是摆明了的，也用不着我多说了。你说是不是？"说着，身子一扭，就回转头来问柏正修。不料当她这样一扭身子的时候，柏正修恰是端了酒杯子起来，要喝一口酒，她一碰，把酒杯子一撞，酒泼了出来，将小香的衣服，泼湿一大片。他啊哟了一声，连忙放下酒杯子，抽出身上的手绢，和小香来擦。小香笑道："旧衣服，不要紧的。"柏正修连忙将小香的手握着，摇了两下道："对不住，对不住！"小香只是笑。在他们这样握手的时间，全席的人都望着他，更可证明他们亲密而又随便了。

第二十一回

藏币走仓皇奔车逐迹
明灯照战栗惊鸟投怀

这些事，在别人眼里看到，还则罢了。由桃枝看来，觉得秦小香对于男子太容易凑合了，很想找着一个机会，把那欲即又离的诀窍，再告诉她一遍，当时在座，就睃了小香两眼。小香明知她望着是有意思的，却不知道意思何在，也报之以目。桃枝以为她懂得了，也就向她微微点着头。三个男子正在大说大笑，吃得痛快，就没有注意到这两位女士的行动。

吃过了饭，秦小香到一边茶几上去拿香烟抽，柏正修也走了过来，低声问道："晚上十一点钟，你抽得出工夫来吗?"小香笑了一笑道："我的戏码很早的，你不知道吗?"柏正修道："那个时候，我在旅馆里等你，你能去吗?"小香瞟了他一眼，低声道："不要说，仔细他们听着去了。"柏正修道："你是一定去的了?"小香笑着点了点头。大家虽然有知道的，以为这是天理人情中事，至多不过微微一笑，也就没有人说什么。

万有光坐在一边看到，走到桃枝身边，暗中牵了一牵她的衣襟，低声道："我们……"桃枝不等他将话说完，连忙将身子向旁边一让，笑道："我们没有什么交涉，有话明天再说吧。"万有光当着许多人，自不便向桃枝如何纠缠，也就是一笑了之。

大家散了席，桃枝和小香就一路回六朝居来唱戏。小香一到后台，就见她母亲刘氏愁着眉毛坐在那里。她叹了一口气道："你倒快活，在外面吃得又醉又饱，我在家里和你说的话，你就全忘了。"小香道："你和我说什么话，我记不起来。"刘氏道："好哇! 你都忘了。下午黄二叔到我们家来讨债，你不在当面吗？连本带息共有二百四十多块了。利上卷利，再有四五个月，就快到三百块了。本还不了人家，利钱总也该清了，我急得连晚饭都没有吃下去，心想，你多少会打点主意。不料你出了门，就忘一干二净，我还说什么？包银早支空了，这两天不是靠柏先生几块点戏的钱，哪里维持得过来。"刘氏在这里和她姑娘说话，眼睛可就瞟着金老板，看他说些什么。殊不知，金老板口里衔着香烟，两手背在身后，在后台无所事事，踱着大方步子，来回闲着走，对刘氏的话，就如没有听到一般。刘氏还想再向金老板送些消息过去，已经是没有了一点机会，微微地叹了一口气。坐了一会儿，刘氏将小香拉到一边，低声道："回头你和金老板再商量一下，借个二三十块钱用用。"小香道："我不去借，一开口就要看他的面孔。现在借得倒是痛快，到了下个月，哪里又有钱从天上落下来？"刘氏道："借不借由着你，我回去了。明天有人来讨债，我就叫他们和你要。"说着，突然一转身子，她自己匆匆先走了。

小香虽觉母亲有些不讲理，然而她所说的，也是实情，也就无精打采，登台把戏唱完。看看茶座上，柏正修几个人，今天却是没来。心里想着，对于钱上面，他虽然送过一点，做了衣服了。那是他自动的，自己却没有亲自和他开口过。今天他约了我去，总又算是个开口的机会，我何妨说着试试看。这样想着，看看时刻还没有到十一点钟，也不耐在这里混了，立刻坐了车，就到高升旅馆来。这里的茶房，见她和柏正修不分日夜地在一处纠缠着，自是极熟的人，让她自向房间里去找人，就懒得费那一道通报的手续。小香走到柏正修房门口，见门是虚掩的，用手敲了两下门，也没有人答应。将门一推，屋子里并没有人，但是烟托子上，却搁了一截香烟屁股，似乎人走出房去不久。他和万有光、洪省民都开有房间，一定是到他们房子里去了。且不要去寻他，等他进门来，先惊异一下子。于是把门索性关拢了，就横在床上躺下。

躺了约莫五分钟之久，柏正修还不见来。因之坐起来，将一个枕头，叠在另一个枕头上，打算高高地枕着。不料她一揭枕头，自己先大大地惊异了一下子。原来刚才在席上所看到的那大钻石戒指和一叠十元

155

一张的钞票，一齐摆在白被单上。她吃惊了一下，赶快将枕头照原样盖上。又等了一会儿，不见柏正修来，心想，我把两样全收藏起来，先吓他一下子，看他怎样？于是移开枕头，先点了一点钞票，共是十二张，便先揣在内衣袋里，再把戒指戴在手上，枕头自然是照原样摆好。也不知是何缘故，此刻心里竟会怦怦地跳了起来，不觉走下床来，推开房门，伸头向各处望了一望。恰是门外一条甬道上，并没有人来往。心想，这个时候，我要走了，他不会知道是我来了的。这个人把这样值钱的东西，放在枕头下，未免大意过分了。这种人真是钱太多了。丢了这些，也不在乎的。可是我要有了这些钱，就解除不少的困难了。

她一面想着，一面手扶着门，见这里由东角下楼最近，东角门外，便是旅馆的旁门了。心里动了这个念头，将头一低，就三脚两步，走下了楼梯。虽然遇到了两个人，乃是不认识的。下得楼来，正好有一批男女，向旁边出去，杂在这些人当中就一齐出来。到了外面，心一动，且不要在这门口叫车子，于是走了一截路，才叫了一辆人力车，坐到夫子庙大街上，就下车了。这里到家，只要转一个弯。这才放下这颗心，从从容容地走回去。由马路边下经过的时候，碰到了李太湖在店前散步，和他点了一个头，依然向前走着。

她到了家门巷口，远远地却看到一辆汽车停在自己门外。心里一惊，这是少有的事，哪个坐了汽车来呢？一看那汽车，恰是柏正修的。心里念了一声糟糕，便停脚向后一缩。却听到母亲在门外和柏正修说话，柏正修很生气的声音道："大门口的茶房说是看见她到旅馆里去的。我回房来，就不见她了。她为什么不等我回房就走？"刘氏道："柏先生，你究竟有什么事要找她，这样的着急？我在六朝居，回来得很早，她以后到哪里去了，我不知道。或者她这个时候，已经到你那里去了。"柏正修道："什么闲话！她已经跑出来了，哪里还会回去！"刘氏道："她实在还没有回来。我撒谎罢了，难道我几家邻居，也能跟着我撒谎吗？"柏正修道："好吧，我就在这里等了她，不怕她会飞上天去。我告诉你，我们都是有面子的人。无论有什么事，总要私了，不要闹得满城风雨才好。"刘氏道："哟！什么事呢？她得罪了柏先生吗？"这时，便听到洪省民的声音道："不过有点小小的误会罢了，只要她出面彼此一说，就没事了。"刘氏道："我要各位先生帮忙的事多着呢。她回来了，我就亲自陪她到你旅馆里去，这总行了？"洪省民道："正修，我们先回去吧。或者她还在旅馆里，茶房不是说没有看见她出来吗？她娘自然是不知道，在这里白说什么？"说到这里，于是汽车响了一阵，就开走了。

小香听得清楚，心里乱跳着，向后一缩隐在门里，将身子向里面一藏，就让过汽车。等汽车走了，心想，现在可回去不得，让他们拿着了，人赃两在。幸是他的汽车快，先到我家，若是我在家里，让他们捉住了，怎么办？桃枝是有主意的，说不得了，我只好破了面子去问问她吧。这样想着，低了头就向回跑，心里想着事，把垂杨旅社跑过了，自己还不知道。还是有人叫道："秦老板，今天忙呀！"小香一看，原来又跑到了妙化照相馆，是太湖招呼她。因喘着气道："哟！我跑过了。多谢！"说毕，转身又向回头走。

到了垂杨旅社，大门还是敞开的，回头看了一看，一直就向桃枝屋子里来。到了里面，自关上了门。桃枝迎上前，执着她的手，向她脸上看道："什么事，你这样慌里慌张？"小香脸色红一阵，青一阵，同她携手坐在长椅上。定了一定神，才道："是我刚才到旅馆里去，因为柏正修不在屋子里，我把他一百二十块钱钞票，和一只钻石戒指，藏在身上，要吓他玩一玩，我溜回来了。我还没有到家，他就先坐了汽车赶到我家门口。"于是把刚才听的话说了一遍。

桃枝听时，也沉住了气，不动声色。等说完了，才微笑道："你也有些胡闹，这样贵重的东西，怎么可以拿着和人玩？"小香道："怎么办呢？姐姐，请你替我送还他吧。"桃枝道："我若送还他，我岂不有很大的嫌疑？我虽然喜欢打抱不平，但是这样下井救人的事，我也不肯干。"小香道："那怎么办呢？我既不能送回去，我又回家不得。"说着，眉毛皱了两皱，很忧愁的样子。桃枝道："这里头倒有个小小活路可寻。据你说，你进去的时候，有茶房看到你进去，没有茶房看到你出来。这就很好，你可以一口咬定你没有到旅馆里去。"说着，又微笑了一笑道："办这种事，是要造出证据来的。第一，你可以找一个人出来对证，说是十点钟的时候，和你在一处玩。第二，你要把现在穿的衣服，一齐换了下来。今天晚上，简直可以不理会，到了明日，你大大方方地走了出来，说到今天这件事，你给他个完全不知道。我想他们的证据，既不能像你那样真确，就没法子定你的罪。只是这个东西，总以退回人家为妙。我们要人家的钱，自然也不见得就光明，但是要用得人家心服口服。你用得人家是不服的……"小香红了脸道："这不成问题，我决计退回人家。只是说要人出来和我证明，哪个肯和我出来证明呢?"只这一句话时，忽然有人在门外答道："我能证明。"

小香和桃枝不意门外有人窃听，倒吓了一大跳。桃枝道："哪个在外面偷听我们说话?"那人答道："我是李太湖。"桃枝听那声音果是，便开房门，让他进来。太湖先向桃枝抱了一抱拳道："李老板，恕我冒昧。我因为秦老板在马路上跑来跑去，我不知道她惹了什么大祸，所以跟在后面。我刚要进门，门就关了。你们说的话，我听了一大半，秦老板若有用我之处，我牺牲一切来帮忙。"小香红了脸站在一边，作声不得。桃枝不由叹了一口气道："我没有眼力，小香也没有眼力，人家这才是好朋友呢。"于是对太湖道："既是李先生愿意出来做证，我们就不必客气，但是要说哪个时候，在什么地方好呢?"太湖道："听你们的便，我不在乎。"桃枝道："光是李先生说和她在一起，这证据是不充足的，必得还要有第三个人看见才成。"太湖道："这我就不敢替别人冒昧答应，我要先去问好别人。"桃枝道："你就没有不必先问好、事后通知也可以的朋友吗?"太湖道："有，除非是莫新野、于水村，但是我能说那个时候和秦老板到夕照寺去了吗?"桃枝听他说水村，脸色变了一变，继而又笑道："也除非是找他们了，设若你们十一点钟由夫子庙动身的话，非十二点钟不能到夕照寺，深更半夜，绝无再回来之理，话说出来，二位可要犯一点嫌疑。"

正说到这里，忽听得外面有汽车轧轧之声。桃枝眉毛一动，跳了上前将房门关上，然后赶忙扭熄了电灯，轻轻地道："快快! 你两人都藏到婶娘房里去，我婶娘打小牌没有回来，你们就关上门吧。"太湖和小香都也明白，手摸着壁，由桃枝床后摸到孙氏房子里去。二人走得慌张，赶忙关了门，向床上一扑。孙氏这屋子里电灯是绳子吊的电门，电门向地上一落，倒把电灯亮上了。太湖并不知道电门在何处，即刻又关不上，真是着急。然而这个时候，已经有人走到桃枝门外，叫道："李老板，睡觉了吗？"桃枝装着朦胧在床上惊醒的样子，连问哪个哪个。外面答道："现在也不过十二点多钟，今天睡得早哇。"桃枝先答道："哦！原来是万行长，等一等，我穿衣服。"说着话，亮了电灯，将床上的被先抖乱了。然后把穿的旗袍，解开一路扣子。将脱了的鞋子，放到床下，跋了拖鞋，一面来开门，一面用手将头发抖乱了。

她一只手扯着衣襟，一只手开了门，柏正修站在万有光身后，早挤了进来。于是先向桃枝作了一个揖道："千万对不住，我有点小事奉恳。"桃枝扯着衣襟扣纽子，现出很不高兴的样子来，淡淡地问道："什么事呢？"柏正修道："我今晚不是约了小香到旅馆去谈话吗？我因万行长在斜对面房子里叫我，我在十点多钟的时候，就出了房间一趟。偏是来了一个朋友，纠缠住了，有十五分钟之久，未曾回房。一到房间里，我就吓了一跳，床上忽然多了一条花绸手绢，一定是有人进了房了。我那枕头下，偶然塞了一百二十元钞票，和一个钻石戒指在那里。因为我本要开箱子收起来的，在床上躺着看书，大意了一下，未曾收起。这时掀起枕头一看，都不见了。我连忙叫茶房来问，什么人来了，一直追问到守门的茶房，说是小香去了。她这个玩笑开得太大。钞票算了，那钻戒是我太太的东西，要值二千多，找不着，家里是要发生风潮的。"桃枝道："不用说，你们追到我这来什么意思？她是贼，我是窝家？"万有光拱手笑道："言重了。我们到她家去了两趟，她到此刻没回家，你说奇怪不奇怪？我们想，丢了东西事小，不要再出意外，不知道你可知道她还有别的地方可去吗？我们追问她母亲两次，她母亲大有和我们要人之意了。"桃枝道："既然如此，请坐下来说。"万柏二人进了房，后面洪省民也跟进来了。桃枝道："我婶娘不舒服，早睡了，我一人坐着无聊，也睡了。刚要睡着，偏是你们就来了。"柏正修喊道："李二奶奶，不舒服吗？"

隔壁屋子的小香正坐在床上，听了这话，只是抖。太湖既不敢灭电灯，又怕别人在门缝里张望。见小香两眼发呆，便轻轻按着她躺下，自己也和衣躺下，扯了大被，和头和脑，将二人一齐盖上。不料那边却有人敲着门道："李二奶奶，怎么样了？"小香一想，糟了，这要让他们撞进来，和一个男子同睡着，成什么话。心中想着，身上只管抖，抖到最后，连牙齿嘴唇皮子，一齐颤动。太湖被她震动得都有些不能忍受，只得两手将她拦腰一抱，紧紧地搂着，免得震动床架响。

　　那边桃枝道："病人睡了。对不住，请不要惊动了。"柏正修在门缝里望了一望，见果然是盖了被睡着，也就不作声，便回身向桃枝道："你看这事要命不要命？我丢钱，秦家丢了人！"桃枝微笑道："你真信茶房的话，是小香去了吗？几点几分到的，几点几分走的呢？"柏正修道："进去大概是十点五十分，出来没有看见。"桃枝道："哦！原来如此，她穿的是什么衣服？"柏正修道："这个倒没有问，大概总是我们一处吃饭的那件新衣服，是绿色的。"桃枝道："你再回去问问茶房看，能断定是穿绿衣服的人去吗？至于那花绸手绢，什么人都可以有，那不能作为是小香到了的证据吧？"柏正修道："据李老板这样说，你能反证小香不曾去了？"桃枝笑道："我老实告诉你吧！"小香在被里听见这话，心几乎跳到口里来。桃枝又道："她是早有情人的了。这个情人就是妙化照相馆的照相师，你们不信，我明天可以在他那里找几十张小香不同的相片来。今晚小香赶着唱完了戏，就和那照相师到清凉山夕照寺，他们私下的秘密别墅去了。据我所得的消息，他们为了经济的压迫，怕小香的母亲为难，只好私自结婚。这个时候，或者是他们的洞房花烛夜了。"太湖在隔壁听了这话，按住小香的两只手竟忘了松开，只是呆听着。小香却似没有听得一般，依然是抖。

　　柏万洪三人，听了这话，似信不信，面面相觑。桃枝笑道："柏先生若疑心我这是假话，你不妨追到清凉山去看看。不过除了他们的父母，别人是不能干涉他们双宿双飞，设若他们见怪，那你们自己，只有碰一鼻子灰回来，可不能怪我。"柏正修道："这里到清凉山，要经过一大截荒僻的路，那个地方简直是乡下。她唱完了戏，快十一点钟了，她能去吗?"桃枝笑道:"爱情发起作用来,刀山都能上,怕什么?何况她还有个他陪着呢!设若你不嫌费事,你一早派人到夕照寺附近去守着,你看他们是不是在那地方出来?"桃枝说得如此斩钉截铁,他们不能不信。万有光道:"正修,你回去仔细再查问茶房吧。李老板为人,我们还有信不过的吗?她既是这样说了,我们就走另一方面入手吧。"

桃枝听着,心里也很欢喜,以为可以送他们出门,不料偏偏是这时候,却有一个妇人喊着进来。桃枝大吃一惊,心想,要是婶娘打牌回来了,那就糟了。

第二十二回

灯下话余惊共消长夜
案中藏秘计对质公庭

原来这个妇人不是孙氏，却是小香的母亲刘氏。她一脚踏进来，看到屋子里这些人，也是一怔。他们还没有回家，究竟女儿做了什么事，要他们如此追求呢？桃枝见是她来了，倒放了心，便道："你老人家是来找小香的吧？"刘氏道："这样夜深，她还没有回去，偏是这位柏先生又有事要找她。李老板，你知道她到哪里去了吗？"桃枝道："她在六朝居比我先走，我哪里知道？"刘氏道："她平常晚上出去，总要告诉我是到什么地方去的。这一回，她不作声就溜走了，怪不怪？"桃枝听了这话，眼望着柏正修三人微微一笑。刘氏道："李老板，你知道我小香究竟惹下了什么祸事吗？怎么柏先生追究她追究得很厉害呢？"桃枝道："其实是不相干的事，今天请你老人家不要问，过两天你自然明白了。"刘氏自沉吟了一会子，对大家望了一望。柏正修向大家看了一遍，又望着万有光道："老万，我看这事内容复杂得很，今天业已夜深，不用闹了，我们回去吧。"万有光一推门就看到桃枝一脸不高兴的样子，早就想走。现在柏正修自动地说走，自是极端地赞成，他首先便站起来了。桃枝笑道："歌女家里，夜深也不便挽留贵客，我赤了脚还没穿袜子，恕不送了。"柏正修也只好走着。洪省民却始终不说什么，跟着走了。

桃枝一直听到外面有汽车开走之声，心里才放下了一块石头，本来屋子里一男一女，可以放出来了。现在有小香的母亲在这里，将李太湖放出来，自己可担任着一分不是。而况李太湖是要面子的人，未必肯出来。因之对刘氏道："我婶娘打牌去了，她倒锁了门出去……"说着，声音故意还大些，未到内屋门边，重重拍了两下。屋子里的小香，知道柏正修走了，止住了抖，已坐起来。李太湖听得清楚，知道小香的母亲已经来了，再三地向小香做手势，请她不要出去。小香也听得桃枝在外面说，这屋子是空房，而且又拍了几下，那意思就是不要人出去了，只得呆呆坐着。太湖睡在床上，却死也不肯起来。只听得刘氏在那边问道："看柏先生那神气，好像是说，小香拿了他的什么走了，几乎连我都放不过，李老板知道是什么意思吗？"

桃枝道："大概总是这一类的事情。但是你暂时可以不问，有什么大不了的事，我都可以和你支开去。现在夜深了，你可以回去了。"刘氏道："你婶娘不在家，我和你做伴，陪你睡一晚吧。"桃枝笑道："那倒是很好。但是小香回去了，打不开房门怎么办呢？"刘氏道："不要紧！我的钥匙交在邻居那里，她可以拿去开门的。"桃枝笑道："不怕人家偷东西吗？"刘氏道："有什么给人偷？无非是些破破烂烂罢了。"桃枝一听，这可急了，若是把他两人关在这里一夜，那是一个大笑话。自己心里这样踌躇着，表面上还是怕刘氏看破，依然装出笑容来道："对不住，我是喜欢一个人睡的。"刘氏笑道："我早知道你是不愿意我同睡一床的，我找把钥匙来，打开门，我到你婶娘屋子里去睡吧。"桃枝道："有钥匙我不会早打开门，去灭了灯吗？你真有这好意思陪我睡，你就撞开门进去吧。"

刘氏心想，哪个歌女也不免有她自己的秘密，既是她不肯让我进去，我又何必为难？便道："我和你说得玩的，我坐在这里等一会子吧。我刚才来的时候，有一名警察跟在我后面，好像是很注意我，我再坐一会子，等他走了再回去。免得在路上受他的盘问。"桃枝道："什么！有警察跟住你？"刘氏道："可不是吗，我倒吃了一惊，我成为一个贼了。"桃枝道："那也难怪，夜半更深，这些人来来去去，也难怪警察注意了。"刘氏本来有些胆怯，经桃枝这样一说，她更是不敢出去。坐着又谈了一会儿，直等着时钟敲过两下响，刘氏道："我来了这样久，大概是警察不会等的了，我走吧。"桃枝道："我也让你们纠缠得可以了，我也不必假客气，说什么再坐了。"这句话，分明是催刘氏走。刘氏不好意思再坐，就起身出门去了。

这个时候，旅馆自然是关上了大门。刘氏出去，将各重门开着一路响。桃枝等门关着响了，然后才笑道："隔壁屋子里二位，现在可以大胆出来了。"李太湖就首先抢着开了门走出来，手上捏了一块手绢，还不住地揩汗，笑道："今天晚上，这是一台什么戏？真合了那句俗话，烦恼皆因强出头了。"桃枝道："现在你要回去，我也不让你走了。你想，这时候一个年少的男子，由我屋子里走出去，门口的警察抓着了你，他能罢休吗？"太湖道："不能回去怎样办？你太吃亏了。"小香接着道："你还说笑话，我吓掉了魂。"她一面说着，一面用右手不住地去抚着头发，斜着靠了床站定。桃枝道："事到如今，只有哑子吃黄连，苦在肚里了。你还紧锁两个眉头做什么？李先生呢？屈居在我婶娘床上一夜，你呢，和我同床共枕。"说着，嘻嘻地笑了。

小香一只手扶了额头道："好姐姐，你给我想点法子吧，这事怎样了结呢？"桃枝道："我说的就是法子。到了明天上午，你大大方方地回家去，就让李先生一早到夕照寺去一趟，在那里安好了伏笔，说你二人昨晚住在他们那里。只是一层，这事不打官司便罢，若打官司，你要承认你们已经结婚了。"太湖哎呀了一声，伸手搔着头发。桃枝道："觉得这话奇怪吗？"太湖笑道："刚才这一幕趣剧，本来就是权从的意思，再要向下说，我可不干。我想秦老板对我自然可以原谅的，但是她令堂，她会疑心我。"桃枝笑道："你不是说无论有什么牺牲，都在所不计吗？"说着话，看看小香的样子，还有点怒色，淡笑一声，也就不说了。太湖见桌上摆着有香烟，拿起一根，坐在一边慢慢地抽。桃枝见小香还呆站着，用手拍拍床道："怎么样，你们打算混我一晚不睡吗？我犯了什么法！"小香用手扶着头，眼泪要流出来，无精打采地道："你想，我心里像火烧一样，睡得着吗？"于是三人都默然无话可对。大家又坐了一会儿，还是桃枝先开口道："大家都不愿睡，我也没有法子。我抓些瓜子来嗑着，大家解解闷吧。"于是打开橱抽屉，抓了两大把瓜子，放在桌上，对太湖招招手道："吃一点吗？孤男寡女，同坐一房，有点心猿意马吧？"说着，哈哈笑起来了。

太湖也觉无聊，手上抓了几粒瓜子，开着她这房间后面的窗户，向外看了一看天色。只见上面有星光，下面也有星光。原来这旅馆的后方，正靠着秦淮河。夫子庙临河的房屋，不少窗子外便是水的。这窗子外有一小块空地，生着一棵矮树，只有一只无人的小游船，系在那里。太湖看了一看，也没作声，依然把窗子关上。又坐了一会儿，对桃枝道："我要出去一下，请你轻轻地给我开了门。"桃枝以为他要方便方便，就指示他向后面去。太湖轻轻地道："你们睡吧。"桃枝也没留意他这话，依然在屋子里等着。不料等了二十分钟，不见他回来。桃枝道："这奇怪得很，怎么出去如此之久？"于是开着窗子向外一看，哪里有人？同时在窗子外的一只小船也不见了。桃枝道："这人很不错，他怕我们不睡，偷着撑了船走了。我们不要埋没他的好意，睡了吧。"于是关起了房门，自睡觉了。

二人次日醒来，已是十一点多钟了。桃枝寻出一件旧衣服，让小香穿了。先走出旅馆，四周看了一看，见并没有可疑的人，然后叫小香回家去。小香把所有的东西，都很放心地存在桃枝这里，然后垂着头，赶快地走出旅馆来。还没有走多少路，就听到身后有一阵很急促的脚步声，回头看时，是李太湖来了。小香想起昨晚的事，不免脸上红了。太湖走向她的身边，轻轻地道："秦老板，你放心回去吧。我一早到清凉山去了一趟，把脚步都安好了。你只说昨晚和我到夕照寺去过了一夜，别的一概不知道就行了。甚至要闹到法庭去了，你也这样说。"于是把口供都预先告诉了她，小香不好意思说什么，只点点头。太湖道："你只管镇静些，不要害怕，我送你回去吧。"小香也不作声，由他伴送到自己大门口。

小香还不曾进大门，刘氏却和柏正修，同了两名警察一路走了出来。太湖看到两名警察，情知不妙，也就站了不走，看他如何办。刘氏先开口道："小香，你昨晚上哪里去了？这个柏先生找你，有事要和你说。"小香听了这话，如何不心跳？太湖便抢上前道："昨天晚上的事吗？这不能怪她，完全是我的错。"柏正修见他也是穿的一身西服，并不像个下流人。对他望着问道："是你的错，你姓什么？"太湖道："不错，一切责任我都负了，和秦老板没事。"警察道："既是他承认负责任，把他一块儿也带去吧。"太湖道："很好！我们这件事，总也要见见官才好。"说着话时，不住地向小香丢着眼色。小香见他挺身而出，料得他是要依计行事。事已至此，怕也无用，便对警察道："这没什么大不了的事，我们决计不跑，街上走得难看，让我坐车到区吧。"警察一看都是些体面的人，于是让原被告一共四人，一路坐车到区。区长略微一问，事关刑事，便转送到法院去了。

在法院里审过了一堂，小香有窃盗的嫌疑，太湖又有诱奸的嫌疑，免他二人串通口供起见，结果是羁押起来了。过了五天，侦察已毕，检察官起诉，法庭传齐了人证，于是开庭来审这件案子。原告席上是柏正修，被告席上是秦小香、李太湖、秦刘氏，证人席上是李桃枝、于水村、万有光、金老板、高升旅馆茶房、垂杨旅社茶房、妙化照相馆伙友。法官法警各入了席次。法官先传原告问了姓名、职业和事实的经过，问："你何以知道你的东西是小香偷了？"柏正修答："我约了她十一点钟到旅馆去谈话，在十点半钟，大门口的茶房，看见她进了旅馆，我床上还有一条女子用的花绸手绢。我想那个时候，除了她，不会有第二个女子进我的房。"问："丢东西的时候，你在哪里？"答："我在万有光房间里。"问："你回房来什么时候？"答："十点五十分。"法官道："好，你退下。传证人万有光。"万有光由证人席上走出来，站在案前的栏杆内。问过了姓名职业，问道："你们那天吃晚饭的时候，约了秦小香十一点到旅馆去谈话吗？"答："是的。"问："秦小香去没有去呢？"答："我不知道。因为十点半至五十分，我在自己房间里。"问："那条花的绸绢，你能证明是秦小香的吗？"答："不能证明。"万有光退下。传高升旅馆茶房。法官问："那天，你看见秦小香到旅馆去的吗？"答："十点三十五分的时候，看见她去。"问："穿什么衣服？"答："穿绿色的旗夹衫。"法官指着被告席上的秦小香道："是不是她身上这件紫色旗衫？"答："不是。"法官问："假设是她到旅馆里去了，也许她进别人的房间呢？"答："也许。"茶房退，传桃枝。问："小香在茶楼上清唱之后，什么时候走的？"答："不曾留意。但是不会出十一点钟,因为十一点钟以后,我也走了,她走在我前。"问:"小香和柏正修的感情如何?"桃枝答:"推事明鉴,一个歌女和一个茶客往来,感情这两个字,还用得问吗?"法官听了这话,微微一笑。问:"小香为人,品行怎样?"答:"法官,我也是一个歌女,歌女当然是没有什么身份,也不至于做贼。"法官摸了一摸胡子,笑起来了。

桃枝退下,传被告小香。问:"那天晚上十点钟以后,你到哪里去了?"答:"我出了六朝居的门,遇到李太湖,他要我散步,我跟着到夕照寺的梁家去了。"问:"梁家有些什么人?"答:"主人翁病在医院里,他太太也在医院里。到的时候,有他寄居的朋友于水村在那里。"问:"什么时候到梁家的?"答:"约莫十二点钟,因为路太远了,我们是走去的。"问:"李太湖要你到梁家去,事先说明了没有?"答:"是说明了。""那么你们是和奸。"小香低了头,半晌没作声。法官问:"你们有过奸情几次?"答:"一次都没有。"问:"胡说!没有奸情,何以夜深到梁家去寄宿。"答:"是,但是……"问:"但是什么?"答:"我们不是奸,我们是夫妻。"问:"你们是夫妻,正式结过婚吗?"答:"没有。因为家庭通不过,就很简单地秘密宣布结婚了。"问:"宣布结婚,对谁宣布?"答:"就是这位于先生。"问:"在什么地方?"答:"在清凉山翠微亭上。"问:"什么时候?"答:"就是那晚前一天的上午。"问:"这是不合法的,你知道吗?"答:"知道,但为了爱情的缘故,望法官原谅。"小香退下去,传太湖。问:"那天你为什么把秦小香带到梁家去?"答:"因为我爱她!"问:"她不是你的妻吗?"答:"是……"说着,他顿了一顿,回过头望了小香一望。那个是字的声音,小得几乎听不见。问:"既是你妻,你为什么不答应是你妻该同居?却答应是爱她?"答:"推事,我不应该爱她吗?"法官笑了,法警笑了,全法庭的人都笑了。太湖站在栏杆边,倒低了头,手只抚摸着栏杆。问:"你住在梁家是谁开的门?"答:"是我的朋友于水村。""那天还有别人知道吗?""夜深了,其余的人未起床,但是我到那里去是公开的,并不瞒着人。"太湖退。

传于水村。问:"你要说公道话,你是全案最关紧要的一个证人了。

你知道李太湖和秦小香是什么关系？"答："我知道他们由朋友变成夫妻。"问："他两人很有爱情吗？"答："秦老板爱不爱李先生，我不知道，若说李先生对于秦老板，是爱到死而无怨。"问："你何以知道？"答："我和他各爱一个歌女，共谋进行，所以彼此的心事都不相瞒。"问："他成功了，你呢？"水村略侧着身子，由桃枝那里望到万有光那里，然后踌躇着答道："设若这个问题，对于本案没有什么关系的话，我请求庭长不要问我。"法官点头微笑。被告和证人席上，这时你偷看我，我偷看你。问："就不问吧。那天太湖小香去了，你何以开门容纳？"答："太湖原也是寄居朋友之一，他在那里有房间。他带了他的爱妻去度蜜月，我一个第三者，有什么法子不容纳？推事明鉴，就是那天晚上，推事是我的话，恐怕也不好意思让他们跑回夫子庙吧？"全法庭的人，哄堂大笑起来了。水村退下。传刘氏上去问话。问："那天晚上，你女儿什么时候走的？"答："在六朝居唱完了戏，就没有回来。"问："她唱戏的时候，穿什么衣服？"答："穿绿色旗衫。"问："她回来的时候何以穿着身上这件紫色的衣服呢？"答："她唱戏不红，衣服少，好的舍不得穿，只要唱完了戏，她就换下来的。"问："她在哪里换的衣服？"答："我不知道。"

传小香问："你在哪里换的衣服？"答："我先带了旧衣服，交给一个茶房老刘，唱完了戏，我在他手上拿了衣服穿着就走了。"问："这样说，你是有心和李太湖出去住宿的了，不然，何以不回家换衣服呢？"答："是的。"

小香退下去，传刘氏，问："你的女儿和李太湖交朋友你知道一点吗？"答："我只知道他们彼此认识，别的不知道。我不能让我姑娘嫁他这一个穷光蛋，我告他。"法官道："你告他，那是另一件事，现在问不到。不过你女儿供是二十岁，李太湖供是二十六岁，他们已经可以婚姻自立了。他们除是手续欠缺一点，只要他们自己承认是夫妻的话，父母也是无法反对的。"

说着，传原告："还有什么话说没有？"柏正修请的律师便道："被告秦小香虽然是说那晚在夕照寺，但是李太湖是她的爱人，于水村是她的朋友，也许有人从中串通一气，预先商量好了供词，做好了证据了。"法官道："也许两个字，法庭上是不适用的。你还有别的证据吗？"法庭上的义务律师也起立道："原告以莫须有罪名，加到一个弱女子身上，本来不对。而况李太湖不过挺身出来为秦小香做证人，将他告了，更是诬告。"

法官宣告辩论终结，因对李太湖道："你仅受了几天拘留，你是很值得的。"说着，微微一笑。又对秦小香道："柏正修告你，并非有意害你，只是他的证据不充分，法庭是要照证据判案的。"又对柏正修道："你既然是捧歌女的，花个三千二千当然也不在乎，对于你所捧的人，似乎不必如此追究了。如果在法律上说，你在十一点钟的时候，约歌女到旅馆里去会话，你就有诱惑的嫌疑。我看你还是看破一点吧。"说着，被告交保回去，听候宣判。于是这一幕变幻不测的戏剧，算是告终了。

第二十三回

不做夫妻何须假兄妹
果为艺术自有好评章

这一堂案子，审过三天之后，法庭宣判了，秦小香、李太湖宣告无罪。原告和证人，要得结果，都来了。这时一齐走出法庭大门，各走各的路。

李太湖雇了一辆车要自行回清凉山，原来他涉讼以后，妙化照相馆因他押在拘留所，已经另聘照相师了。在取保出庭以后，太湖终日闷坐在家里，不曾向夫子庙来，和小香、桃枝都没有谈过话。这时他又要走，小香看了不过意，就对他招了一招手。太湖一脚本已踏上车去，于是望了小香，那一只在车子下的脚，却提不上去。桃枝站在小香下边，用手轻轻推了她一下，笑着低声道："傻瓜，你还不上前去。"小香只得缓步走上前，对太湖道："我娘不告你了。"她这声音也是极低，除了太湖，不曾有第三个人听到。水村站在他身后二三尺路，也没有听到呢。

原来水村几次遇到桃枝，都只一微笑，一点头，不曾说什么。桃枝心中冷笑，也就只一微笑，一点头，并不说话。这时小香和太湖在一处说话，他俩倒少不得打了一个照面。太湖听了小香的话，笑道："那多谢令堂了。"小香道："我这件案子没了，还有几句话，想和你说一说，你能到我家去一趟吗？"太湖道："还有什么事未了呢？"小香道："当然是有，你能不能去一趟？"太湖听着心里有几分明白，禁不住要笑出来，然而回头看水村时，已经不知所在了。小香以为他不好意思到她家里去，便道："你不到我家里去也可以，到李老板家里去坐坐总行吧？"桃枝看到水村在这里，鼓着脸，笑又不是，哭又不是。现在水村走了，她就跑了过来，向太湖笑道："李先生，你这人太老实，有了这样的好机会，你为什么还不追踪直上。你若是不好意思到小香家里去的话，来吧，就到我家里来吧。"说着，就对车夫道："你拉着跟我们一块儿走。"于是她和小香坐着车子，直回垂杨旅社来。

到了旅社门口，桃枝回头对刘氏笑道："你先回去，回头我给你的回信了。"太湖听了这话，不觉望了小香笑，小香也就低了头。大家走进桃枝的香闺，连桃枝的婶娘孙氏也出来招待一顿，连说李太湖为人真好，是个有情有义的朋友。太湖心里，十分快乐，觉得这一场牺牲，总不算白费事，由假夫妻换成真夫妻了。桃枝见他两人对坐着，只是喝茶抽烟，都不开口，便道："说不得了，又只有逼着我出面了。李先生，我今天有两件事要和你商量。第一件就是这只戒指和那一百二十块钱还存在我这里，我们应当怎样处理，还是送回人家呢，还是捐到慈善机关去？"太湖道："这个，我不管，随便你们办，与我有什么相干呢？"桃枝点点头，微笑道："和你不相干，你就不管了。第二件是小香的母亲，在法庭上所说的话很对你不住，但是这也是一种做作，要这样，法官才相信你所说秘密结婚的话了。特意和你道歉。"太湖摇头道："那都用不着。我又不是三岁两岁小孩子，我有不懂的吗？那天晚上，我们商量好了的口供，我就当一口咬定，死也不变，至于将来有麻烦，我本在意料之中。秦老板令堂能原谅，那就好极了。"桃枝道："不是原谅两个字能解决的，现在法庭上一对口供，报纸上又登了出来，人家都说你们是夫妻了。你们两方面有一方面不承认，这案子就要翻过来，而且连证人都要犯罪，最好是你二人弄假成真，也不枉我这红娘一番撮合之功。"

太湖笑了起来道："啊哟！"小香坐着，低了头，两手按了膝盖，把一只鞋尖，在地板上乱画着。桃枝道："话虽如此，不过这里面有许多困难。你知道，小香是很穷的，她怎能脱离歌女的生活？我想李先生绝不让自己的夫人出来当歌女。她母女两人……"太湖的脸色，立刻振作起来，将胸脯一挺道："李老板，你不用说，我完全明白了。我李某人挺身出来做这事，完全是一番好意。若借此邀功，就要挟制秦老板嫁我，我还成了什么人？在堂上说的话，那不过是一台戏，秦老板又何必介意。"桃枝笑道："李先生，你不要发急，我是极愿你们弄假成真的。老实说一句，若是那样办，恐怕将来的痛苦会胜过快活。我也是把人生的爱情看透了。凡事听天由命，真有些强求不来。你爱小香，我们见面的那一天，我就知道。小香以前对你是无所谓。有了这一事以后，她是很感激你的了。不过爱情是爱情，感激是感激，我的意思，你二人倒不妨称为兄妹，以后常来常往，等到小香不受经济的压迫，不必唱戏了……"太湖也不等她再说，连连摇着手道："不敢当，不敢当！"桃枝道："什么不敢当，恐怕是当歌女的有点攀不上吧？"孙氏招待过后，原避到她自己屋子里去，这时抢了出来，笑道："这件事真得了李先生啦，不然，是跳到黄河里去也洗不清。她们母女不报答你一点，心里怎过得去？结拜兄妹，这就很好，将来也可以让你这位妹妹恭敬哥哥一点。"她所说的，更是无精彩、无秩序，听得更不耐烦。太湖便笑道："若是这样说，我更不敢当。从今以后，不要谈这件事了。我告辞。"

桃枝站了起来，向房门口横手一拦，笑道："我们的话，没有说完，我自己还有几句话问你。"太湖道："李老板有什么事？快问吧，我急于要回去赶午饭吃呢。"桃枝道："于先生的画生意怎么样？"太湖道："倒霉的人总是倒了霉的，又卖不动了。"桃枝点了点头微笑道："原来如此，有一位庄稼人的姑娘，天天还上你们那里去吗？"太湖道："去的，人家真是一位天真烂漫的姑娘。城里人有城里人好处，乡下人有乡下人好处。"桃枝道："你赞成乡下人吗？"太湖笑着点了一点头道："大概是那样吧，天鹅配天鹅，癞蛤蟆配癞蛤蟆，这是最公道不过的事了。"说着，他挤着出房门去。秦小香要站起身来送他时，早已不见他的人影子了。

桃枝叹了一口气道："也难怪他不高兴，但是他哪里想得透呢？"小香始终不曾作声，现在说话了，却道："事到如今，总不能再怪我们了。"桃枝道："哎！怪你又怎么样，那还不是白怪吗？事完了，你可以回去了。放在我这里的东西，我自有法子和你送回去，你就不必管了。"小香这时出了一身汗，对于桃枝所说，完全送回的话，又有点犹豫，便道："我想还是把那只戒指捐到红十字会去吧。至于那些钞

172

票……"桃枝笑道："怎么样？分了吧？为了银钱，弄得这样一塌糊涂，你还看不开呢。"说着，脸色一正道："既是如此，这些东西，是你用名誉身体换来的，你就拿去吧。以后我们姐妹见面，不必说话了。"小香低了头道："不是我贪那些东西，实在为……我不说了，你不要见怪，我回去了。"说着，她匆匆地就走了。桃枝和她婶娘，又着实议论了一番，孙氏虽觉得桃枝过于执拗一点，然而在理上说，她是有理的，也只好算了。

到了次日上午，桃枝却接到太湖寄来的一封信。那信道：

桃枝女士芳鉴：

此次小香女士事变，鄙人一时怜其愚妄，出面为之做证。虽对社会言，不免奖励作恶，然而为以往爱惜小香起见，失之于正谊者，犹可求得爱情上之安慰于万一。好在失窃者囊有巨金，此区区损失，原无碍于其事业也。

鄙人求心之所安者，既已得之，更复何求？

昨闻女士言，鄙人若不与小香女士结婚，恐为社会所不许，若与小香女士结婚，又无力养其母女，勉强促成，后患何堪设想。女士谓将来乐不敌苦，鄙人固已知所之矣。至于兄妹二字，言之未免可笑，小香女士，何必要此一兄，鄙人亦无须添此一妹，画蛇添足，当知所止。

若以鄙人在京为碍事，鄙人孑然一身，四海可家。对此冠盖憧憧之区，实亦无所恋恋，发此信时，鄙人已登车赴沪。请转告秦女士，前途无量，好自为之可也。余心照不宣，即祝进步。

李太湖手上

桃枝将信看完，心想，他不写信给小香，倒写信给我，这或者为了小香不认识字的缘故。但是这信对我，似乎也并没有什么好感，难道我也得罪了他不成？这且不管，既是他为着小香躲开了南京，这牺牲更

173

大，也可见得他正是爱小香，有这种好人，失掉了总是可惜。这样想着，立刻就到小香家里来，把信解释给她听。小香听了，只是默然，许久，才问一声道："他要到上海去，能找着事吗?"桃枝道："他信上说到上海，未必就是到上海。若说在上海找事，那难说。有许多本事的人，在上海找不着一饱，又有许多没有本事的人，在上海发大财，所以这很难说，是看机会而论的。"小香道："设若他找不着事，倒是我害了人家。"桃枝道："这算你说了一句良心话。但是为女人所害的，也不只李太湖一个，你倒不必心里难受。像他这种人，既有良心，又有本事，也不至于就没有饭吃。"小香道："你是知道的，并不是我不嫁他……"桃枝皱眉道："我们自家的事，大家都知道，还用得着洗刷吗?"小香一句话，就被她拦头一棍，打了回来，这也就无可说的了。桃枝将信交给小香道："留着吧，做个好纪念品。总不要忘了人家，才对得住人家呢。"说毕，桃枝自回家来。

这天晚上，小香又恢复了工作，登台清唱。她这一件案子，本已轰动了社会，大家听说秦小香登台，都要看一看她是何种态度，所以这晚，六朝居的茶座，上得很好，只是没人点戏而已。这天茶座上，万有光也来了，可只是他一个人，并无别的朋友。桃枝唱时，他点了十个戏，顺便和接钱的老刘递了一个信，说是今天有点事要到旅馆里来看她。桃枝一想，自从闹了这场官司，他也有好几天不曾上座点戏了，今天一人前来，一定有点缘由，因之回家先预备好茶烟，专等客来。

到了十一点半钟，万有光从从容容地来了。桃枝还不曾起身招呼，万有光早是连连作上几个揖，笑道："受惊了，受惊了。"桃枝笑道："我受什么惊? 只是把你们这有身份的人拖上了法庭，有点对不住。"万有光道："我本来想看看这件案子怎样了结，再说为朋友也就顾不得许多了。"说着，坐在椅上，用手拍了大腿道："李老板，到今天，我知道爱情这东西，真是各有缘分，只要是无分的话，金钱也罢，性命也罢，名誉也罢，总换不来的。"桃枝笑道："万行长什么事受了刺激，又发牢骚呢?"万有光道："你说爱情要金钱买吧，有许多人花钱是买不到的了。你说爱情不要金钱买吧，那位李先生，哪一样配不上秦老板，而且这回陪了她打官司，陪了她受拘留，结果是一怒而走。那李先生没别的短处，就是少了两文而已。"

桃枝倒了一杯热茶，递到万有光手上，笑道："这真是料不到的事，财神菩萨会替穷鬼打抱不平！"万有光端了茶杯，昂头一饮而尽，两手捧着空杯子，向桃枝作了一个揖，笑道："我这几句好话，不曾白说，马上得了奖赏了。"自己起身将茶杯子放了，却另用茶杯子斟了一杯茶放在桌上，表示回敬。桃枝看到，没说什么，只微笑了一笑，因问道："你何以知道李太湖一怒而走？"万有光道："我昨日下午，到下关车站送客，看到他带着行李登车，岂不是走了？我看他同还有两个朋友送他，谈话之中，总是骂女性不去安慰他，这岂不是很显明的失败而去？"桃枝笑道："哦！骂女性不去安慰他，有骂我的没有？"万有光道："这件事也关涉不到你头上来，为什么他们要骂你？"

桃枝昂着头想了一想，笑道："能不骂我就更好，我心里这样想着，他们或者要骂我的。这个且不谈，我问你，我所托你卖的画，现在怎么样了？"万有光笑道："说起真惭愧，这几天有了柏正修的讼事，没有工夫去拉朋友，只卖了两张，收到一百块钱，钱我没有带来。"桃枝道："不必卖了，我这位朋友，他不等着钱用了。"万有光抱着拳，连拱了两下，笑道："这实在是我的不对，把这事大意了。但是三天之内，我决可努力卖去几张。"桃枝眉一扬，笑道："老实告诉你，这个朋友现在和我翻了脸，我不和他帮忙了。所以这些画，我也原璧退回，不和他帮忙了。"万有光笑道："这件事很奇怪呀，以前你对于那位朋友那样帮忙，现在忽然和朋友翻起脸来了，是什么缘由呢？"桃枝昂着头，出了一会儿神，笑道："缘由吗？这也可以不必问了。你想，男女之间好到极点，忽然又坏到极点，这岂是简单的原因，当然是为了很重大很复杂的爱情问题。"

万有光看看桃枝的脸色，似乎这倒是真话，便笑道："若事实是这样的，我就如释重负了。"桃枝道："这句文，我真懂得的，如释重负，是好像肩膀上放下了千斤担子了。我想那些画，卖得了也罢，卖不了也罢，这与你并无多大的关系，绝不能为了卖画，你身上就负着千斤担子吧?"万有光道:"虽不是为了这个,其实也不能不说就是为了这个。"桃枝哈哈一笑道:"大概万行长认为他是你的情敌。其实就是没有他,你也不容易得着我。明天你什么时候在旅馆里?我要到旅馆里去,把画稿子拿回来。"万有光想了许久,才答道:"我的汽车在门口等着,一同坐我的汽车去拿回来,你看怎么样?"桃枝笑道:"你房间里有钻石戒指没有?仔细丢了,歌女是不能让她进房的,你还是明天等着我吧。"万有光知道桃枝脾气的,既然如此,也就不敢多说,别惹了更重的嫌疑,约了明午十二时相会,便告辞回旅馆去。

到了次日正午,桃枝到高升旅馆去赴约,万有光的房门,大大地敞开,笑声达于户外。桃枝走到门外,却向后一缩。万有光连忙走出房来,向她招着手道:"李老板快来,有一位老太爷要会你。"桃枝听说,走进去一看,有个苍白胡子的老先生,头戴瓜皮帽,穿着枣红的夹袍子,外套玄灰大马褂,鼻梁上加着大框眼镜,手下还拿了一把湘妃竹的折扇,真有些古道照人。万有光就笑着介绍:"这是严正心老先生,他的大令郎是严部长,你知道吗?"桃枝点点头:"原来是严老太爷,失敬得很。"严正心摸了一摸胡子,望着她笑道:"听说万行长这里收的许多好画,都是你朋友的,我看了一看,实在不错,很想买他两幅。但是万行长说,你已经不肯卖了,这是什么缘由呢?这样的好画,让它埋没了,实在可惜。"

桃枝想了一想,还不曾说话,洪省民和柏正修都进来了。见着严老先生,都恭恭敬敬地坐在一边,不敢胡乱说话。严正心道:"万行长那里收着许多画稿,二位看见没有?"柏正修笑道:"看见了。万行长帮这位李老板的忙,一定要我出五十块钱买一张画,这未免强人所难。我觉得出一块钱一张,也不值。"严正心展开折扇,在胸前缓缓扑了两扑,扑得长胡子飘荡起来,笑着摇摇头道:"这话罪过!这些都是很好的作品呀!我画了三四十年,我觉得远近章法的巧妙地方,还不如他,我猜这是他学过西洋画的缘故。"柏正修倒不料他是如此推崇,便道:"东西虽不错,但在老先生面前,总是班门弄斧。"严正心摇摇头道:"不!我向来不知道用假话去恭维人,我并不认识这个人,也犯不上去恭维他。艺术这种东西，只要是好，不由你不心里佩服出来。"洪省民连连点头道："对极了！我也是看到这些画好，赞不绝口。"桃枝望着他，抿嘴微笑。严正心道："既是说好，你怎么没有买一张？"洪省民顿了一顿，赔着笑脸道："我原打算买一张的。"柏正修觉得自己的话，说得太僵了，有点转圜不过来，便道："那许多画里面，很有几张好的，若是能挑选一下，五十块买一张也好。"严正心摸着胡子笑道："柏先生也说好了。"因回头向万有光道："艺术这样东西，它自有它的真价值，遇到了识货的，自然生出光辉来，岂是二三俗人所能断定它的价值呢？"说着，手上摇着扇子，将头摇了几摇。他如此说几句不要紧，柏正修听到，真个是芒刺在背，坐立不安起来。

第二十四回

做事有终解铃还钻石
怀才不遇困腹啜瓜羹

　　这时一屋子人，各有各的感想。严正心是生气，柏正修是害臊，洪省民是暗说侥幸，万有光却是高兴，合了老太爷的眼光。只有桃枝一人，喜又不是，恼也不是，自己的眼光不错，看出于水村是个艺术家，只是现在他别有所恋了。纵然他的艺术出了名，与我又有什么关系？我也只好白欢喜了一阵。因之他们说话，她反默然坐在一边。

　　严正心回转头来，就对了她笑道："这个人既是你的朋友，那很好，请你把他引了来，和我谈一谈，有机会我可以提携提携他。先是买他一两张画，我想这是对他没有多大坏处的。"桃枝也没说什么，只是起了一起身子，说了一个是字。严正心道："这人姓什么？"桃枝想了一想，笑道："老太爷，这可对不起，他对我再三叮嘱不许说出名姓来。我答应了他，无论如何，不告诉人。虽然老太爷是一番好意，但是在座的不止老太爷一个，必得等我问过他之后，他愿意了，用不着我说，他自然会到老太爷面前来领教的。"严正心端坐在那里，摸了一摸胡子，点了点头笑道："懂艺术的人，多少有些拙拗脾气的，不拙拗那也不能算是艺术家。好吧，你就对他说，我很器重他。我儿子虽是一个部长，不必管他，我不过是个老书生，又很喜欢画，可以把我当个艺术朋友来往。"桃枝笑道："老太爷这样成全我的朋友，我一定把他引来和老太爷见面的。万行长，你那些画稿，今天让我先带回去吧。将来让他出面和诸位讲价钱，省得我经手了。严正心点点头道："这是人家的心血，无论值钱不值钱，放在旅馆里，究竟不妥当。点清数目，让她带去也好。"万有光于是在衣橱子里将画稿一大卷取了出来，当着桃枝的面，一张一张点着交给她。桃枝笑道："不是老太爷这样说，我还不知道这些画稿如此贵重，用包袱包了不大妥当，最好找个可以保险的东西，将它装上。"柏正修碰了严正心一个钉子以后，许久不好意思说话，现在有了机会了，便道："我有一个小的扁皮箱，腾出来让你带了去吧。"桃枝道："那就很多谢，我正也有两句话和你说呢。"于是将原来的包袱，把画稿包了，然后提着跟了到柏正修屋子里去。

到了屋子里，桃枝顺手将包袱放在床上，在床对面一张沙发上坐了，笑道："柏先生，这次的事情，我很对不住，我怎么介绍秦小香这种人和你做朋友呢！"柏正修叹了一口气道："这件事就不必提了，也许是我的错。"说着，他拿了小皮箱子打开盖来，就向床上一倒，原来是些信纸信封，西装的领带、领结、袖圈、袜子以及衬衫之类，在他一倒之间，有两块现洋和几个纽扣滚着，扑碌碌一阵响。桃枝的眼光，正满屋子看看，心里也就七上八下，正在想主意。一看到这种情形，连忙抢上前一步，伏在地板上，伸头一望床底下。柏正修道："不敢当，不敢当！你让我来吧。"桃枝见他如此说，也不必谦逊，就站了起来。在她站起来之时，柏正修自伏下身子到地板上去。桃枝无意在床上一坐，哟了一声道："我坐到你的东西上来了！"说着，连忙走过去，依然坐到沙发上来。

柏正修并不曾注意她的行动，这时忽然也哎呀了一声，怪叫起来。桃枝道："碰了头吗？叫茶房来找吧。"柏正修爬起来，突然一跳，手上拿着一个晶光夺目的东西，高高举了起来，笑道："李老板，你来看，我的戒指找着了，你看怪不怪呢？"桃枝抿嘴微笑道："你不要拿我开心了。"柏正修道："真是找着了，你看，你看！"说着，便将两个指头捏了一个钻石戒指，送到桃枝面前来。笑道："你看，这岂不是我自己的戒指？"桃枝站起身来，接着戒指，托在手心，偏着头两边看了一看，笑道："戒指是不错的，你不是有一对一样的吗？"柏正修道："并没有一对，就是这样一个。"桃枝笑道："这就奇了。茶房天天是擦一次地板的，难道你这戒指落在楼板上好几天，依然还在？"柏正修道："不是落在楼板上的，一定是刚才打开箱子，落了下来的。但是很奇怪，那天丢东西的时候，我分明记得在枕头底下的，并没有搁到箱子里去，而且这几个箱子，我也是寻过好几次的。"桃枝坐在沙发上，两手抱了一只膝盖笑道："东西找到了，这又要让你为难一阵，倒查不出究竟是怎么样出来的。"柏正修道："若照这情形说，一定是在箱子里出来的，但是果然由箱子里出来的，我那一百二十元钞票，应该也在箱子里，等我来寻寻钞票看。"

他说着，于是将倒在床上的零碎东西，清理了一番，真是合了他的话，那一沓钞票，也在字纸堆里找出来了。点一点数目，十元一张的，正是十二张，并不曾少了一张。柏正修手指上戴了戒指，手心里捏了钞票，坐在床沿上，另抬起一只手来，扶着额头，只管沉思着。心想，难道那天我是把戒指和钞票，都放在小箱子里的？而且我也寻了两遍，何以又寻不着呢？不用说，一定是我脑筋紊乱，放在箱子里，自己忘了。这两样东西从箱子里倒出来，若是我一个人做的，还可以说是我又脑筋紊乱了，好在还有一个人在一边看见，这绝不能说是幻术了。因望了桃枝道："不寻着这东西，倒也罢了。寻着这东西我心里更难过，我糊里糊涂告人家一状，这算什么一回事？"桃枝笑道："你不寻着，秦小香多少总有些嫌疑，现在水落石出……"柏正修皱了眉毛道："水落石出是水落石出了，但是我诬告好人，也就证明了。"桃枝笑道："事情过去了，也就过去了，还提它做什么？多一事不如省一事，我决不会告诉小香的。"柏正修红了脸，也真不好说什么。

因为万有光也跟着来了，桃枝将小箱拿过来，放好了画稿，说了一声有扰，提着箱子赶快就走出旅馆来。雇了人力车，先不回家，一直就到小香家里来。小香坐在一张靠窗户的桌子边，用两只手撑了头，正望着天上出神。见桃枝提了一只小箱子匆匆进来，连忙站起来问道："你要到哪里去？"桃枝且不答话，牵着她一只手，低声笑道："告诉你一个好消息。你的那副累赘，我给你送掉了。"小香低声道："是那两件东西吗？你怎样送掉的？"桃枝道："我今天借了一个缘故，到他们旅馆去，我就把东西带在身上，预备到了那里，看事行事，等了许久，却是没有机会。后来柏正修，他愿意借箱子我装画稿，我就跟着他到屋子里去。他把箱子里东西倒在床上，我把戒指和钞票向字纸堆里一塞也就行了。偏是他掉了东西在床下，我借着替他寻东西，把戒指藏在床下，又假装错坐在床上，把钞票塞下去，真遮掩得一点痕迹没有。你惹的这一桩祸事，总算完了。"小香连点着头道："谢谢你，但是你把这些画稿又拿回来做什么，你不是要给于先生卖了吗？"

桃枝向门外看看，才问道："你母亲在家没有？"小香道："不在家，你有什么秘密话，只管说。"桃枝将小箱子放在椅上，向旁边一张靠背椅子上靠了坐下，很疲倦地叹了一口长气，摇了一摇头道："我现在不知道要怎样办才好。"小香道："你肚子里满是春秋，怎么倒会弄得没有办法？"桃枝道："我的事你自然是知道。我对于水村是从心眼里爱出来，但是他不但不爱我，而且还引了别一个姑娘，天天在家里胡闹，我爱着他还有什么意思？"因把那天早上到夕照寺去遇到了丁二香的话，说了一遍。

小香道："真的吗？若是真的，这个人也就太靠不住了。"桃枝道："先是这样，我还不怪他，总要向他问个清楚明白。你猜他怎么着，他从那天起，也不来找我。和你做证人的时候，和他见面多次，他也不和我说一句话，他和我先恼了。老实说，我也恨极了他，所以把拿出去卖的这些画稿，我要拿回来，点一把火，把它全烧了，才出我这一口气。但是我今天听到严部长老太爷说，他的画实在好，要提拔他，要我介绍他见面。我若不介绍他吧，他那一个无生路的艺术家，有了这样一个天大的机会，把他塞死了，我良心上千万说不过去。我到夕照寺去找他吧，我又磨不开这面子。你说叫我怎样办？"小香道："你帮我的忙帮大了，我就不能帮你一点忙吗？这样吧，我和你去走一趟吧，看他怎样说？"桃枝道："你真能和我去吗？"说着，便站了起来。

小香道："这也并不是什么困难之事，去就去，还有什么真假？"桃枝道："你若是能去的话，那就好极了，不过我若这样舒舒帖帖地软下来，我有些不服气！你去的时候，必得试他一试，看他对我是不是还有点交情？"小香笑道："你的醋劲真也大，非闹个水落石出不可。"桃枝道："不错，我是吃醋，但是同一样的醋，要看怎样吃法。吃醋的人，那才见得爱情专一。"小香笑道："你吃醋也好，吃酱油也好，我管不了这些事。你倒是告诉我你的主意，我要怎样去试他？"桃枝偏着头望了窗外的天，点着一只脚，沉思了一会儿，笑道："有了，你只说我有病，病里很念他，他得了这个信，总不好意思不来。"小香道："就是平常交情的人，听到一个朋友害病，也不能不来敷衍一下，你说是不是？"桃枝笑道："据你这样说，倒是勾引他来了。今天是来不及了，请你明天一早去一趟，就是你娘知道，我想也没有什么关系。"小香道："当然没有关系，好在姓李的走了，她也很放心我去的。"桃枝一撇嘴道："这么大姑娘了，不放心又怎么样？"说着，她就很高兴地回去了。

她心里这样地放心于水村不下，反过来在于水村一方面，他也是不放心桃枝的态度。他在这天上午，因去访韩求是不遇，顺路借着看朋友为由，曾到高升旅馆去了一趟，要侦察万有光的行动。偏是在这个时候，桃枝在楼上提了一只箱子下来，水村一见她，立刻掉过脸去，看那水牌上的住客表。桃枝出门以后，水村才回夕照寺梁家去。这个时候，秋山在医院里又出了一点杂症，费用更是扩大，秋华一时筹钱不出，只得把菜地押去一半。那办法，就是这一年之内，现在生长的菜，归了押主不算，菜割去之后，也让别人栽种，所以事实上，也是竭泽而渔。依着于水村和莫新野，大可以全数押了。秋华一想，若是全押去的话，宾主之间，遇到断粮，就一点出路没有，因之只押了一半。两个种菜的长工，也让押主转雇去了一个。一个长工挑菜上街所卖得的钱，实在不够三个男子吃喝。秋华陪着丈夫在医院里，又不知道家里的窘状，而且以为莫新野于水村是不会客气的。纵然吃不饱，他也会找着法子。但是水村、新野想着，梁氏夫妻受困在医院里，不能帮人家的忙，怎么还能去找人家呢？因之早上睡到九点钟才起，把早上这顿饭省了，等上街的长工将菜送到市上批发完了，带了米回来，然后再吃午饭。

这天水村本因如此困守下去不是办法，所以一早去访韩求是，请他想个最后的法子。明知求人家帮忙，已不下六七次之多，连他都有点受累了，但是为一劳永逸起见，也不得不去找他一次。不料到了韩求是寓所，他已奉命出差到江北去了。回来之时，又碰到了桃枝，失意的人，加倍失意。早上只喝了一碗开水出去，又渴又饿，匆匆跑了回来，只见莫新野抱着琵琶坐在野竹林子里草地上，嘣咚嘣咚，有一下没一下地弹着。水村拿着草帽在手上摇了两摇，皱了眉头道："你还快活得起来吗？"新野提了琵琶站起来笑道："你苦恼，我也不快活。但是一点吃的也没有，长工到现在又没有回来，等得真是烦不过，所以我拿琵琶弹来解解闷。"水村道："我们不是闷，是饿。弹琵琶可不能饱肚子呀，我们到厨房里去找找，能找出什么东西来，也未可知。"

莫新野抬起手来在头上自打了几个暴栗，笑道："我这人真是想不开，怎么就不知道找一找呢？"赶快回去放下琵琶，和水村一路到厨房里去，长工不在家，旁边这三间披房，就是冷寂寂的。厨房门敞开着，走了进去，那一个泥灶，仰着两口空锅，锅底上有点水，许多灶蚂子，在锅里向外跑。灶口上倒堆了两捆干柴，可是打开碗橱来看，里面全是空碗，酱油香油瓶子一律空着，只有一个瓦罐子，装了一撮盐，板上搁着一块老姜，此外什么也没有。案板上有几个大钵大盆，有扣着的，有盖着的，揭开来，都是空的。新野道："吃什么呢？难道用水煮那一块老姜吃？"水村道："别忙，有粮食，也许不放在厨房里，到长工屋里去找找吧。"于是两个人又到长工屋子里找了一顿，也是没有。最后找到上房里去，在一个小瓷器缸里，找出了三四两面粉，这是秋山打糨子用的。水村拿着瓷缸，摇了一摇头道："这真是罗掘均空了。只好等长工回来再说吧。我实在渴了，先烧一点开水喝吧，水总是不穷的。"新野笑道："二香不来，我也是无聊得很，帮着你去烧水吧。"二人同到厨房，新野擦干净了锅，加上水，水村就坐在灶口前烧水。

把水烧开了，又没有茶叶，只好舀了一瓷壶开水提到大门口去，两个人带着茶杯在阶檐石上坐下，各舀了一杯开水，捧在手上，向竹林子外的人行路看去，以为那卖菜的长工总快回来了。不料等了又等，始终不见他的影子。水村急不过，背着两手在菜地里徘徊起来，忽然拍掌笑道："我们这种人，真是知二五不知一十，肚子饿了，只要是能吃的，什么也可以充饥，何必一定等卖菜买米的回来，你看这北瓜藤上，不是结着大小的北瓜吗？我们拿一个去切了一煮，加上些面粉，吃他个糊里糊涂，岂不是好？"莫新野笑道："我这也是饿疯了。眼见有可吃的，倒不知道吃，真是怪事。"说时，抢着在藤上摘下一个北瓜来，就向厨房里走。

二人到了厨房里，依然是水村烧火，新野在锅里放下半锅水，然后将北瓜削了皮，切方寸块儿，放到水里去。水开了。锅盖缝里透出那熟瓜气味来，真是好闻。水村由灶下钻出，满头是汗，拿了一条手绢不住地擦着额头，笑问道："熟了没有？香得很，我尝一块吧。"于是拿了一双筷子来，掀开锅盖，在热气腾腾的当中，伸下筷子去，就夹了一块起来，向嘴里塞。这北瓜又热又黏，放在口里乱嚼一顿，然后才咽下去。新野笑道："那样好吃，嘴快烫破了皮，你都舍不得吐出来。"水村笑道："既无油又无盐，好吃不见得，不过倒有些甜味。"新野道："现在既是能吃，再加些面粉和盐，一定是很可口了。"

水村听着倒是笑了，于是拿了面粉来，在锅里慢慢地撒上。新野撒着，水村拿了一双筷子，就在瓜里面乱搅。新野笑道："你搅它做什么？"水村笑道："你还不够有穷了吃北瓜糊的资格，这热水里加干面粉进去，若是不搅动，就会成生熟疙瘩了。"新野笑道："原来如此，你这个大艺术家，倒是知道吃北瓜糊的，画卖不出去，你也不至于挨饿了。"两人说笑着，把这一锅北瓜糊做熟了，复加上了盐，然后熄了火，各盛上一大碗瓜糊，到外面屋子里去吃。两人隔了桌面对坐着，各低了头，筷子夹了瓜块。接二连三地向嘴里送着。剩了小半碗稀糊，端起碗来，用筷子一阵扒，当汤一般，咽了下去。新野笑道："你吃得真快。"说着，举起碗来，也是向口里倒。水村道："你吃得也不慢呀！"两个笑着，同到厨房去盛第二碗。这北瓜糊在未发明之前，大家也不知道是一种什么美味，现在吃起来，原来是这样的又香又甜，以前真是失过了宇宙中间的一件大秘密。

不到二十分钟，两人已经把一锅北瓜糊喝完，长工还是不曾回来。水村笑道："我们也不要吃了不管，把锅碗洗刷一下子吧。"新野笑道："这长工先生若是从此不回来，那可害苦了我们二位艺术大家了。"水村笑道："艺术大家怎么样？能吃北瓜糊，就应该洗刷锅碗啦。"说着，二人都大笑起来。好在烧水煮饭，都是没有干过的事，今天干个新鲜事儿，却也别有趣味。但是把厨房收拾干净，天色已黑，那个卖菜的长工，依然不见回来，二人的晚饭，依然无着。于莫二人一来是吃过饭，尚不十分饿，二来也懒得再下厨房，为了免除肚子饥饿起见，早早地就睡了。

第二十五回

贫贱择交难冷嘲热讽
激昂变态易浅笑深颦

　　这一天，于莫二人只吃了一顿北瓜羹，怕二次还要吃，早早地睡了。睡得早，自然起床是很早。水村打开大门，却见那长工担着空菜筐子，一拐一跛地走了来。他放下担子，先呆着站定了，望着水村道："先生，我真对不住你。昨天我卖完了菜，喝了几杯酒，和人打了一架，打得遍身是伤，在区里关了一夜，这才出来。警察倒是好意，一早放了，好让我做生意，但是我路都走不动，那里还能做生意呢？"水村道："你这样一来，我们糟了，昨天我们只吃一顿北瓜羹，今天连面粉都没了，只好光吃北瓜。"长工道："我也是要吃的呀！怎能不管呢！我去借个一斗八升米来，先混两天吧。"说着，背着空筐子，走进屋去。莫新野早听见了，由屋子里跳了出来道："这真是糟糕，越穷越出事，这样下去，这清凉山下不能住了。再要住，清清凉凉非住得饿成人干不可！"水村道："你不是说，杭州有地方请你去当教授吗？"新野道："虽有一点路子，还得我自己去钻营。钻营做官，犹可说焉，钻营去教书，我有点不服气。"水村笑道："我看原因不在此，你还是为了这丁家二姑娘原因居多吧？"新野一听，不由得笑了，因道："虽然也是一个原因，不过我看你和太湖，陆续在情场上失败，我也有一点不敢猛烈进行了。"水村笑道："往后看吧。"

　　这时，门外有人叫道："于先生莫先生起来了吗？"新野答应一句："早起来了。"人早是由屋子里跑了出去。水村在远处看时，可不是丁二香来了吗？二香身上系了一条青布围襟，手一把捏住了两只围襟角，好像是兜了一兜东西。新野跟在她后面走进来，笑嘻嘻地向水村一扬手道："二姑娘很讲交情，她园子里新结的扁豆，给我们送了好些来，我们可以尝新了。"二香笑道："这扁豆又肥又嫩，若是能多把一些油炒，那是更好吃的。"水村听到说多加油炒，望了新野好笑。新野只当不知道，找了一个竹筐子来，赶快送到二香面前去。二香将围巾角一放，扁豆全溜到筐子里去。新野手上捧着，口里就连说多谢。二香站着拍围巾上的灰，新野还是弯腰捧着筐子，口里连说多谢多谢。二香望了他笑道："几斤扁豆，值得了什么，也犯不上谢了又谢呀！你拿过去吧，还客气什么呢？"新野这时醒悟过来，原来是送的礼物早倒完了，自己还端着筐子在这里老等呢，因笑道："我的力气小，几乎是端不动呢。"说完了这话，红着脸，端了豆子就走了。

二香道："于先生，你这几天画得不少吧？没有到我家里去谈谈。"水村笑道："我这几天有点心事，也没有画画，也没有出门。你也有好几天没有到我们这里来呀！"二香道："今天我爹和我哥哥到城外乡下去了，我听我哥哥说昨天在街上看见你们的长工，喝醉了酒，惹下了祸，回来要养伤，我和你们做一餐饭吧。"水村道："那千万不敢当，你令尊和令兄走了，家里更有事，不必客气了。"新野听到二香要来做饭，这可糟了，米缸里打不出米来，油瓶里滴不出油，人家只一动手，那就穷相毕露了。连忙到长工屋子里，催着他赶快去借米，长工去了。自己一想，油也是要紧的，夕照寺里和尚，他们留着点佛灯的油不少，不如跟和尚硬借一点来。这样想定了主意，马上就把报纸包了一只油瓶子，假说找长工回来，这就走出去了。

这屋子里现时只剩了二香和水村，水村不便置她不理，便找些闲话，和她说笑。就在这时候，奉了桃枝使命前来疏通的秦小香，骑着脚踏车，到了门口。她放下车走了进来，一见堂屋中间，水村和一个村姑娘斜坐着对面谈话，这把桃枝所说的话证实了，果然水村另外有了爱人。桃枝那样对待他，他倒别存私心，可见这人真不懂爱情。当她心里如此想时，走入门来，不免呆了一呆。水村哎哟了一声，单独迎上前来，笑道："这真是做梦也料想不到的事，今天秦老板会到我们这种地方来！"

187

小香不料一进门，就碰他一个钉子。看看屋子里坐的二香，只是微笑坐着，并不站起身来，心中更是生气，因道："于先生现在变了一个人了，不像以前那样客气了，一见面，就挖苦我们。"水村笑道："我怎敢挖苦秦老板，实在因为我意出望外。大概你是来会太湖的，但是迟了，他已经到上海去了。请坐请坐。"将她引进屋来，二香才由椅子上站起来，水村于是两方介绍。二香已经知道她和李太湖的一段故事，心想，这是一个狠心姑娘，可是看她的脸色，倒也看不出来呢。同时，小香的眼光，不免向二香多打量了一番。小香也想着，她虽然还五官端正，哪里有桃枝好看，水村这样地迷恋她，真是情人眼里出西施了。

水村见她二人彼此对望，好像是各有心事，这也不去管她，只当不知道。小香道："李先生走开，我已经知道了，这件事我很对他不住。"水村笑道："朋友只要交情不错，哪个亏负哪个一点，都不要紧。我们这几个朋友，都犯了一样最大的毛病。"小香笑问道："你们几位先生，都犯了一样毛病吗？什么毛病呢？"水村笑着伸了一个指头，向天上一指道："这个毛病，就是一个穷字。"小香觉得他的话音明明是挖苦过来，也笑道："这个病嘛，犯的人也太多了，不算什么。"水村道："怎么说不算什么？为了穷，牺牲名誉牺牲良心，以至牺牲性命。就是秦老板最近这一场案子，不是为了穷去当歌女，不至于让有钱的人疑心。就是太湖和我，也不至于到法庭上去做证人。太湖更是牺牲得重大，坐了几天牢，其余精神和名誉上的损失，不必谈了。这也好，以后可以让那吃天鹅肉的人，也死死心。"

秦小香被他说得脸上红一阵白一阵，因道："于先生，你不用说了，我心里很难过的。今天我本是和你来道谢呀，我真想不到李先生会走，若是知道的话，我总想想法子要对得住他。"水村道："那倒不要紧，他早就对我说了，我捧女角是自己不量力。不过一个人要讲到行其心之所安，只管认定目标，虽然办不到什么结果，心里要做的事，已经做了，这也是一乐。他现在是乐到极点，打破了饭碗，到上海去漂流去了。秦老板倒不要替他过不去，只要他发了财，也有钞票，也有钻石戒指，他那一点小小的牺牲，总也补得起来。"小香见他的脸色，虽然还有笑容，但是听他的口音，句句言中带刺，好个难受。便站起身来道："我今天来有两件事，一件是和于先生道谢。还有一件，是报告你一个消息，就是桃枝病了。"

说到这里，新野已经在庙里借了油回来。油瓶子里面，已经有了东西，这就用不着遮掩，将瓶子放在一边桌上，抢过来和小香周旋，因道："李老板病了？没有听到这个消息，是哪一天病的呢？"小香道："是前天晚上病的，病势很重。"新野道："她的戏怎么办呢？"小香道："病是没有法子的，只好请假了。昨天一天都没有起床。"新野道："这样子病势不轻呀！"小香道："自然是不轻，烧起来，还糊涂乱说呢。"新野道："糊涂乱说什么呢？"小香将手拿着的一条手绢，只管搓挪不已，眼睛可就瞟着二香的态度如何。二香哪知道他们葫芦里卖的什么药，并不动声色。小香便用手指着水村道："总念的是他。"水村先听她所说，还是坐在那里微笑，及至小香说了桃枝念他，不由昂着头，大声打了一个哈哈，站将起来。

新野倒呆了，明知他和桃枝感情不大好，然而人家病里念他，总算不错，也不至于哈哈大笑起来呀，因问道："你笑些什么？"水村拍着手笑道："我怕我活得不久长了。据秦老板说，李老板昨天病了一天，没有起床，而且还烧得糊涂乱说。但是我昨天上午十点多钟的时候，在一家旅馆门口，看到一个美人儿从里面出来，我以为是李老板呢，原来错了。青天白日，我连人都看不清楚，岂不是精神涣散的缘故。幸而我没把这话告诉你，要不然，今天对证起来，还要说是我说鬼话呢！人穷不得，穷了什么事也会出毛病。"说毕，又哈哈大笑一阵。小香见水村识破了机关，料是他不能去看桃枝的，而且他再三地挖苦，也实在难堪，便点点头笑道："于先生，再见了，我谢谢你呀。"

说毕，也不管他们送不送，留不留，跨上脚踏车，如飞一般跑向垂杨旅社来。将车子放在天井里，三脚两步走进桃枝屋子里，板着脸，就向椅子上一坐，而且把身子偏过去。桃枝早上无事，拿了一本《红楼梦》看，正看到俊袭人含嗔箴莽玉的一段，想到男子纵然是心肠硬，只要女子们肯用一些手段，没有不把他软化过来的。于水村是个长于艺

189

术、富于感情的人，虽然一时为村姑所迷，然而我自信，除了以往的历史，有一点堕落，其余的事，当然赛过一个庄稼姑娘。今天小香亲自去报告我的病信，他不能不来。小香是骑脚踏车的，当然先回来。回来之后，我还少不得要装出一点病容来才好。她这样想着，正躺在床上出神，不料小香进门来，竟是一声不言语地坐下。一个翻身坐了起来问道："怎么样？倒有些生气的样子。"小香脸向着壁子，半晌才道："就是你吗！一定要我去。碰到活鬼，倒这样一个大霉……"说到这里，她嗓子眼一哽，忽然哭了起来。

桃枝看见她哭，倒呆住了，便道："究竟什么事呢？你吃了人家什么亏？你说呀！"她不说倒也罢了，她一问之后，小香索性鼻子里窸窣有声，哭将起来。桃枝什么也不说，在她对面椅子上坐下，因道："你哭吧，我看你哭到什么时候为止？"小香听她如此说，才用手绢擦了一擦眼睛，将身子坐正过来。桃枝微笑道："这样子，是受了很大的委屈了？你不要慌，慢慢地说，若是有出气的机会，我一定和你出气。"小香道："出气吗？没有那样容易的事！"说着，又流下两行眼泪来。桃枝也板着脸道："那你就哭吧，不必说了。"小香见她已生气，这才把到夕照寺梁家去所闻所见，一齐告诉了桃枝。

桃枝听的时候，一声也不言语，只是静听着，那脸上的颜色，红一阵，白一阵，又紫一阵。小香说完了，桃枝鼻子里哼着，冷笑一声道："就是这样几句话，他也说的实情呀！生什么气？交朋友说得拢，多交些时候，说不拢，少交一些时候，这有什么关系？他既是不高兴我们，我们以后少和他来往就是了。"小香擦着眼泪道："你倒宽宏大量，你是没有看见那神气。你若是看见那神气，比挨打还要难受，你就非生气不可了。"

桃枝坐在椅子上，将手拐子靠了椅背，撑着自己的头，默言无语，约莫静默了有十分钟，桃枝突然问道："小香！你看那个乡下姑娘，究竟长得怎么样？比我长得好吗？"小香觉她这话问得太有趣，倒情不自禁地，扑哧一声笑了。桃枝道："你笑什么？我问的是真话。凭我自己看人，拿镜子里的影子和人打比，那是不行的。你站在旁边的人，把我两人比一比，说一句公道话，究竟是哪个比哪个漂亮？"小香见她脸上一点笑没有，正正经经地问这句话，倒不容她不答复，便道："自然是你比她漂亮。"桃枝道："说我比她漂亮，就说我比她漂亮，为什么还用上自然是三个字？"小香道："因为不说别的，单是你的皮肤，也就比她白得多。俗言道得好，一白盖三丑，还不自然是比她漂亮得多吗？"桃枝笑起来了，点着头道："你这话有理。"说着，真个柳眉倒竖，杏眼圆睁，身子突然向上一站，将桌子一拍道："好个负心的于水村！我为你费了多少心机，受上多少气，原来你倒是拿我开玩笑的。哼！我李老板也不是甘心让人家欺侮的！"说着，坐了下来，也一掉身子侧过去坐着。

　　小香见她脸上红得如喝了酒一般，便道："你也犯不上生这样大气，你不是说了吗，交朋友，说得拢，就多交些时候，说不拢，就少交些时候，彼此拉倒就是了。你的意思怎么样？还打算找着他讲理吗？"桃枝坐着默然了许久，忽然掉转身子来，微微笑道："我真和他去讲理不成？一个茶客，不和一个歌女要好，歌女有他什么法子？算了，不谈了。"小香道："他也不能算是我们茶客，不过是平常朋友罢了。"桃枝道："朋友不和朋友来往，这更没有关系。一醉解千愁，我们来喝上两杯吧。"说时，她就在橱子下层，找出了一瓶酒，顺手拿了一只茶杯，就向杯子里倒下大半杯酒来。右手还拿了酒瓶，左手就端了杯子要向小香面前送过来。

　　小香连连摇了几摇手道："怎么好喝空肚子酒？"桃枝道："你不喝，我喝！"一仰脖子将酒喝了一半。小香向前连忙将酒瓶子夺了过去，笑道："你姊娘不在家，你就发疯。她回家的时候，若是看到你一副醉样子，她要说是我回来挑拨的是非，我可受不了哇。"说着，把酒瓶子放到橱里去，用背抵了橱门。桃枝将茶杯子里所剩下的酒，索性一口喝了。哎了一声，将杯子放下，笑道："你懂得什么？人生不过是几十年光阴，小的时候，不会快活，老的时候，不能快活。趁着青春年少，我们不快活几天，等待何时？男子还罢了，不上四十岁，还不见得老，女人一过了三十岁就无用了。我们到三十岁还有几年，有快活不快活，那就迟了。今天下午邀几个人来打四圈吧。"小香笑道："你又发了疯病了。"桃枝笑道："要疯才好，不疯不痛快。你想那疯子，天不怕，地不怕，糊里糊涂地过日子，多么快活！"小香道："我应该回家去了。再不回去，我娘又要找我，我不和你说这些无谓的话了。"桃枝道："你娘找你又怎么样？大概不能治你的死罪吧？我看不如胡闹一阵，挨打就挨打，坐牢就坐牢，只要我身体能自由就行了。"小香道："越说你越疯了，我不和你说了，我走了。你可不要喝酒，喝醉了，连累我，招你婶娘的怪，你心里也说不过去吧？"桃枝笑道："既是你怕我婶娘怪你，我就不喝酒了，你放心走吧。"小香见她说话的程度，很是诚恳，果然就放心走了。

小香走了之后，桃枝突然打开橱子，把那一包袱画稿拿了出来，手上拿了一盒火柴，开了后门。走到秦淮河岸上，将包袱放在地上，解了开来。先抽出一张，打算擦了火柴，先做引火之物，然后把其余的稿子，一张一张添了上去烧着。不料抽出来的这一张，正是画面朝外，画着一个向下飞着的蝴蝶，简直像活的一般。桃枝看着很好，索性将这张画完全打开来一看，原来是一幅《流水落花图》。那水面上参差着几行水草，是个水流之势，落红片片，有在半空里的，有在水面上的，有的是全花，有的是半朵，有的是一瓣，五只大小蝴蝶，追着花片儿飞。那画上题了有一首七绝，乃是：

夕阳影外满江红，尚有余香逐晚风，流水落花春去也，依依几个可怜虫。

桃枝虽不会作诗，汉文的根底，尚不十分浅薄，这二十八个字的意思，自然是懂得。觉得水村的画，是这样的好，文字也不错，这个人就让他如此埋没了，真是可惜。拿着一张画看了几遍，放到一边，心想，就是要烧，这一张也把它保留了。又抽出一张别的画来，看上一看，觉得各有各的好处，烧了未免可惜。叹了一口气，把这些画，依然包在一处，提了回房去。在她的意思，本来想把这些画烧了，出一口恶气。现在把画提了回来，不能趁自己的心愿，又加上了一闷。于是在椅子上，半靠半躺地坐着，深深地皱了两道眉毛，一言不发。

这时孙氏回来了，见她这种样子，便问道："你今天一人在家里，又没有人招惹你，怎么你又生气了？"桃枝停了一停，才道："并没有哪个得罪我，只是我一个人坐在这里发闷。"孙氏道："你一个人发什么闷？"桃枝道："要发闷，自然是一个人，两个人就用不着发闷了。"孙氏道："我不知道你会发闷，我要知道你会发闷，今天我在家里陪你，就不出门了。"桃枝道："什么？你在家里陪我？"说到这里，眉头松了一松，笑起来了。孙氏道："唉！我知道，说来说去，你必定要那个姓于的陪你，你才算痛快呢。"桃枝脸一沉道："你放心，以后我不找姓于的了，以后你不要当着人的面，提到姓于的。"孙氏心想，这可奇了，她居然不高兴姓于的起来。但是也不知道是真话假话，便笑道："那个人也不坏呀？"桃枝道："你不必用话来试探我，说不和他来往，就不和他来往。我和他断绝来往，不正是合了你的心吗？"她这一说，孙氏倒没有什么，门外却有一个人大笑进来。这个人进门，又要引起无限的风浪来了。

第二十六回

伟大规模谒陵论豪杰
逍遥伴侣订约访湖山

这个哈哈大笑进来的，正是万有光。他走进来一拍手笑道："李老板，你所说的，我都听见了。既是那位于先生不能得你的欢喜，让我使出全副精神来伺候你吧。但不知我这番热忱，能不能够蒙你容纳？"桃枝也不起身，自让她姊娘去忙着招待，只笑着向万有光点了一点头。万有光笑道："并不是我有意偷听你的话，因为我走到房门口，听到你说话的口音，好像是生气，我不敢突然走进来。后来仔细一听，并没有什么不能告诉人的事，所以我大胆进来了。"桃枝笑道："原来如此。唉！做歌女的人，又有什么可告诉人的，又有什么不可告诉人的，无非是那么一回事。你以为我和姓于的翻了脸，你是去了一个情敌吗？"万有光微笑着，没有作声。桃枝笑道："纵然去了一个情敌，但是我并不认你做情人，你还是你，我还是我，你纵然高兴，也是空高兴一阵了。"万有光道："这也无所谓空高兴真高兴，只要我自己认为是高兴的，就是做了一个梦，也是快活的。"桃枝道："果然如此，你这话倒是中听的。你虽然有钱，倒没财主佬的脾胃。而且你所说的话，很有点西洋人谈爱情的口味，倒是受听。"万有光从来不曾得着桃枝这样连夸奖几句的，这时候心里的高兴，倒真是实实在在，只管笑了起来。

桃枝笑道："你今天痛快，我今天也很痛快。你坐了汽车来没有？"万有光看那神气，心中已领悟了一大半，连道："坐车来的，坐车来的。"桃枝道："那很好。你请我的回数太多了，我应该还一还礼。我今天还没有吃饭，现在，我们一路吃馆子去。吃完了，你陪我出城到中山陵明陵去玩玩……"孙氏听到，连忙在一边插嘴道："啊哟！出城去，赶回来唱戏，来不及了吧？"桃枝道："来不及要什么紧？你只要说是和万行长一路游山去了，金老板就不会说什么的。"说到这里，向万有光微笑道："有钱的人真好，连后台老板都欢喜你。"万有光对她这话，既不好否认，又不能承认，只是微笑而已。

桃枝匆匆换了一件衣服，向万有光道："走哇！这样一件便宜事，你还有个不愿干的吗？"孙氏笑道："万行长，你不要见怪，我这姑娘，就是这样小孩子脾气，心里有什么，口里说什么，你不要见怪。"桃枝笑道："我随便说一句，倒惹出你两个不要怪。万行长要见怪的话，漫说你只说两声，就说两万声，也是枉然。这只有一个法子，我和万行长灌上两句米汤，天大的事就没有了。"万有光没什么可说，只是笑。桃枝竟是不谦逊，开步就先走出来了。

二人先在附近馆子吃过了饭，然后同坐汽车顺着中山大道出中山门，直向中山陵来。远望着紫金山，如一座高大的翠屏，环抱着南京城。山的旁支，微微凸出一座小小的翠峦，好像是有点遗世独立的样子。峦头上面，远远望着一座白石墙琉璃瓦的飞角墓殿，亭亭高耸，直入半空，尤觉得在紫金山外，另辟一个世界。汽车在中山大道奔驰，越近孙陵，越现出这陵墓的伟大。先看到上层的白石平台，再看到中层的平台，和陵旁的花圃。面前一座伟大的白石牌坊忽然现出，就到陵前了。汽车停了，下得车来，路边已是排列下几十辆汽车，一字儿并列。若在城里，一定是很嘈杂，在这里却是绝无一点声息。那路边一块小花圃，深黄浅紫的花，在阳光里照着，别有一种风韵。几个小黄蝴蝶飞来飞去。草里面，唧唧的虫声叫唤着，在伟大的环境下，现出一种静穆的景象来。

二人顺着登山的石坡，缓步向上，这里正有几百个工人建筑那未曾竣工的大牌坊。路边放了许多其高过丈、二人合抱不拢的大石墩。由山边顺着下来铺了许多木板。山上放了一架小小的机器，垂下两根铁缆，铁缆有十几丈长，缚着下面的石头，由木板上拖上去。那石头在地下平放着，记着数目字是25800，只看它一丈二三长，六七尺的圆径，这数目应该是记着二万多斤吧？上面的机器，用煤火烧着汽锅，轮子是努力地转动，铁缆拖着那石头，可是半天，也没移动五寸。石头边，还有许多工人，垫石头扶木板，照应着那石将军。拉了一阵，机器似乎也累了，司机的人停止了轮子转动，工人们也休息了。桃枝闲闲地说了一句道："这石头不是紫金山的，是哪里来的呢？"工人道："远了，是香港来的。"桃枝道："哎哟！这样大的石头，由山下拉上去的，已经是这样费力，由香港搬到这里，漂洋过海，那要费多大的事呢？工人道："这样一块石头算什么？这样大的石头，有好几十块呢。"桃枝望着万有光伸了一伸舌头。

二人又向上走，经过宽敞平滑斜的长坡，见两边的陵园，栽的新树漫山而过，越陪衬着这陵墓规模伟大。脚下登着石阶，约莫有一大半的级数了，万有光就微微喘着气。桃枝倒没有什么感觉，带走带跳，一直走到石阶上层的平台，回头望着万有光还站在石阶正中休息呢。这平台四周围着白石栏杆，几十方丈平面，甚是开阔。正面三座陵殿的圆门，高瞻远瞩地开着，门外配着大铜鼎和几个武装卫士，自有一种威严，令人说不出来。桃枝不敢贸然走进去，只在平台上徘徊，许久，万有光才走上来。桃枝笑道："我们进去看看中山先生的石像吧？"万有光取下帽子在手，拿出手绢，只管揩头上的汗，喘着气道："停一停吧。我们去见中山先生，其势匆匆的，乃是大不恭敬。"说时，望了在平台上徘徊的卫士，卫士只管走，却不曾去理会他。二人在殿外休息了一会儿，然后从从容容走进殿去。

殿里四壁徒立，洁净无尘，中间一个中山先生的石像，长袍马褂，手按膝上的图书坐着，真个是又慈爱、又庄严、又伟大的样子。万有光见卫士在门外，向石像鞠了一躬，马上退出。二人走到石栏边，向下面看去，只见平林远岫，一层一层地由西南而来，好像是朝拜那里似的。极远的地方，看不见什么，只有地上的青烟，与天上的白云相接罢了。桃枝道："这个地方，真是不错。天然的风景，在中国或可以说是不难找，这样大工程的陵墓，中国真是不多见。"万有光道："岂但是中国，就是全世界也少有哇！"

桃枝哦了一声，便道："好了，我们再到明陵去玩玩吧。"二人于是下得山来，坐着汽车，向明陵而来。在车上望了一丛郁郁青青的树林，和山混合在一处，那就是明陵。陵外有两支小山岗，向里环抱着，倒也紧凑。但是由这里向明陵的路，却是荒芜的山道，路上杂着碎石与乱草，不像到孙陵的中山大道，平坦光滑，路边也没有新栽的路树和指示车马的木标。路外有些翁仲石马石兽，都七零八落的在乱草里。山麓下一道红墙，开着三个圆门，门外一片乱石子地，几所草棚卖茶，三四辆汽车，零乱地在敞地里摆着。

二人下车进了门，一个长院，倒栽了些花木，两旁舍屋，是个乡学校，游人行走是自由的。再进有个小殿，里面树了一方大石碑，栏杆门朝外关着，里面有两个拓字帖的。那里乱摆着桌椅，乱挂着字纸。转到殿后，有两个古董摊子，摆了些残砖断瓦和大小古钱，仔细一看，竟没有一样是真的。再进是个像，殿门倒敞开着，上面挂了明太祖的像，似乎不大引起人的敬重。殿里摆四五张桌子，桌上现成的干果盘子和茶壶茶杯，殿外还有个烧柴火的泥炉子在烧水。殿门口，并有两张桌子并拢，摆了糖果香烟和风景照片，原来变成茶社了。由这里向后忽然进了一个大圆洞门，犹如城洞，门内斜着向上，又像隧道。出了洞口，迎面一个山峰，树木长得很茂盛，两旁有路可上，就是太祖陵了。桃枝瞻望了一番，摇着头道："明陵我还是第一次来，规模既不见得伟大，而且也有点荒芜了。我觉有点名不副实。"万有光道："清朝也不是汉族，把这个地方还保留着没动，就很对得住他了。在他子孙坐天下的时候，这里当然是禁地，若保持到如今，还有这个样子，总还算是普通中国人依然认为他是个英雄的缘故。"

桃枝听他如此说了一遍，不由得笑了。万有光道："你笑什么？我这话不对吗？"桃枝道："总算是对的。我倒看不出你能发出这样一番议论，你这人总算是不俗。"万有光笑道："何以见得我不俗？"桃枝道："这个你有什么不明白？现在有些人带着女朋友出去玩，那不过做一个由头，其实是带着女人出来谈谈恋爱。你居然不谈这个，只和我讨论英雄豪杰，这很好。游山玩水，本来是高雅的事情，应该就只谈些高雅的事情，像这样子游山玩水，虽然和男子在一处，我也愿意。"万有光道："你真愿意吗？"桃枝哼了一声道："李老板向来不说假话。"万有光道："我打算到西湖去玩玩，你可能跟着我去？"桃枝道："你这是强人所难了，你不知道我在南京唱戏，是离不开身子的吗？"万有光道："唱戏算什么？你一个月不唱，也不过是一百多块钱的包银，你怕没有法子向家庭交账？"说着，将腰下一拍道："啰，全归我担任。"桃枝道："设若我回来之后，人家不再要我呢？"万有光道："像你这样人，哪家能不要你？就算全不要你了，我万有光做事，是不肯害人的，你将来的生活费，这都归我担任了，你看我说话爽快不爽快？"桃枝微笑道："爽快，只怕你这里头，安有一种别的心眼，想把我引到生地方转我的念头吧？"万有光道："李老板，你说这话，是你把自己看小了。要说用这种手腕对付别人，或者是可以的，对于李老板，无论什么手腕，恐怕也是枉然。"桃枝道："若说别人对我弄手段，我倒是不怕。要我和你去，也可以，但是我们要约法三章。"万有光道："哪三章呢？"桃枝昂头想了一想道："现在且不要说，我们到前面殿里去先喝一碗茶，等我把这事想个透彻。"万有光见她大有许可之意，十分欢喜，就和她一路走回前殿来。

到了前殿，喝了一遍茶，万有光又问她有什么条件，桃枝低着声音道："这里还有许多人，怎么能谈这个问题。"万有光也不便一再追问，只得微笑等着。喝完了茶，二人一路走出殿来，快到大门口了，桃枝停住了脚问道："你怎么不问了？"万有光道："我心里是很想问，口里可问不出来。"桃枝笑道："我现在可以提出条件来了。第一无论到什么地方住宿，我们要分房，旅馆签名簿上，你姓你的万，我姓我的李，各不相涉。"万有光道："这是当然。"桃枝道："咦！这样一个重要条件，你倒说是当然，我倒猜想不到。第二那就好办了，就是我要什么时候回来，你就送我回来，你不送也可以，但是给我的川资，要给足了。"万有光道："这尤其是不成问题，我岂有把你带出去，用不给川资挟制你不走之理？"桃枝笑道："你的话太好说了。这第三个条件，那就不成问题了。就是这次所有旅行的用费，彼此各摊一半。当然，我现时拿不出来，暂时由你垫出，只当是借款，将来我有了钱的时候，我完全还

198

你。"万有光不觉哎哟了一声道："这如何使得，我请你出去玩，要你拿出一半钱，我这人未免太不够朋友了。"桃枝道："你若不同意，那就等于租个临时太太陪你，我有什么面子？"万有光想了一想，笑道："李老板的脾气，我是知道的。要成功还不如答应你为妙，我完全容纳你的条件就是了。还有什么话吗？"桃枝道："我没有可说的了。就是我婶娘要多少钱，我不敢断定。但是无论要多少，暂时由你出，将来必得让我归还你。"万有光笑道："是！一定一定。"桃枝笑道："好！我就陪你游一趟西湖，你打算哪一天动身呢？"万有光道："我本来这两天就要回上海去的，只要你有工夫，今天走也可以，明天走也可以，我是无不乐从。"桃枝笑道："你倒无不乐从了，这真是一件奇闻哩。"

如此一说，连万有光也笑起来了。桃枝道："不必玩了，赶快坐车回城，我好和我婶娘去说，结束一切，我们明日就走。"万有光笑着看了她，说不出所以然来。桃枝道："怎么样？你倒有些不愿意吗？"万有光连着哦哦了两声道："我怎么会不愿意？我是喜出望外，说不出所以然来了。"桃枝斜着眼向他望了一下道："没出息的东西！"桃枝这一句话，分明是骂他的。可是万有光听了，有一种说不出来的愉快。桃枝笑道："呆站在这里做什么？走哇！"万有光被她提醒了，这才跟着她同上汽车，一路回南京城来。

到了城里，桃枝要万有光一同送回家。回到了家里，桃枝一头高兴，走进屋去，抓着孙氏的手笑道："婶娘，我要到杭州去游西湖了。你说快活不快活？"说着，连跳了两跳。孙氏见她高兴到这种样子，倒莫名其妙，望了她作声不得。还是万有光站在一边，将经过的情形都告诉了她。孙氏且不答复她的话，拿了一根香烟，在一边坐了抽着。桃枝道："婶娘，你不要想什么心事，我是去定了的，你若是不答应，我也不会再上台唱戏。大概我总不会为了这事，犯什么死罪。"孙氏喷了她口烟道："你同万行长去，我还有什么不放心的，只是你叔叔若不同意，和我要起人来，我怎样去答复呢？"桃枝道："这很容易答复呀！他要留我，并不是要我这人，乃是要我和他挣钱。我虽不唱戏，照样和他挣钱，他也就无话可说了。他若是不答应的话，留着我的人，不和他挣

199

银，也是无用。何况我去玩一趟，为时也不多，不久就要回来的呢。"

万有光道："李奶奶，若是为钱的话，你放心，我和李老板到杭州去，至多也不过两三个礼拜。就算是一个月吧，充其量也不过是三百块钱的包银罢了。这一笔钱，我可以先垫出来。"孙氏道："倒不是为包银这点问题。"万有光笑道："我在上海，还小小有点产业，我决不能为了拐着李老板跑，这些家产都不要。"孙氏笑道："只要万行长肯拐她跑，我们的事就好了。"桃枝道："唉！不要转弯抹角地说，这话我替你说了吧。你是怕我糊里糊涂就这样嫁了姓万的，一去永不回来。其实我不能这样随便嫁人，用不着你担忧。我若是真嫁了万行长，你们算捡着饭票子了，以后要钱的机会太多了，何必在这个时候计较呢。"万有光笑着摇了一摇头道："这简直句句开门见山。"孙氏道："要去也行，我得跟了去。"桃枝听说，打了一个哈哈，笑道："婶娘，你也不照镜子，现在不是你们的世界了。"孙氏红了脸道："这孩子越说越疯，我有什么去不得？多少也可以和你照应一点。"桃枝笑道："我有什么关系，带你去玩一回也可以。但是花钱的老爷们，他是要带一个美人儿在一起，开心作乐，弄一个老婆子跟着，碍手碍脚，那就讨厌万分了。"万有光摇摇手道："这事不必讨论了，请你二位自己商量吧，我晚上再来一趟。"说毕，自坐汽车回旅馆去。

到了晚上，取了五百元钞票，用一个手巾包着，又送到桃枝那里来。她正和婶娘争吵着，一个要赶快上茶楼去，一个是表示决计不再唱戏。二人争论未已，见万有光进房来，孙氏道："万行长，这都是你引起来的，桃枝已经不肯唱了。"万有光且不作声，将手巾包先放在桌上，然后从从容容地，将手巾包解开来，露出一大沓五元一张的钞票。孙氏见他将一个手巾包放在桌上，本来已是很注意。这时见是一大沓钞票，目光更盯住了。万有光指着钞票笑道："我要跟李老板学个爽快，这是五百块钱，只要你答应一声，这五百块钱你就先收过去，以后的事，我们再说。你若是不肯，我也不在南京耽搁了，明天搭早车回上海。"说着，手上将空手绢抖了一抖，做个要收起钞票来的样子。这一下子，在孙氏面前，总算是千钧一发的紧要关头了。

第二十七回

突逢学子来翩翩可喜
善为美人役脉脉钟情

那孙氏见万有光将手绢一抖，大有将钱包了就走之势，连忙站起身来道："万行长，并不是我有什么不肯，我的事，全是桃枝她叔叔做主。他那个脾气，又不大好，设若我糊里糊涂……"万有光笑道："既是李奶奶有为难之处，我们就不必往下谈了，算了吧。"说时，将手绢铺到桌上去。

孙氏连摇着手道："我的话还没有说完呢，你又何必着急？她叔叔不好说话，哎哟，抽鸦片的人还有什么大不了的志气吗？只要万行长能多给他几个钱，大事化小，小事化了，什么大事都带过去了。万行长，你就添几个钱，也不在乎。"桃枝道："君子爱财，取之有道。人家一不是讨我，二不是买我，你凭着什么和人家争多争少？我说明在先的，这回出去用的钱，将来我发了财的时候，我全数奉还人家的。你现在要那么多，就是和我添上一重累。"孙氏望着她皱了一皱眉毛，有一句什么话要说出来，终于是忍回去了，只是望着她而已。

万有光笑道："你二人不用抬杠，若是光为了要添几个钱的话，这没有多大的问题，我添上二百块钱就是了。"孙氏向着万有光满脸放下笑容来，因道："你拿出一万来也不在乎。你既是很喜欢桃枝的，你就再添上五百吧。我这姑娘是无话不说的，我也就无话不说了。你想呀！她和你朋友交情总算不错，有一天她高兴了，她说是要嫁万行长，她马上就嫁的。你想，到了那个时候，我叫天不应，叫地也不应，以后我有什么法子找她养我？我何不趁个现成，就在这时候找上一笔呢？"

桃枝笑着和万有光点点头道："这倒是实话，一个人能说实话，心眼总算不错，你就凑成她所希望的这个数目。这样一来，你固然可以玩个痛快，也像对我下了一笔定钱，以后我要嫁你的话，你就不必再花钱了，多么好呢。"万有光心里，自然是巴不得如此。既是她们说明了，这也好办，因笑道："要是像二位这样痛快，我没有什么不答应的。好吧，我就拿出一千块钱来。那么，你们刚才讨论上茶楼不上茶楼这一件事，那是不成问题了。"桃枝道："上茶楼去唱戏，无非是为了钱，坐在家里，有钱飞了来，这是最称心不过的事，为什么还要去上茶楼呢？你要想我婶娘不疑心，最好今晚烦你的驾，再跑一趟，将那五百块钱，马上送了过来，让我婶娘安心睡觉。那么，我明天就可以陪你走了。"孙氏指着桃枝道："你这孩子说话，简直不替做婶娘的留一点地步。据你这样说，我还成个人，简直是财迷了。"桃枝笑道："光是做财迷，不算坏人，只要不为了钱黑心，都是好人。"孙氏道："你越说我越说出不好的来，依着我的脾气，我大耳刮子打你！"说着，将手一扬。桃枝笑着两手挟了万有光，向他身后一藏，哈哈大笑起来。

万有光是老想接触桃枝而不可能，只要她一挟，万有光身上就是一阵奇痒。所以她也笑了，他也笑了。桃枝站定了，拍着万有光的肩膀道："不要闹了，你回去拿钱吧，我们明天好搭早车走哇。"万有光道："真的吗？"桃枝道："我几时拿话骗过你？"万有光道："好好好，我马上回去预备。"说着，赶快坐了汽车回旅馆去，一面打电话向朋友凑现款，检点行李，款子由人送来了，又亲自送到桃枝处来。到了晚上一点钟，才回旅馆安歇。

这天下午，洪省民和柏正修都不在旅馆，这时回来，听到茶房说，万行长要走，都惊讶起来。赶忙跑到万有光屋子里来，见果然将收拾的行李，做了几捆，放在屋子一边。柏正修笑问道："老万，也受了什么刺激了吗？怎么突然宣告离京？"万有光笑道："不错，我受了很大的刺激。我明天一早就走，已经把在此地的事情，都已经办妥当了。"洪柏二人听了他这话，见他的东西，固然是收拾好了，但是脸上也并没有什么忧愤不平之色，似乎不是受气，似乎又是真要走。都望了他发呆。洪省民道："你明天就要走，李桃枝老板，知道不知道呢？"万有光笑道："她大概也知道，那没有多大的关系。"洪省民笑道："在外面玩笑的人，就是如此，无论男女双方，说得多好，一天男女双方要离别了，就各走各的，谁不管谁。"万有光道："事实上谁也不能管谁呀。譬如我不能为了一个歌女，老住在南京。她在此地有职业，也不能为了和一个茶客不错，就丢了正事不干。"洪省民道："然而你总未免是个薄情的人儿，因为你是说过爱她，什么牺牲，在所不惜的，现在怎么一下子就把人家丢了呢?"万有光只是笑，并不说什么。洪省民道："怎么着，你这样子，倒是很欢喜，不要是不回上海吧?"万有光笑道："什么话都不用问，好在我明天早上就要走了，到了明早，自然也就明白了。二位请各回房间，我明天既是要早走，今晚我总得多休息一点。不必问了，一觉睡醒过来，自然就水落石出了。"柏正修和洪省民又胡猜了一阵子，总也是摸不着头脑，只得回房去了。

到了第二日早上，柏正修披了睡衣起床，一看手表，已是七点钟，万有光若搭早车，那就快走了。赶忙到万有光屋子里去一看，洪省民也是刚来，最奇怪的，桃枝和她婶娘也在这里。柏正修笑道："究竟是李老板和万行长的感情不错，还能够起这样的早来送行。"桃枝望了一望万有光，见他并不更正这话，心中明白，只是微笑。洪、柏二人匆匆洗漱已毕，送了万有光到下关车站，见他买的是到杭州的两张联票，这才明白过来，这一分羡慕的意思，也就不能再用言语来形容了。万有光和桃枝同坐在一间头等包房里，由玻璃窗子伸出头来，向人微笑，只看他鼻子边，两腮下那两道笑纹是深深地印下去，也就得意极了。火车开了，他还看见洪柏二人站在月台上笑呢。

万有光和桃枝对面坐了，桃枝笑道："我看你今天不断地发笑，大概心中是很快乐。"万有光笑道："自然是很快乐，不过我这种快乐，还只有一半的程度，其余一半，还等着你的命令呢。"桃枝笑道："男子们都是这样，得一步进一步的。刚刚到了第一层，又想第二层了。"万有光笑道："人的欲念，本来是没有止境的，但是牵涉到男女问题上面的时候，却有一个最高点，到了那个最高点，就不会再进了。"桃枝道："这个最高点，是不能一跳就上去的，越慢越好。"万有光道："那为什么?"桃枝道:"因为到了最高点,不能再进,闹得不好,就要向后退了。"万有光听说,也点了点头。二人说说笑笑,都很快乐。万有光固然是有点如愿以偿,就是桃枝现在不负什么事业上的责任,放心游历,也是很痛快。

这火车由南京到镇江,人慢慢拥挤,万有光这屋子里,加进来了两个客,他只得把自己的座位腾出,和桃枝坐在一张椅子上。到了常州,人更是多,屋子里又加进了两个人。这样每站增加,到了杭州,屋里已经是十个人了。在椅子上无地位的,将小箱子放在房间门口,人坐在箱子上。桃枝靠了车窗坐着,既不便和万有光当了人谈什么心事,久看风景,身子转过去,也是不舒服。久而久之,坐着有些倦意,便靠了车壁沉沉睡去。但是火车震动着,她不能支持原来的状态,慢慢将身子斜过来,她的头,就枕到万有光的肩上来。她虽是不自知的行动,万有光同得了一种美差一般,心里得意之极,身子一动也不敢动,怕是会把桃枝惊醒了。

只在这个时候,房间门口有个少年,走过来又走过去,不住地向屋子里打量。万有光正沉醉在甜蜜的幻想里,只是构思,哪里有空顾虑到房间外去。那个少年走来走去了几趟,究竟是忍耐不住了,就在门外叫了一声叔叔。这一声叔叔的声音,万有光很是耳熟,抬头向外一看,原来是他的侄子万载青。他是苏州一个大学里的学生,家住在杭州,常是苏杭沪三头跑。叔侄二人,一年不容易见面两回,今天不图在火车上遇到了。万有光因事出于意外,不觉哈了一声,身子跟着起了一下,把桃枝也惊醒了。桃枝一看那少年,约莫二十岁上下,穿了一件浅蓝色的软面绸夹衫,在衣襟上插了一支自来水笔。脸子雪白的,虽然略瘦一点,然而清秀眉毛,配着炯炯有光的一双眼睛,足可以代表英气勃发的青春之美。他戴了一顶米色的细呢帽,略歪着,露出漆黑溜光的头发。他对着万有光半鞠躬,那样恭敬有礼的样子,在门外站着。万有光便介绍道:"这是我舍侄。"又指着桃枝道,"这是李老板。"万载青听说,随手就取下帽子,很客气地向桃枝点了一个头。万有光道:"你哪里去?回上海吗?"万载青道:"不! 回杭州去。叔叔是回上海了?"万有光指着桃枝道："我陪着这位李老板去游西湖，倒可以同车了。"万载青笑道："好极了，赶着我回家，我可以照应一二。"万有光道："不吧！我一个人来，哪里也可以住，有李老板在一处，还是旅馆里好。"万载青只说得一声是，并没有再说什么。万有光皱了眉道："头等车都是这样挤得要命，你有地方吗？"万载青笑道："不要紧，过了上海人就松动了。"说毕，他便和桃枝点了一个头道："李老板，再会。"然后走开了。

桃枝笑道："这是你的亲侄儿吗？倒是文质彬彬的。"万有光道："不很亲，我和他父亲，已经是很疏的堂兄弟了。看他倒是个好孩子，只是他常在各处跑，究竟书念到什么样子，我可不知道。"桃枝道："看那样子倒也是斯文一脉，大概喝有一点墨水。"说着，她倒笑起来了。火车到了上海，坐客纷纷下去，果然这间屋子里，就剩万有光和桃枝两个人。等火车上的秩序稍微安定一些了，万载青然后手提一只小皮箱走了进来，取下帽子，先点了点头，在万有光对面坐下。万有光先道："这位李老板在南京很有名的，学问很好，从前在中学念过书，因为羡慕西湖的风景，约我同去玩一玩。她很客气，一路上的旅费，事先就约好了，不许我会一个钱的东。"桃枝笑道："这也不算什么，何必还要逢人说明呢？"万载青仅仅微笑着，没有下什么批评。一会子工夫，火车上茶房从新泡来三杯茶，送到桌上。万载青先拿了一杯，两手捧着，送到桃枝面前，桃枝只好起身相接。在这二人迎送之间，桃枝却闻到一阵很浓厚的香气袭人。心想，这位少爷，很有些女性化。一个做大学生的人，多少要有些丈夫气才好，怎弄成这娘娘腔？心里如此想着，不免向他微笑。万载青倒像是不觉得，依然很恭敬地在对面坐下。

万有光因为有个晚辈在当面，不便和桃枝说什么，一路之上，只是和万载青谈些家事。桃枝坐在一边，也不插嘴，只是默然听着。但是这位少爷虽然是和叔父说话，对于旁边的人，也不敢十分冷淡，遇到有批评性质的话语，必定将脸掉过来，朝着桃枝，以便她也可插言。桃枝偶然拿出一根香烟来抽，他马上在衣袋里掏出那个白钢自来火匣，按着机子，擦了火送了过去。偶然要喝茶，看看玻璃杯子里大半杯子凉茶，正在踌躇着，他马上跑了出去，叫茶房送开水来。桃枝虽然觉得这人有点浮华，然而在他这样体贴人情的所在看来，觉得也有些地方可取。倒不像初见面的时候那样菲薄他。

火车到了杭州城站，已是十一点钟了。万载青自告奋勇，说杭州地方他是熟识的，马上跑下月台。找好了脚夫，找好了栈房接客的，并代叫了汽车，一直把万有光送到湖光旅馆，又陪着喝茶吃饭。这湖光旅馆开设在湖边岸上，一字通廊的楼房，面湖而开。桃枝和万有光各开了一间面湖的房子，隔壁住着。桃枝这一天半晚在火车上震动着，身体也是十分的疲倦，到了旅馆里以后，身子已是支撑不住。这时吃过饭，见走廊下设有摇椅，她将椅子拖过来靠了栏杆，身子向下一倒，便躺下去。向栏杆外看去，只见北岸一带，灯光照耀，水上下两道白光，隐隐之中，有些楼台山林的影子，面前却有一片混沌的湖光，映带着一些山影。在月色朦胧中，虽然看不清楚，预料着这风景，一定不坏。看了一阵，昏昏欲睡，因为窗户洞开，湖面的风，吹到人身上来，凉袭袭的，有点受不了。正待进房添衣服，却有一样东西，轻轻覆在身上。睁眼一看，原来是万载青把自己一件夹斗篷提了来，替她盖上。他也并不惊动，提着他的小皮箱，悄悄地走了。桃枝心想，男子体贴女子的，我也看到不少，像这位少爷如此体贴的，实在是不多。而且他在女子面前做了事，并不希望那个女子知道，这更是旁的男子所办不到的。

这样想着，睡不着了，披了斗篷坐起来。见万有光正在屋里收拾行李，便走进屋来笑道："你的令侄走了吗？"万有光笑道："大小事伺候一周，他也可以走了。"桃枝道："这人倒没有什么少爷脾气，学问大概不错。"万有光道："学问如何，我倒是不知道，念书十几年了，应该不怎么坏才好。哎呀！你身上披着斗篷，身上凉吗？不如先去休息吧。今天你很累，明天也不必远游，坐着船在湖上游游就行了。"桃枝道："你侄少爷明天还来吗？"万有光道："他倒是说来和我们做引导，其实他不来做引导也不要紧，西湖上到处交通便利，到处可以打听去路。"桃枝道："有人导引，可以省了去打听，那不是更好吗？"万有光到了这时，可不好说什么，只微笑着。桃枝也是感觉到身体困乏，别了万有光回房睡觉去了。

到了次日清晨，桃枝急于要看湖景，披了衣服，走出房来，就靠了栏杆，向外去看。只见眼前的西湖，周围有几十里大的水面，水面上浮起一层白烟，笼罩着全部。在白烟里，隐隐约约露出许多青翠的影子，似乎是漂在水面上的。有些小船，在近处划向远处，慢慢地钻入深烟里面去，由模糊而至于不见。湖烟以外，南北两面的山峰，或高或低，三方包围着，真有些像中国画家画的远山，乃是如有如无的一片青影子。忽然一线太阳光，由半空里射到烟水中，那烟雾慢慢清淡起来，就露出一片水光，全湖也就清楚起来。看着那远山环抱，湖里浮起的湖心亭、三潭印月等处，很有趣。尤其是白堤这道堤，直伸到水中间去，斜斜的一道树木，犹如一条青龙浮在水面。

正看得出神，万载青今天换了一套青哔叽的西服，笑嘻嘻地走了来，远远便是一鞠躬，笑道："李小姐起得很早。真是风雅极了，一起床，就来看风景。"桃枝见他将帽子拿在手上，那极端恭敬的样子，真不能说人家不客气，因笑道："这也谈不上风雅二字，我是为了游西湖来的，昨天来晚了，没有看到，今天起来，自然急于要看看，所以一披衣服就走出来了。令叔还没有起床，到我房间里去坐坐。"万载青点着头说好，就跟着桃枝走进来。一摸桌上的茶壶，还是凉的，料着还未曾泡茶，就赶快跑出房来，叫茶房泡茶。桃枝笑道："万先生，你不要这样客气。"万载青道："不是我客气，因为李小姐从没有到杭州来过，这里各事的规矩，多少和南京上海有些不同。我在此地住家的人，遇事引导，也是义不容辞的呀！"桃枝笑道："将来出去游览的时候，自然少不得要万先生一路去的。"万载青道："一定一定，有什么事，只管找我就是了。"桃枝说着话，扣好了衣服，正待洗脸，万载青却退了出去，而且顺手给她反带上房门。桃枝心想，他一定是猜我有避开人的事情，所以把门带上去了。从来男子们只有沾着女子就不舍得的，像他这样能自己闪开的，真也是不可多得呢。心里如此想着，一个人在屋子里，倒笑起来了。

只在这时，门一推，万有光伸了一个头进来，笑道："你早起来了吗?"桃枝笑道:"你这人有一点冒失,人家一个大姑娘在屋子里,也不定做什么,你怎好冲了进来呢?"万有光向后一缩道:"这是我错了,可是你事先没有声明啦。"说毕,一笑而去。然而在这一点上,桃枝可觉得乃叔不如乃侄了。

第二十八回

游棹夕阳中湖光绘影
并肩白堤上夜色宜人

万有光总把桃枝当个昂头天外的人，哪里知道万载青这一点小殷勤，她竟认为很可欢喜呢，而且自己料着桃枝是个爽直的人，遇事也就由爽直入手，不尚虚伪。但是这爽直两字，在女性面前，总也有不能使用的一天，他就不曾知道了。这时，他让桃枝笑说了一句，却也不放在心上，很自在地回房来漱洗。万载青也陪着他坐到房里来，万有光道："实在你也不必这样客气，昨天你刚回杭州，家里少不得总也有些事情，你又何必今天就来陪我们？"万载青道："叔叔难得到杭州来的，陪着玩两天，那也不算什么。我母亲本要到旅馆里来看你的，我说叔叔朋友很多，他会回家来的，不必去看他，我母亲也就不来了。"万有光笑道："倒是你母亲不来的好，你没有说别的什么吗？"万载青微笑道："我怎能说别的什么呢？我也不能那样傻，不是？"万有光听他如此说，这话的内容，是彼此心照，也就不必多谈了。

漱洗完了，叫桃枝到一个屋子里来，吃过了早点心，便商量着今日的游程。桃枝道："别的都罢了，苏小坟、岳王坟、灵隐寺，这是我要先瞻仰瞻仰。"万有光道："这很容易，正是一条路。我想这三处地方，都是你在鼓儿词上看得烂熟了，所以急于要看看。其实这样子逛，我也同意的。一天一条路，有一个礼拜，从从容容，也就把西湖游周了。"桃枝笑道："这一条路是坐车呢，还是坐船呢？"万有光道："本有公共汽车可坐。但为着便利一点，我还是自己叫一辆车子来坐的好。"说到这里，笑起来道："我这几天非大大地用钱不可，和你拼上一拼。载青，这句话，你大概不懂吧？李老板为人，太君子了。她和我约好了，游湖的钱，她要摊一半，我先垫出来，将来再还我。现在我多多地用，看她还客气不客气？"万载青笑道："叔叔这话，自然是好意，以为多花了钱，李老板现时还在卖艺，当然摊不出来，也就不说还钱的话了。可是我们在李老板的一方面说来，好像是叔叔故意拼着花钱，拼得她还不出钱，让她永远得着叔叔一种恩惠，让她忘不了。"桃枝听了这话，脸上不免红起一阵。万有光打了一个哈哈，笑着站起来道："那是什么话！我这人未免存心可诛了。李老板可不要信他的话，若是照他的话说，以后游览上花钱，我就不做主，听凭于你就是了。"桃枝笑道："说来说去，全是你一个人的话，我又没作声。"万有光笑道："不过我说的话，经载青这样一研究，好像有点不合适。"桃枝笑道："好像有些不合适，那么，是你自己心虚了。"说了这话，就向载青微笑。万有光觉得她如此一再地见逼，当了侄儿的面，有点不好意思，无别的话可说了，只是笑。还是万载青看到大家都很无聊似的，不便再说笑话了，因道："既要出去游览，自是宜早不宜迟，我们现在可以出发了吧？"万有光也正是要借事收回话锋，也就此忙着吩咐茶房打电话找汽车。

汽车来了，自然是三个人一同坐了汽车出去。他们沿着白堤，逛了孤山、公园、灵隐各处，由里湖的沿山马路回来。桃枝是没有到过西湖这些名胜地方的，自然是看着样样都好。而且万载青对于杭州的故事，是非常熟悉，到了什么地方，都要把一段胜迹表扬一番，桃枝听到更是有趣。万有光究竟是中年以上的人了，回家之后，不免有些疲倦，就躺在床上。桃枝因为不曾逛过水路，就在栏杆边搬了椅子坐着，闲眺湖上的风景。万载青先在万有光屋子里坐了一会子，然后慢慢地踱到长廊下栏杆边来，笑道："李老板游兴甚浓呀！游了回来，还不觉得疲倦呢。"桃枝笑道："我们这样年轻的人，何至于像你叔叔那样不中用。"万载青连忙和她摇着手，又向屋子里连指了两下。桃枝看到，抿了嘴微笑。万载青说着话，也就拖了一把椅子，在她对面坐下。见桃枝向湖外的一些山峰望着，就用手指点着，告诉她，什么地方，是什么名胜。直谈到夕阳西下，方才回去。

到了次日，依着桃枝的计划，只在湖上玩玩，三个人包了一只船，将湖心亭、三潭印月、月老祠，都瞻仰了一番，其次便穿过苏堤，到各庄子上去游览。也不过游览了三四个庄子，桃枝便动议道："今天游的地方不算少了，回旅馆去休息吧。"万有光因昨天游览回去，有点疲倦，惹了桃枝见笑，今天就始终支持一游到晚的精神，绝不肯中途停止。现在桃枝先说要回去，便笑道："今天这是你要回去的，可不要说我不中用了。"桃枝道："原来我们昨天说的话，你都听见了。幸而，我们所说的话，总不能算是骂你。要不然，在人家侄儿面前，骂人家叔叔，说破了，叔侄两方面都有些不好意思了。"万载青听了，不敢说什么话。万有光却说道："这也无所谓不好意思，做侄儿的，自己不骂叔叔就是了，难道还能管着别人不骂叔叔吗？"他说笑着，就毫不为意地坐船回了旅馆。因为时间还早，便和万载青一路，去看看自己的堂嫂。然后别了万载青母子，去拜访杭州几位友人。

万载青见叔叔走了，一人却到旅馆里来看桃枝。桃枝因一人在旅馆里，实在感到无聊，拿了一本西湖指南，躺在睡椅上翻阅。万载青走着离她还有二三尺路，便停止了。桃枝眼光在书上，仿佛身边有人，以为是茶房，也没有理会。过了约莫有五分钟，那个人影子，依然还在那里，桃枝倒以为奇怪，偏过头来一看，才知道是万载青，连忙站起身来笑道："万先生来了，怎么也不作声？"万载青笑道："不是我不作声，因为李老板正在这里看书，我怕胡乱说话，打断了你的文兴。"桃枝笑道："果然是这样，你这人未免太傻了。你想，我手上这一本书，有多么厚？设若我只管向下看，看两三个钟头，难道你还能在一边等上两三个钟头，不作一声吗？"万载青笑道："我也不能那样不知趣，若是李老板看一个不抬头的话，我就悄悄回身转去了。"桃枝点点头笑道："这话若是在别人口里说出来，我是不相信的，现在由你口里说出来，你这洋书呆子，大概可以做到的。"

万载青道："书呆子就是书呆子罢了，怎么还要加上一个洋字呢？"桃枝笑道："这自然有原因的。若是个中国老书呆子，他见了女人，非躲着远远不可，洋书呆子，正在这种人反面，见了女人，总是小心谨慎，好好地恭维人家。就是自己吃一点亏，以为那是尊重女权。这种尊重女权的习惯，都是从西洋来的，你想，这不是洋书呆子吗?"万载青笑道:"不怪李老板是个艺术家，转了这样一个大弯子，归到了本题，原来是我尊重女权呢。"一面说笑着，一面就对着桃枝坐了下来，笑道:"像李老板这种人真是不可多得，就是游湖，还有工夫看书。"桃枝笑道:"我又会用什么功? 这无非是我一个人坐得太无聊，找上一本书看。有人陪着我谈话，我就犯不上看书了。"万载青道:"可惜李老板疲倦得很，要不然，我没有什么事，倒可以陪你坐一只船到湖上去游一游。湖上的夕阳晚景，是比中午的景致更好看的。"桃枝道:"我是为了游西湖才到杭州来的，岂能有好风景不看? 而且坐在船上，和坐在旅馆里也没有什么分别，又怕什么疲倦?"万载青站起身来道:"既是如此，事不宜迟，我们就去。"桃枝见他起身，也就到屋子里去，擦了一把脸，扑了一点粉，然后和他一路走出旅馆门口。

这门外，就是游船的码头，划船的船夫，三三五五，都站在码头上闲谈，见有男女两位向前，这正是绝好的买卖，赶忙围上一群人来拉生意。万载青也不管多少船价，看一只船贴近码头，一脚跨了上来。见桃枝走近前，一伸手便搀着她上了船。船夫见有不讲价的主顾，自然欢喜，一篙子点开了船身，扶起桨来，便向湖心划去。这个时候，太阳斜向西方山头，阳光斜射着水面。靠了保叔山一带的山谷楼台，以及那座玲珑的保叔塔，一齐背着阳光，将蔚蓝色的天，和那半黄半白的云彩，很清楚地倒照着落下湖底去，这湖底也就成了无限深的样子。那些山呀，树木呀，人家呀，也倒着影子在水里。最妙的是天上一群乌鸦飞过，水里也有一群影子过去。风吹水面上，皱起一层一层的浪纹，水动了，水里的天，水里的楼台树木，也一齐摇动了。桃枝看了，不由得拍起手来道:"这水里的影子，实在是好，先前我们游湖，怎么没有看到?"万载青道:"正午太阳正照着水里，阳光逼眼，当然没有现在清楚。而且那个时候，你全副精神都别有所在，自然不会注意到这个上面去。"桃枝笑道:"这话我有点不懂，我是游湖来的，不注意风景，还会注意到什么上面去?"万载青道:"我叔叔……"只说了这三个字，便猛然一顿。原是将脸望着桃枝的，这时却昂起头来，看面前的南高峰。桃枝笑道："你有点不明白吧？你叔叔和我，是金钱上的朋友，一切是无所谓的。"她说着回头看了划船的船夫，也停止不说了。

　　彼此默然了一会儿，万载青才笑问道："这次你打算在杭州耽搁多少时候？"桃枝道："我这回出来，把自己的职业，抛到一边去了，玩三天两天，可以回去，周年半载也可以回去。"万载青道："周年半载回去，还能寻到事吗？"桃枝道："根本上，我就不想干我那一行了，我还寻什么职业？"万载青道："不找职业，那要……"说着嘿嘿一笑道："有对手方吗？"桃枝点头笑道："你猜呢？"眼睛向他一溜。万载青道："当然是有。"桃枝笑道："当然两个字，有点不妥！你以为是你叔叔吗？我就是为了在这一方面失败，我一生气，就跑开了南京，现在不成问题了。"万载青道："哦！不成问题了。"说着话，船划近了三潭印月，桃枝和万载青一路上岸来。这里本是上午游过的，现在也不必再游，经过几道曲折的板桥，到了亭亭亭。桃枝笑道："这个亭子的名字太好，我看在这里赏月，那是最妙不过。"说着，靠了亭子依水的栏杆，向水里看去，因道："月亮落在水里，照出这水亭落下去的亭亭影子，真是个亭亭妙影。"万载青道："只这几句话，就不是平常卖艺人所说得出来的。不过我在这里面，还可以加上两句，要带一个亭亭绝世的美人在这亭子上谈心，就不虚度这西湖夜月了。"桃枝笑道："哪里找这种美人去？"万载青笑道："远在天边，近在眼前。"桃枝笑着摇了一摇头道："你也学着灌起米汤来了。"万载青道："并不是我灌米汤，别人眼里看你是不是绝世的美人，我不得而知，若由我的眼光里看去，你的确是个绝世美人。你能不能和我在这儿等着看月亮呢？"桃枝向他瞟了一眼道："你难道不怕你叔叔吃醋？"万载青好像有很难为情的样子，因笑道："李老板说话，就是这样爽直不过，其实这也无所谓，大家不都是朋友吗？"桃枝沉思了一会儿，笑道："晚上在湖面上游来游去，我有点怕。现在天色晚了，我们回去吧。"万载青道："既是你怕，我们就回去吧。而且你穿的衣服也太单薄，不要吹水风着了凉。"桃枝听如此说，没有说什么，向之媚眼一笑。

　　二人离开亭子，到岸边找得了原船，万载青招呼船夫，划到孤山公园门口。船划到时，夜色已是十分的朦胧，回头看到杭州城湖滨马路，已是灯光照耀了。万载青掏出钱来，打发了船夫，让他自去。桃枝呀了一声道："你把船夫打发走了怎么办？"万载青笑道："不要紧，湖滨马路，杭州人叫作旗下，这是到旗下一条平坦大路，时时有公共汽车来往，十几分钟，坐汽车就到旅馆了。不比坐船强吗？这两天游览，都是叔叔花钱，我还没有正式请过你。这里有两家面湖开门的酒馆子，我请你到那里去吃晚饭。"桃枝道："你为什么一定要请我呢？"万载青道："并不是我一定要请你。因为我家住在杭州，你来了，我当尽一尽地主之谊。譬如我将来到南京去的时候，李老板有工夫的话，少不得也请我，那又能说为着什么呢？"桃枝道："你这人真会说话，无论说出什么话来，总叫我不好驳倒你。我就老实些，让你请吧。但是你不要花多了钱。"万载青道："当然不能花钱过多，我是主张请客以能饱为上。办上那些菜，只让客看看，不能下筷子，有什么意思呢？若说借此表现请客恭敬，那就迹近虚伪了。"桃枝点头笑道："你这种办法，倒是很合我的脾胃。"万载青大喜，就把她引到一家酒楼上去，凭窗漫饮。吃着说着，二人的感情，仿佛又亲密许多了。

吃过了饭，二人一同下楼，就在楼下汽车站旁等公共汽车。约莫等了两三分钟，汽车未曾到。万载青道："西湖的白堤苏堤，李老板大概也是闻名久矣的了？由这里到旗下去，正是穿白堤而过。从前白堤是土路，只中间一条石板，春天草长满了堤，在柳荫下走着很是有些画意。现在改成一条柏油马路了，在艺术上的确是差一点，不过晚上在堤上踏月，十分平坦，也有一种好处。在这堤上走，一点不受累的，我们缓步而归，好不好？"桃枝道："看看湖上的夜景，本来是好的，只是路不能多，多了怕我走不动。"万载青道："不要紧，好在公共汽车也是走这条路，走累了，随时随地，都可以搭汽车坐的。"

桃枝经过他这一番解释，也不稍为执拗就沿着湖边的柏油大道，向前走去。过了平湖秋月，踏上了白堤，望着堤里边的小湖，隔着山麓下的一处灯火楼台，水上下照得通亮。虽是热闹，在这幽静的风景中，却是点缀得不合宜。向堤外边看，正好天上一钩月亮，斜斜地在疏星寥落中照着，一片湖光中，浮出湖心亭、三潭印月、谢公墩那三丛树影，如一幅画图。湖那边是南屏山和雷峰塔的遗址，隐约中可以看出在星光下的一带高下影子。那南屏山麓，忽然有一星火光一闪，正是慈净寺的佛火，接着又当当的两三下钟声，隔水听着，在半空里嗡嗡飞着余响，许久未断，这更觉夜色的深沉。这一带白堤，两边是树木，这时节树叶子正密密地堆着，两方向中间推拥着，在头上仅仅是可以露出一线星光来。这堤上虽然有电灯，所幸都让叶子遮蔽着，光也是绿的，倒也不障碍清幽。湖上有点晚风来，吹着水泠泠作响。桃枝欣赏之下，不觉说出了一个好字。万载青道："你是觉得好吗？我想这白堤的夜景，除了步行，是观察不出来的。所以我特意请你吃饭，慢慢地走向这里来。"桃枝道："既有这个意思，为什么事先不对我说明呢？"万载青道："你要知道，若是事先对你说明了，你心中早存了一个风景不错的观念。果然是好的话，也不过合了你的预想。若是风景不好，你大失所望倒罢了，还要疑心我说谎话呢。"桃枝笑道："你这话倒是对了。无论一种什么事，到了你心里，总有一番很仔细的考虑的。"万载青一笑。二人带走带说，为了谈话便利起见，差不多是并肩比步行走。将白堤约莫走了二分之一，后边一阵轰隆轰隆的声音，是公共汽车到了。

万载青回头一看，汽车已经快开到身后，赶快将桃枝的手胳臂一挽，拉到一边来。桃枝也因为汽车突然而来，有点心慌，既是有人拉她，她也就趁着这个势子，向万载青这边一闪，停在那里，等汽车过去。万载青挽住她手臂的那只手，伸了出来，就不曾缩回去。汽车走过去了，他那一只手臂，依然在桃枝胁下夹着。桃枝仿佛不知道有人挽着她一般，就让他挽了胳臂，不去理会，二人再并着肩走。这一道白堤，若是在白天游览，走起未免很吃力，至少也要坐一截路的人力车才对。但是二人说着话走路，就忘路之远近，也不知是何缘故，已经走过了断桥。断桥这里，倒停有几辆人力车，见有人来，都争着问要车不要。万载青只管走，并不去搭话。他不说话，桃枝也不说话，于是二人就这样手挽着手，又在湖滨路上走，一直走到了旅馆门口。万载青才停住了脚，撒了手，笑道："恕我不送你进去。"桃枝笑道："就是你送我进去也没关系。"万载青笑道："固然是没关系，究竟我不好怎样对他说得。他见了你，你含糊答复他，是一个人出去玩的，或者是同我上街吃东西去了，都好，不要说……"他这一句话还不曾说完，那旅馆的楼栏杆边，正有人叫了一声载青。抬头一看，不是万有光还有谁呢？

第二十九回

无可奈何留书权作别
似曾有意置酒即催眠

  万载青一见他叔叔伏在楼口，自然是很不好意思，便问道："叔叔几时回来的？我在楼上等了好久，不见叔叔回来。"万有光道："其实我也回来得不晚啦。坐一坐再回去吧，忙什么呢？"万载青听他的口音，很是平和，不像生什么气的样子，也就硬着头皮，和桃枝一路走上楼来。桃枝一直走到万有光屋子里来，笑道："我在家闷得要死，幸亏令侄来了，陪我出去玩了一趟。"万有光哦了一声，也没有说什么。桃枝自回房去，万载青却陪着万有光坐谈了一阵子。看他那情形，倒并不留意，也就很放心地回去了。

  桃枝在自己屋子里洗罢了手脸，手上捧了一杯茶，很清闲的样子，趿着一双拖鞋，慢慢踱了进来。未曾说话，先向万有光微微一笑。万有光道："你今天很欢喜呀？"桃枝道："不错！我今天很欢喜，你又何所见而云然呢？"万有光笑道："一个人欢喜或者是发愁，这也用不着说，在表面上自然可以看得出来的。就以现时而论，你还没有说什么，脸上已经是笑嘻嘻的了。你想，这岂不是一种欢喜的表示吗？要欢喜就好，出来游历，本来是取娱乐的事情，不喜欢，还要发愁不成？"桃枝在旁边一张椅子上坐下，斜了身子望着他，只管端起杯子，一口一口地呷着茶，脸上似乎有点微笑。万有光却背了两只手，在屋子里踱来踱去。因道："你笑什么，我这话说得不对吗？"桃枝笑道："你的话怎么不对，对极了。但是我笑的另是一句话，不是笑这个。"万有光道："不是笑这几句话，又是笑哪几句话呢？"桃枝道："我曾和令侄说了，他有点怕你吃醋，我说不会的，而今看起来，我的话是对了。"

万有光突然笑着打了一个哈哈，不过这哈哈，不是笑出来的，乃是像说话一般，由嗓子眼里说出来的。桃枝看他这种样子，他虽然不好说什么，已是很激愤的了，便笑道："这又算得一件什么大事，何必这样生气，你以为我很看中了他吗？"万有光依然在屋子里踱来踱去，踱了几个来回，伸出头到房门外去看了一看，然后回转身躯来，沉着脸色向桃枝道："李老板，我有自知之明，是不配谈恋爱的。但是倾慕你这种爽直性格的人，除了我，恐怕很不容易找着第二个。因为现在的人，无论男女，没有哪个不愿人家附和，也没有哪个不愿人家恭维的，唯有我这个人不同，是喜欢人家说实话的。虽然有时候说得很不愿听，但是事后……"

桃枝放下茶杯，两手抱了右腿的膝盖，皱了眉道："你说这些话做什么？不用提了，我全知道。"万有光道："你不要忙呀！我慢慢总要谈上正题的。我不是很爱你吗？所以有什么牺牲，我都是愿意的，花钱更不算什么。至于你是为了我肯花钱，敷衍敷衍我呢，还是真觉我这人不错呢？我都说不定。不过你不爱我，我虽然失望，我是不恨你的。因为我年纪大了，而且又有了家眷。只是我眼睁睁看你去上人家的当，并不提醒你，我是良心上说不过去的。"

桃枝依然两手抱了她的膝盖，笑嘻嘻地听着万有光说话，好像很不在乎似的。万有光道："你以为我这话是张大其词吗？"桃枝笑道："这可是你自己说的，我何尝说了呢？不过你要说万载青的话，我想他年轻人，见了好看的女人就爱，这或者有之。至于我上他的当，漫说他不会把当让我上，就是要对我用什么手段的话，哼！"说着，她的鼻子一耸，又道："我这个人也是不容易上人的当的呢！这个你可以放心。"万有光道："我也知道你不会相信我的话，我只管贡献你一句话，对于他，你遇事要慎重点，已经有人家姑娘，在他手上翻过筋斗了。"桃枝笑道："哦！有人在他手上翻过筋斗了？那么，你为什么先前不告诉我哩？你一早告诉我，我就不和他做朋友了。"万有光道："不是我先前不告诉你，他好歹总是我一个侄子，我岂能无缘无故，见了人就说他的短处哩？要是那样，我这个叔叔，成为什么人呢？"桃枝道："原来如此，

218

那么，多谢你的美意，以后我遇事留心就是了。"万有光道："好！我言尽于此，你自己去斟酌吧。"他说着，依然在屋子里踱来踱去地不歇。桃枝见他脸上，兀自红红的不曾安定，笑了一笑，也就走开。这天晚上，万有光由屋子里踱到廊子外，由廊子外踱到屋子里，始终是徘徊不定。一直到十二点钟以后，桃枝已经上床安歇了，还听到万有光的脚步声呢！

到了次日清晨，桃枝起床，就看到万有光伏在栏杆上看湖景。桃枝笑道："我的万行长，你还生气啦？"说着，也就走了出来，同伏在栏杆上。万有光道："并不是我生气，因为找你和我同一路出来，我眼睁睁看到你去上人家的当，我心里可有些说不过去。但是我想说什么，又怕你不相信。"桃枝一伸手，拍着他的肩膀道："你不要绕着这个大弯子说话，我相信你的话，以后不和他一路出去就是了。"万有光笑道："我也没有那种权力，可以禁止你不交朋友，但是像他这种人，哎……"说了一个哎字，他又顿住了。桃枝笑道："你不用叹气了，我已经明白，你为我是好意，要不然，你何至于整夜地眠不安枕哩！"万有光笑道："其实这也与我无多大损害，但是你不转过心来，我心里总是不安，我也有些莫名其妙哩。"桃枝含着微笑，也不再问。这一天万载青来了，桃枝果然对他冷淡一些，不像之前那样亲热。下午万有光带她去游栖霞洞一带，万载青就没有去。

第二日，二人去游虎跑云栖，万载青也没有跟着。万有光见桃枝能听他的话，心里也是十分欢喜。到了第三天，万有光因为有朋友请吃晚饭，赴约会去了，只剩桃枝一个人在旅馆里。当他在路上走的时候，却看到万载青坐了一辆人力车，飞也似的向湖滨而去。万有光心想，难道他就知道我要出来，趁着这个空子到旅馆去。但是他有一整天没见面，我这个约会，他如何能知道？他也许是路过，向别处去。就是到湖滨去，也不见得到我的旅馆去，那么，是我多心了。自己如此想着，就放心去赴宴会。不过在宴会场上，自己总不能安心吃喝，好像有一件什么事，不曾解决。吃到甜菜上来，上过一道点心，无论如何，也坐不住了，就起身告辞回来。他原坐的是汽车，他为谨慎起见，离着旅馆还有好几家店面，就把汽车停了，然后下车走回旅馆。见了茶房，摇摇手叫他不要惊动，然后缓步走到桃枝窗户外且听听里面有什么响动。一听屋子里的说话，正是一男一女，万载青果然来了。只听得桃枝笑道："你虽然会说话，说得很周到，不过我总要打个八折。"万载青道："这是你听了我叔叔的话受了先入为主的毛病。我想他除了说我靠不住而外，没有别的法子，可以和我竞争了。像你这种有心胸有志气的人，前途正未可限量，何必嫁了他去做姨太太呢？就是为恋爱而牺牲，你也应该研究一下，值是不值？像他这种人，除非对了钱说话，要不然，你是很不值得吧？"桃枝听了这话，默然不作声了。万有光听到，不觉倒退两步。在这一移动脚步之间，不免有点响动，索性放大声音，叫了一声茶房开门。

到了屋子里，桃枝和万载青都过来了。万有光问道："载青几时来的？整天不见你的面了。"万载青道："我也是刚到一会子，到了旅馆我才知道，叔叔吃酒去了。何以回来这样快呢？"万有光笑道："你是刚来的，又不知道我是多早出去的，你怎么知道我回来得很快呢？"万载青被他如此一驳，倒无话可说了。万有光道："我怎么不回来得快？我明天一早就要回上海去，我要回来收拾收拾行李了。"桃枝道："什么？你要走？"万有光半鞠着躬道："对不住！我接到上海一封电报，赶快要走。你是我带来的，我不能不送你回去。请你跟我到上海，我打电报给你婶娘，让她到上海来接你。"桃枝笑道："你哪是接到什么电报，分明是调虎离山计，但是我到杭州来一趟也不容易，我非玩够了，是不走的。你若要在我婶娘面前当面交人，你打个电报叫她到杭州来，也未尝不可以。"万有光道："但是我急于要离开杭州，那怎么办呢？"桃枝道："你先走也没关系，我又不欠债逃跑，你是不会担什么责任的。万一你不放心，你把保护的责任，交给你令侄就是了。有什么差错，让你令侄负责任。"

万有光听说，嘴唇皮都有些抖颤。望了万载青许久，然后问出一句话来道："你都听见了吗？"万载青低了头，只管沉思着，然后用低的声音，答应了四个字，乃是"我听见了"。万有光道："你听见了就好，这一重责任，愿负不愿负？"万载青今天改穿西装了，两手插在西服裤子兜里，斜靠了桌子站着，眼睛望了脚尖，将脚尖点着，身子耸了两耸，笑道："这也无所谓责任。"万有光道："好！我交给你了，没别的话说。"说毕，燃着了一根雪茄，就走到回廊上，伏了栏杆向外看。万载青和桃枝对望着，各无言语，最后，桃枝微笑了一笑道："事到于今，跳到黄河里也是洗不清的了，你就陪我玩两天吧。"万载青望了她，也只是微微一笑。二人坐在屋子里许久，万有光始终也不进来，桃枝向万载青丢了一个眼色，一路到她房间里去。万载青轻轻地笑道："我们说的话恐怕是让他听见了。"桃枝道："听见也不要紧呀。我身子是自由的，我愿和哪个谈恋爱，就和哪个谈恋爱，现在还没有哪种人，可以干涉我的。"她说这话时，声音很大，万有光在外面听到，不觉冷笑了一声。万载青向桃枝笑了一笑，又伸了一伸舌头，低声道："我暂且告别，明早准来。"说毕，戴了帽子，就走了。

这一天晚上，桃枝且不到万有光屋子里去，看他究竟持着什么态度。不料在万有光一方面，也持着很坚决的态度。桃枝在窗子里偷眼看他，见他始终伏在栏杆上，有时进房去，重擦着火柴，来吸上雪茄，有时又进房去倒一杯茶喝，有时又进房去整理整理东西，然而他在屋子里始终坐不了好久，回头又站到栏杆边来。桃枝心想，这个人用情，却也诚挚，索性和他开个玩笑，并不理会他，看他怎么样，等他明天早上要走，才用几句话来安慰他吧。如此想着，就也展被安眠，不再去理会。

次日一早醒来，也不过八点钟，茶房却送上一封信来，上写着"有光留"，不觉心里一跳，问茶房道："万先生走了吗？"茶房道："昨天夜车走的。"桃枝说着话，拆开信看时，上写的是：

桃枝女士芳鉴：

　　仆去矣。一切一切，彼此心照，无待多述。旅馆中用费，已结算清楚，除仆完全代为付毕外，并存柜现洋百元，为做回京川资，尊婶处已电告之，明日可来也。

有光白

桃枝拿着这封信，坐了只是发呆，半晌作声不得。回头一见茶房还站在一边，将信一挥，淡淡地道："你去吧，没有你的什么事。"茶房退出去，桃枝依然呆呆地坐在那里。门一推，万载青进来了。见她一只脚盘在床沿上，一只脚垂下地，就那样坐着。脸盆架上放了一盆水，却是不曾洗动的样子。用手试试那水，已经是冰冷的了，因笑道："什么事，你坐着发呆呢？"桃枝这才跟着拖鞋，将信交给了他，然后自己去洗脸。万载青将信看完了一遍，笑道："我叔叔不愧是个善做投机生意的银行家。这一封信虽是简单几句，可以说字字能打入人的心坎里面去。这叫兵法攻心为上了。"桃枝笑道："你说到你的叔叔，你总是不用好意去推测他的。"万载青笑道："并不是我不用好意去推测他，你看他无论做什么，总要卖弄一下他有钱，这不是很明白的一个证据吗？你和他交朋友的日子，不能算短，他是不是处处卖弄有钱，你当然比我明白，还用得着我说吗？"

桃枝经万载青说破了，仔细一想，万有光可不是处处卖弄有钱吗？和他交朋友之初，就是因为他第一次点了一百个戏，便笑着点点头道："这或者有之，但是我这个人也不是金钱可以买到的。"万载青笑道："你这个人嘛，岂但是金钱不能买到，我看世上可以收买人的东西，都收买你不到，你愿意把哪个做爱人，睡到他怀里去，除非是你自己愿意的时候，要不然是没有希望的。"桃枝已是漱洗完了，正对着镜子梳头发，便侧着眼珠向他一笑道："我看你，也是很颠倒于我的，假使这些东西都收买不到我的话，你又用什么法子来收买我呢？"万载青笑着耸了一耸肩道："我哪敢说这收买两个字，我只有小心谨慎地伺候着你的左右，静等你哪一天高兴来喜欢我罢了。"

桃枝已是梳完了发，在镜子里看看自己的头发，自喜是黑油油的。再看万载青的头发，梳得一丝不乱，可以说比自己的头还光还滑，配着那雪白的脸，极合身材的淡青灰衫，丰姿潇洒，真个是一个美少年，因笑道："你生得这一表好人才，岂能没有人爱慕你，倒要来小小心心伺候一个歌女吗？"万载青道："我怎是一表人才，你有点挖苦我吧？至于女子爱慕我的，也许有。不过我对于女子有个标准，非合了我的标

222

准，我是不爱的。"桃枝笑道："这下面两句，我代你说了吧。合乎你标准的，大概就只有我李桃枝一个，你说对不对?"万载青笑道："固然有这一点，但是你说出来，我也只好承认了。"说着，肩膀微耸了两耸，又笑起来。桃枝道："说不得了，今天要请你陪着我去玩玩的了。"万载青笑道："这何消说，那是义不容辞的。"于是他也就毫不客气，陪着桃枝吃过了点心，尽兴玩了一天，回来之后，已是灯火万家了。

桃枝回到房里将鞋一脱，盘腿坐在床上笑道："今天由一清早玩到这个时候，实在有些疲倦，你请回府，我要睡觉了。"万载青道："难道你晚饭也不吃，就这样睡下去吗?"桃枝道："我想睡得安适的话，比吃饱了还要快活呢。"万载青道："虽然如此，你总得吃一点东西。现在图着休息，急急忙忙地睡了，到了半夜里，肚子饿起来，我看你怎么办?"他说着，就跑出房去，吩咐了茶房一遍，进来笑道："我陪你吃过了饭再回去，你尝过杭州火腿没有?"桃枝随口答道："没有吃过。"万载青笑道："我去买一点你来尝尝。"说着，匆匆地出去了。他去了约有一个钟头，才买一包零切的火腿回来，同时，茶房也就开着饭进来了。菜碗放在桌上之后，却比平常多两个酒杯和一瓶酒，桃枝坐到桌边来，拿起酒瓶摇了一摇笑道："酒倒罢了。"万载青道："酒是活筋骨的，你不是浑身疲倦吗? 喝一点，让浑身筋骨活动活动也好。"说着，便向两个酒杯子里倒了两杯，先端起杯子呷了一口，笑道："酒味很好。"桃枝本来也能喝两杯，端起酒来闻了闻，有些儿药味，乃是五加皮酒，于是和万载青对饮了一杯。

万载青自己斟满了一杯，且不斟桃枝的酒，摇了一摇酒壶，笑道："这一壶酒，也只好有三两，两人喝，哪里够，我叫茶房再来一壶吧。"说着，拿了酒壶，就向房外走。桃枝连忙叫住道："不必，不必了。"然而说这话时，他已走出房去了。他在身上掏出了一个小纸包，解开来，将纸包里东西，很快地向酒壶里一倒，然后又用力将壶摇动了一阵，这才笑着走进房来道："我看你的量也很好，何至于这样怕酒呢? 既是不添酒，这壶里酒不多，你一个人喝下得了。"说着，拿过桃枝的杯子，又把酒壶摇了一摇，然后向她杯子里倒将下去，倒完了，也不过一杯的九成，便笑道："这一点酒，你是无可说的了，我们各人一口，同干了吧。"说时，便将酒杯递到桃枝手里，接着，自己端起杯子来，就一口喝干了，而且向她照了一照杯。桃枝一看是大半杯酒，也没有什么关系，也就举了杯子向口里一倒，咕嘟一声喝下，也照了一照杯，笑道："五加皮这酒，究竟是药浸的，有点辣舌。"万载青也就微微一笑。桃枝端了饭碗，只扒了半碗饭，便觉头昏沉沉的。于是放下筷子，一手搁在桌上，撑了头，皱着眉道："我喝醉了。"万载青道："笑话，喝一杯半酒，怎么就会醉了？"桃枝把饭碗也放下了，两手捧着头道："我是真醉了。"万载青道："我不知道你的量这样小，要不然……"万载青一句话不曾说完，桃枝已是两只手臂横伏在桌上，头枕着手臂晕过去了。

第三十回

床下负荆时见机而作
湖边聚首处有约不来

桃枝这一顿大醉，直醉得人事不知，酒醒过来，已是万籁俱寂，西湖的夜色很深了。自己睡意蒙眬之中，也不知如何脱了衣服，如何睡在床上。慢慢地清醒，追想着醉前的情景，仿佛身边有一个人。她一翻身，那人立刻下床，桃枝摸着挂在床上的电灯门子，只一按，便见万载青只穿了小衣，站在床前。他在灯光下，脸上表示出很惭愧的样子，伸手握住她的手，俯着身子，低声道："请你原谅我，我实在爱你太深了。"桃枝将他的手使劲一摔，突然坐了起来，睁了眼睛，望着他，两只手却不住地向后抚摸着头发，板着脸，一声不言语，胸中怒火如焚，只见她胸脯子一起一落，口中不住地喘着气。

万载青一看事情不妙，不觉双膝一屈，就跪在床面前，垂了头道："我这事对你不起，但是你可以原谅我，我是出于至诚地爱你，才这样地来亲近你。我以为你也是很爱我的，所以我就鲁莽一点。"桃枝喘着气，低声地道："我以为你是这样人面兽心的骗子吗？不错，我也不是处女，但是谁要用不正当的手段来侮辱我，我是把他恨入骨髓的。"万载青道："求你不要恨我，我决计娶你就是了。"桃枝道："哼！你娶我？"万载青见她不快的情形似乎减少了一点，索性跪在地下，不站起来。桃枝呆坐了许久，才道："我本要喊叫起来，大家都没有面子。而且我又是个歌女，无论怎么说，人家也不肯相信我是一个规矩人。你也不必这样假惺惺，到那张睡椅上去睡。有什么交涉，我们到了明天清早再办，免得这夜半更深，惊动了旅客。"万载青道："只要你不追究，你无论说什么话，我都肯听。"说毕，站起身来，垂头丧气地自向睡椅上去睡。

桃枝坐在床上，发了许久的呆，然后又趿着拖鞋下床，坐在椅上，抽了一根香烟。万载青闭着了眼睡，却不敢作声。桃枝见他只穿一身小裌裤，赤着一双脚，侧了身子睡在那里，于是在床上抽了一条毯子，向他身上一掷，叹了一口气，也就睡觉了。万载青原不曾睡着，有人掷了毯子到他身上，他岂有不知之理，听到桃枝上床睡了，便睁开眼来看了一看，见她倒着身体睡下去，似乎睡得很安稳，这绝不可以说是还在生气的了。因之从从容容坐起来，牵着毯子，将身子盖了。在这样一睡下去，桃枝也就把电灯给拧息了。万载青轻轻地喊了两声李老板，又喊了几声李女士，她都不曾理会，然而也不像以前那样恶狠狠地骂了出来，这可以知道她心平气和多了。当时万载青就连道歉带许愿，说了许多话，在黑暗之中，直说到窗户上发白，还不曾停止。桃枝起床以后，他倒睡在床上睡着了。万载青起来的时候，已经是上午十点钟了。桃枝斜躺在一张沙发上，拿了几份上海报看，却没有说什么，望了他一望，依然去看报。万载青道："我们昨晚上，不是已经讲和了吗？怎么这时候，你又像是要生我的气的样子？"

桃枝鼻子里哼了一声道："我跟你讲和？你完全说的是一些鬼话，不过骗骗人罢了。"万载青道："我决计不能骗你的。我现在又想好了，我们可分三步进行，第一步，等你婶母来了，我们一路到上海去结婚。第二步，我们一路回苏州去，组织小家庭，先给你在学校里弄一个旁听生做。第三步，是一切都办妥当了，然后写信通知家里，木已成舟，不怕我母亲不答应。"桃枝道："据你说，自然是很有道理，但是我总不相信，你是有财有势的人家，未必肯讨一个歌女做原配的老婆。"万载青道："我父亲也不过做过几任财政厅长罢了，也不算有财有势，而况我父亲又死了呢。我母亲只生我弟兄两个，我兄弟还小呢。你在我学校里，做了旁听生，我母亲怎会知道你是歌女？我叔叔若告诉我母亲，他自己先不正经起来，我想他未必有那胆量吧？"桃枝道："据你这样说，就一点没有问题了？"万载青道："自然是一点没有问题，若是有什么问题，我也不敢太鲁莽。"说时，又向了桃枝笑。本来经他赔了一晚的

226

罪，桃枝已是不怎么生气了，现在他又说出一个很有办法的步调来，桃枝更觉心平气和，因点点头道："大概我婶娘今天不到明天到，我就看你怎样向下做去就是了。"万载青笑道："你就看着吧。"说到这里，他二人的事，总算告了一个段落。

万载青穿着那紧合身材的衣服，漆黑溜光的头发，梳得像乌缎子一般，齿白唇红的，又现出那蔼然可亲的样子来。他漱洗完了，什么事也不忙着办，先倒了一杯茶，双手递到桃枝手上，然后又递了一支香烟到她手上，擦了火柴，弯腰送将过来。桃枝本来有点喜欢他，昨晚上的冲突，也是脾气发了，不可遏止。现在一想，自己本来是愿意嫁他的，在这一个嫁字上看去，无论他有多大的罪，也是不必计较，因之经他小小心心伺候一遍之后，心里又坦然些了。万载青陪着她吃过了午饭，依然还是出去游历。

这一天游历的情形，较之前几天，当然又是不同。回旅馆之后，万载青不必再劝桃枝喝酒了，桃枝在灯光下见他那种楚楚少年，也少不得有两分醉意。万载青更是善于察言观色的人，见桃枝的脸上微微泛出两片红晕，并不下逐客令，更是低声下气地陪着她。她默了一会子，叹了一口气道："总算你的魔力大，把我都制服了。我向来的脾气，哪个要欺骗了我，我是至死也不饶他的。但是对于你，我总不能够十分固执，这是什么原因，我真说不上了。"万载青笑道："你如此用情，我又何尝不是用情很纯洁，不肯乱来的。对于女子，不但我看不起人，而且人家要找我的，也不止一个两个，我总是淡淡地对付她。人心都是肉做的，有几次，自然也不免陷于情网，但是那对手方，久而久之，总是露出她的弱点来，于是乎，我的信仰心，也就打破了。只有我对你，不知道是何缘故，一见就着了迷，无论你如何地对付我，我总是爱你的。你说不知道我有什么魔力，把你制服住了，但是我也不明白你有什么大魔力，把我制服住了。"桃枝微笑道："你实在会说话，把我灌你的米汤，又加倍地做得浓浓的送还了我了。"万载青笑道："怎么着？你也肯灌我的米汤吗？"说时，便挤到桃枝一张椅子上来坐着，握住了她一只手，在自己脸上靠靠，又吻了两下。桃枝虽然是不惯此调，然而看到那风流文雅的样子，实在也不忍拒绝过深，只好由他。

万载青见她手指上空空的，就把自己手上戴的一只白金戒指，取了下来，轻轻地向她手上一套。她笑道："你送我这样的重礼吗？"万载青笑道："这就算重礼吗？比较点一百个戏的大礼，又是哪一样重呢？"桃枝道："我不是说礼物在金钱价值上分厚薄，我是说来路上分厚薄。我看你这白金戒指，怕是由女朋友那里传过来的吧？"万载青笑道："那也好，就是照你这样说吧，你想女朋友送我的东西，我都转送给了你，那么，我待你如何呢？"说毕，又吻了一吻她的手。桃枝道："你既送了我的东西，我也不能不送点东西给你，免得说我白收下你的东西。"说着，她就伸着手在怀里掏摸了一阵，摸出一根蓝色丝绦来。这丝绦下，系着一块秋叶的玉牌子。于是由颈子上取了下来，交到万载青手上，笑道："这样东西，虽不值什么钱，是我祖传的老古董，母亲留给我做纪念的，我有一点私愿，非到那种程度，是不送给第二个人的，你看我待你怎样呢？"万载青听说，大为欢喜，见窗帘是敞的，把它牵着掩盖起了。茶房在这时候，本提着开水壶来冲茶，在门外听到屋子里一阵嬉笑之声，依旧提了那把开水壶回去了。

这天桃枝和万载青只随便玩了两处，依然回旅馆来商量终身大事。到了晚上，孙氏果然由南京赶来了。桃枝一介绍之下，让孙氏住在隔壁屋子里。孙氏看桃枝那种情形，也就明白了十之八九。将桃枝拉到一边，问了一问万载青的家世和为人，桃枝说是大体都可以满意。孙氏本已挣了万有光一笔钱了。桃枝现在能找这样一个年少貌美的丈夫，而且又是做原配夫人，岂不是好？当时只提出请万载青随便拿出几个钱聘礼，也就算了。万载青一点也不吝啬，开口便应给一千块钱的聘礼。孙氏听了此话，更是无话可说的了。万载青又不像万有光那样托大，见了孙氏，左一声伯母，右一声伯母，亲热异常。次日，和桃枝陪着孙氏游了一天湖，又买了一些杭州绸缎送她，她更是欢喜，无甚可说的了。

当万载青去买东西的时候，她陪着孙氏在湖滨马路散步，见一个西装少年身上挂了一个小照相匣子，手上又提了一个小的照相匣子，笑嘻嘻的，沿着水边上走。桃枝正有点奇怪，一个人为什么带两个照相匣子？孙氏一指道："唉！那不是李太湖先生？"那人的眼光本来都完全射在湖上，这时猛然一回头打个照面，他惊讶地叫了一声道："李老板，你怎么到杭州来？"桃枝道："哎呀！果然是李先生，你怎么到杭州来了？"说着，跨过公园和马路分界的铁链，就迎上湖边来。李太湖见身边有张露椅，请她坐下，笑道："这真是想不到的事，我们会在杭州会面。你怎么来了？"桃枝笑道："一言难尽，你住在哪里？我们慢慢地谈吧。"

李太湖将照相匣子放在露椅上，两手向裤里一插，比齐了脚尖，抬起脚后跟，身子向上颠了两颠，笑道："人的穷通，那是难说的。我在南京照相的时候，那种蹩脚的样子，人家看我未必有什么发展的机会。我因为人家瞧不起，连自己也有些疑心不会有什么成功的。不料我的作品，送到东方摄影会去比赛，倒得了头奖，凭空挣得一万块钱了。"他二人说话的时候，孙氏远远站着，这时突然向前一追，笑着向太湖道："恭喜恭喜，原来李先生发了财。现在好了，可以……"太湖笑道："可以什么？"孙氏顿了一顿，笑道："你心里明白的呀！现在可以去讨小香了。"太湖笑着摇了一摇头道："我恐怕她更不会嫁我的了。"孙氏、桃枝不约而同地问是什么缘故。太湖道："这很容易明白的。以前我穷的时候不嫁我，我认为不是嫌我穷，是根本不爱我。现在我有了钱就嫁我，那倒可以证明她是看了钱说话了。我想她要证明她……"桃枝笑道："李先生，你这话不能向下说呀！你是极爱她，什么牺牲都不在乎的，岂能用这种俏皮话来报复她呢？你有了钱，你应当更爱她，才是你有情人应持的态度呀！你不是为了失恋出来奋斗的吗？你已经发了财，你必把她讨过来，才算是挣回这口气，才算是大成功呀！"太湖笑道："这话有道理，我不如你这样大量了。你到杭州来，是不是为失恋出来奋斗呢？有成功的希望没有？"桃枝向孙氏一望，脸又一红，微笑道："我的事……哎！不久后你自知。"太湖道："你住在哪家旅馆里？我去看看，我们长谈一下子。"桃枝眼珠一转，笑道："不，你发了财了，我要看看你住的旅馆怎么样。"太湖笑道："怎么样？你怕我说的不信实吗？好！我就带你去看看。"于是在前引导，把她引到一家三层楼面湖的大旅馆来。

这里正是湖滨第一家大旅馆,引进了一间面湖的大屋子,首先便看到屋子靠墙,两口红皮大手提箱。桃枝微微一笑道:"李先生,你的朋友,现在不能笑你买不起胶片了。这回到西湖来照的成绩怎么样?"太湖笑道:"自然是拼命地照呀!"桃枝接着又闲谈些湖上的风景,始终不提到水村的事。太湖本来想问两句,又因她有婶娘在当面,有些话怕不好说,只得忍耐着。桃枝和孙氏,坐在靠墙的两把沙发上,太湖隔了屋子中间一张方桌子,坐在她二人对面。手伏在桌上,身子摇撼着,很悠闲的样子,不时地向桃枝浑身上下打量。桃枝先是故意避过脸去和她婶娘说话,这时见他老望着,便笑道:"你这个老实人,现在怎么也调皮起来,只管看我做什么?"太湖道:"我看你越发长得漂亮了。我想在杭州和你照个相作为纪念。"桃枝摇摇头,鼻子里哼了一声道:"你不是为这个,好像你要侦探侦探我的行动呢。"太湖连连摇着手道:"不敢不敢!不过我看你李老板的神情,有点和在南京不同。"桃枝笑道:"是更过得浪漫一点了?"太湖道:"不!正是在浪漫的反面,斯文多了。"桃枝听说,望了她婶娘微笑,因道:"李先生,你大概有好些话问我,我也有好多话告诉你,你什么时候离开杭州呢?"太湖道:"我在杭州,本想多耽搁几天,但一想到南京那几位穷朋友,一定也是不得了,我想赶了去,送几个钱大家用,我明天就走。"桃枝道:"那么,晚上六七点钟,我来看你,我一肚子委屈,要在你面前吐一吐。"太湖道:"那我是很爱听的。若是有用我帮助的时候,我尽力帮忙。"桃枝听说,又是一笑,没有什么话说,便告辞走了。

太湖伏在楼栏杆边,望着桃枝孙氏在马路上步行西去,似乎到她的旅馆,并不很远。心里一想,这很奇怪,她为什么对于住址保守秘密,不让我知道?这里面绝不能毫无缘故吧?屡次看了她婶娘,又屡次带着含羞的态度,莫非她已和水村言归于好了?不能不能!她果然和水村言归于好,她一见面,就当告诉我,何至于藏头露尾。大概是和那个银行的行长,同到西湖幽会来了,所以见了我,总有些不好意思。然而那个行长,对她自是鞠躬尽瘁的,她跟了他来,受着金钱的压迫,也是难怪，不见她婶娘跟着，寸步不离吗？自己如此纳着闷，却是猜解不透。好在桃枝约了晚上六七点钟来的，且等她来了，看她说些什么。因之自己也不出去，闲着无事，拿了一张白纸，用一支铅笔，列一个万元用途支配表消遣。自己计划着，送朋友一千元，置房产三千元，买书两千元，存银行流动金两千元，除了自己耗费而外，还有一千多元，不知道如何去用好。然而没有家室，要房产何用？没有房产，要书到哪里摆，难道把现在这九千多元，就如此存在银行里，东飘西荡的，把它用完算事吗？这一个表，拟得又完全不合用了。若是真照桃枝婶娘的话，到南京和小香结婚，那么，要派两个人的用途，不能买两千元的书了。闲着无事，心里想着，手下列表，直待有点倦了，一看手表，已是八点钟了。到八点钟的时候，桃枝还不见来，她已是失了约，她不像以前一样，说什么时候相会，就是什么时候相会了。不过她说有一肚子委屈要吐一吐，我且看看她要吐些什么。又静静地在旅馆里等候了一小时。然而飞鸿渺渺，却是毫无踪影。

太湖料得是不会来的了，也就展被安息。原来预定次日，坐火车上南京的，只好再等一日。次日上午，又等了半日，依然不见桃枝到来。太湖烦闷不过，心想，她总也不过是在沿湖一带旅馆住着，我就一家一家地访问着去，总也会把她访问出来。如此一想，就一家旅馆也不间开，逐一地访问去。也不过访了五家旅馆，最后访到湖光旅馆，只见那旅客姓名牌上，三十六号房间，记着住客万有光，三十七号房间，记着住客李女士，下面注着由南京来，是游历性质。这情形毫无疑问，是那位万行长带着桃枝住在这里了。不过两个人住两间房，多少还可原谅，便向柜上打听，万行长在家没有。账房说，早三天走了，这房子是他侄子住着。但是他和那姓李的歌女，今天早上也走了，听说是到上海去结婚呢。太湖问账房怎么知道，他说是那个歌女婶娘说出来，她笑嘻嘻的，很得意呢。太湖这才如梦初醒，桃枝说昨天下午六七点钟相访，不过是句遁词罢了，这女子完全变了态度，以欺诈为能事了。自己倒被她骗着在杭州多等一天，人心真难说，他叹息一番，回旅馆收拾行李，即日就搭通车回南京去，关于桃枝的行踪，也不愿再研究了。

第三十一回

卖画受饥驱忽成上客
解囊壮醉色更遇高人

当太湖要到南京来救济水村和新野的时候，果然水村和新野穷困得不得了。秋山的夫人又非常地热心，每日由医院里跑回来一趟，看于莫二人是否挨了饿。于莫二人因秋山的病刚刚有了一些转机，究竟也不愿因自己这两餐不相干的伙食，再让秋华分心，因之索性昼出夜归，各到外面去混饭吃。新野究竟还有几个朋友在南京，东扰一餐，西扰一餐，倒也不发生大问题。

水村于韩求是走了以后，却是一个在京朋友都没有的人，这可不能不另寻生路。于是把自己画着剩下来的一些稿纸，连着笔颜料，收一只藤篮子完全装了，随身带着，提了在大街上走。到了夫子庙，和茶馆商量着，借了一副桌子板凳，就挨着人家粉壁墙，陈设下来。伏在桌子上，随便画了几张花卉翎毛，用几个图画钉子，钉在砖墙缝里。另外写了几张纸条，贴在墙上，写着每小张画稿五角，大张八角，指定画山水人物者，价格另议。自己坐在这里无事，临时也就画上两张。然而夫子庙这地方，虽是很热闹，但是来往游览的人，却不见得有几个美术赏鉴家。所以他接连摆了三天的画摊子，一共只卖了一块五毛钱，仅仅的只能敷衍两餐伙食。他心里一想，如此做生意，已经没有什么意思，假如遇到刮风下雨，不能摆案子的时候，这更陷于绝境了。这样看来，在夫子庙摆桌子卖画，完全不是办法，只有将画稿拿在手上，满街满巷去游览，或者可以撞上一两个知己，也未可知。因之到了第四天，就不在夫子庙摆设画案了，自己将一叠画稿，用两根木棍夹住，用一只手提着，在巷子里走着。

无论卖什么东西的，都可以叫出一个名堂来，但是无论哪个都市上，没有满街卖画的出现。既没有卖画的满街吆喝过，自己又如何吆喝得出来，因之也只好手提着画夹，垂了头挨了人家的墙走路。似乎在路中间抬了头走，就有些不好意思似的。这样静悄悄地在街上走，自然不能惊动人家屋子里的人。就是在街上遇到了人，人家见他手上拿着画，哪里又知道是卖画的呢？所以水村以为改了一条道路，必然可以做些买卖，不料事实适得其反，却是跑了一天的路，一个主顾也没有找着。身上只剩下一角多钱了，中午肚皮饿了，只买了几个烧饼吃。

　　到了下午，不过剩有几个铜板了，一餐晚饭，看看要没有着落，心中未免有些着慌。仔细想起来，还只有回夕照寺去吃一顿煮北瓜，比较是靠得住的。如此想着，那脚步，就走一步顿一步，脸上的颜色一阵比一阵沉郁。自己心想，偌大一个南京城，就没有我的混饭之所，未免太不容人了。唉！这也不怪南京社会，谁又要叫我不学一点应付社会的技能，倒干这些毫无价值的艺术呢？心里一层一层地向下推想着，想到了最后，脚步缓缓地有些提不起来，简直就靠着人家的门框站住了。一人站了许久，昂着头看看人家墙上的太阳，正斜照着最高的一小截，已快到日下西山了。望了一望太阳，一只手伸在袋里，摸了一摸袋里的几个铜板，一人摆着头叹了一口气，自言自语地道："这是活该饿死。假使我不学这一门子鬼画，挑水也可以混饭吃吧。"正在他说到挑水这一句话，恰好有一个挑江水的，挑了两个木桶子，挨身走过去，一回头笑道："你先生倒愿意挑水吗？"水村笑道："挑水怎么样，这也不是什么下等职业啊！"但是他肩上挑着有水，走起来很快，在水村说完这一句话的时候，他已经将水挑进人家屋子里面去了。水村并不曾留意这人的行动，依然在门框边靠着。

　　不多一会儿的工夫，却走出来一个六十上下年纪的人，穿了蓝绸长衫，蓬乱着苍白的头发，像是一个老年念书的。他似乎有件很要紧的事情要找寻，在大门里冲了出来，昂头就向远远的地方看去。后来猛然回头，看到水村原来站在身边，首先所注意的，就是他手下所拿的一叠画稿，看看画，然后又向他浑身上下打量。水村不料这位老先生如此注意，倒是一个卖画的好机会，因之将画稿用手抬了一抬，笑着一点头道："老先生，你买一张画吗？很便宜的。"那老先生将画拿起来，看了看，第一张便是《芦雁图》，七八片长芦叶当中，藏着一只孤雁，全幅只有一点石青赭石配着水墨画的，很是清雅，因问道："很便宜的，要卖多少钱一张呢？"水村道："只卖五角钱一张，倘若老先生能多买几张的话，我还可以便宜一点，只要能够比纸钱贵点，我也就卖了。"那老先生索性把画稿一齐拿过去，逐张看了看，便向水村点点头道："大门口也不是说话之所，请到里面来说话。"说着，他伸了伸手，就谦逊着让水村先走。水村见老先生如此客气，料着是买卖做成了，心里一喜，就跟他一路走进去。

这老先生一直把他让到一所很古雅的小客厅里来，拱了拱手让他坐着，笑道："你阁下的画确是不错，何以卖得这样的便宜呢？"水村笑道："本来画得就不好，怎么敢向人家要大价钱呢？"说话时，已经有仆人送上茶烟来。水村看这样子，总是一个贵族式的人家，南京地方，有了这样的人，当然是个官，因拱手笑道："请问老先生贵姓？"那老人点头笑道："我叫余菊人，平常也会涂两笔，刚才听到挑水夫说，大门外有个穿西服卖画的，我心想，这不应当是走江湖打秋风的角色，所以我急于跑出来看看。算是我猜得不错，阁下的作品很好，我却要问一声冒昧的话，但不知阁下何以这样埋没了？"水村笑道："这也无所谓，艺术这样东西，是人生拿来调养性情的，有人说值钱，就值钱，没有人说值钱，就不值钱，哪个又能在这里面悬上一个一定的目标呢？"

余菊人和他对面坐了，又向他浑身上下打量了一番，点头笑道："一定是的了。"因一抱拳道："兄弟再说一句冒昧的话，阁下可认识一个颇懂文学的歌女？"水村被他这话一问，脸上一红，心里也有些奇怪。心想，这一件事，他何以也知道？犹豫着笑了一笑道："这也无所谓的事，能听过几回清唱的人，大概都认识一两个歌女。"余菊人道："不是如此说，我听到一个老朋友告诉我，有一个歌女拿了五六十张无名氏的画稿，托人到处求卖。我这老朋友一看之下，赞不绝口，这原是在朋友手边看到的。及至和那歌女相逢，当面论价的时候，歌女说是卖画的人有了钱，现在不卖了。我那朋友问画画的人姓甚名谁，她又不肯说。我听了这话，心里自然是很奇怪。所以挑水的说是大门外有个卖画的，立刻就引动了我的好奇心，非赶出来一见真假不可！现在我和阁下见面了，我想所说的那个人，一定就是阁下。"水村想了一想道："这话虽有点相像，但是我并不曾托人去卖画，不过我自画了一些东西，送到书纸店里去卖，事倒诚有之。"余菊人道："这里头也许有其他的缘由，不去管他。阁下看我总不是一个一窍不通的人，能不能够把尊姓大名告诉我们？"水村原是坐着，于是起了一起身子，表示一点歉意，然后笑道："一个人落到沿门托钵了，似乎也可以不必去到处留名了。"余菊人笑道："这样看起来，你一定是严老先生说的那位画家了。说句不知高低的话，我们总也算是斯文同骨肉，又何必那样见外？难道我们这种人，就不配问问高姓大名吗？"说着，就用手摸了一摸颔下那清疏的胡须。

水村一想，这位老先生总算是一番好意，人家再三地相问，简直不理，也未免拒绝过深了。这样转念一想，就对余菊人笑道："不瞒老先生说，那个歌女果然是我的好朋友，只因她中途变心，所以我恨极了。"因之，将自己的姓名职业以及和桃枝认识的经过，略微说了一说。余菊人摸着胡子笑道："这就难怪了，大概她拒绝人家来买你的画的时候，就是她和你伤了感情的时候。本来多少站在知识阶级里面的人，还不知道艺术是什么东西，而况不过颠倒在衣食金钱中的一个歌女呢？于先生，你不要看我这一把胡子，是个腐朽的人物，但是我多少还懂得一点风趣。我想和那位严老先生商量一下，帮你一个忙，开一个展览会。不知道你先生家中，还有什么作品没有？"水村道："以前在书纸店里寄售的画稿，有三四十幅，不曾卖掉，现时还存在夕照寺朋友家里。这种东西要拿出来开展览会，未免太不够了。"

余菊人一手按着膝盖，一手缓缓摸着胡子，脸上微微泛出笑容来道："有了，请阁下把所有的画品，都交到舍下来，兄弟可以和严先生一同出面，请二三十位客，然后把阁下的画品，拿出来一介绍，我相信至少可以卖掉一半，但不知道阁下讨厌不讨厌我多事呢？"水村道：

"那是笑话了，有了老先生这样栽培，无论成功不成功，我死也不能忘了。但是不知道这位严老先生是谁？"余菊人打了一个哈哈道："哦！我真大意了，这位老先生，台甫正心，是严部长的封翁，他为人正派，尤其难得是潇洒脱俗。你们这一件事，就是他告诉我的了。他说桃枝拿有你的画好几十幅，他都看见了，实在是张张绝妙。"水村道："这事就有些怪了，她那里怎么会有我许多画稿呢？"余菊人道："严老先生是个循规蹈矩的人，绝不能够撒谎。你说的画都放在各书店里寄售，你就不许她运动她的朋友，到各店里去收罗吗？"

水村想了一想，这话也有理，不觉长叹了一声。余菊人对他这一声叹，倒不免手摸胡子，点头微笑，因道："我看阁下，虽然为了一个穷字，非常潦倒，但是眉宇之间英气勃发，前途是依然未可限量。我想请阁下在舍下便饭，共喝三杯，不知道可能赏光？"水村有点情不自禁了，那破皮鞋不觉在地上一顿道："什么，喝酒？"说时眼光射在余菊人的脸上，余菊人手指头钳了两根胡子梢，微微点着头道："不错，舍下倒收藏了一点好花雕。我们喝两杯酒，谈些山水人物，这比什么娱乐都有价值，都有兴趣。你阁下就不必推辞，若推辞，就不是吾道中人了。"水村见人家如此的慷慨，若要谦逊，也就对不住人，便点着头道："既是如此说，我就不客气了。"余菊人大喜，马上叫了听差进来，预备酒菜。

水村在街上转了大半天，自己心里，只管发愁，不知道如何会度过今天，更不知道明天怎样地过去。不料遇到了这位余先生，倒是如此地招待，不但目前的生活问题解决了。就是将来出路，多少也有些指望，这真是可引为愉快的一件事。心里一痛快，说话也就更觉得有精神，和余菊人披肝沥胆地谈了两三个钟头。余菊人一高兴，索性打了一个电话给严正心，把他也请来。电话只打过二十分钟以后，严正心便坐着汽车来了。人还站在客厅外面，就昂着头向里面叫道："那位于先生在这里还没走吗？"一面说着话，一面走进门来。走进来之后，一双目光，早注射着水村，在他身上，由上向下打量了一番。抢上前一步，和他握了一握手，笑道："老弟台，我理想中，不料你是这样一个崭新的人物，以为至少有四十几了。看起来，你真是青年有为啊！"水村见这位老先生，比余菊人年纪要大些，颜色倒反是丰润些，两颊生出两块薄薄的红晕，一笑现出两腮上几道斜列的皱纹，很有些寿者相。水村忘其所以，只好穿了西装奉揖。严正心道："文以穷而后工，丹青又何尝不然？老弟台，你不要埋怨穷愁潦倒，要知道这穷愁潦倒，正是你的好机会啊！"水村不料这位老先生一见面之后，开门见山，就是这几句话，这倒不由人心里不一动。余菊人也看出来了，就和水村拱拱手道："于兄你看，我所说的话怎么样，严老先生真是一位君子人也吧？"水村又笑了。

坐谈了一会儿，余家仆人，就陈设出酒菜来。余菊人让二位客坐了，将两把酒壶，一齐摆到面前，向仆人一挥手道："这里用不着你们了，我叫你们再来。"仆人退去，三人开怀畅饮，也就无话不谈。水村说到他前两天吃北瓜羹的事，严正心用手将自己面前的酒杯子一按，两目英光闪闪地向着水村问道："老弟台，我有一句很冒昧的话，不知道你愿听不愿听？"水村道："二位老先生这样看得起我，我自然是要多多地受些指教，无论说什么话，我都是愿意接受的。"严正心道："古人说临财毋苟得，这意思不过是说钱不可乱拿，并非钱绝对不能拿。我想老弟台身上这样困难，朋友又病在医院里，怎能不要钱用？我现在想送二百块钱给你，也不要你白收下，算是定画的定钱，什么时候你有了工夫，你再把画给我，画价不够，我照润格补上。并不是我矫情，我要提拔你一下子，非我自己先帮你的忙不可。你若认我们为志同道合的人，你就不能拒绝我这点意思。"他口里一连串地说下来，手按了酒杯不动，眼光一直注射着水村的面孔。他这样说，本来就不应该拒绝，而且严老先生的意思又非常诚恳，更是要收下的了，便站起来笑道："恭敬不如从命，我就愧领了。"

严正心听说，连忙就伸手到衣袋里去，掏出一大沓子钞票，一直送到水村面前来，笑道："我这份心诚恳到什么样子，你可以知道了，在家里我就预备下这一份钱了。"水村见了钱不由得心里一动，萍水相逢，这位老先生如此地优待，实在是不容易。这样看起来，说南京并没有艺术的知音，这不见得是真情了。自己这样想着，将两月来饱受社会冷眼的经过，互相参酌，真个是酸甜苦辣，一齐兜上心来。手拿着酒杯，怔怔地停住，几乎不能够端了起来。严正心似乎也看透了他的心事，举起酒杯子来，向他微笑道："喝吧，老弟台，这算不了什么。哪个有些作为的汉子，不都从辛苦患难中挣扎出来的？人生一世，必定要尝些艰难困苦，才觉得有趣味。若是人生几页日记，翻开来一看，天天是三餐一宿，无甚可记，未免太平淡了。俗言道得好，不遭人忌是庸才。风尘潦倒要什么紧？要潦倒才见得不是庸才呢。喝！"说时，举起杯子，平了鼻尖，等着水村举起杯子来做伴。水村虽然不敢公然接受严正心这一句话，然而他这几句话，很可以和潦倒不遇的寒士吐一口气，不管如何，先喝上一杯酒，足可以宽慰自己一番了。于是也端起酒杯子，向严正心比了一比，干了一大杯酒。余菊人手钳着胡子梢，望了二人，头点了二点，又摇了两摇，微笑道："好，痛快之至！"自己端起酒杯子，向他们陪饮了半杯。彼此心里，既然觉得痛快了，酒也就不停地向下喝。

这一餐酒，宾主喝得痛快。酒喝完了，在天井里设下竹几凉榻，大家就在星光下临风品茗，娓娓清谈。越谈越高兴，不觉就谈到晚上两点钟，严老先生身体有些支持不住，便告辞先走了。水村和余菊人又继续地谈话，一直谈到天色大亮，水村才告辞回家。走到路上，想起了一件事，暂且先不回夕照寺，就在早茶馆子里先消磨了两个钟头，然后在街上买了几套小褂裤，两件长衫，几条毛手巾，以及胰子梳子花露水之属，都买了不少。然后又找了大菜篮子，买了一菜篮子鸡鸭鱼肉和酒米，雇了两辆人力车，自己坐一辆，另让一辆拉着东西，一块儿回夕照寺来。车子拉到梁家菜园外，莫新野正背了两手，在门外树荫下徘徊着。一见水村带了这些东西回家，跑着迎上前来道："啊呀！你发了小财了。"水村跳下车，伸了一个大拇指道："不但是发小财，以后说不定要发大财了。我实在支持不住，要睡觉了。东西你搬进去享受吧。"说毕，什么事情也不问，一直走回房去，倒在床上，就放头大睡。夏日的天气，虽是很长，然而一觉醒来，已是日落西山了。

第三十二回

旧好不忘午阴酣茗话
坠欢可拾陋室涩游踪

水村醒来之后，一看那屋脊西头的太阳成了鸡子黄色，屋子里的光线，已是有些昏黄不明，壁上所悬挂自己的图画，那颜色也分辨不出了，自己揉了揉眼睛，坐了起来。却听到屋子外有二人说笑之声，连忙走出屋子来一看，只见一张藤椅摆在天井里，梁秋山斜躺在椅子上，他面前放了一张矮桌子，上面放了玻璃杯子、茶壶药瓶之属。秋华侧着身子，坐在一边，一手拿了一柄小芭蕉扇，要扇不扇的，一手拿了一本书在看。

水村忽然见他夫妇俩，真有些疑惑是做梦，啊哟了一声，倒向后一退。秋华站起来笑道："于先生，你算是交好运了，哪里成交了这笔大买卖呢？"水村被她问得无头无脑，不知如何答复是好。再看秋山时，他虽然脸上清瘦了许多，然而颜色还好，望了人，脸上带了一层笑容。莫新野换上了水村买的新布衣，跳进来道："你不要莫名其妙，让我来告诉你吧。你睡觉之后，我很奇怪，你怎么会有钱买了许多东西？你把褂子挂在衣架上，口袋是鼓鼓的，我伸手一掏，掏出了一大卷钞票。起先我也疑惑得很，你怎么会得有许多钱？后来有一个听差追到家里来，说是余菊人先生派来的，问问于水村先生回来没有。我一问他，才知道你在他家吃了一夜的酒，而且还有一位严部长的老太爷陪着。这两个老头子，我知道的，在南京艺术界里很有些权威。他们既然肯帮你的忙你一定有生意可做，以后就不必发愁了。我也不征求你的同意，把你的钱揣了些在身上，其余的给你收下。我就跑到医院里去，和秋山送信。秋山在这一个星期之内，已经大有转机了，听了这个消息，喜欢得了不得，就和医院里商量，搬回家来休养。大嫂子原来的意思，也是觉得医院里住着花钱太多，因为家里环境太坏，怕他在家里看到，又受到新刺激。现在有了办法了，至少这一百多块钱，可以维持三个月的局面，自然可以慢慢去想法子，比较以前大不同了。秋山回来之后，我就想叫醒你，秋山说，大概你半年以来，没有睡过这样安稳的觉，就让你舒舒服服睡一场吧。"水村笑道："这是做梦想不到的事，居然会有了这样一天。那么，秋山病是有好的希望了，因为他是受了刺激逼成的病，自然是会因环境好，把病翻转来的了。欢喜欢喜！"说着，连连拍了几下手。秋华问起水村这事的缘由，水村从头至尾，仔细一说。秋华也是高兴，就替着水村把家里所有的藏画，一齐搜罗折叠起来。到了次日，水村已经清理出来了三十张画，一齐送到余菊人家里去。

又一个次日，余菊人严正心共请了一次客，酒席筵前，把水村的画品介绍出来，大家看了两位名流的面子，把画收买一空，就共出有六百块钱。而且当场的人，和水村代订了一个润格广告，由报纸登出去。只不过三日之间，一个沿街化食的于水村，便成了名利双收的大艺术家了。李太湖赶到清凉山的时候，水村将屋子里布置一新，和他理想中的那一番穷相，完全不对了。大家朋友会面，又都在高兴的时间，这一番欢喜，简直非言语可以形容。秋华将桌子抬到大门柳树荫下，陈设了瓜子松仁饼干糖果，将景德镇的宝瓷蓝花茶具，用过滤的扬子江水，泡好了杭州龙井茶。桌子四周，列着藤竹椅子，大家临风品茗。说些过去的苦恼，以及意外收获，都悲喜交集。

太湖提到了在杭州游览的事情，却有一句话说到口头，三番两次，又忍了回去。莫新野笑道："得意的时候，找两桩小小失意的事，在其间点缀点缀，也是一种曲折。你有话在心里，何不说出来大家听听？"太湖坐在水村的对过，且不去答复新野的话，却向水村脸上看了一看。水村道："难道还与我有什么关系吗？"太湖道："不但有关系，而且关系很深，你生气不生气呢？"水村笑着摇了摇头道："你不必作惊人之笔了。杭州那地方，我就没有到过，在杭州哪里会发生和我有关系的事呢？"

太湖端了一杯茶，远望了清凉山的峰头，待呷不呷的，只管出神，缓缓地道："其间有个女子……"莫新野笑着摇手道："你又提到她做什么？她不住在清凉山，她住在这边呢。我们的事，差不多也是公开的秘密了，还有什么可说的。"水村笑道："是呀！老莫的心中，现在就是一个丁二姑娘，无论说什么话，都可以疑心到了二姑娘的身上去。老李不过是在出神，何尝说到丁姑娘家住哪里。"莫新野道："你们局外人不用心罢了。他出神的时候，口里不知不觉的，说了一句这其间有个女子。"太湖笑着将茶杯放下，向他一摆手道："不必打什么哑迷了，我直说了吧。我想水村也一定想得开的。"于是将在西湖遇到桃枝的事，一点也不隐瞒，说了个透彻。在他说的时候，就不断地注意水村的脸色，见水村坐在那里听着，很是坦然，料想不会有什么变化，因之，就不曾有什么隐瞒，把话一齐说了。大家听了这话，都说，想不出桃枝这种人，却是这样地朝三暮四，十分地叹息。

水村斟了一杯茶，慢慢地喝着，喝完了一杯，又再斟上第二杯，一直喝完了三杯茶，还不曾说一句话。大家看着他的行为可怪，也同注意在他身上，并没有人说话。这时只觉风刮着柳条，瑟瑟作响，那树最高处的蝉，却十分地热闹，一片喳喳之音，送入耳鼓。这正可以形容这张茶桌上的空气，非凡地寂寞了。许久，水村放下茶杯，才长长地叹了一口气。秋山道："我在医院里，听到秋华说，知道你们发生了许多纠纷，不料她久而久之，却变着走上了这么一条路。水村没有什么，不过白认识了一个人，这位李老板，却是大大地失算，将来一定有后悔的一天的。"水村笑道："其实是太湖多事，在西湖遇到了她，只当不认识，不必去理会她，这也就可以少了这一番的烦恼。"

太湖道："这话果然吗？不在天理人情之中吧？譬方你在西湖会到了秦小香秦老板，你是理会她不理会她呢？也能因为她和我翻了脸，也就跟着一同翻脸吗？"水村笑道："如此说来，你对秦小香，还是很有意思的了。"太湖微笑道："仁者见之谓之仁，智者见之谓之智吧。"他很淡然地说出来，大家还没有怎样注意，及至回味一想，这里头的确大有意思，大家都笑了起来。水村道："老实一句话，我是不忘情于桃枝的，由我身上推测到太湖身上，当然太湖也是不忘情于小香。我这位已是琵琶别抱了，秦老板还是待字闺中的身份。太湖现在已经有了钱，这事大可进攻。"新野笑道:"何言之粗也?"太湖道:"你以为他提到了钱,便算是粗吗?其实他这一句话正说个正着。以前我为了秦小香受尽了牺牲,小香始终不肯嫁我,不就为着我没有钱吗?若是以前我也像现在一样,手上早有个八九千块钱,何必费那样大的事,早就把小家庭组织成功了。现在我有了钱,娶不娶她,是另一个问题,我一定要把有钱的架子搭了出来,让秦小香看看,知道念书的人虽穷,绝不会穷上一辈子的。这又是那句老套子的话,为穷措大吐气。"

水村笑着点点头道:"这个办法,我倒也赞成,但不知你用什么手段在她面前搭架子呢?"太湖笑道:"我是一个笨人,平常要我想个法子,我还办不到呢。要我想个法子去对付女人,那简直是不可能的事。这还是请各位和我出个主意。"秋山笑道:"太湖,你这个老实人,怎么说出这样尖刻的话?情之所钟,端在我辈,只要你爱那个人,你就当爱到底。那个人爱你不爱你,是另一问题,就不必去管他,你怎么会叫大家想主意去对付你的爱人?未免有伤忠厚了。"太湖道:"你难道不晓得她对我那一番情形,令人又气又恨。"秋山道:"无论如何,秦小香总是个弱者,你现在发了财了,什么也不办,倒先要去侮辱一个弱者,那是什么玩意?"秋华手上拿了两块裁了的布衣料,正用手缝着。低头听人家说话,她并不插嘴,秋山说完了,她只微微一笑。水村道:"嫂子笑什么?大概是同情秋山这几句话?"秋华笑道:"我站在女子的一方面,我是要同情这几句话的。"

水村正要驳上两句,却见对面竹林子里,一个人影一闪。太湖道:"是哪一位?请过来。"新野笑着站起来道:"我把她引了来吧。"说着,起身前去相迎。大家听到那里面有人说话道:"今天怎么这许多人?我不去了。"新野笑道:"人多要什么紧?都是你认得的。"说着,只见丁二香在前,他紧随在后,似乎有点带推送的意思,把她推着走出来了。二香短褂子外,系了一块青布围襟,她有些低头走着,却把两手拿了围襟角,走一步停一步地走了来。她走到了桌子前面,向大家一笑,又微微一声道:"好多人。"秋山以前虽也看过二香,却不曾留意,这回知道她是新野的爱人了,不免注意地看看,就笑着向新野一点头道:"这

242

是一块没有洗琢的玉石呀！"新野笑道："你们有点唐突吧？"二香一扭身就跑了。新野追到竹林边，问道："怎么来了就跑？"二香道："你们大家拿着我说笑话呢。我一条牛，拴在小杨树桩上，仔细它脱了绳子。"一面说，一面就跑开了。

在这里座谈的人，大家都称赞一番。说是李桃枝那样豪爽，都是受了刺激，逼出来的。唯有这位丁二姑娘，才是真正的天真烂漫呢。水村听了这话，心中却有一种重大的感触，好久没有作声。太湖对于这事，似乎也不能漠然，望望水村，又低着头了。但是今天的茶叙，大家都是二十四分高兴的。一直谈到日下西山，还是太湖发起，趁着天气还凉，可以步行到夫子庙去参观参观，看看这劫后沧桑，究竟是一番什么景象。水村笑道："在我们是劫后沧桑，在夫子庙，几乎是天天有这种事，可以说无日不在沧桑之中了。"太湖见他不赞成，也就不说了。

到了日下西山，太湖的行李放在旅馆里，要去取行李。大家信以为真，并不曾苦留他。但是太湖离开了梁家，雇了车，一直就向夫子庙来。到了夫子庙，自己正徘徊着，却见水村高高兴兴地在一道屋檐下走了过来。太湖还没有说什么，水村早笑着迎了上前，一握手道："上哪一家呢？"太湖一红脸笑道："其实……我因为到了这附近，所以顺便看看。"水村道："这个时候，小香还不曾上场，我们不如直接到她家里去吧。"太湖笑道："我并不是来找她的，你是打算到哪里去的？我陪着你去吧。"水村想了一想，笑道："那么，你就跟着我走吧。"太湖一时未了解他的意思，只管跟了走着，不觉到了秦小香家的一条巷口。他连忙向后一缩道："原来你如此胡闹。"水村且不理会他，却向前面点着头道："秦老板，好久不见了。好哇？"果然秦小香答应着走了出来，一见太湖也在一处，不站住脚，倒突然向后退了一步。然后才向着他一鞠躬笑道："哪天回来的？西湖很好玩吗？"太湖道："今天回来的，特意来拜访你的。"小香道："那就不敢当，请到家里去坐吧。"说着，她已抢到太湖的前面，遮着他们退回去的去路。太湖望了水村，都碍了面子，只好向小香家里走去。小香到了自己家门口，跳着向里面叫道："妈！李先生果然回来了。"只这一句话，她母亲秦大娘由屋子里向外一伸头，早是哎呀了一声，也迎出天井来。先叫了一声李先生，接着又叫了一声于先生，那满脸的笑容，把面皮全皱着折叠起老纹来。小香自在前面引路，将他二人引到自己屋子里去。

太湖一看这屋子里，一架半新旧的木床，一张小条桌，一架没玻璃的旧衣橱，在床头上遮了一只角。此外两个高篾篓子，两个黑木箱，上面各堆着衣服报纸、小藤簸箕之类，一路沿墙摆了。小条桌上是煤油灯、茶叶瓶、烟卷筒、小时钟，纷乱地摆着。两个人见了，却有些皱眉。小香走出去，虽然不是十分华丽，然而也很有美感的，不料她的家里，却是如此糟乱的。小香见他两人在屋子中间，只管乱转，心里也很明白，就一把扯着太湖的袖子，让他在床上坐下，然后点头向水村笑道："房间是实在不像样子。不过二位来了，是看着我的面子，还有我们这位仁兄……"说着，眼睛向太湖一瞟，脸先红了。又道："那是二十四分赏面子的了。"说着，在小桌抽屉里，乱翻了一顿，找出一盒抽残了的香烟，向于李二人各敬一支，而且自己擦了火柴，向二人点着烟。

当她将火柴送到太湖面前的时候，太湖看了她那白手染着红指甲，心里不觉一动。前尘影事，兜上心来，不料依然还有和好的一天，怨恨她的心事，早就完全取消了。水村见一个含了笑抽烟，一个含了笑靠住小桌子站定，脸上只管泛红，水村若不说话，未免显得无聊，因道："秦老板，你怎么知道太湖到杭州去了？"小香被他这话一逼，似乎吃了一惊，因之身子微微一震。笑道："我不知道呀。"水村道："你不知道，何以刚才见面，问太湖在西湖好玩不好玩呢？"小香道："是的，听到人家传说，李先生到杭州去了。"说到这里，颜色正了一正道："以前我们很对李先生不住的，后来接到李先生的信，我后悔极了。"说到这里，她的声音低极了，几乎低得令人听不清楚。

太湖微微一笑道："秦老板我有一句话要告诉你……"秦大娘不等他说完，抢进来笑道："李先生，你哪里知道，我们这傻丫头还哭了两次呢。"太湖笑问道："你真哭了吗？"小香低了头，看了脚尖在地上画着。太湖一看她这难为情的样子，就不好说什么了，也是低头默然着。恰是秦大娘进来张罗茶水，打了一个岔，就把他们难为情的这个关节，牵扯开去了。

水村坐在破旧的方杌上，那板缝里似乎藏着寄生物，咬着两条大腿，又辣又痒。房间里空气又不怎么流通，坐着怪闷人的，而且天色慢慢昏黑了，常有一个两个的长脚蚊子，拂面飞了过去，实在坐不住了。但是看看太湖只是出了神，并不理会到什么。不知什么时候，小香也坐在床上了，虽然不是和太湖紧紧依傍着，然而已不十分生疏了。秦大娘在外边笑道："大姑娘，为什么摸黑坐呢？点上灯吧。"小香站起来擦了火柴点着灯。水村站起来道："我们走吧？"太湖道："对了。"小香道："忙什么呢，难得来的，多坐一会儿，也是给我们一个面子。"太湖坐在床上，原只起了一起身，又坐下道："你不快要上茶楼了吗？"小香道："早得很，我想请请你二位，不知道肯赏光不肯赏光？"太湖道："我们都没有吃饭，让我来请吧。"水村笑道："不管哪一位请，我是可以白扰一顿的了。"秦大娘在外面屋子里插嘴道："二位先生让我们姑娘请吧。我们这位姑娘，给了李先生气受，应当谢谢的。"小香向太湖笑道："听见没有？"太湖道："秦老板，你不要客气，我有一句话要告诉你，我已经发个小小的财了。"小香道："那恭喜呀！"太湖道："我不是说假话，真发财了。以前我很对不住你，只对你做些空头人情，现在是不至于的了。我希望你不像以前一样。"秦大娘抢了进来："啊哟！我的李先生，难道你还记这个小孩子的错处吗？李先生待我们那一番好处，我们真感激不了。李先生发财回来了，我们自然是千喜万喜。就是李先生的光景比以前还不如，我们也应当多多感谢呀！"小香将两手推着她母亲道："出去出去！这里要你说些什么。"秦大娘只说了你看这两个字，已经出去了。

小香却坐到床上，半侧着身子，垂下了眼睛，到衣服袋里掏手帕，好像是有眼泪垂下来了。太湖一看，觉得自己言语太重一点，便笑道："怎么不说话了？"小香慢慢回转身来，将手一起，又向床上一按，不觉按在太湖手背上，噘了嘴道："你的言语，我们怎受得了哇！"太湖一见，趁势握住她的手，紧紧地摇撼了几下，笑道："我不过说句笑话罢了，你发什么急呢？你还能生气吗？"小香一低头，扑哧一声笑了。

第三十三回

吹笛引新俦开怀道故
闻琴过旧地却步羞前

于水村在一边看到，心想，这样简陋的房间，无论哪个，也不能久坐，不料太湖来了之后，却视为温柔乡，这样看起来，他说要大家想个法子去侮辱秦小香的话，简直成为梦呓了。现在他二人并肩坐着，不定还有多少知心话可说，自己还要老在这里看守着，可就有些不识相了。他如此想着，便站起身来，笑道："无论是哪一位请我，我就只好盛情后领。我还有个约会，这时立刻想起来，非去不可的。"说着，将草帽子戴上，也不容人家说一句挽留的话，便走出来了。他自在小馆子里吃了一点东西，便回清凉山来，将太湖的行动向大家一报告，大家都笑起来了。

太湖是约着搬了行李到夕照寺来住的，然而一连两日，却不见他的踪影。直到第三日，才买了许多东西，带了一批现款，分给秋山夫妇和新野。大家问太湖和小香的事情如何，他却笑了不作声。他倒找着新野和二香在一处，拍了两张照片，要打趣人家。这天他去后，又有三天不见，到了三天头上，在夕照寺的朋友，各接着他寄来的一封美丽信笺。那信笺上说：

> 我们因爱情的驱使，爱河恨沉，惊涛骇浪，游泳了不少的时间。唯其如此，更觉得我们爱情的诚挚。现在幸得爱神的拥护，在患难里挣扎出来了。为着我们精神形体永久团结起见，已经于某月某日同赴西湖结婚。一来免除虚文俗套，二来免得朋友多一份应酬。我想我们的亲友，得了这个消息，也一定是

和我们安慰的了。

秦小香、李太湖同启

莫新野接了这信笺，首先跑到水村屋子里来笑道："水村，你看老李这人手段多么敏捷厉害，居然一声不响的，就结了婚了。他真是有志者事竟成啦。"水村伏在桌子上作画，听了这话，头也不抬，只哼着笑了一声。新野道："怎么样？你觉得这婚姻还有什么可以不满意的吗？"水村道："人家的启事上说得那样恳切，还有什么可批评。只是可惜一点，若能早一两个月结婚，就更完美了。"新野笑道："你还是不平啦。其实当事的人都看得过去，你又何必扯这个淡呢？"水村道："我们的境遇不同，假如你是我，你也许要发生一点感慨的吧？"新野对他这话，也有点感触，向他点点头道："你的话，也总算是情有可原的。"水村又不作声，自去画他的画了。

在于水村这样感慨万分的时候，那当事人李太湖，却正是快活得不得了。他们一同坐火车到了杭州，就在一家依湖旅馆住下。此时，天气正热，二人整天都在山水之间，徘徊避暑。就是到了夜深，有时也在湖边散步。这一天下午，下了一阵急雨，到了薄暮，天空依然晴朗，一钩新月由树梢上直拥上天际。天上一片云彩也没有，蔚蓝的天空，悬着半面明镜，那亮晶晶的影子，直落到湖心里去。湖上的晚风，由水面吹到岸上，凉丝丝的，十分爽快。太湖和小香二人，在湖滨路上，并肩踏月。走了一程子，同在一张露椅上坐下，谈着从前二人的恋爱史，甚是有趣。因为谈得有趣，二人也就忘了是什么时候，只管向下谈着。到了夜深，月色已经西沉，有点金黄色了，四周纳凉人的声音，也是渐渐沉寂，只有这湖边公园深草里唧唧的虫声，向空气里伸张，将二人静默的态度，加以突破。同时，太湖的态度，更是镇定，以探听这夏夜的夏声。正在这样领略之间，忽然有一片笛声，在身后半空里响将起来。那笛声吹得悠扬婉转，音调十分地流利。小香道："呀！这笛子吹得真好，不要是桃枝姐吹的吧？"太湖道："你不要见神见鬼了，笛子洞箫哪个

247

不会吹？怎么一听声音，你就知道是桃枝？"小香道："这是有原因的，这笛子吹的是《满江红》，是个老调子，除了桃枝，简直没有第二个人吹过。而且桃枝吹这个调子，喜欢耍腔，耍得非常好听。现在这个吹笛子的，也和她那一样耍腔，天下不能有那样巧的事，所以我疑心是她。"太湖道："是她又怎么样？这种人，她好意思见我，我还不好意思见她呢！"小香究竟和桃枝感情不错，现时在蜜月中，又不愿违拗了丈夫的意旨，一定和桃枝辩论，因此倒默然了。太湖见她默然，又怕招引了新夫人的不快，便笑道："既然你断定了这个吹笛子的是桃枝，我们不妨到那吹笛子的地方去听听看，若是桃枝真在这里的话，你可以去拜访拜访她，和她谈上一谈，那也没有多大的关系。"小香笑道："设若真是她的话，见了她，对她说些什么？"太湖道："我根本就不要见她，为了你，我去见她，我只算是陪考的，似乎不必说什么了。"

　　二人说着话，已经慢慢走到了笛子声附近。抬头一看，却是旅馆中一角月楼，靠了栏杆，有个女子坐在椅子上吹笛。这种形式，更让小香疑心了。小香低声笑道："不管是与不是，让我冒叫一声试试看。"因用平常的声音，对楼上叫道："桃枝姐！"楼上的人，正把笛子吹得有意思，这一声并没有听清楚。小香见一声没有听到，第二声更提高了嗓子叫出来，只这一声，笛子突然停住，楼上人问道："哪一个？"小香道："啊哟！是桃枝姐。桃枝姐，你听不出我的声音吗？是我呀。"桃枝道："小香，你怎么会到杭州来了？上楼来吧，我住在二十四号。"小香低声和太湖道："我们去吗？"太湖到了此时，总不忍过拂新夫人的意思，只得点了一点头。小香究是姐妹情重，哪里忍耐得住，得了太湖的同意，立刻就走进旅馆，直找二十四号。太湖既来不及阻止，自然是在后跟着。

　　在电灯下三人一会面，桃枝站在房门口，却突然向后一退，带了吃惊的样子道："原来是李先生！"太湖笑着点头道："小香一定要见你，我也不便拦住。"桃枝一看他们这情形，心里就全然明白，因笑道："就是你二位同到杭州来的？"小香笑道："是的。"桃枝由小香身上看到太湖身上，微笑道："那么，大可恭喜的了。"太湖站在房门口，却不肯走进来，笑问道："就是李老板一个人住在这里吗？"桃枝点头道："你只管进来，正是只有我一个人。我现在遇事都公开，纵然不是一个人，你进来也没有什么关系。"说着，向他连连招了几下手。太湖看了这个样子，只得走进来。这房间很小，不是上次那家旅馆里，那种排场了。在灯下看看桃枝的脸色，颧骨隐隐现着，脸瘦了许多。身上穿了一件淡青旧纱长褂，更陪衬得很是憔悴可怜。她跋了一双细草的拖鞋，走路似乎一点气力没有，见人勉强笑着，把那雪白的牙齿，露得更多一点了。太湖看到她心里的忧闷隐隐都在眉峰眼角，和上次见着她那种高兴的情形，完全是两样了。小香走上前，紧紧握了桃枝的手，摇撼了几下，然后二人手搭手一同在软椅子上坐下。太湖目光在屋子周围看了看，也就在对面椅子上坐着。小香是个不会说话的人，肚子里有许多话要问，又不知从哪一句话问起，只是看了桃枝。桃枝虽然有话可说，觉得这里面曲折太多了，也不知从哪一句话说起。太湖呢，他不知道桃枝现在是如何一种环境，也不便问。因此三个人默默相对，都不说话了。

桃枝笑了一笑，接着又皱了一皱眉毛，叹口气道："我现在是得乐且乐，我完了。"小香望了她的脸色，迟疑了许久道："你写信给我，你还说你很好呀！怎么突然消极起来哩？"桃枝望了他夫妻二人，长长地叹了一口气道："唉！一言难尽。"太湖道："我又要多两句话了，李老板你见怪不见怪呢？"桃枝摇着头高声道："不见怪，你说吧。"太湖望了一望小香，小香却向他皱着眉毛，太湖只得又默然了。桃枝向小香微笑道："你又卖什么关子呢？就让他说吧，李先生你只管说。"说时，将脚在楼板上点了一点，表示她的决心。

太湖微笑道："这大概是不要紧的了。李老板，我问你一句话，你那天约着到我旅馆里来谈话，怎么不辞而别呢？"桃枝道："不必你问，我也知道你会怪我的。这不是我要走，是人家逼着我走的。然而事实上并没有走开杭州，不过是调了城里头一家旅馆罢了。我那个日子，图着万载青长得漂亮，有眼无珠，非嫁他不可。哪里知道他早有了未婚妻，而且还有个爱人，在我调旅馆的第三天，他的未婚妻追踪到旅馆，三人当面开谈判。据她说，她还不知道是我，以为是万载青另一个爱人呢。

她倒很文明，当面问万载青，这三个女人之中，你究竟爱哪一个？你猜他说一句什么话，他说那倒无所谓。他的未婚妻便板着脸说，爱情这样重大的事情，怎么会是无所谓？不行，你得说一句，究竟爱我不爱？这很容易办，爱是一个字，不爱是两个字，难道这种话，你都不会说吗？他让他未婚妻逼得无奈何，到底说了一句当然是爱你。她就对我笑着说，李女士，你听见没有？我气极了，就问万载青为什么偷着和我发生肉体关系？他不但不道歉，倒说我并不是处女，那没有关系。我气极了，拿了茶碗就砸他，他逃跑了。倒是他的未婚妻告诉我，她父亲是个师长，所以万载青心里不爱她，口里也不会说的。她也看透了万载青的为人，绝不嫁的了。我这一气，气丢了半条命，不但不好意思回南京，而且也不好意思见万有光。我只得打发我婶娘先到上海去，看看有什么机会没有。如有机会，我只有到上海去找出路的了。我身上还有几个钱，我暂且在杭州住几天，乐上一乐吧。真是巧，偏又遇到了你二位。"

太湖笑道："现在你不登高山，不现平地，你可以知道水村待你不错了。"桃枝微笑道："大概除你外，男子都是这样，见一个爱一个的。"太湖道："水村也是见一个爱一个吗？你有什么证据？"桃枝指着小香道："不用我说，你问她，她知道的。"小香不待太湖去问，连摇着手，站起来道："这是一个绝大的误会，我说的那个姑娘，和于先生没有什么关系，是他朋友莫先生的爱人。我以前也不明白，这次太湖在南京和他们照了几张相，而且有合影的，这就很可以作为一个证据了。"桃枝头一偏道："真的吗？"太湖道："怎么不真？你假如不信，可以到我们旅馆里去看他们照的相片。"

桃枝听了这话，倒心里软了一大半。太湖也明白了这件事误会的经过，因把新野与丁二姑娘两人认识和恋爱的过程，详细说了一遍。桃枝越听越对，全是自己的错，到了最后就问道："既然是我错了，我也就不去怪他，为什么他对我的态度，那样的冷淡呢？"太湖道："这或者还是你的错吧？那时候，你天天追着万有光，不但老于看了，心里不受用，就是我事外之人，看了也不愿意。"小香脸一红，向他低声道："这过去的事，还有什么可说的。"太湖一想，果然这事研究起来，是不免牵涉到夫人身上去的，这也只好不向下说了。

桃枝到了这时，又是不说话，沉郁着脸，只管低了头。久而久之，忽然哇的一声，哭将起来。这一声哭，不但小香不解所谓，连太湖也莫名其妙。她却执着小香的手道："妹子，我是怎么好呢？"小香被她握手，也说不出所以然来。还是太湖插嘴道："事已做错了，那也是没有法子挽回来的，现在只有大家想法共图补救。水村那个人虽然个性很强，只要说出一个理由来，他没有什么不心服口服的。你现在且说愿不愿和他言归于好？"桃枝垂着泪，却是许久不能说话。小香道："无论多难的事，都有一个转圜的法子，难道像你和于先生那样要好，他就能坚持到底，硬不和你和好吗？"桃枝道："不是那个问题，我自己糟蹋自己，糟蹋到了这种样子，我哪有脸去见人呢？"太湖道："那不成问题，彼此只要相交以心，爱情是不应当在形式上去追求的。"桃枝也没有多话说，只是低头不语。太湖和小香又劝解了一回，因为夜深了，只得告别回自己旅馆，约了明天再来会晤。

到了第二日，太湖小香再去看桃枝，桃枝已经走了。茶房问明了太湖姓李，就交了一封信给他。太湖拆开来看，上写是：

太湖先生：

　　你们回旅馆后，我想了一夜，实在不对。我只赶快到南京去，投在水村怀里，向他去忏悔吧。我婶娘若是今明到杭州来了，请你告诉她。香妹不另。

桃匆上

太湖和小香不免又议论一番，觉得她做事，真任性极了。但是这事在桃枝看来，实在不是任性，只是满腔对不起水村的念头，要去和他赔罪就是了。她坐了通车到达南京，在垂杨旅社歇了一晚，次日起了一个早，便坐了人力车，直向夕照寺来。下车之后穿过竹林子，首先看到梁家门外，已经老绿油油，所有高高低低的瓜棚豆架，都被那肥大的叶子，遮得密密层层的，只剩了一排屋檐在外，门口那两棵垂柳，树条拖得极长，一直拂到地面上来，不多时候不到这里面，情形似乎有些变动，然而也说不出有多大的变动。不过到了此地，脚步自然放得慢了。心里原想屋子里走出一个人来，然后让那个人引了进去，但是静悄悄的恰是没有人出来。倒是在这个时候，乒乒乓乓，有一种丝弦声送入耳鼓来。桃枝想起来了，这正是莫新野在这里弹琵琶。听了琵琶声，就想到从前帮助他当场拍卖琵琶的一件事，那个时候，自己不但爱于水村，而且对于水村的朋友，也是很好的。现在和水村闹得爱情反背，而且他的朋友，也是多半不满意我。这都怪自己阅历浅，做事不肯考虑，而今反倒要向人家去赔罪。赔罪固然是不成问题，但是人家受理不受理，却也不知道。一个女子为了求一个爱人，应当如此吗？这样沉沉地想了一会儿，依然站着不知进退。转身一想道："为了爱情，人家性命都可以牺牲，又何况其他。就算赔罪是一件侮辱，是向爱人赔罪，并非和别人赔罪，又要什么紧。只是一层，这里人不止一个，有点难为情。"

心里想着，脚下慢慢地走，绕着这里的菜地，转了两个弯，已经走在一架瓜棚前。这琵琶就是瓜棚下发出来的，料着新野坐在这里，他看见了，可以引见水村的了。她正如此想着，及自抬头一看，又让她为难起来。原来新野穿了西服裤子，上身套着短袖衬衫，坐在瓜棚下一个木桩上，背对了来路，弹琵琶。从前遇到的那姑娘，斜着身子站在他面前，两手只搓挪着她系的一条围巾，看了新野微笑。桃枝虽然整个的身子在瓜棚外露出来，然而这两人都不曾看到。桃枝呆立了许久，等不着人家的视线移过来，只得放重了脚步走向前去。那姑娘正是丁二香，直等桃枝走到身边，她才看见，将嘴一努道："嘿！不要弹了，来了人了。"新野连忙放下琵琶，回转身来，哎呀了一声，然后才叫一声李老板。桃枝脸一红，点了点头，自己强自镇定着，向新野笑道："莫先生，你想不到我会再到这里来的吧？不但是你呀！连我自己也是想不到呢。"说到这里，顿了一顿，才低声道："水村在家里吗？"这六个字，声浪非常之低，低得几乎让人听不出来。不过新野已经领会了她的意思，踌躇着道："你有话要和他面说吗？"桃枝道："我由杭州赶回来，特意来找他谈几句话的。"新野且不答复，向桃枝浑身上下打量了一番，因道：

252

"水村的性情，大概你也知道。现在梁先生回来了，梁太太也在家，我把梁太太请出来，先和你谈一谈，你看好不好？"桃枝心想，于水村卖画出了名，人也搭起架子来了。我是既来之，则安之，就听便吧。因之点点头道："那也好，我索性到竹林子外面去等着。"说时，先向竹林子外走。

在竹林子里站了片刻，只见屋子里跑出来一个人，不是梁太太，却是水村，好像他是迎上前来了。这让她一喜，心里倒有些怦怦跳。然而水村之来，究竟是不是赶着来欢迎她呢？这又是个问题了。

第三十四回

交绝转圜时登山痛哭
情参还璧后拍手惊呼

桃枝真不料水村还是这样地热烈欢迎，居然会抢着跑了出来，便笑着向他点头道："你想不到我会到这里来吧？"水村慢慢走近，脸上却板得无一点欢愉的颜色，因为桃枝和他笑了，他才勉强笑了一笑，点头道："果然地，猜不到李老板还会到这穷人窠子里来。有何见教呢？"桃枝见水村这种神气，和刚才自己所揣想，已完全不对。本来人家受了无限的委屈，现在人家要出一口气，自也情有可原，因之将自己的脾气按了一按，笑道："穷人窠子？这个名词，现在有点不符实了。"水村道："不错，现在我们比较有点办法，能混到两餐饭了，不过比起银行家来，那是一个天上，一个地下。穷人窠子这个名词，在别人面前不能说，在你面前，是可以说的。你不能说我这是客气话吧？"水村也是穿了短袖子衬衫，露出两只光手臂，右手臂上一弯染了些红绿颜色。他将两手臂环抱在胸前，半侧着向了桃枝，头微偏着说话，一种不屑的态度，就表示到了极点。桃枝如此有阅历的女子，如何看不出来。她虽十二分地能忍耐，渐渐也有些生气了。于是收了笑容，正色道："于先生，无论如何，我们还是朋友吧？一个朋友来特意拜访你，这一点意思，总是不坏的，何必这样的不客气呢？"

水村听了这话，还不曾答复，梁太太已由屋子里追了出来，一路向桃枝招着手道："李老板，为什么站在那里说话？请到里面去坐吧。"桃枝只好抛了水村，来迎着秋华说话。因道："我也很愿进去看看的，只怕有些冒昧。"秋华握了她的手道："笑话了。我们又不是面生朋友，早是不分什么彼此的了，怎么倒突然生疏起来？"一面说着，一面牵着桃枝向屋子里走。桃枝到了此时，当然不能拒绝主人翁的邀请，就一同跟她走进去。到了屋子里，桃枝先向秋山问了一问病状，然后在外边屋子坐了。秋华泡了茶，摆着瓜子，陪了她坐着，只谈些不相干的闲话，绝对不提到她本人身上的一件事去。桃枝本来是要把自己对水村的事，解释解释，但是看秋华那种意思，极力地避免，自己若坚决说了出来，未免太俯就了人家，面子有些难堪。因之也就跟着她闲谈，不提到正事。彼此闲谈了许久，不见水村到里面屋子来，连莫新野也不曾来。心里想着，这就怪了。我特意来拜会他们，他们固然该见我，就是我随便来的，既然见了我，也应该敷衍我一下子。你不见我，我不能干休，倒要见见你呢。因向秋华道："刚才还看到水村的，现在出去了吗？"秋华想了一想，笑道："是呀！你来了，怎样不和你谈一谈呢？我去把他找了来吧。"她说着，于是亲自走到前面去寻水村。

去了许久，水村在身上罩了一件大褂，随着秋华的身后走来了。秋华笑道："于先生赶一张画，耽误了一些时候，不然，他也早就来了。"桃枝起身笑道："自然，于先生向来就是用功的，现在更当用功了。"水村对于她说一句话，不谦逊，也不承认，随便就在她对面一张椅子坐下了。桃枝看了他，心里就转念头，这要说一句什么话才好呢。她不说出话来，水村也不说什么，见桌上有茶壶茶杯，自拿起茶壶，向杯子里倒了一杯茶，端起来慢慢地喝着。

秋华见彼此都不说话，形势大僵，只得从中凑趣道："朋友都是这样的，只要有相当的日子不见面，就生疏得多了。"桃枝笑道："相当的日子，这句话倒大有伸缩的余地，究竟要多少时候，才算是相当日子呢？"水村道："这难说，十年八年，固然可以说是相当的日子，就是三天两天，也可以说是相当的日子，这一层是要看各人的情形而论的。"桃枝笑道："照这个样子说，我们是到了相当的日子的了？"水村道："可不是！你没有这种感想吗？"桃枝道："这样子说，你是以为我发了财？"水村道："你以为你没有发财吗？我不知道除了银行家而外，要算是谁有钱的了。"桃枝道："那么，你以为我是个银行家？"水村道："你虽不是个银行家，当然和银行家有些关系。若是和银行家没有关系，怎么会和银行家一路到杭州去旅行呢?"

桃枝听了这话,虽然依旧镇静着,然而脸上禁不住不发生一些红晕,便道:"你所知道的,就不过如此吗?还有别的事情没有?"水村道:"自然是有,知道银钱也是买不动你,终于是嫁了一个美貌郎君了。不过这样的跳槽,却不是个办法,我以朋友的资格,敢向你进一句忠告。"桃枝的脸色,由浅红变成深红,现在更变得连颈脖都是红的了。她定了一定神,眉毛一扬道:"多谢你的忠告了,不过跳槽两个字,似乎不是朋友应当说的。"水村也冷笑道:"我觉得我这话还客气之至呢!君子绝交,不出恶声,我向来是抱定这个宗旨的。"说着,两手扶了桌子突然站将起来,有个不愿意向下谈而要走的样子。桃枝也站起来道:"哦!你是要和我绝交?本来我的意思,是想把我一肚皮的心事,和你解释解释,你一句也不容我说,就向我冷嘲热讽起来。交朋友是彼此往还的事,有一个人不愿交朋友,那个人死命地要攀交情,也是枉然。我们……"说到这里,用一个手指头,蘸了一点茶汁,在桌面上画了一大横,作为彼此隔开的一种象征。水村脸色也红了,一句话也不说,身子一转就走开了。

这个时候,桃枝真是心里放出了电流,通到两只眼睛内,眼睛内两包眼泪水,拼着它的力量,要向外奔放。但是自己想明了,假使这两包眼泪水要滚了出来的话,便是向水村投降。因之极力地忍耐着,板了面孔,不让人看到有一点不堪的样子。倒是秋山睡在屋子里床上,听到水村所说的话,又见他在窗子外一闪,料得桃枝会有些不堪,便脸向着外叫着:"秋华,你请李老板到屋子里面来坐坐。"桃枝倒不用得秋华相引,自己一掀帘子,走了进来,向秋山一点头道:"梁先生,你的病好些了吗?"秋山点头微笑道:"好多了。刚才我听到水村所说的话,实在有些不对。不过他就是这种脾气,过了时,他就会明白过来的。"桃枝笑道:"明白过来不明白过来,那有什么关系,我总不能强制一个朋友,一定和我交朋友。梁先生你保重吧,我们下次见吧。"说毕,也不待秋山加以挽留,自行走了出来。她走得是非常之快,秋华在身后追着,要送她一程时,她已走到小竹林子里去了。秋华想着,没有追着送人之理，也只好站在大门外望望而已。

　　桃枝来的时候，坐在人力车上，一路总算是有一个伴侣。现在这平峦小道之中，却是一个人了。一人走着，向前后望望，并没有一个人，倒是小道上有两只野鸟一蹦一跳地找食。这就更见得这地方是很孤寂的了。但是她在气愤头上，一切都在所不计，更不知什么叫着是怕。她就引步走向一个山头，坐在草地上，回头向夕照寺望着，呆呆地出神。约莫有五分钟，忽然两泪向下同流，哇的一声哭将出来。但是她只哭出一声之后，连忙举起手来，将嘴捂着，不让这哭声冲破了这寂寞的空气。自己只是如泉涌一般的，让眼睛向下流着泪珠。因为第一声哭既然忍耐住了，这以后的哭声，就无论如何，也不许声音发出来，只是窸窸窣窣地，由嗓子眼里，发出那种哽咽声来。好在这一片荒山上，并没有第二个人影，由着桃枝如何去哭，也没有人听到，也没有人看见。桃枝一个人，足哭了有一小时之久，并也没有人劝阻她，直待她自己哭得有些疲倦了，才止住了哭声。站起身来，向四周一看，只有那高低的野树，分立在纷披的长草里。微微的风，拂动着草木，发出那瑟瑟之声。一个孤单的女子，站立在这种环境之下，说不出来是一种什么痛苦。自己长叹了一口气，慢慢在深草里乱走下山来，到了人行路上，只见自己穿的长衫，下面粘了许多碎草屑子和一些短刺。低头拂了一阵，手上倒让短刺戳上好几个窟窿，手指上猩红点点，有许多小血迹。在身畔抽了一方手绢，用力捏着，把血止住，也就不去想别的法子来掩盖了。一个人极无聊地走上了大路，才坐车回垂杨旅社来。

　　到家以后，看看屋子里的东西，却是婶娘到杭州去的时候收拾过一番的，从前手边所零用的物件，都收到箱柜子里去了。昨天回来，并不感到怎样，今天一看，便添了无限萧条的意味。走进房来，倒在床上，将手上拿的手绢，向旁边一抛，只这一抛，倒吃了一惊，原来一条白手绢上斑斑点点，染遍了血迹，几乎有大半条手绢，都是红色的了。所幸手上那些刺眼，倒一齐塞死了，也就不再流血了。然而这个时候，她一颗心已是粉碎了，手上有血无血，哪里管得着？顺手拉过一个枕头，塞在脖子下，只管哽咽个不住。

257

和她同在六朝居唱戏的朱玉娥，也是住在垂杨旅社的。她看见桃枝昨天回来了，正疑心她发了财了，何以一个人回来？今天早起，又不见桃枝的人影，更是疑心。及至桃枝回家进房睡觉去了，再也忍不住了，便悄悄地溜到她房门口来。一见她横躺在床上，倚枕痛哭，更是吓了一跳，连忙跑进房来，推着她的身体道："桃枝姐，桃枝姐，你这是怎么了？"桃枝一伸手要取那手绢，看到了全是血迹，又将手缩回来了。朱玉娥道："呀！哪里来的那些血迹？"桃枝垂着泪，在枕上摆了摆头。玉娥看那样子，知道她满腹牢骚，话都说不出来了，便道："我看你回来，精神是很好的，这是哪个给了你气受，你哭成这个样子呢？"

桃枝哽咽着道："没有哪个……我自作自受罢了。"玉娥握了她一只手道："究竟是怎么一回事？你何不告诉我，我们大家和你想个法子。"桃枝突然坐了起来，笑道："大家想法子？这件事是大家不能想法子的。"一面擦着眼泪，一面说道："我倒有一件事要拜托你。"玉娥道："只要是我办得到的，我一定办。但不知是一件多大的事？"桃枝道："我又不是一个糊涂虫，要你去办的当然要你办得到的才说。我这橱子里头，收下了一大捆画，我现在要送还人家，想存在你手上，我写信叫那个人来取。"玉娥道："这是一件极容易极平常的事，说出来就是了，何必还要先声明一下再说出来。"桃枝道："这也在于各人的眼光不同。你觉得我这件事稀松，在我看起来，也许是特别的重大，所以我先要声明一句。"玉娥道："画这样东西，既不能吃，又不能喝，也不能穿，我要它何用？既是你很郑重地交给我，我自然小小心心地看管着。"桃枝道："只要这样说，那就好办了。"于是打开橱子，拿出一个布卷筒交给玉娥道："我怕把画损坏了，布里头，还包了一层油纸。等那个人来了，你就把这个原布卷子交给他就行了。"玉娥道："你说了许久，这个人是谁，我认得吗？"桃枝道："你自认得，就是你们所说他是我的爱人，那位于水村先生。他究竟是不是我的爱人，大概你们可以知道。"

玉娥听了这话，心里才恍然大悟。原来她把这些画拿出来，是和这位于先生翻了脸。若是代她转送东西，倒未免有点帮助桃枝的意思了。

因之手里虽然接着了东西，脸上却现出了一些踌躇的样子。桃枝道："你怎么样？怕担任这一份担子吗？"玉娥笑着摇了一摇头道："这倒不是，为了这一层，只是……"说到这里，以下她无话可说了。桃枝道："你还不是怕担任这一份重责吗？你放心，不要紧的，我会写信告诉他，把话说得清清楚楚的。"玉娥拿了画在手上，只管沉默着，不能够答复出来。桃枝笑道："你只管放心，我绝不能为了这一点小事，连累你受罪。你和我交朋友，也有不少的时候了。当然可以相信，我不是一个害人的人。"玉娥谦逊了几句，也就不能向下再说了。到了这时，桃枝已经没有一点忧愁之色，倒邀着玉娥出去，吃了一顿晚午饭。在当天晚上，她又坐了到上海去的夜车，离开南京了。玉娥听了她的话，果然保持着那布卷的原封，不肯透开来。

到了第三日，上午八九点钟，果然旅社的茶房跑进来报告，说是有位于先生要见。玉娥就知道是于水村来要那卷画稿来了。于是先夹了那卷画迎了出来。水村正站在进门的过堂中，一见一个女子先夹了东西出来，便知是桃枝信上所说的朱玉娥了，因先点着头道："朱老板，我是李老板写信叫我来的。"玉娥道："我知道了。桃枝姐临走的时候，交给了这一包东西，让我转交给你。"说着，两只手就将布包递到水村手上去。水村接了布包卷，且不看里面，只向胁下一夹，停了一停，看着玉娥的脸色，突然微笑道："李老板就是交下这包东西来，并没有说别的话吗？"玉娥道："她晚上走的，我唱戏去了，并不知道。"水村又停了一停，微笑道："她没有什么表示吗？"玉娥道："表示是没有，只是回来的时候，哭了一顿，在床上丢了一条染着许多血迹的手绢。"玉娥在衣袋里一掏，掏出那条有血迹的手绢，交给水村。他先吃一惊道："呀！这些血！"然后接着手绢道："是哪里来的这些血，她碰破了哪里吗？"玉娥道："我看她是割破了手指头。"水村道："怎么把手指头割破的呢？"玉娥正要答复这一句话，里面有人吆喝，她说声对不住，已经走进去了。

水村一时忧恨交集，却不知从何说起，在这门口也站不住了，夹了那一卷画，连忙回夕照寺去。因为包得很紧，在路上来不及打开来看。

到了家之后，将布包赶快打开，发现了油纸，展开了油纸，才看到是自己的书稿，又吃了一惊。再将画稿一张一张清理出来，完全是自己放在各画纸店里寄售的。有些画稿后面，还贴有小红纸条，上面写明寄售的店名。哦！这可以明白了，一定是她在各书纸店里收买去的，怪不得曾有一家书店说，是个女子收买去的了。那么，其余各书店，当然也是如此。这样想着，在家也坐不住了，复自走出门，向以前寄售的各家书纸店去探问，果然所说一致，都说是一个青年女子收去的了。再问问那女子的形状，和桃枝的相貌，果然差不多。这样看来，决定是她，否则天下没有这样凑巧的事，总是一个年貌相同的女子把画收买了去。这一定是桃枝看我很穷，才把自己牺牲色相换来的钱，暗中来救济我。这种苦心，待我真不错，但是我却糊里糊涂，一点也不知道，真是辜负人家一片好心了。水村得了这个消息回家之后，也不告诉人，也不看书，也不作画，端了一把凉榻，放在瓜棚后静静地躺在上面。太阳已经是偏到西边去了，大半边蔚蓝色的天空，浮着几片薄云，让风吹着，在半空里移动。看去一座云山，一会儿工夫，变了狮子，一会儿又变了美人，一会儿又变了楼阁，那云彩的形式，只依着心里的幻想去变动。水村心里想着事，眼睛看着云彩，已不知身在何所了。这样地躺在凉阴地里，田野的东南风吹在身上，徐徐不断，一点汗也没有，所以也不知道天气炎热。整整地睡了两个钟头，身子也不曾动上一动。

莫新野原以为他在这里睡午觉，不必去惊动他，自己拿了一本书，也坐在瓜棚外看。正自把书看得有味，只见水村忽然由睡椅上跳了起来，拍着手道："我就是这样子办！我就是这样子办！"当他如此一跳，新野正用手掀着一页书，吓得身子一颤动，嗤的一声，撕下一页书来，连忙站起来问道："你这是怎么了？什么事决定这样办？"水村一回头，看见有人在身边，才笑起来道："我想一件事想出了神，不知道你在身边，对不住。"新野笑道："这倒无所谓对得住对不住，不过我要问你一声，有件什么事，你会这样想出了神，难道还是为了李老板吗？"水村默然着。新野道："那一定是的了，你既是如此想她，为什么前几天又和她决裂起来呢?"水村叹了一口气道:"春蚕到死丝方尽。我今天决计走了。"新野听他忽然说到一个走字,倒有些莫名其妙,便问道:"你要走,哪里去?现在还不能满意于南京吗?"水村于是将这个走字解释一番,新野也就恍然大悟了。

第三十五回

填海有心人追芳迹往
负荆无术函约怨声回

这时，于水村把今天所经过的事，对新野说了，因道："我仔细想想，我和桃枝彼此都有误会。但是误会由何而起，误会到了何种程度，我都不得而知。我必定要把她找着，彼此披肝沥胆把话都说出来，才可以把我心里这种大疙瘩解除。假使是我得罪了她的话，那不成问题，我一定向她赔罪。若是她对我发生了什么误会，我自然可以原谅她，交情恢复不恢复，那是另一问题。但是必定要大家见了面，说明这是一场误会，我的心里，才可以安定。"

新野道："这样说，你是要追到上海去？"水村道："是的，我要追到上海去，而且今天坐夜车走。"新野笑道："果然如此，你是何苦来？前天你在此地和她见面，从从容容来说一番心事，那就什么也解决了。何至于现在来放马后炮呢？"水村叹了一口气道："原来我见识浅，没有涵养，所以逼得她走了极端。要不是如此，我又何必下决心跟着到上海去呢？这里头最令人难过的，就是她还有一方血手帕交给我，我不明了这是什么意思，是她另有什么血书呢，还是凭这方手帕就作为纪念的意思呢？这一层，我也要去问问她。"新野道："你问那位朱玉娥就是了，何必还要追到上海亲自问她？"水村道："这也不过其小焉者也。我觉得不见她一面，心里不安。假如她是自杀了，我良心上怎样过得去？这个血手绢总是令人心里不能放下的一件事。你想，她要送我东西，大的、小的、硬的、软的，什么也可以送，何以偏偏送我一条血手绢？"新野被他一解释，也想到了这件事的可疑，因踌躇道："果然如此，我倒也赞成你到上海去一趟。不过她为你，并没有什么损失，似乎不至于牺牲性命来干一下子的。"水村道："她为人，个性很强，这话也是难说的。"新野对于他这话，却不能再去加以反驳。水村也就不再解释，又在睡榻上躺着。

到了吃晚饭的时候，水村把这事重新提起，秋山夫妇都说是他做得太绝情了，可以到上海去一趟。只是上海地方很大，一个三四百万人口的商埠，你却到哪里去找一个李桃枝呢？水村道："虽然她没有留下上海住址，但是有线索可寻，只要到六朝居去一打听，总可以知道她上海的家在哪里。万一不然，登报也要把她访到。"水村去的意思如此坚决，大家更只有助兴的。

水村匆匆地吃过了饭，就带了一个小提箱到六朝居去，打听桃枝的下落，然后直接到下关，坐夜车到上海来。到上海的第一件事，住下旅馆，第二件事就找桃枝的寓所了。因为在南京已得了详细地址，就照着去寻找。到了那里，是一个三等弄堂，一个两楼两底的屋子，桌面大的天井里，让自来水湿了一大片，洗衣台子、洗衣盆、晒衣绳子、破篓子、破椅子，占去了大半边，简直没有下脚的地方。正面屋子外堆了一堆木柴，屋里两张床铺，夹住一张桌子，地板上一张小矮凳子，撒了许多菜叶。有一个男子坐在床铺上架腿拉胡琴，一个女子披着干头发，敞了衣襟上的纽扣，拿了东西在手上吃。水村想，看了这屋子的陈设，和屋子里的邻居，并可以想到这里环境如何，这样的地方，她如何可以住下哩？他走到大门口的时候，不由得向后一退，人都呆住了。那个吃东西的女人，就首先问他是找哪个的。水村告知了来意，她笑道："她们发财了，租了好房子住了。"水村道："是什么时候搬走的呢？"那女人道："是昨天搬走的。"水村道："搬家也不见得就是发财。"那女人道："她嫁了银行里一个行长了。"水村听了这话，半晌作不出声来，呆站在门口。那女人道："你要打听她的下落，那也很容易，你只到姓万的那银行里去等着，跟了他的汽车走，你就会知道的了。他还少得了天天到小房子里去吗？"说毕，她微微地一笑。水村受了她这一声冷笑，犹如让她将尖刀在心里刺了一刀一般，在这里已是站不住了，立刻掉身来，就回旅馆去。

一路之上，经过繁华的马路，看那百货商店中所陈列的东西，云霞灿烂；马路的汽车，如鱼穿梭；游戏场里的音乐，高拂云汉。心里念着，上海这些事情，哪样不是引诱人的？被引诱的人，谁又不愿意得着？只要可以得着，在自己受着一点牺牲，那又算些什么？这样看起来，桃枝要到上海来寻丈夫，到了上海要嫁一个银行家，这有什么奇怪呢？在人力车上，一路想着到了旅馆，便躺在一张沙发上，还是静静地凝想。自己原来不吸香烟的，现在感受到万倍的无聊，也叫茶房拿了一盒香烟来抽了一根，抽完了，又抽一根，不知不觉之间，把一盒香烟抽去了一大半。平常吸完一根香烟，便感觉脑筋胀痛，现在一直吸了五六根香烟，还并不觉得心里怎样难受，还是自己警戒着自己，可以不必再吸烟了。听到房外有个卖报的，叫着大小报的名字，由远而近，便花了两角钱置了一沓小报来消遣。翻了几张，忽然一个女人的相片，射入眼帘，清清楚楚的，可以看出来不是别人，正是桃枝。那相片的前方，有一行木戳题目，乃是京门歌后下嫁记。文中大意说是桃枝已经到了上海，要嫁一个银行中人做小星，现住在春风旅社四层楼八十一号，其父母正部署行宫，一俟就绪，即当迁入。水村住的，正是春风旅社三楼，彼此只相隔一层楼，却到旅馆外四处去打听，正是舍近而求远了。丢下了小报，一起身出了房门，就向第四层楼走。

　　这第四层楼，由八十一号房间去的路，是一条长长的甬道。水村站在甬道的这头，远望着那一头，也不知哪一个房间是八十一号。待冒昧走上前去，怕对面遇到了桃枝及桃枝要嫁的人，彼此都不好意思。然而不向前去，又怎样去见她呢？正自这样地徘徊着，一个茶房看他形迹可疑，便迎上前问道："先生，你是找哪位的？"水村顿了一顿，点头道："我住在三楼二十四号，这里八十一号，是不是住着一个姓李的？"茶房对他看了一看，答道："是的，是位堂客，你先生认识她吗？"水村道："认识的，而且我们是很熟的朋友。她现时在房间里吗？"茶房道："出去买东西去了。"水村听说桃枝不在家，胆子便大了起来，索性放开脚步，走向前去。到了八十一号房门口，还停住了脚，仔细看了一看，然后仍由原路下楼。茶房问他贵姓，他想了一想，说是回头再来吧。自此水村不出门了，只在旅馆里坐着。坐到了一个钟头，心想，若是桃枝是出去买东西的话，这个时候，应该回来的了，再去看看。想着，走出房门来，手向后反带着房门，又转了一个念头，还是不去的好吧？我宁可写一封信给她，让她来找我。于是又推开房门，再回房间里来写信，将笔墨纸都摆到了桌上，情不自禁地又拿了一根香烟抽着。心里可就在转着念头，这信上应当如何去措辞，把一根香烟抽完了，依然不知道要怎样去下笔。因为要写得简单些，怕桃枝看了，会不明了来意，要写得详细些，又怕这封信落到旁人手上去了，又给桃枝老大的不方便。想来想去，还把话向她当面说明的为妙。如此一转念头，不要写信了，第二次再走出房间来。这回是下了决心，心想，她不是嫁了万有光吗？我和桃枝认识，万有光也是知道的，我就让他看见了，也不过说我是他手中败军之将，将我申斥一顿。那么，我再认失败一次得了，又属何妨呢？于是放开脚步，一直走向第四层楼去。

当他走到第四层楼口的时候，只见一个男子，陪着一个女子在甬道口上一闪，那个男子不曾去仔细认清是谁，那个女子可看清了，正是桃枝。也不知是何缘故，自己一见之下，赶快就将身子向后一缩，这里是扶梯口，有一个转弯的墙角，墙角外一直过去，乃是电梯口。只听桃枝笑语声经过墙角，向房间里去了。水村一想，这个时候，要去见她，未免不识相，还是退一步，于是又退回屋子里去。一看桌上笔墨纸都摆好了，就是差自己写。自己一顿脚，忽然自言自语地道："我这人也太没有勇气了。就是和她见一见面，又要什么紧？难道真能翻脸说我怎么样不成？写信就写信，大概不能办我一件什么罪。"决定了，于是提起笔来就要向信纸上写。但是只写桃枝两个字，便停住了。这以下，称她什么呢？女士、老板、君、妹？越向下想，越不对，但是写着女士二字，也像过分的客气，不是那种友谊之间所说的话了。那么，简单就是桃枝吧，不对，这似乎是爱人的相唤了。于是又将笔搁下，再取一支香烟缓缓擦了火柴，缓缓抽起来。不过吸了一二口，突然将烟向桌子脚下痰盂子里一扔说："管她呢！"便向下写道：

桃枝女士：

　　我因有许多重要的话，非和你当面解释不可，特意追到上海来见你。我现在三楼二十四号，希望你回信，许我作一小时的谈话。

　　　　　　　　　　　　　　　你的朋友于水村上

　　这样写着，自己看了一看，纵然是落到万有光手上去，也不见得会发生什么问题的。于是将信封套好，上写"呈李桃枝君"，注着内详。信封上所以不写女士而写君字，也不解何故，仿佛是信封上写了女士，就不秘密似的。于是将信揣在袋里，又拿好了两块现洋捏在手上，缓缓地走出了门，再上第四层楼。这一次走得更奇怪，不知不觉地，连脚步走得都放轻了。到了第四楼的甬道口，见一个茶房经过，脸先红了。因为茶房注意了他一眼，心里想着，不要是他们看到我老向楼上来，有些疑心吗？倒是那茶房见着他，忽然停住了脚，心里有些明白，便问道："你先生找哪一号的？"水村先在袋里将两块钱、一封信，一齐掏了出来，然后低声道："我是和朋友带来的一封信，请你送到八十一号。不过……"那两块钱就递到了茶房手上，脸上似乎带了一点笑意，接着道："你等那位李老……不，李小姐一个人在屋子里的时候，你才交给她。"茶房看了看信封，又看了看钱，将钱和信一齐向短衣口袋里一插，说句有数了，点了点头。水村本来还想交代两句，一看甬道上又有人来往，这话也就不必说了，掉转身匆匆走下楼去。

　　到了自己房间里，心里忽又发生一种奇异的感想，似乎自己做完了一件什么事，又似乎自己有一件什么事没有安排得好。仔细想着，也就不过是这封信，不过这封信的下文如何未能知道罢了。一伸手拿起桌上的香烟盒子，抽出一支烟来，接着又将烟塞进盒子里去，将烟向桌上一抛道："唉！老在烟上出气做什么，我不会到外面去玩玩吗？"于是戴了帽子，叫了茶房，吩咐说："假如有人送信来，给我收着，有客来，请到我屋子里去留一个字。"茶房看他也不会有珍贵物品放在房间里，

266

他自己既如此说，也就答应了。

　　水村出到旅馆来，在马路上看看，信脚所之，迷了方向，索性乱走一阵。直走得两脚有些酸痛，然后坐了一乘人力车回旅馆来，已早是灯火满街了。到了所住的那层楼上，茶房首先笑着迎向前道："先生，有一个堂客坐在你房间里等你。"水村听着，不由得心里一跳，觉得桃枝究竟不错，我写了一封信给她，她居然就来了。心里高兴极了，脸上自然也会发表一种笑容来。及至走到房门口，将房门一推，不由得身子向后一缩，原来坐在屋子里，果然是个女人，但是这女人是秦小香，却不是李桃枝。小香何以到了上海？到了上海，又何以会找到旅馆里来？这是意料以外的事了。当他这样身子向后一缩的时候，小香已经懂了他的意思，便笑着站起来道："于先生，你有点出乎意料以外吧，我是怎样会到这里来的呢？"

　　水村谦让着请她坐下，斟了一杯茶送将过去，然后坐下来，首先问了一句道："怎么着？是秦女士一个人来的吗？"小香微笑着，架了腿将脚尖抖着，默然了一会儿，只答复了三个字："你猜哩？"水村笑道："我猜吗？根本上我就不应该称你作秦女士，应该称你为李太太。我在南京，接到你们的结婚启事，我真替你们欢喜呀！"小香笑道："妙极了！我们也住在这家旅馆里，我是在杭州接到了桃枝的信，赶到这里来的。当你出门的时候，我们正是在屋子里收拾行李，现在我屋子里来了太湖一大批客，闹得太厉害了，所以我避到你屋子里来。"水村这才恍然，原来是与桃枝的事情一点没有关系，因叹了一口气道："人事真是难说，不料我们在南京的几个穷光蛋，现在又混到了上海来。但是我只来了一天，已经觉得烦腻到十二分，很有点坐立不安。"小香道："是的，我们搬进来旅馆以后，也是没有会到桃枝的，很奇怪，我们明明知道她在房间里，我去拜访她的时候，房门紧闭着，茶房却说是出去买东西了，她特意写了信叫我们来了，又给我们这大的钉子碰，这是什么用意呢？"水村站起身来，在桌子上把那香烟盒子捡起来，又抽出一根烟来抽着。小香道："我已经写了一个纸条让茶房送了去，大概她接着信，总会给我一个回信的。"水村微笑道："给不给回信，由着她了。请太湖过来，我们大家谈谈吧。"小香想了想道："把他找来谈，他也谈不出个什么办法来，我想还是你在屋子里静待好音，让我们在外面和你想个转圜的法子。你等着，我去和你看看。"说着她起身出房门去了。

小香走到她自己房门里去了，只见太湖背了两手在屋子里踱来踱去，似乎有一件很重大的事情，放在心里未曾解决一般。小香道："怎么样？她有了回信了吗？"太湖摇了一摇头，眼光却射到圆桌子上的一张纸。小香是不大认识字的，将纸拿在手上，横竖看了两看，笑问道："这是她写的信吗？信上说了一些什么？"太湖道："气死人！"说了这句话，向沙发上一躺，将腿高高地架起。小香笑道："你也不要一个人生闷气，有什么话说出来，大家听听。"说着拿了那张纸塞到太湖手上。太湖接过纸去，皱了一皱眉道："我想，你不知道也罢了，你知道是格外会生气的。"小香也挨身在沙发上坐下，侧了身子向着他的脸道："你不念给我听，我心里就闷得更难过，你不是有意和我为难吗？"太湖看了新夫人的脸色，一手伸着握了她的手，笑道："你不要闹脾气，我念给你听就是了。"于是另一只手拿了信念道："太湖先生，你写来的字条，我收到了，但是同时于先生也写了一个字条来了。你二位何以不征求我的同意，把他引了来？他在南京当了朋友的面，已经和我绝交了。朋友绝交，便是路人，他还来找我做什么？他说有话要解释，我不知道有什么可解释。我在南京的时候，也是有话要和他解释，他为什么拒绝我哩？我既不能和他解释什么，他也不必和我解释什么，这是很平常的一个办法，叫他不必再来打扰，破坏我和别人的感情。你就对他说，我恨他，我恨极了他，也就不再写信给他了。我的脾气，小香妹是知道的，我这样直言，就是我心里并没有别的怨恨，请你原谅了。万李桃枝拜上。"

太湖念完了，紧紧捏着小香一只手，望了她的脸道："你听听，应不应该生气？"小香皱了眉，许久不言语。太湖道："你说，这是不是可气？水村原是他自己来的，与我们有什么相干？她倒疑心是我们勾引来的了。"小香道："既是如此，我自己去见她。女的见女的，那个万先生，总不能拦着我不进去。"说着，站起身来一拉房门就要向外走。只这一拉房门之间，小香忽然向后一退，原来水村正站在门外哩。

第三十六回

情敌恰相逢强颜握手
恩人何忍害储药回心

　　太湖见水村站在门外，料得他把刚才所说的话，已然听去了，就跳了上前，和他握着手道："我早就看见你了。"水村勉强带了笑容跟着走了进来，随便就坐在一张椅子上，却点头向小香道："请你也坐下。"太湖向小香以目示意，小香只好回转身来坐下了。水村道："对不住你二位，刚才所说的话，我已经听到了。我觉得我们朋友是不拘形迹的，所以冲了进来。既是让我知道了，太湖何不索性将那信交给我看看？"太湖道："既听到了，你又何必看？"水村道："你既全念得我听见了，又何必不把原信给我看？"小香忍不住笑道："彼此都是无谓的辩论，你们在这里看信，让我去见她，到底还能够当面问个水落石出起来。"说毕，她也不等太湖许可，起身就走。

　　她原是和水村同住在第三层楼上的，这时就便走上第四层楼，向桃枝住的房间走来。到了那房门外，恰好门是开的，桃枝一个人在床上躺着，小香站在门口先叫了她一声，提脚就跟着进去。桃枝一个翻身起来，微笑点着头道："我猜你一定是会来的，请坐！"说着，倒了一杯茶放到桌上。又道："请喝茶，我知道你有一大篇话要说的，请你先润润口。"小香坐下道："不错，我是有许多话要来和你说的。万先生呢？"桃枝笑道："你不用管了，我的事都是我自己做主，他来不来，没有关系。你有话，你只管说。"小香道："你刚才回给太湖的信，何以写得那样厉害？"桃枝头一昂，将头上的短头发一掀，脸上现出得意的神气来道："我这信写得厉害吗？我觉得还十二分的客气呢！"小香道："你有点误会，我是你写信叫来的，于先生是他自己来的，不过不

269

谋而合，大家碰着了罢了。"桃枝道："你也有些误会了。我写给李先生的信，是要他把信上的话转告诉给姓于的，并非对你们二人我有什么意思，你二位是我写信请来的，我能得罪你吗？"小香道："既是请我们来的，知道我们来了，怎么不去看看我们哩？"桃枝道："此理易明，你们和姓于的在一处，我去见你们，岂不会和姓于的见面？你们若到我房间里来，我是欢迎的。"小香道："你就料到姓于的不会来吗？"桃枝一点头，似乎把她所要说的一句话，格外要肯定些，便道："他当然不会来，因为他和我已经绝交，不能无故走进人家内眷的房间。你二位是我请来的，当然可以来。"小香道："你请我们来做什么？"她以为这一句话，一定可以驳倒桃枝，问话时，将目光注视着桃枝的面孔。

桃枝微笑道："我请你们来做什么？我请你们来喝喜酒的。"小香道："喝什么喜酒？"桃枝道："你难道还不明白，我已经嫁了万有光了。就在这个礼拜日，我们就在这第五层楼上大大地请上一回客。"小香道："这就算是喜酒吗？"桃枝道："自然啦。你想，人家娶姨太太，还能够怎样大张旗鼓，有什么仪式吗？"小香笑道："你怎么会说出这种话来？"桃枝正色道："这种话又怎么不能说呢？你以为姨太太三个字，有些不好听吗？我觉得无所谓。就算不好听，只要姓万的真能爱我，人家叫我牛马畜生，什么都行。人生在世，穿衣吃饭，不就是为了图舒服吗？我嫁了姓万的，那就吃也有了，穿也有了，一切找快乐的事都有了。我为什么不做姨太太？我觉得与其嫁一个不爱我的人去做原配，那就不如嫁一个爱我的人做二房三房，甚至于做七房八房，我现在只要人家能了解我，能让我快活，什么都在所不计的。"小香听了她这一篇话，觉得全然不对，但是自己向来不大会说话，肚子里又不像桃枝装下了那些个墨水，因此听完了之后，只向她欠着嘴唇微笑了一笑。桃枝道："你不用笑我，我决定了这样办，就是这样办。"小香道："好！回头我再来和你长谈。现在我房间里还有人等着我的回信呢。"说毕，自己又走了出去。

到了房间里，水村还不曾走，太湖一看她脸上的颜色不好，就知道没有得着什么好消息，问道："你也不等我们大家商量一个办法，你就走了。你瞧，这岂不是自找钉子碰？"小香道："你们又能想出什么办法哩？她是一个未曾出门的姑娘，她有权自由嫁人，谁拦得住她？"水村微笑道："她嫁她的人，哪个要拦她？"他手上正夹了半根香烟在指缝里，这时突然向烟缸子里一抛，站将起来，似乎有个要走的样子。太湖站起来，扯了他的衣服，让他坐下，笑道："少安毋躁！我以为这些话，都用不着谈。她嫁也好，不嫁也好，我们非找她来当面解释一下不可。总而言之一句话，你是要表明你不曾辜负她。"水村点点头道："对了。但是她一定不见我，我也不必见她。所有要说的话，托你夫人转达好了。"说时，趁了太湖的冷不防，便跑出了房间，回自己房间去。

　　但是到了自己屋子以后，又感到坐立不安，因为自己到上海来，唯一的任务，就是要找桃枝。现在把桃枝找着了，连见面的机会，完全没有，不是自己预想的那一般，那么，所获得的，只是懊丧。上海虽大，走出去，也觉得没有什么可玩的。但是始而以为在屋子躺着出神的好，关在屋子里久了，也就感到无聊，觉得还是找着太湖谈谈的好。于是复又走出房来，直向太湖房间里去。他第一次来的时候，进门不曾考虑。现在第二次来，就更是坦然，只是他一推门，身子向前一步，吃了一大惊，身子向后，脚步却移不动。原来在这房间里的人，除了太湖夫妻而外，又另加了一男一女。男的是万有光，女的就是桃枝。桃枝见他有发呆的样子，便站起身来向他招招手道："于先生，请进来坐。你为什么站在门外头呢？"到了这时，水村进去，固然是难为情。若是不进去，又显得自己小气。不过先站在门口，点了一点头道："好！进来坐。"一抬腿又笑道："在这里，都是客，大家用不着客气的。"桃枝和太湖夫妻，正围了一张桌子坐。万有光另坐在旁边一张沙发上，口衔了雪茄，却是很自在的样子，带了笑容，听别人说话。桃枝向水村笑着，又招了招手，指着沙发椅子道："这里坐下吧。"水村点头道："好！我就是这里坐下。"不过他坐下来，却不能像万有光坐得那样子适意，只有一点屁股边沿，靠着了沙发，两只腿撑了起来，还吃着很大的力呢。桃枝掉转身来向着水村微笑道："请你和万先生握一握手，回头我还有话说。"水村听了这话，脸一红，眉一皱，向桃枝瞪了眼睛，忽然笑起来，向她点了点头道："好！我就和他握一握手。"说毕，手一伸出来，万有光早笑嘻嘻地握住了他的手，连连摇撼了几下。

这个时候，水村真是一肚皮的痛苦，万万料不到桃枝会如此摆布。然而人家既以笑脸相迎，自己又何必装出苦脸子来？握手的时候，索性哈哈一笑道："万先生，我们彼此之间原来有不少的芥蒂，经此一握手之后，就可释然了。哈哈！"太湖夫妇已是看得呆了，桃枝只是含着微笑。

等他两人握的手，刚刚一撒，她就突然站起来，将一只白手臂竖了一竖，然后向大家一摆手道："大家不用肚子里奇怪，听我来背一背我自己爱情的历史。现在我已经答应嫁给他做姨太太了……"说时，向万有光一指，接着又道，"我为什么愿意这样呢？我自然有个理由。原来我是很爱于先生的。于先生也很爱我。唉！偏是情场多事，突然从中来了个万有光，其初，我只是图他几个钱。后来一看这个人也不坏，不免和他往来密些。然而于先生不免有点误会，以为我的爱情容易移动的，对我也发生了疑心。在我呢，其初是不觉得，后来觉察一些出来，要问问于先生，一来有些不好意思，二来也怕不问很可随便放下，一问之后，倒着了痕迹了。不料错上加错，有一天，我到清凉山去看于先生，遇到于先生和一个女朋友在一处，我以为于先生别有所恋了。女人总是嫉妒心很重的，我一见于先生和一个女人在一处，我心里怎的不生气呢？我一气之后，马上变了心，就跟着这位万行长一路去游西湖。总而言之一句话：是我这个人意志太薄弱了。在火车上又遇到了万行长的侄少爷，我因为他是个白面书生，而且又能温存体贴，糊里糊涂我就爱上他了。不料我这爱字一生，就上了他的当。这个人好歹是和万行长有些关系的，那详细情形，也就不必我去再说。我由万行长身上，转爱到他身上，上了他的当，绝不能再回到万行长身上来，所以再去找于先生。不料于先生和我来了个画地绝交，我到了这个时候，不要脸了，因之就回到万行长身边来。他是有太太的，第一个条件，我就自己声明愿意跟他做姨太太。第二个条件，请他找一个女教员让我闭门读书，以后谢绝一切交际。第三个条件，我没有了，全听他的。是不是对我和他侄少爷一段关系有些不满意呢？他真开通，说是我回转心来爱他，是更爱他了，这些事绝对不管。他有的是钱，只要花得痛快，当然他是一毫不吝惜的。所以就在这两天工夫之内，把一切事情都安排妥当了。现在我们已经定了这个礼拜日子结婚……哦！不是结婚，一个人娶姨太太，是谈不到什么结婚的。不过是宣布同居罢了。在那一天，我愿请请我的好朋友来喝一杯喜酒，就是于先生，我们虽谈不上爱情，友谊当然还是可以保存的，我很想请于先生也到一到。不知道于先生肯不肯赏光？"水村笑道："喜酒总是要喝的。你不请我，自己还要抢着来喝呢。既是请我，无论如何，我也要到的。"

太湖小香以至于万有光，听了他二人说话，都不免发呆。但是他两人说话都是很坦然的，一点也不在乎。桃枝走上前拉着水村的手，握了一握道："这才是我的好朋友。以前的事那算什么？我们揭过这页历史去了。"说到这里，她就撇开了这一段事，只谈些上海各种娱乐问题。在上海旅馆里几层高楼之中，四周不见天日，是无所谓日夜的。白天点电灯，晚上也点电灯，所以什么时候天亮了，什么时候天晚了，完全不知道。水村在太湖屋子里，谈了好多话，不知道是什么时候，因为眼睛斜射在桃枝的白手上，见她手背上的表针已指到了八点。大家只管说话，不觉坐了一整夜，又过了一天了。便站起身来笑道："这真是不知东方之既白，有话再说，我要回房间去睡了。"说毕，匆匆地就回房间去。自己连衣服也来不及脱，脚拨着脚，将皮鞋拨下，就倒在床上睡了。

这一觉睡去，也不知经过了多少时候，偶然醒来，只见屋子中间那盏电灯还是通明地悬着，仿佛是夜里。这墙头旁边有一个窗户，是绿呢幔掩着的。掀开了绿呢幔，露出了玻璃窗，原来是临着人家一方屋顶的。太阳微向西斜，照在屋顶平台上，也躺过一两点钟罢了。水村打了一个呵欠，关了窗户，又在沙发上躺下。再醒过来，电灯还亮着，以为还是白天，掀开窗帘时，已经看到远处许多尖屋顶上的灯亮了。只好开了窗户，忙着漱洗一阵，按铃叫茶房来泡茶。在这时，回头一看屋子里桌子上摆满了茶壶、茶杯、水果包、糖果包、报纸、书本，乱七八糟地

273

分不出眉目来。椅子上也是堆着衣服和报纸，痰盂子里满满的一盂子水，里面有碎纸，有水果皮，简直不可以寓目，心想道："旅馆这种地方如何可以住得？"

正想到这里，房门一推，一阵脂粉香。只见两个穿花衣服的女士，露着手臂，挺着胸前两个乳峰，笑嘻嘻地走了进来。水村对她们脸上望着，红是红，白是白，自然是漂亮的少女，却看不出来是一种什么人。她们很不愿意的，一直走到屋子里面来。走到屋子里以后，一看水村，彼此并不认识，哟了一声，向后退着，笑道："老张掉了房间了，今天不在这里呢，对不住呢！"说着，向水村连点几下头，倒退出去，顺手给水村关上了门。可是在这一开一关之下，水村的耳朵听到了一阵麻雀牌声，他的鼻子又闻到了一阵鸦片气味。心里想着，在租界上的旅馆里住着，无非是这几样了：鸦片、金钱、女人，情形是麻醉、欺诈、荒淫，此外是不知道时间，不知道空间，不知道气候，甚至是不知道世界。这样的地方，不是为了桃枝，我来做什么？桃枝不但无情于我，她当面说嫁人做妾，而且还要在做妾的那一天，请我喝酒。这简直是当面侮辱我，当面刺激我，我虽是无志气，能去受这样的气吗？自己想了一阵，就躺在沙发上，静静地想心事。

当他想心事的时候，茶房送进一份请帖来，那请帖上写的是万有光、李梅芬两个人的名字。梅芬这两个字，是桃枝的本名，是唱戏以外用的。现在恢复了这个名字，自然不唱戏了。他手上拿了这份请帖，只管望了出神，口里哼着，冷笑一声道："不要太高兴了！反正我有法子对付你。"想了许久，将请帖突然向桌上一放，站起身来道："好！我有法子对付你。"说毕，他戴了帽子，就出门去了。一直闹到深夜一点钟回来，身上便带了两瓶药水，由袋里掏出来。举着瓶子看了一阵，口里冷笑道："你不是长得漂亮，用漂亮来迷惑人吗？我现在破坏你的漂亮。"门一推，有人笑道："为什么你一个人自言自语？"水村赶快将两瓶药水揣了下去，回头看时，是太湖夫妇来了。太湖笑道："你将什么东西揣进了袋里？不让我们看见。"水村道："没有什么，不过是一瓶安眠药水。"太湖笑着摇了摇头道："不会的，你不是那种人，也犯不着

274

为了一个女人去自杀。"水村笑道："你瞧不起我，以为我没有自杀的勇气吗？"太湖道："不是那样说，凡是一个人为恋爱而自杀，对于那个女子，一定是爱，而不是恨。现在你对于桃枝，完全是恨。除非你揣了手枪去打她，你才可以平一平胸中的怨气。你若是喝安眠水自杀，你未免太冤了。"

太湖说着话，和水村同在软榻上坐下。小香靠了桌子，站定望了太湖出神，摇摇头道："男子汉的心眼，未免太厉害了。女子失了男人，不过和男人决裂而已，充其量要几个钱。男人失了女人，就要拿枪去打她，太狠心了，你们不是很文明的人，主张恋爱自由的吗？为什么要干涉人家的自由？"太湖笑道："这几天因为别人的事，倒把你一张嘴逼出来了。"小香道："可不是吗，因为你所说的话，也太狠了。"说毕，她噘了嘴，拿了一根纸条，只管在桌上搓，再不发一言了。太湖也就依着新夫人的意思，劝了水村一阵，以为情场角逐，也绝不是有胜无败的。既是失败了，只当没有这件事，又何必老放不开手来呢？水村道："我决不计较了。他们是后天结婚，等喝过他们的喜酒，我连夜就离开上海。"太湖道："难道你一定还要喝她的喜酒吗？"水村道："那自然，要保持我们以后的友谊，不得不如此呀。"小香道："于先生，这话对了。你不必念桃枝别的，只念她当日在书纸店里收买你的画稿，她要帮你的忙，又不肯明帮你的忙，这一番苦心，也就太好了。"水村听了他们这话，也就默然无话。大家谈到夜深，太湖夫妇先自回去。

留着水村一人在屋子里。他靠在沙发上，想了一阵，把衣袋里两个药水瓶子拿出来，放在桌子上，自己对了那瓶子，不免出了一会儿神。想到小香刚才所说的话，对极了。只念她当日在书纸店里收买我的画，让我维持生活，用心真周到呀。假设她明明借钱给我，我是一个男子，还要依靠歌女为生，未免可耻，我算卖画，她算买画，就无所谓了。她又怕我不肯卖画给她，只愿陆续买我的画，却不让我知道。设若我没有和她生疏，她收我的画，还不知收到何日为止呢？试问她的钱是怎样来的？不是陪着人家笑，陪着人家玩，忍受着侮辱换来的吗？我花过她这样的钱，我自己只应当感激惭愧，怎么倒要拿硝镪水去砸她？我错了，

275

我完全错了！

　　想到这里，拿着两瓶药水就要抛掉。然而这东西太厉害，流到哪里，就烂到哪里的。于是把两个瓶子，揣在身上，走出旅馆，就想抛在一条冷静些的马路上。转一个念头，这还是不对，假使有人赤脚过去，岂不烂了人家的脚？那么，塞在阴沟眼里，也许有人下阴沟捞东西。丢在垃圾桶里，也许有人找失物。这一下子，倒觉得这两瓶东西一点没有办法对付。想来想去，忽然得了一条妙计，坐了人力车一直奔到黄浦滩。下了车，不管一切，一直奔向江边。到了江岸，两边一看，并没有人，于是下着决心，再向前一步，就实行他的办法了。

第三十七回

交友可无猜宠召面谢
做妾原不忝盛惠心仪

　　当水村到了水边，身上正想有一种动作的时候，忽然有一个人在身后叫道："你这是做什么？"接着就有一只手抓住了自己的衣服。回头看时，原来是太湖在身后追着来了。水村道："你这是什么用意，以为我要投水吗？"太湖手抓着他的衣服，依然未放，皱了眉道："你这人未免太想不开了。我们正譬方，反譬方，什么话都和你说遍了。不料你心是这样的死，非干到底不可。你不想想，你的前途是非常的远大，为了一个女子自杀，是万分值不得的事情吗？"水村笑道："你简直误会了。我何尝有自杀的意思，我原来是想杀人，现在一想，这事不对，已经完全回转念头了。你不信，看看我手上拿的是什么？"在衣袋里掏出两瓶硝镪水，手一举，扑通两声，一齐抛到江里去，笑道："我是为了送掉这个。"

　　太湖对于此举，还是不大十分明白，经他详细解释了一番，原来如此，倒不由得扑哧一声笑了，因道："你这人一好起来，好得也就过分了。为了怕人受害，把两瓶药水，亲自投到江里来。那么，对于你买这种东西的时候，相隔有多少点钟哩？你的心理，变化得真快呀！"水村道："的确的，我的心理变化得太快。但这是什么缘故，我自己也说不出所以然来。"太湖口里虽然如此说，心里总还怕他有什么变动，手握住他的手，无论如何也不放，笑道："我们慢慢地走路，走回去吧。"水村看他这情形，心里也很明白。于是微笑不言地，一路跟着他走回旅馆。

　　先到了太湖房间里，小香见他二人面有笑容，便问太湖道："你见神见鬼跟着于先生后面追出去，究竟为了什么？"太湖道："我并不见神见鬼呀！你只看水村那时候的脸色，苍白得怕人，哪里能说没有事？但是等我追到他身后，原来是不相干，不过是看看江景而已。"他说着话，目视水村。水村微笑。小香万料不到水村有那样一着棋，也就相信了。在水村自己，自此以后，果然变了态度，非常地快活，日夜都在游戏场里鬼混。在电梯上下数次，和万有光桃枝二人会面，都是很欢喜地和他们谈话。

有一次，在深夜三点钟回来，水村满脸带着酒色，又和万有光桃枝在上电梯的时候撞见了。桃枝随便地问了一声哪里来？水村笑道："跳舞。"桃枝道："从来不曾听到说于先生会跳舞呀！"水村笑道："这管什么会不会，花了大洋钱买张舞票，抱着女人转几转就是了。"这时，电梯门口，并无第四个人，桃枝见他说话如此放肆，便嘿嘿两声，笑起来道："于先生从此以后，恐怕要以侮辱女人为第一条原则？"水村道："对的。就怕我没有那些个大洋钱，假使我有那些个大洋钱的话，要尽量地挥霍一顿。"万有光口里衔了雪茄烟，看看水村，又看看桃枝，只是默然。电梯开到了楼下层，开了栅子门，还哈了哈腰，让水村进去。桃枝一个人还自言自语道："女人也不尽是看得洋钱重的。"这一句话，不轻不重地正打入水村的心坎。水村就不作声了。

万有光陪着桃枝，进了房间，才笑道："这位于先生却是有点喜怒不测，可怕得很。"桃枝躺在沙发上，静静地想了一会儿，摇着头道："你这话不对，从前我初认识的时候，为人很诚恳的，不过现在他变成一种不可揣想的情形来了。这或者是为了我的事，受了一点刺激。"万有光道："你这是更不对了。既知道他是受了你的刺激，你为什么还要请他在明天喝我们的喜酒？设若他在酒席筵前，神经失常，又发起牢骚来，你看怎么办？还是让他去呢，还是把他驱逐出宴会场外去呢？如此一来，恐怕是个大大的笑话吧？"桃枝听了这话，倒凭空添了一重心事，帖子是已经下了，要阻止人家不来，这简直是一种重大的侮辱。然而果然让他来，便是万有光所说的话，不能料定他不失仪。想来想去，竟没有一个妥当的法子。万有光看她脸色上那种神情不定的样子，笑道：

"现在你也感到这件事不大妥当吧？不过据我看来，只有一个法子，解铃还是系铃人，你去和他疏通疏通吧。"桃枝道："这样夜深，又是在他酒醉之后，让我这个女子去疏通男子，这句话有点不妥。"万有光也笑道："事情固然是尴尬，不过我很相信你的为人。"桃枝想了一想道："那么，我们两个人去。"万有光道："我是他的情敌，又是个胜利者，合了那句俗话，仇人见面，分外眼明。我若去见他，不但好不了事，恐怕他会气上加气。光明磊落地会朋友，去就去，来就来，你怕些什么？"桃枝突然站起来道："好！我就去一趟。你都信得过我，难道我自己还信我自己不过吗？"说毕，推开门，就直向水村这层楼来。

水村回来之后，已经关上房门睡觉了。桃枝用手轻轻敲着门，只听到水村在屋子里道："咦！你夫妻两个到这时候，还没有睡觉？"说着将房门打开，吃了一惊道："原来是你！一定有什么事见教？"桃枝道："我有几句话要和你说一说。"水村向她浑身上下打量了一番，笑着点点头道："好的！"于是闪开在门一边，让桃枝进来坐下，给她斟上了一杯茶，放到面前，然后远远地在她对面一张椅子上坐下。

桃枝端了茶杯，缓缓地喝了一口茶，又缓缓地将杯子放下，微笑道："我很对不住你……"水村抢着答道："我们现在是朋友，过去的事，不要说了。而且我想来想去，是我对不住你。"桃枝道："不过我性情太偏了。你追到上海来，我至多不理会你，也就完了，为什么我故意用种种手腕来刺激你呢？刚才你在电梯口上所说的话，我很原谅你，好在也并没有第四个人听见。只是以后……以后……"她说着，看了水村的脸色，缓缓地道："希望把前事当作云过太空，我们成为一个好朋友。我固然有许多不对的地方，但是也有一两样好处，请你只念我的好处就是了。"

水村道："你到我房间里来，就是为了这两句话吗？"桃枝道："是的。我是无所谓，有光他怕你心里对这件事放不下去，见了面，彼此总好像有些不服气似的，那很能……"她也不知道下面要做个什么结论，便停止了。水村将手抚着额头，思忖了一会儿，摇摇头道："我今天酒喝得太多了，脑子有点不清楚，你说的这话，我始终不明白你用意所在。"桃枝道："其实也没有什么意思，不过明天是我们宣布婚姻的日期了。怕你更要受感触，所以我先来安慰你几句。明天请你到，不过不要拼命地喝酒。因为我明天对了大众，不便来劝你了。"水村笑道："哈哈！我明白了，你是怕我在大庭广众之中，胡说八道，对不对呢？我于水村，虽然一时糊涂，总也有清醒的时候，我就不前前后后仔细想想吗？我在昨天就觉悟了，对你完全是善意了，你不信，可以问问李太湖。然而我这样说了，你决计不放心的。我告诉你，我明天搭早车就回南京了，你这杯喜酒我只算心领。"

桃枝听了这话，自然是心里放下一块石头，然而自己的心事，让人家猜破，倒反感有些惭愧了，红着脸勉强道："不是那个意思。不过我很后悔，我不嫁你做妻，嫁别人做妾，嫁别人做妾，还要请你去喝喜酒，这太予你以难堪了。但是你一定能原谅我的。"水村站起来，走近前一步，用很柔和的声音弯了腰，向着她的脸道："李女士，你放心，快天亮了，你去安歇吧。本来你予了我以难堪，我应当予你以难堪的。然而对一个心爱的人，予她以难堪，这不是我们所应做的事。所以我对于你，完全退让了。"桃枝道："一个心爱的人？"水村道："对了，一个心爱的人！虽然我恨你，我怨你，然而我总是爱你的。你去睡吧。好安歇了，明早起来做新娘。"

桃枝实在也有些倦了，站起身来犹豫了一阵，低声道："你不再恨我了吗？"水村道："你放心去安歇吧，我九点钟就走。"桃枝走到门边，回转头来道："我早知道你是这样，我不应该太激烈了，我有些……"水村笑着站起来道："善事夫子，无有二心。"说时手扶着门，要做个关门之势。桃枝站着停了一停，望了他道："你若是走的话，也许我们这是最后一次见面了。"水村道："凡事总有个最后的，那有什么关系呢？再见了。"说毕，缓缓将门关上。

桃枝对着房门，望了一望，伸起手来，想去敲门。但是刚一抬手，又缩回来了，只是叹了一口气。正转身要走，水村一开房门，探出半截身子来，笑道："还没有走吗？"桃枝道："我很对不住你……"声音哽咽住了。水村回转身去，却把放在枕头下的请帖拿了来，双手交给桃枝，微鞠着躬道："请你收回，我宠召面谢了。"桃枝道："你这是什么意思?"水村道："这很容易明白的，免得我看到又受刺激。"桃枝道："你不会撕掉它，不会烧了它?"水村道："因为我不忍那样办。"桃枝拿着请帖，自看了看，点头道："好! 再会了。"这才一直走回房去，将请帖向桌上一丢，和衣就在床上倒下。万有光看着请帖，笑道："你胜利了。"桃枝道："我胜利了，但是也可以说是我失败了。"万有光知道她话里有话，就不便再问了。

桃枝昏昏地睡去，醒来的时候，万有光已不在这里，倒见她的婶娘孙氏，含笑坐在一边。桃枝突然坐了起来道："什么时候了?"孙氏道："一点敲过。"桃枝道："在上海真是昏天黑地，又去了大半天了。"说着话跤了拖鞋起床，低头一看自己身上穿的花纱旗衫，满身都是皱纹，便呀了一声道："这件衣服，去了半条命了。"孙氏道："那要什么紧，以后你穿什么衣服都有，一天换一件，也不在乎的。你看，万行长给你买的东西。"说着，将那架穿衣镜玻璃门打开，只见挂得衣架上深黄淡紫，挂了七八件长衣，有绸的，有纱的。孙氏笑道："人家拿了你的衣服去做样子，不分日夜，和你赶起的来。你爱穿哪一件，就是哪一件。你定做的皮鞋，送来了，可是半打。万行长说: 今天你陪客的时候，要穿什么衣服，可以换什么鞋。"说着，一指橱面前陈列着十二双皮鞋，她又捧了一个纸盒子，送到桃枝面前，将盖揭了开来，笑道："这是一打丝袜子。"桃枝将手一推道："要你献宝，还是怎么样? 这些东西，我也都看见过。"孙氏碰了一个钉子，只得退后了。

桃枝走到洗澡间，洗了手脸出来，走到梳妆台前，对了镜子，正要拿梳子去梳头发。忽见镜台上大大小小，有三个锦绒盒子。先将一个大盒子打开，里面是一串滚圆晶亮的珠圈。再开一个小盒子，里面却是一粒钻石指环。只看了这两样东西之后，心里已经扑通跳上两下了。第三次再开一个中等的盒子，再不能站住了，乃是一个半圆式的白金压发，上面一路嵌六粒钻石，便算是四五百块钱一粒的钻石，这也就够值三千元了。手里捧着盒子，坐在沙发上，半晌不能作声，只管是看着。孙氏走过来，也伸了头看着，笑道："这都是万行长亲自送来的，他说预备你今天戴的。你看，他待你是多么好。他随便送你一点东西，就值这些个钱。假使你跟他周年半载之后，人家要花多少钱呢？我在南京，早就劝你和万行长要好，你不大信我的话。照今天的事看起来，我的话算没有劝错你吧？老实说，世上只有能拿钱出来的，那才是真心待人。口头上说几句好话，表面上做出那温存的样子，谁不能够？你以前就是看不出这一点，几乎上了人家的当。"桃枝皱了眉道："不要瞎扯淡！"

孙氏笑道："我是老实话呀！现在你把衣服穿起来，把首饰戴上，先照照镜子，你看是哪件好，停一会儿，就穿哪一件出去见客。"桃枝一回头，见橱门开着，里面挂了那些鲜艳夺目的衣服，也就情不自禁地取了两件出来，对了镜子换上一件浅红色的纱衫，然后挂着珠圈，带上耳环，插上压发，对着梳妆台的镜子看看，回头又对橱子上的穿衣镜看看，正自得意着，小香一推门进来了，见桃枝这种打扮，笑道："老万对于你真可以说是鞠躬尽瘁了。"桃枝笑道："他得意的事，怎样不应该多花几个钱呢？他每年挣十几万块钱，这并花不了他百分之几、千分之几呀！要不然，我为什么……"

这句话没有说完，万有光走进来了，后面两个茶房，捧着两个大鲜花篮子，一路走进来。他笑着向桃枝拱拱手道："漂亮！漂亮！"桃枝道："漂亮吗？恐怕是三分人才七分打扮吧？"万有光笑道："不用我说，请别人看看，不打扮是美玉无瑕，打扮了是锦上添花。你看，你们看新娘子也看呆了。"两个捧花篮子的茶房，站在门边笑着走了。万有光见她还趿着拖鞋的，笑着拿了两双皮鞋走过来，笑道："你看，穿哪双好？"小香笑道："据我说，只要万先生能亲自给她穿上，无论哪一双都好。"万有光笑道："这不成问题，对于夫人有什么差事都可以当的，何况这还要算是美差呢。"说着当真地走进前一步，俯了身子要去替桃枝穿皮鞋。桃枝将手一挥，笑道："不要闹了。人家还没闹，你倒自己先闹起来吗？"小香笑道："大概你有些不好意思，婶娘到我房间里去坐坐吧。"说着，拉了孙氏就跑出房去。

万有光见屋子里没有了人，索性在沙发上坐下，俯着身子，捞起桃枝一双脚，真要和她去穿皮鞋。桃枝一手挽了万有光的颈脖，望了他笑道："你什么时候走的？我一点不知道。"万有光道："你今天大喜的日子，我非得把一切的东西，都给你预备好了不可。所以我不惊动你，我就走了。你说这话，我想起了一件事，看看这里酒楼上，已经布置好了没有，再过两个钟头，说不定就有客先来的了。"他放下皮鞋，握了桃枝的手，在她手背上亲了一下，匆匆地就走了。

　　桃枝一人在房间里，看看影子，又看看身上的东西，想到万有光为人，也很诚恳的，他体贴人，并不做在表面上，只是做了再说。他虽在上海混，绝没有那种流行的滑头毛病，自然是比我年纪大一点，唯其是大一点，所以能够体贴得很切实。果然地，嫁丈夫不过图精神和形式上得着安慰罢了。他就是能给予我一种安慰的，做姨太太有什么关系？不见得做正太太的多长一块肉出来。我并没有和他要一样东西，他就给我预备这些。假使我和他要的话，还不是我要什么就给什么吗？想到这些，自是心旷神怡。

　　门一推，孙氏进来了，人一蹦，轻轻拍着手笑道："好了，小于那家伙，和小李辞行走了。我亲看到他提了行李小箱子走的。"桃枝默然坐着，用手去弄胸前挂的珠圈。孙氏道："那是顶好的珠子，你不要用手去捏，染了汗在上面，珠子是会退光的。"桃枝想了许久，突然站起来道："哎！丢开也罢。姓万的能给我一种安慰，我就一心一意跟着姓万的得了。天下的事，哪里能够十全呢！婶娘，预备点心吧，吃完了我要烫头发，打扮做新娘子了。到酒楼上去通知老万一声，我等他一块儿吃呢。"孙氏笑道："你现在也爱他了。他这人实在可爱的，我一见他就从心里佩服出来呢。从此以后，你就是行长的太太了，你能不爱行长吗？一二年之后，你再添下一个小孩，那就是小行长。小行长再变成大行长。你到了我这大的年纪，就不会像我这样受苦的。"桃枝笑道："去吧，废话！"孙氏去了。桃枝回味她婶娘的话，未尝没有道理。不说别的，就是这些首饰，也够活半世的。还有什么比这可宽心的呢？她一个人，不必人家逗引，也就看了镜子里的新娘子，微微地笑了。

第三十八回

救急筵前新郎甘假冒
约逃海外旧雨何能忘

在这七点钟的时候，春风旅社的酒楼，摆了十几桌中国宴席，来客纷纷入座。万有光穿了西式礼服，桃枝穿了粉红的纱衫，都是喜气一团地招待来宾。这酒楼正面，是个大厅，原预备人家举行盛大宴会的。现在为万有光包了大厅两侧，还有上十间小房间依然保留着，预备人家临时小吃。这一号小房间，有一个西服男子，独自坐了，只要了两碟凉菜，一瓶啤酒，慢慢地小饮。这个男子，便是于水村。第二号小房间，有一个中年妇人，怒气勃勃地坐着。另有两个十几岁的小女孩，一个八九岁的男孩，陪她坐着桌上。虽摆了酒菜，这妇人并不曾动着，只是静静地坐着，听那大厅里人说话。这个妇人，就是万有光的太太。两个少女，是万小姐，一个孩子是万少爷。他们和隔壁的于水村，抱着同一的心理，是要来看热闹。

万太太见男女来宾，已经入席，茶房也在斟酒了，二小姐道："我们可以出去了。"万太太道："不！这个时候出去，你那不要脸的父亲会逃走的。我料他今天要出风头，一定要演说。等他开口的时候，我再冲出去，看他赖得了赖不了？那个骚货交给你们了，只管打，打出祸事来，都在为娘的身上。"万太太说话，究竟是在气头上，她十分地按捺着她的嗓子，然而还是一字一字传入隔壁小房间里来。水村听到，心里连跳了几下。这样一来，桃枝还有什么面子见人？更也无法嫁姓万的了。连忙叫了茶房来，会了酒账，就悄悄地走进了大厅。然而十几桌人，大家纷纷攘攘，都围住了万有光和桃枝说话，百忙中进来一个客，也不曾注意到。水村见最远的一桌，有两个空位子，自向那里坐了。万有光和桃枝各在中间一桌的主席坐定了。万有光见客已坐定，手上端了一大杯酒，转过身子来，向各桌子上请酒。这大厅里，有十张圆桌子，摆成半环形，万有光坐在正中间的末席，自然是面朝着里。这时站起来敬酒，才回转看到其余的各桌上去。这席的下方是个大圆洞门，沿着门圈，扎了彩绸，映上红绿的电灯泡，大厅里面四架大电扇，呼呼作响，转着生风，把彩绸吹动。万有光举着酒，正要演说，提高了嗓子道："今天……"

就在他说出这两个字以后，那彩绸一动，在红绿灯光下，现出一个妇人来，这妇人不是别人，正是自己夫人。这一下子，不但今天干什么来着，说不下去了，就是手上捧的那个杯子，也抖颤不定，把杯子里的酒，只管向杯子外泼了出来。那脸上，更是因犯要上刑场一般，灰白得一点血色没有。只得强自镇定着，放下了杯子，含着笑迎上前去。这里酒席上的男女来宾，也不过一半，认得万太太。认得的，自然都心惊肉跳，替万有光捏一把汗。那些不认得的，坦然无事，还嘻嘻哈哈地说笑着，正以万有光去专迎一个妇人礼貌有加为奇。

万太太走到大厅中间，目光四射，见万有光迎上前来，劈头一句便道："你今天为什么这样大请其客？"万有光笑道："我何尝请客？是我的朋友请客，我来作陪呀。"万太太道："哦！我听说是喜事，这样子，一点仪式没有，不像大喜事呀。哪一位是新娘子呢？"桃枝见一个妇人，无端闯进来，太没有礼节了。而且问的话，也不堪入耳，便突然站起身来，挺胸答道："我是新娘子！"座客里面有人正想说不是喜事，偏偏新娘子又承认了，这事真僵上加僵了。这个人急中生智，只得站起身来大声道："我介绍一下，这是万行长的太太。"桃枝也不料这个时候，忽然有万太太出现，脸色一变，站定了竟坐不下去。万太太笑道："这个是新娘子，新郎在哪里呢？我要看看啦。"全席的人一听，心想，糟了糟了！这非戳穿纸老虎不可的了。万太太见没有人答复，就板着脸问万有光道："我看到你刚才站起来说话……"

万太太下面一句不曾说出，于水村从席上走了出来，走近前一步，向万太太一鞠躬道："兄弟有琐事离了席，欢迎来迟一步，请原谅。"

万太太道："你先生是什么人？何以要你欢迎？"水村笑道："原来万太太还不明白，今天这酒席是我请的，我是主人呢。"万太太对他浑身打量一番，因道："今天可是喜酒？"水村笑道："是呀！我在万太太面前，并不否认啦。"万太太道："那么，新郎是谁呢？"水村毫不踌躇地答应道："是我，难道还有第二人吗？哈哈哈哈！"他在打哈哈的时候，目光由近处万有光的脸上，再看到远处桃枝的脸上，更看到一席来宾的脸上。来宾们当然都是十分奇怪的。桃枝神色一动，若有所悟，坐了下去。万有光身上好像一颤，然而又强自镇定了。

万太太万不料有这样一个人在大庭广众之中，冒充起新郎来的。明明知道是人家冒充，除了当事人否认而外，别人是无法去管的。自己筹之烂熟的要到这里来大大发作一顿，现在三语两言，就让堵回去了，真是有些不甘心。在水村哈哈大笑的时候，她真恨不得打他两个嘴巴。等他笑完了，才淡淡地道："哦！原来你先生是新郎，失贺了。但是这酒楼的定座牌上，何以写的是万先生定座呢？"水村笑道："那么，万太太以为当写姓什么的人定呢？"万太太道："你先生做喜事请客，自然写你先生的贵姓，何以写上我们的万姓呢？"水村笑道："这个问题，容易答复，请万太太干我们一杯酒。"说着满满地斟了一杯白兰地，递到万太太手上。万太太毫不推辞，咕嘟一声，将一杯酒喝下去了，照了一照杯，交给了水村，笑道："我还要请教。"水村将杯子放下，另调了一个玻璃杯子，倒了一杯葡萄酒，自喝了一口，然后走过来，向万太太笑道："万太太，叫我不要写你的尊姓，很对的。我也不能那样傻，自己请客，要别人出面。万太太，你要知道我是写我自己的姓啦。"万太太道："难道你先生也姓万？"水村笑道："这用不着加上难道两个字呀！这个万字，不是万太太能私有的，也不是我能私有的，姓万的多得很呢。我们万不能看到哪里写了一个万字，认为那东西就是我的。我姓万，你也姓万，我高攀点，高攀了这样一位老大哥。"说着，一手握了万有光的手，一手拍了万有光的肩膀，笑道："今天请他做个订婚时候的主婚人，请他演说两句，这也是一笔难写两个万字上的情分，不能推却的呀！本家嫂子，你还有什么见教呢？"

286

这些男女来宾，逆料必有一场恶战，突然走出一个于水村来，替万有光做了挡箭牌，把个万太太驳得哑口无言，大家痛快极了。万太太道："我并不认得你，要你称呼什么嫂子？"水村道："我和有光有交情呀，和他以兄弟相称，再称你作嫂子，这是抬举你。你既不认识我，我在这里请客，你为什么来搅乱？有光是有面子的人，我不料他有这样一位太太！"说毕掉转身自回席去，不理她。万太太恼羞成怒，抓着万有光道："不管是谁请客，我不要你在这里，你和我走。"于是扯着万有光便跑。万有光道："好好！你这东西，我走！"于是一阵风地走了。

这里在场的宾客，一时议论鼎沸起来，也有和水村说话的，也有去安慰桃枝的，再没有一个人安心喝酒，只管乱跑。桃枝搬了一个凳子，放在大厅中间，自己站了上去，向大家挥手道："诸位请入席，诸位请入席！酒席是两个人出名请的，走了一个主人翁，还有一个主人翁呢。这不算什么，女人们争风吃醋，都是有的，可是难得我这位好朋友，替我解了围，我不嫌他占便宜冒充了新郎，我要和在座的人，共同敬他三大杯。"大家见新娘子毫无羞涩之态，而且还要敬客三大杯，都佩服她豪放，啪啪啪，鼓起掌来。

在鼓掌声中，大家回了座，水村也坐到了原处。桃枝亲自走过来，笑问水村道："你还是喝白兰地呢，还是喝葡萄酒？"水村笑道："白兰地是对付敌人的，难道你还要把我当作敌人？"桃枝不觉笑了起来道："那么，就是三杯葡萄酒吧。可是要三大杯。"水村道："三大海，我都喝，不是还有诸位来宾陪着吗？刚才那场险事，让我遮掩过去了，我痛快，大家也痛快，我们就应当痛痛快快地喝。"大家听说，又鼓掌。桃枝摆了三只玻璃杯子在他面前，满满地斟上三大杯。水村先端一只杯子起来，高高举起道："不问诸位的意思如何，我先喝了。"于是将这杯酒，一饮而尽。这杯下去，那两杯，便不停留，也是一举一饮，一饮一尽。一直将三杯酒喝完之后，将杯子在桌上按了一按，唉了一声道："痛快！诸位来宾答应陪我三杯的，就看大家赏脸不赏脸了？我的义务是尽了。"

大家听了这话，不问是会喝不会喝的，都端起杯子来向大家举了一

287

举。当大家举杯子的时候，水村情不自禁，又端起杯子来喝。其中有几个来宾，认为水村是能喝的，便单独地来敬他的酒。他并不推辞，来一个，陪一个，一连陪人十杯酒，还不曾落座。桃枝走过来，用很和缓的声音道："水村，你不能喝了，再喝你就醉了。"水村笑道："醉了要什么紧？倒下头去睡上一觉罢了。平生我没有经过这样痛快的事，你不用拦我，就只喝这一杯。"说毕，他随手端了桌上一杯酒，又是咕嘟一声饮完，他将手上的玻璃杯子一放，转身就走出了大厅。

桃枝究竟是个主人翁，不便追得，见太湖在身边，便顿脚道："你赶快追着他，他醉了。"太湖也觉他走路歪斜，有些颠倒的样子，也就由后面跟了出去。这个时候，已有万有光知己的朋友出面，料理酒席费。桃枝抽开了身子，自回房间去。她到房间里，什么也不管，首先一件事，便是抽出手绢来。抽出手绢来之后，第二步便是伏在沙发椅子背上，放声痛哭。孙氏由后面跟了进来，看到她这种情形，明知系因为受了委屈，所以哭出声来，要消这一口冤气，便坐下来用很和缓的声音道："我的姑娘，你不要哭，有话慢慢地说呀。"桃枝哭着道："闹到这步田地，我还有什么可说的，只怨我命苦就是了。这样看起来，姨太太总是不能做的，做还没有做，已经就受气了。"孙氏道："你当然是委屈一点，但是你要看看万行长的面子，他待你是很不错的呀。"桃枝道："他待我很不错吗？若是把我当一回事，就该早早地把家里安排得好好的，为什么让人家闹出这样一件大笑话来？我看他，决计是没有诚意的。"说到这里，哗啦哗啦，哭将起来。孙氏也明知今天的事，闹得太僵，结果，又是于水村出来打的圆场，这一下子，不能不让桃枝回心转意又爱到水村头上去。这样一来，真是一只煮熟了的鸭子，又让飞了。但是事情实在是桃枝受了委屈了，又有什么法子来劝她不伤心呢？于是孙氏也就默然地坐在一边，不好再说什么。

桃枝哭了一阵，站起来，走到浴室里，重洗了一把脸，走到梳妆台边，重新扑了一遍粉，打了一遍胭脂，又对着镜子牵了一牵衣襟。孙氏一见，便问道："姑娘，你这是什么意思，还打算到哪里去吗？"桃枝道："于先生为我出了这样大的力，我要看看他去。"孙氏道："他现时并不住在原先那房间里，知道他搬到哪里住去了哩？"桃枝道："我想他一定没有搬出这旅馆，不过是调了一层楼罢了。不然，今日不会来得这样巧，我要去找他谈一谈。只有他真是爱我的，我现在觉悟了。"孙氏一把拉住她道，"你不要胡闹，你绝不能再去见他！"桃枝一顿脚道："我再不要你干涉了。"

正自这样争执着，万有光满头是汗，走了进来。一见桃枝，深深地作下一个揖去，透着苦笑道："没有话说，我是一千个、一万个对不住你，希望你原谅我。"桃枝不理他，向沙发上一坐，手搭了椅子背，用背朝着万有光，并不说话。万有光道："我知道今天的事是一万个对你不住，何人走漏了消息，我实在不得而知。不过我可以告诉你的，我已经有了办法了。"桃枝将身子掉了转来，问道："你说有了办法，有了什么办法？"万有光道："我向行里请一年假，带十万块钱，和你一路出洋去。你要知道，我已恨极了她了。她要反对我，没有什么关系，事前可以拦阻，事后也可以办交涉，总不该预备在大庭广众之中，来抓破我的面子。今天要不是于先生出来解围，今天这一场大事，不知闹到什么田地。让新闻记者听了去，又是一件极有趣味的新闻，各报一登，我在社会上，怎样立足呢？她能做初一，我就能做初二，我现在干到底，和她拼一下，看她能不能跟在后面跑上外国去？你现在非和我合作不可，若是为此一闹，你就灰心，岂不是正中了人家的离间之计？"

孙氏猛然在旁边插了一句嘴道："对了。"桃枝道："你说的都是真话吗？"万有光道："怎么不是真话？今天我就藏起来，不回家去，明后天有船，我们先到香港。到了香港之后，我们再出洋。欧洲也好，美洲也好，听你的便。"孙氏道："哟！到外国去，什么时候回来呢？"万有光道："这个你不必担忧，总有我陪着她。我要走，自然和你丢下一笔安家费。"桃枝道："出洋我倒是自小就有这种雄心，不过你丢得下你的事情吗？"万有光一顿脚道："丢得下，现在是无论什么牺牲，我在所不辞的了。"桃枝道："出洋之后，怎么办？"万有光道："上海方面，自然有朋友出来调解。等调解和平了，我再回来。"桃枝道："假使调解不了呢？"万有光又一顿脚道："我就做一辈子华侨，永不回来。"桃枝道："你下了决心吗？"万有光道："我下了决心。你若不相信，我把出洋的十万块钱，先拨过来，交在你手上。"桃枝道："果然如此，你的意思总算不错。不过我还要想想。"万有光道："这旅馆里，大概不断地有侦探来，我暂时躲开。等我找好了地方，再来通知你，你千万放心，不必想了。"说毕，他匆匆就走了。

桃枝和孙氏坐在房间里，讨论了一阵，她多少还有点考虑。孙氏的意思，只要万有光能丢下一笔安家费来，其余可以不问。不多一会儿，小香来了。桃枝又把万有光的意思告诉她，只是现在自己也很感激水村的，他醉得那样走开了，不知道现在在什么地方？小香道："不是我说，你嫁人的事情，又不是穿衣服，今天好调这个样子，明天好调那个样子，你要怎样办，自己拿定了主意怎么办，这也可以乱考虑的吗？"桃枝道："不知道小于在什么地方，我很想见他一见。"小香道："太湖跟着他去了，等他回来，一定有报告的。"桃枝皱了眉，用手摸着胸道："妹妹，你替我出个主意吧，我现在心里乱极了，也不知道如何是好呢。"小香坐在她一张沙发上，握了她的手道："你这样聪明的人，怎么要我和你出主意？"桃枝道："是谁在这样的境地上，都是没有办法的。出洋固然是好，但是小于对我这份情意，我怎能不报答呢？"小香听她如此说，也没有办法，只是发呆。

但是不多久，太湖跑了进来了，他穿的一件白纱长衫，湿得左一片，右一片。小香道："你这是怎么了？"太湖道："外面好大的雨，我在天宫旅馆送水村走了，他催着我送这封信来安慰李女士，而且我不知道这边闹成什么样子，所以冒雨而归。"大家听说于水村走了，也是很诧异，这又算是一种新变化了。

290

第三十九回

雨道奔忙可怜一路哭
火船赴难忽忆满江红

桃枝真不料到水村这种人行动如此不可测，便向太湖要信看。太湖道："信是很简单，他有许多话托我在口头告诉你。他说他搬出春风旅社去，原打算走，但是究竟不明万有光对你是一种什么态度，所以又住在这对过天宫旅馆。今天你们大宴会，他躲在一号小房间里偷看，因为万太太出来要闹，他只得挺身而出，替你解围，求你原谅他。"桃枝道："不管那些了，你先把信给我看。"太湖在衣服里摸出一封信来，也不知是雨，也不知是汗，已经把信套都湿软了。桃枝接过那信，赶快撕出来看，只是一张八行笺，上写道：

桃枝女士芳鉴：

　　今日之事，十分冒昧，然不如此，则君危矣。君富于感情者，不必以我为德，然必转而怨万先生无疑。我在此，是适增万先生之惶恐也。今日之举，救人则变为不义矣。何苦乎！兹扶醉起程赴宁，三日之内，即北返矣。好自为之，无以我为念！

水村手上

桃枝将信一扔，站起来道："不行！我得和他说几句话。"说时，站了起来，将所戴的几样首饰一阵风似的卸了下来，交给了孙氏，叮嘱道："你暂时保管好，这是人家的东西。"说毕，就向外走。太湖道："好大的雨，你先等茶房叫一部汽车来，再去也不迟呀。"桃枝不答话，已经奔上了电梯口。太湖追来，电梯已下坠了。桃枝到了旅馆门口，这才看见天上的雨如牵线一般，哗啦哗啦，洒得马路上乱响，雨积在马路两边，立刻变了两道平沟污水，奔流而去。马路上除了稀少的汽车、人力车盖了篷在雨里过去而外，已绝对没有一个行人。

桃枝见旅馆斜对过，正有一家汽车行，不管好歹，就冒雨涉水而过。那粉红的纱衫、肉色的丝袜、肉色的皮鞋，都让雨点和泥点，溅遍了。她对此，并没有什么感觉，只是头发上有水向下淋。她奔到了汽车行里，才用手扶了一扶头发，对柜上道："快开一辆车上车站，上车站！"汽车行老板，看她这样子，知道有急事，一面开价票，一面吩咐车夫开车。桃枝不等车子出门，就先坐上去。车子开上了马路，电灯光下，看着空中的雨线，格外下得紧急。车子玻璃窗上，一条一条的水线直流。看看面前的汽车，在马路上奔驰着，溅得水花乱滚，仿佛自己的车子，为了雨的缘故，走得很慢。在车子里坐着，只急得跳脚。好容易车子到了火车站，跳下车来，就向站里跑。但是她到了站里之后，这情形有些不同了。并没有什么旅客，只有几个穿了雨衣的路警和几个搬运夫，在站里走动。连那进月台的栅栏门，都不曾有收票的人把守，这真奇怪了。听听雨声，下得是更大，地上和月台的棚顶上，响成一片。走到月台上，看看停在铁道上的火车，不见一盏灯火，都是漆黑的，并不像有开走的形势。连忙找着路警一问，说是十一点钟的夜车开去两小时了，今晚没有到南京去的车子。桃枝道："刚才有人来搭车到南京去，赶不上吗？"路警笑道："那除非坐电报追上去。"桃枝忽然一想，不曾仔细问得太湖，就跑出来了，也许水村不是直接到南京去呢。于是又跑出站来，要回旅馆去。这样大的雨，站外哪有车子，只好冒着雨，跑上了马路，站在人家店铺房檐下等着。那檐溜下来，犹如挂了一重水帘子在面前一般，水点由地下溅起来，也不知道溅了多少泥点到衣服上。好容易等到了一部空车子，出了重价钱，坐回旅馆，浑身上下，已是没有一根纱是干的了。

上了楼推门走进房去，孙氏和小香正在议论着，一见她水淋淋地走进来，同时呀了一声。桃枝道："李先生呢？"小香道："他坐了汽车追上轮船码头去了。"桃枝道："什么，轮船码头？我真是糊涂，不问青红皂白，追上火车站去了。婶娘快拿衣裳我来换，我要到轮船码头去。李太太，多谢你，替我吩咐茶房，和我叫一部汽车。"小香道："你疯了，浑身这样水淋淋的，你记挂这些事，澡也不洗一个？"桃枝道："两点钟了，再耽误，轮船就要开走了。快拿衣服来，袜子，鞋，婶娘！"孙氏不由得笑道："你听听，袜子鞋和婶娘，都要！"桃枝走进洗澡间，只催要东西。孙氏将东西递给她，她换好之后，马上就要走。小香道："你做了一回冒失鬼，还要做第二回冒失鬼吗？轮船码头，多得很，你到哪个码头上去找人？再停一停，太湖也就回来的了。你不会等他一等？"桃枝一想，倒是有理，既是走不了，急得只在房子里乱转。坐一会儿，又站一会儿，站一会儿，又走一会儿。好容易，太湖身上穿了雨衣，跑进来了。桃枝不等他问，走上前，一把抓住他道："他在哪里？"太湖皱了眉道："唉！我的小姐，你害死了我。"桃枝道："他在哪里？他在哪里？"太湖道："他醉了，在顺风轮船上十二号房舱里。"桃枝道："走！我们一路去看他。李先生，你再辛苦一趟吧。"说时，拉了太湖就走。

太湖的汽车，停在旅馆外，还没有打发走，于是二人一同上车，驰上江边。桃枝道："他醉了，醉得怎样了？"太湖道："糊里糊涂，说话只管笑。"桃枝道："我对不住他，他实在是伤心极了。我也伤……"她一个心字不曾说出，哭了起来。太湖道："你不要哭呀。你见了他，是这个样子，他更难受。"桃枝道："你让我在路上哭哭吧。哭够了，见了他，我就不哭了。"说着，两手带手绢捧着脸，只是呜呜咽咽地哭。好在马路上的雨，并不曾停止，她虽然哭，也不曾让人听见，只好由她了。汽车停了，太湖摇着她道："到了，不要哭了。"太湖先跳下车，替桃枝张着布伞，自己穿了雨衣，在雨里走。桃枝拿了手绢，一面忙着擦眼泪，一面跟了太湖走。眼泪虽然是极力忍住，但是嗓子里面，依然哽咽着，直待上了轮船，走到十二号房舱门口，太湖跳脚道："你还要哭吗？"桃枝这才站着，停了一会儿笑道："行了。"

于是一推门走了进去，只见水村斜躺在一张铺上，一只手搭在小桌上，还捏了酒瓶。桃枝道："水村，水村！你怎么了？"水村睁开眼睛，看一看，复又闭上，似乎是想什么事情似的，突然坐了起来，望着桃枝道："你怎么来了？"说毕，又躺了下去。桃枝回头，望着太湖道："一个人作践身体，也不至于闹到这个样子。"于是也坐到铺上，一手挽了水村的肩膀，一手摸着他的胸，望了他道："水村，你不是要我吗？我来了。"水村闭了眼，点点头。这时突然茶房一阵吆喝，送客的上岸啦，开船了。太湖道："怎么办？上岸吧，快开船了。"桃枝道："他这个样子，我能丢下他吗？"外面又喊道："送客的上岸啦，开船了。"太湖道："不要把我们带走了，小香在旅馆会急死的。"桃枝道："你走吧，你去跟着你的爱人。"太湖道："你呢？"桃枝站起来一顿脚道："我身上还有几十块钱，我送他上南京了。"外面又喊道："送客的上岸啦，快开船了。"桃枝道："你走吧，你想，我忍心回去，把一个烂醉如泥的人，丢在这里吗？"说毕，用手一推，将太湖推出房门外，啪的一声，将门又关上了。太湖敲着门道："再会了。"说毕，也就没了声音。

　　桃枝到了这时，倒觉得心里坦然了许多。看见桌上有茶壶，从从容容地倒了一杯茶喝，接着感到船身有些震动，已是开了船了。桃枝见水村很是沉醉，索性替他脱了西服，只让他穿了衬衫，把他的皮鞋袜子也脱了，将他的脚扶上铺去。然后在他身上检查了一遍，检出一张船票和几张钞票。在钞票中间，有一个小皮套子，里面似乎藏有什么东西。倒出来一看，却是自己一张小半身相片，背后用墨笔注了几行字道："我所爱的，我精神所寄托的，我终身唯一的伴侣。"但是在墨水笔写字之下，又用钢笔注下几行小字了，这字是："她不爱我又奈何？无从寄托了，是别人的伴侣了。"桃枝一见，心里不由一阵难过。见他衬衣口袋上，有自来水笔，就取了下来，反面已是没法写字了，将水村用钢笔写的字，一齐把它涂了。然后在正面相的旁边，添了一行字道："水村爱我者永存，梅芬敬记。"又添了一行小字道："相片和人，一齐永远赠给爱我者，年月日记于顺风舟上。"写好了，放进皮套里，搁到他的衬衣口袋里去。自己然后上账房去补了一张房舱票，回来很安心地在房间里坐着。因为水村沉睡过去了，没有人谈话，自己劳碌了一天，这样夜

294

深，也有些倦了，于是爬上高铺，睡着休息。那船身微微地震荡，正好把人送进睡乡，不知不觉，也就睡了过去。

正睡酣熟之际，忽然一片人声喧哗起来，同时，舱门外人的脚步声，异常地杂沓。桃枝被声音惊醒过来，心里正自诧异，怎么就会到了一个码头了？再仔细一听时，已经有了哭喊声，救命声，这绝不是船靠码头的那种嘈杂情形，伸头向玻璃窗子外一看，星光之下，隐隐看到波浪闪动有光，分明还是在江心。然而船上的汽笛，已经呜呜呜，放出很长的声音。在人声哭喊中，备觉得悲惨。这一定是船上出了事了，连忙在高铺上向下一跳，打开房门来，只见男女旅客，来往乱窜。桃枝抓着一个人问道："怎么了？船上……"那人摔了手，向前跑道："逃命吧，机器房着火了。"桃枝听着，心里扑通扑通乱跳，跟着人跑了一阵，却并不看到有什么火焰，倒是船舷上拖了几根吸水的皮带，船上的水手茶房们，一阵向面前跑。有人喊道："不行了，烧到货舱了，货舱里是棉花。"

桃枝听到水手都说不行，这是火已成灾了。接着，果然有些烟烘气，送入鼻子。房舱里还躺着一个呢，赶快要去把他叫醒，一同逃命。于是不要观察情形了，掉转身，就回向房舱去。不料心里一急，偏偏找不出原路，乱钻了一阵，已经看到船舷，冒出一阵一阵的红烟，这里没有下雨，倒是有些江风，风卷着红烟只管向上冒着，情形是格外的紧张了。桃枝突然转着身子，四周乱跑，逢人便问十二号房舱在什么地方，十二号房舱在什么地方。这些不住奔波的人，不是救火的，便是逃命的，哪个管你十二号房舱。桃枝胡跑了一阵，找着一个茶房，抓住他的手道："你告诉我，你告诉我，十二号房究竟在什么地方？"那个茶房望了她道："你这是怎么了？你后面不就是十二号吗？"

桃枝回头看时，一扇房舱门半开着，床上正躺了一个人，不是水村是谁？跑了进去，将水村的身体乱摇撼着一阵道："水村，水村！快醒来吧，快醒来吧！船上失了火了。"水村睡得正好，哪里会醒，桃枝拼命地摇撼，水村才抬起手来，将她的手拨了一拨，偏转头去再睡。桃枝叫道："失火了，失火了！火！火！"水村嘴里叽咕着道："火，别人

295

火，我才不火呢。"桃枝见他沉睡不醒，抱不动他，又背不动他，这可怎么好呢？再向窗子外看，已经闪烁不定地向外冒着火光，原来窗子外有人乱跑，现在已不看到什么人影了。这是什么缘故呢？不要是人都逃走了吧？如此一想，赶紧又跑了出去。原来这个地方正离失火的所在不远，所有在后方的人，都已经跑上船头去了。桃枝先向船头一跑，见船边挂着的两只小舢板，已经有许多人爬了上去。悬船的绳子摇摆不定，船上许多办事的人，将上舢板的去路断住，不断地喊道："这小船上，只许女人小孩上去，男客从缓，不听话，我们先开手枪打。大家要镇定，我们大船向江岸边开，大家总可以逃命的。"有人喊道："满江都红了，我们还镇定吗？"

桃枝听了"满江红"三个字，忽然想起了《满江红》那出戏，立刻掉转身来，就向房舱里跑。到了房舱里，先脱下自己身上的旗衫，向水村身上忙乱着套上，套上之后，将水村的西服裤子，一阵向上高卷，然后把自己的肉色丝袜，带绷带套，向水村两脚套上。自己因为身上只有一件短抹胸，将水村的西服套在身上。忘了身命，由铺上拖了水村两只手臂就走。水村由铺上滚到舱板上，口里只是咿唔问着做什么，并不能抵抗，于是躺在船板上，让桃枝拖到船舷上来。桃枝向船头上看时，一只小舢板已经由悬绳坠下水去了。另外一只，也上了不少的人，快要下坠。

桃枝一只手拉着水村，一只手向船头乱招道："慢点慢点！这里还有一个害病的女人呢。"那船上的火焰已经高射长空，水面上照着通亮。在舢板上的人，见一个西服男子，靠舱板拖了一个女人出来，又跳又喊，似乎是不要命的情形了。有人答道："快点！这船快要下水了。"又有人催道："船上装不下人了，再装人，会沉下去的呀，快松吊绳吧。"桃枝在舱板上蹲着身子，极力地向前伸，两手拉了水村的手臂，借着这点向前奔的力量，拖了水村滚着。她用力太猛了，舱板上有水，脚跟一滑，也滚了下去。船上的水手看了这样子，抢上来两个人，便把水村抬了起来。然而当抬起来的时候，舢板已经坠下去，低过这里船边了。这两个水手，看他这情形，以为是个生病的女子，隔了船栏杆，便将水村向小舢板上的人丛中一抛。水村算是被救了,小舢板已经靠了水面,向江岸划去了。

桃枝滑倒在船板上,爬了起来,也要追这只船板时,舢板已经开得远了。桃枝站在栏杆边,用手乱招道:"船不要走呀!这里还有人啦,救命救命!"但是那只舢板上的人,好容易挣脱了这只大船,哪里还肯重新回来?桃枝越叫得厉害,那舢板越走得远。桃枝手拍脚跳,乱闹了一阵,哪里有一点效力?可是船上的火光,一阵大似一阵,在黑暗的长空里,将火焰卷着红黑云点,带了细碎的火星,只是随风乱舞。在长江的波浪面上,也是反映着红光,摇摇不定,这火光被江风扇动着,在半空里伸张,将那船顶上的黑暗长空红了一个大圈圈,整个儿的船身,都让一团红光包围着。船上面固然是火,然而船的下部,却缓缓地向水里沉下来。在船上未走开的男子,由下层跑到中层,由中层跑到上层,最后跑到船的甲板上面。不过人跑得快,船也沉得快,大家眼睁睁望着开去的舢板,希望他们再开回来。然而由火光下看黑暗的江面,总是虚空的,哪里有什么踪影哩?百十人都拥在甲板上,火光倒是渐渐地缩小,以至于只有几个小火头,散在各处。然而水面距甲板,也不过两三尺了,这些人里面,有一大半在下层抢着救命圈的,早是纷纷地向下乱跳。就是那些没有拿着救命圈的,眼看船要沉下,明知在这里静等是死,跳下水去也是死,然而这几分钟生命的犹豫,却是不耐烦得很,因之扑通扑通,一阵水花纷溅,陆续地向下跳入。甲板上一种凄惨断续的呼喊声,和那水面上几丛闪烁的火头,都慢慢地短缩下去。久而久之,火光没有了,人声也寂寞了,长空依然黑暗起来。那一只其长四十华丈的顺风轮船,火烧之余,很快地沉入水中,由甲板到甲板上的栏杆,由栏杆以至于烟囱,完全都沉到水平线下去了。星光之下,长江恢复了寂寞的景象,水面被风吹着,叠着波浪,滚滚而去。那下面盖着一只船,船上演了许多生离死别的惨剧,都一扫无踪。宇宙上的事务,终归如此了结,怪不得佛家道,是四大皆空呀。

第四十回

酒醒梦回江中船不见
曲终人渺天上月依然

在这种境况之下，江面上是恢复一切原来的情形了。离开大船的舢板，已经靠了江岸，在舢板上的人，就陆陆续续地上了岸。水村原是斜靠在人身上，大家一走，他便躺在舢板舱里。这舢板上划船的两个人，究竟是男子，看到舱里还有一个人，就七手八脚抬上岸来。那些妇孺们虽然逃上了江岸，但是遥望江中那只坐来的轮船，已经归于无何有之乡，有的丢了行李，有的失了伴侣，有的散了骨肉，痛定思痛，都哭着喊着，闹将起来。两只渡人过来的舢板，遥遥地听到江里有呼救声，也赶快拨回船头，再向大船方面去救人。天色也变作鱼肚色，快要天亮了，等到舢板二次靠岸，自然又救了些人，岸上的妇孺们，有伴侣的，各自寻他的伴侣。这期间，自不少一番悲喜交集的情形。

至于于水村，他却因两个水手，一时抬他抬得匆促，放在芦苇里面。他虽是醉得昏天黑地，但是经过了这一种救命呼喊之后，加上渡船的震荡，自己也慢慢有些清醒了。不时睁开眼睛看时，觉得脸上凉气袭人，头上似乎异常的空虚，感到已不是睡在船上了。不过酒喝得过了量，人虽慢慢地醒过来，已是四肢无力，展动不能自如，不知不觉，又睡了一会儿。及至再醒过来，天已大亮，睁眼一看，身子四周，都包裹着芦苇，原来躺在芦苇里面的沙滩上。头上一片青天，发散着充分的阳光，这简直调了一个地方了。突然向上一坐，第二件事又发现了，自己身上，却穿的是一件女衣，将手一扯确是衣服，同时，感觉到脚上是空虚的，原来是没有穿鞋子，套着一双丝袜呢。呀！昨晚上做了一晚的梦，莫非是这又做梦，这要让人看到，岂不是一件大大的笑话！赶快将女衣脱了，将丝袜脱了，站起身来，分开芦苇，向外一看，正是一片长江，不是上海，不是顺风轮船上了。自己如何到了此地，坐着慢慢一想。记得太湖送上轮船，记得他二次又来报告，桃枝曾出旅馆找我，以后我就醉糊涂了。不过似梦非梦的当儿，似乎桃枝来了，似乎她曾大叫着失火，似乎自己由高处向低处一落，有人抛掷着。如此看来，坐的轮船失了火，自己是遇救了。但是何以身上穿了女衣？何以躺在芦苇上？完全记不清楚了。虽是呆坐着极力地思索了一阵，依然得不着一点头绪。一摸自己衬衣袋里，一部分钱钞东西还在，因为想起了桃枝，将皮套子里的相片，就倒了出来看了看。这时，不由他不更加一层诧异了，相片上面，已亲自加了几行字，而且写得是那样的恳切，唉！这不必疑惑了，自然是她和我同舱，打算和我回南京，结果是她遇了难了。不过我一个醉死了的人，何以还逃了生，一个好人，何以不见呢？何以桃枝身上的衣服，会穿到自己身上来呢？想来想去，找不到这件事情的究竟。心想，这件事，绝不是坐在这里可胡乱猜得出来的，必定到这附近去打听打听，才可以水落石出。

这样想着，于是起身出了芦丛，向岸上走来。走不多久，已发现了一条通江村的大路，顺着大路走过去，便是一所村庄。村庄口，五棵前后参差的绿柳树下面，一带竹篱笆，篱笆过去，有一家敞着大门的乡茶店。店外搭了一座芦席棚，横七竖八地摆着许多茶座。茶座上，一大半妇女议论纷纷地谈着话。水村信步走入，一听说话人的口音，五方八处都有，而且那些人穿的衣服，非常时髦，显然不是乡下人，这不是轮船下来的难民是谁呢？如此想着，就在单独靠边的一个茶座上坐下了。那茶座上的人，看他身上穿着衬衣，下面穿了西服裤子，又赤着一双脚，这分明也是船上一个逃难的了，因是大家的目光，都不约而同地一齐向水村身上看着。那意思是说，这人何以后到呢？水村却误会了，以为大家注意，也许是为了他曾男扮女装，这件事让人识破了，未免难堪，因之故意斜侧着身子坐了，将脸避了开去。这茶棚里伙计给他送上茶烟来，他避了人的视线，自斟自饮。

在这凝神回忆的时候，便闲听着男男女女讨论船上失火及沉没的情形。后来忽听到身后有个妇人重声道:"我们在大轮船上逃难下来的时候,遇到一件怪事。"她这样说着,就有人问什么怪事。她道:"我们的小船快要离开大船,不是有人拖个害了病的女人出来吗?"又有人道:"对了。我看那个男子力气太小,简直拖不动这个病人,不是船上的水手把那病人抬下小船来,那病人也是没命,但是拖人的男人也晕过去了。"先那妇人道:"不对!你以为拖病人的是男人吗?我听他的声音,是女人说话呢。最奇怪的,就是抬下船来的这个病人,并不是女的,是个男的。他落下小船来,就在我的身边,在火光里面,我看得很清楚的。"又一人道:"那为什么呢?"那妇人道:"我们船上不是只许女的上来,不许男的上来吗?这个女的,一定看到病人不会泅水逃命,所以给他男扮女装拖了出来。只是她自己为什么倒又改了男装呢?"又有人道:"那个时候,大家心慌意乱,穿错了衣服,也未可知。"

水村将这些话一句一句听得清清楚楚,将自己所知道的,再一互相参证,这件事就十分明白,分明是桃枝救了自己的命,她倒牺牲了。这样看来,她的爱情可生可死,真是一个知己了。这时,他已忘了有人注意,也不知道人家笑话不笑,只是静静地坐着闲听那些人说话。知道这里到上海,不过七八十里路,大家纷纷地议论逃难回上海。水村在茶馆里买了些粗点心吃,慢慢踱到江边,向长江里一看,一片白浪滔天,哪有什么人物?对面的天,由上向下盖着,直盖到水面上。天水之间,似乎有一些黑影,配上些高低黑点,那大概是江的对岸,这里的江面,大概是很阔的地方了。在这种地方把船烧了,又沉了,那有什么法子逃命?他呆呆地望了长江,先站着,后又坐着,由上午坐到太阳正中,心里只管想着,桃枝是没命的了。不过像她这样好心事的人,又不至于死,最好是她藏在芦苇里,现在忽然跑出来,那多么可喜呢!他如此想着,当真跑到芦苇里面去找了一阵,哪里有什么踪影呢?

他如此徘徊着,却有一只小轮,由下游直驶到江边来。轮船正停在身边,有人大叫道:"水村!水村!好了!好了!"水村看时乃是李太湖来了。太湖上了岸,二人握着手,彼此乱摇撼了一阵,再一回顾,几乎要哭出来。太湖道:"桃枝呢?"水村道:"她……她……果然来了吗？为我牺牲了。"只说了这一句，他虽不屑于做儿女子态，可是那两腔眼泪，不明什么缘故，究竟是像瀑布一样，倾注了出来。彼此仔细讨论了，叙说别后的情形，才知道上海接了这里的报告，公司特开了一只小轮前来搭救难民。至于桃枝上船来，及大雨中奔走火车站的一些情形，太湖也都说了。水村听了这话，格外地难过。当时，小轮船开回上海，他却不肯走，又在这里住了两天，专门托人打捞尸首。然而打捞两天，并不见有什么，大江是这样滔滔地向前奔流，一个渺小的人身，葬在这深不可测的江水里，经过两昼两夜，如何还能保存呢？到了第三天，水村觉得并没有什么希望了，这才灰了心到上海去。

到了上海之后，依然住到春风旅社来，太湖手上是很便当的，就拿出钱来，和水村重新制了衣帽行李。不过水村心上，这一道创痕比什么斧钻刻画得还深，终日都是愁眉深锁，没有一点笑容。太湖也觉得上海这地方，绝不是和水村解闷消愁的所在，夫妇两人赶紧陪着水村就一直回南京去。到了南京，太湖以为朋友之乐总可以解除水村的烦闷，就送了水村到夕照寺梁家去住。这个时候，梁秋山得了太湖金钱的补助，早把屋子里陈设一新。水村住在这里，物质上固然很享受，又比较地与自然接近，自然心里宽爽许多。只是明明白白地牺牲了一个女子，心里万分地难受，拿了几本书，每日只在屋子里躺着。

这样静静地休养，约有两个星期，并不曾走上街市一步，有时被新野拉着出去，也不过在清凉山上散散步。太湖为了家室的缘故，改了他的根本计划，在城里开了一家照相馆，夫妻两个人搬到照相馆自行照料去了。上海有一个大学校，写了一封信来，请新野去当音乐讲师。新野写信辞了，却在这清凉山附近，就了一个乡村小学校的校长。这个小学校和丁二香家不远，新野上课治事之外，休息的时候，总是在二香家里。二香的父母虽是庄稼人，却不十分顽固。新野的意思自然看得出，索性挽了秋山夫妇出来做媒，让他两个人订了婚。秋山有几部小说在上海比较卖得好，也有出版界写信和他订约，预约他病完全好了，做他们的编辑。原来在一处穷愁度日的朋友，多少总算有了一点办法。只有水村一个人，依然在秋山家里休养。

天气渐渐地凉了，那门口高大的柳树，柳条直垂下来，拖到人身上。柳叶儿绿绿的，厚厚的，都有两三寸长，那些柳叶的中间，偶然有一两片黄叶，便见得这大自然中，已经带有一些秋意了。加上接连两天天阴，秋风吹着树叶，瑟瑟有声。看看窗外的清凉山，阴暗暗的，似乎都带了一种忧郁的样子，水村更觉是心里烦闷得很。遇到一个星期日，莺花歌舞团二次到了南京，在春江大戏院公演。新野为了和水村解闷起见，和他一路去看歌舞剧，并请了秋山夫妇、太湖夫妇以及二香作陪。水村也觉乡居寂寞，就跟了他们去了。

　　到了戏院子里，又是满座，三对夫妇，和水村一个孤独者，共坐了一个包厢。台上的歌舞，一幕一幕地过去，到了后来倒数第二幕，便是歌舞剧《满江红》。新野一想不妙，又不便主人翁先说走，只是着急。水村上次不曾看过这戏，现在看到台上布一个桃花湖景，倒觉得耳目一新。后来女郎唱歌洗衣，少年上场寻死，为桃花和歌色所陶醉了。及至警察追上，男子反向女郎呼救，女郎把自己的衣服，脱给少年穿了，女郎倒穿了湿衣服，于是救了少年的命。水村一见，不觉受了重大的感触，以后台上演什么，他竟是丝毫不知道了。太湖回头一看，呀了一声道："水村！水村！你怎样脸上变成这样苍白的样子，你有所感动吗？"新野道："是我不好，不曾打听今天表演的是些什么节目，糊里糊涂就来了。走吧！"说毕，他先起身。大家见水村脸色转变，一言不发，也不敢留恋，一齐走了出来。水村的脸色，依然是苍白的，新野走向前，握住了他的手，摇撼了几下，笑着低声问道："水村，你觉得怎样，心里很难过吗？"水村摇了摇头道："不怎么样难过。只是一幕戏，太巧了。"大家听说，好像今天来请他看戏，是有意刺激他似的，都很难为情，不能说什么，雇了街上一部公用的汽车，就同到清凉山来。

　　到家之后，莫新野首先和水村作了三个长揖，笑道："对不住，对不住，我真料不到今天他们歌舞的剧本，倒有《满江红》在内。"水村笑道："这倒无所谓，我总是于心不安的，就是不看这出《满江红》，不见得我心里泰然无事。大丈夫丢得开，放得下，说些什么？哈哈！"说毕，放声大笑。大家见他如此，也就不以为意。但是从次日起，每日吃过午饭，水村就不见了。一直到了夜深，他才能够回来。问他到哪里去了，他只说是到城里找娱乐去了。但是他虽是在找娱乐，回得家来，却满脸都是愁容。跟着人也一天消瘦似一天。

到了第四天，新野有些不放心。就私下跟着水村后面，看他到哪里去。及至他到的所在一看，不是别处，正是上次同看《满江红》的春江大戏院。看看戏院外面所悬的歌舞节目，正有《满江红》一剧。新野和莺花歌舞团本来是很熟的，和他们一打听，据说这出戏，非常之能叫座，若是像现在这种情形，至少能连期公演一个月。新野一听，倒吃了一惊，果然如此，水村回回来听，日一出，晚一出，非把他忧死不可！心里想着，向戏院里看看，只见水村斜坐着椅子上，似乎在想什么心事。虽然在声色场中，他眼光射在台上，和平常的人，面着壁子一样，并不受一点感触。新野心想，这倒怪，既是对于歌舞并没有什么兴趣，又何必花钱到这里来呢？于是坐在远远的地方，看他情形如何。及至到了《满江红》上场的时候，他的精神立刻兴奋起来，随着那舞台上人的动作，脸色随时变换。到了那女子和男子换衣服的时候，他的脸色变成了苍白，及至警察追了过去，男女发生了爱情，水村却不住地点头，又有些叹息的神气。新野遥遥地望着，心想，这个人有些着魔了，却是我不好，不该引他来看这歌舞剧。

正如此想着，只见他在人丛中站立起来，突然左右两晃，他伸着手刚要去抓前面座位上的椅子背，恰是一把不曾抓住，身子向后一斜，便倒了下去。立刻人声哇呀了一阵，在水村附近一转座位的人，都纷纷起立。那里人一动，全场的人也站了起来，秩序大乱。新野抢了上前，由人缝里挤过去，只见水村斜躺在地板上，头枕着一只椅子脚，面色如纸，紧闭了双目。新野蹲着身子，两手将他抱起，连喊几声水村。水村也微微睁开了一丝眼睛，口里说道："满……江……红！"就不能说话了。在这种娱乐场所有了这样一件事，自然是惊动社会的一件新闻。到了次日，各报上登着这样一段记载：

画家于水村，恋一歌女李桃枝，已有婚约，双方忽因误会，感情破裂。桃枝乃嫁一上海银行家为妾。银行家自鸣得意，于春风酒楼，置酒庆贺。其妻适至，欲毁桃枝。于亦莅沪，挺身而出，自认为李夫，风波乃息。于知李终不属意于己，比席终，扶醉登轮回宁。李追至送之。舟出吴淞未久，忽失火，船上放舢板先救妇孺，李以于醉不能步行，彼此易衣，抱之登舢板。李竟不克逃命，葬身鱼腹。于得生还，每念李，郁郁不乐，乃日往看歌舞剧为消遣。适有《满江红》一剧者，亦述女子易衣救男子事，于每观，必伤心至极，且愈伤心愈欲观之。昨日，受刺激过甚，在戏场中一蹶不振。严部长封翁正心先生，惜其才，浦口以北有桃花林一座，为严私产，特捐地一亩葬之。因地绝似《满江红》布景中之一幕，欲为之留一佳话也。

这段新闻传出后，更惹起社会的注意，自是说得很热闹。然而在当事人本身，却是很萧条的。一个江上的黄昏，一轮盆大的月亮，行在天空，照着江中波浪，金光一闪一闪，和四月间某一个黄昏的景致，正是一样。津浦车的轮渡，旅客如潮涌一般，由轮船码头挤上浦口的江岸，喧哗极了。去码头不远，有一只小船系在一棵秋柳之下，船上放了一口棺木，在雪一般白的月光下斜照着。棺木里所睡的一个人，他曾在这潮水般的旅客中间，由浦口挤着渡江到南京去的。将距离的时间算起来，不过是半年罢了。

图书在版编目（CIP）数据

满江红 / 张恨水著. — 北京：中国文史出版

社，2018.3

（民国通俗小说典藏文库·张恨水卷）

ISBN 978-7-5205-0028-9

Ⅰ. ①满… Ⅱ. ①张… Ⅲ. ①章回小说-中国-现代

Ⅳ. ①I246.4

中国版本图书馆 CIP 数据核字（2018）第 010539 号

责任编辑：卢祥秋

整　　理：澎　湃

出版发行：**中国文史出版社**

网　　址：http://www.chinawenshi.net

社　　址：北京市西城区太平桥大街 23 号　邮编：100811

电　　话：010-66173572　66168268　66192736（发行部）

传　　真：010-66192703

印　　装：廊坊市海涛印刷有限公司

经　　销：全国新华书店

开　　本：720×1020　1/16

印　　张：20.25　　字数：301 千字

版　　次：2018 年 3 月第 1 版

印　　次：2018 年 3 月第 1 次印刷

定　　价：59.80 元